下册

彭学明
—— 著

山东文艺出版社

三十五

爹虽然从鸠山正熊手中逃过一劫,保全了性命,但却留下了永远无法愈合的伤疤。好在鸠山正熊因为对爹心存幻想,没有把爹的皮子揭开后割掉,细胞组织没有坏死,龙光烈将伤口包扎缝合后,爹的皮肉慢慢长在了一起。被剥皮的几个地方,就像衣服上的几个补疤,十分明显。针线缝合的地方,长出的是疤痕。额上的疤痕,格外醒目,成了爹磨灭不掉的钢印。那是日本人留给爹的一个英雄戳。

爹是从炼狱里熬过来的。

从炼狱里熬过来的爹,就此元气大伤。被剥了一层皮的人,元气自然会伤。爹明显瘦了,疲惫了,脸上不再像以前那样饱满充盈,而是白假白假的,缺乏血色。

很长一段时间,爹就在家里治病养伤。炼油厂全靠杨高山嘎公打理。

爹本想把从桐油里提炼汽油、柴油和煤油的技术传授给五叔,五叔却一点兴趣都没有,一是嫌脏,整天油乎邋遢的,不是汽油煤油味,就是柴油味。二是嫌爹干的这行没出息。五叔的兴趣在绘画上,满世界活在他的笔下和纸上才是他的兴趣。

爹说,自古都是靠手艺吃饭,哪有画画吃饭的?你这是眼高手低、画饼充饥。

五叔根本不听爹那一套,画是一种毒,侵入了他的骨髓。他说,饿死,他都要画画。

爹只好找韭菜干娘帮忙,看国立八中有没有好的绘画老师,带带五叔。

国立八中的刘清平成了五叔的老师。一个一分钱都不肯收的辅导老师。

爹是知书达理之人。爹也知道一个外地老师在湘西的不容易。刘清平不肯收费，爹自然是不同意的。

尊师重教，此乃天理。你不收费，就是陷我彭家云于不仁不义，肯定不行。

刘清平见爹说得这样坚决而严重，就象征性地收一点。爹也不再坚持。人，总有情分，刘清平既然是韭菜干娘的同事，不收、少收，自然有一种情分在里面，那爹就领了这份情分，再以情分回报情分，不然，就像纯粹的买卖，生分了。

五叔每次去乾州听课，爹都会带去鸡、鸭或者鱼、蛋和腊肉。乡里人就这些，不值钱，你那知识才值钱。当爹和刘清平见面时，爹总是这样劝慰刘清平。

安徽来的刘清平老师，就这样跟武豪干爹、龙光烈和我爹，有了自然而然的联系。

武豪干爹因为刘清平是韭菜干娘的同事而结缘。龙光烈因为给刘清平看病而结缘。我爹因为五叔跟刘清平学画而结缘。三家人都因为与刘清平的结缘，而为日后埋下了祸根。

这时的湘西，依然是国民党的天下。国民党军队、国民党政府保安团，都在武力统治着湘西。湘西的中国共产党地下党支部已经基本静默。

随着人民解放军解放全中国的脚步越来越近，国民党新一轮的白色恐怖也越来越厉害。与重庆接壤的湘西，自然笼罩在白色恐怖之中。国民党加剧了对共产党的搜捕、迫害和残杀。

国民党的军统和中统特务，像毒蛇猛兽一样潜伏在各个角落，稍不留神，就被他们咬上。

这天，爹早早地起了床。太久没去炼油厂了。他要去炼油厂看看他心爱的车间、心爱的工友，他要闻闻那满车间的桐油味、汽油味和柴油味。那些已融进他骨髓、变成他生命细胞的油味，会让本无精打采的爹精神抖擞起来，那些油和味，会把他生命的活力一下唤醒和激活。

刚进炼油厂，一队荷枪实弹的国民党士兵冲了进来。

爹愕然地问，你们要干什么？

士兵说，炼油厂由我们接管了！

爹愤怒地说，大白天碰到鬼！我们家的炼油厂，你们凭什么接管？

士兵说，非常时期，战略物资工厂一律实行军管！

爹质问，为什么要军管？我们犯法了吗？

士兵说，你们犯没犯法，我们不知道。实行军管就是为了不让你们犯法！

爹问，不让我们犯什么法？

士兵说，不让你们卖战略物资给共产党！

爹愤怒地喊，你们这不是强抢恶要吗？

士兵说，话不要那么难听，我们也不是不给你们钱啊，我们只是为了防止你们卖给共产党。你再啰唆，我们就好好查一下你以前卖过战略物资给共产党没有。

爹不禁打一个寒战。他不是卖过战略物资给共产党，而是送过战略物资给共产党。过去给红军送过，现在给解放军也送过。

爹说，我们没有卖过战略物资，而是一分钱不要地送过战略物资。

士兵一听，高兴地说，快讲，什么时候送过？

爹说，抗日战争时送过，那不是替共产党送的，也不是替国民党送的，而是替中国人送的。

那好啊，接着给我们党国送。士兵阴阳怪气地说。

士兵这么一说，爹知道自己多嘴了，恨不得扇自己一耳光。言多必失，自古真理。

不过，爹脑筋转得还算快。爹说，我们也想给党国送啊，不过送不起了，我们东家为了支援国家抗日，把家产送干净了，现在连桐籽都买不起了。你不信，去我们仓库看看，连桐籽都没多少。

士兵笑，不用，以后会天天看的。

爹上班的第一天，居然遇到这么一出，可谓急火攻心。

这如何是好呢？军队一接管，所有的汽油、柴油、煤油，全部被拿走了，这不是造枪炮一样打自己的队伍吗？

爹得赶快找武豪干爹和龙光烈商量。

几个人商量了好几个对策。一个是磨洋工，可再磨洋工也是工，也得出油。一个是把那几台半自动化榨油机弄坏了，变成一堆废铁。这也不是好办法，弄坏了还可以修，自己不修，国民党可以请师傅来修——国民党队伍也有不少人才呢，不要以为除了王木匠就不装犁了。

想来想去，只有一个办法了，烧了炼油厂！武豪干爹说。

龙光烈和爹一听，说，那怎么行，那可是你一辈子的心血和家产。

武豪干爹说，我的心血和家产不要紧，如果我的心血和家产变成杀我们自己人的武器，这心血就是恶血，这家产就得破产。一把火烧了，是最好的办法。关键是炼油厂还有家云丈佬的，他老人家也有投资和股份呢，咱得跟他老人家商量。

龙光烈仰天一叹，这国民党真是费尽心机啊！对一个炼油厂实行军管，还派的其他部队，有意避开了吴点金的守军，煞费苦心啊。

吴点金是我舅子，他们怎么会派一家人来管一家人。武豪干爹说。

爹说，这"刮民党"死到临头了，还要祸害百姓。

武豪干爹说，叹气没用，只有这一条路可走，这样才是"刮民党"的断头路。否则，我们的人就要断头。

是啊，这就是问题的严重性所在，也是他们的狠毒所在。事到如此，只能这样了。只是太亏欠你和杨高山老人了。龙光烈说。

武豪干爹说，这笔账都记在"刮民党"头上。

武豪干爹他们跟所有老百姓一样，骂国民党时，都喜欢骂"刮民党"。

回到家里，跟杨高山嘎公一说，杨高山嘎公一丝嗯听都没打①，大腿一拍，说，就这么定了！烧！烧个干干净净！想从我们这里得到好处，

---

① 一丝嗯听都没打：毫不犹豫。

让我们递刀杀亲，做梦！

彭武生和大婆大爷，当然也是举双手赞成。

彭武生说，到时候，我去放火！

爹说，这哪要你烧，我一根火柴油里一扔就行了。

龙光烈说，家云讲得对，武生和我都不能在现场，我们应该在乾州药房里，跑到炼油厂干什么？那是此地无银三百两。

武豪干爹说，那我亲自烧。

龙光烈说，你也不要烧，就让家云烧，他天天在厂里，不会引人怀疑。

武豪干爹说，是我自己的厂子，也不会引起怀疑。

龙光烈说，也行。我是不忍心看你各人把各人的厂子烧了。

武豪干爹说，哪个都不忍心。家云对这个厂子操心还大些，更不忍心。

龙光烈说，也不能急着烧，要假装生产一段时间再烧，不能让他们起疑。

武豪干爹说，对，听你的，还要假装很卖力的样子，天天加班加点。

果真，武豪干爹和爹带着员工们加班加点，守卫很高兴，拍着爹的肩膀说，你们真是党国的忠臣，加油干，到时候为你们请功。

爹赔着笑说，哪里要请什么功，有钱赚，我们有的是劲！多加一天班就多一块银圆。你看，我们这次按照你们要求炼了这么多汽油，这都是亮得晃眼的银圆啊，哪能没劲呢？

爹对武豪干爹说，我这几天都像一个笑面虎了，笑里藏刀。

武豪干爹笑，还不是一把刀呢，好多把。我这里也有好多把。

生产出来的油足以烧毁整个炼油厂了，爹和员工们照样加了晚班。

等员工们都走后，爹和武豪干爹借巡查的工夫，先把机器破坏了，然后给每个车间墙上、地上浇上了桐油和汽油。离开时，故意跟国民党守卫的岗哨打了声招呼，大摇大摆地出了大门。

每一个车间，爹和武豪干爹都点了几根差不多长短的枞膏油。枞膏油，就是大家所熟悉的松明。湘西人把松树叫枞树。枞树芯本来是黄的，但有的枞树油脂特别多，劈开时，里面金红金红的，油光闪亮，还一绺一绺一股一股的，看得见筋脉。把这种枞树劈成一根根二指粗的细条，用火一点呼呼燃烧，越烧越旺，是农村引火、照明的必备物品。湘西人把这叫作点枞膏油。

为了顺利引燃，爹和武豪干爹还在燃烧的枞膏油下铺了一层泼了油的稻草。

爹和武豪干爹到家不久，整个炼油厂就熊熊燃烧起来。月黑风高，老天相助，风越刮越猛，火越烧越大。

假装返回救火的爹和武豪干爹，急得又跳脚又骂娘，大婆大爷更是呼天抢地寻死觅活。

大婆一屁股坐在地上，拍着地面哭喊，我的天哪！这是我彭家人祖祖辈辈的家业啊，哪门一把火就米有了啊？我一屋人以后还哪门活啊？还不如把我也一把火烧死了算了！

大婆哭着喊着要往火堆里冲。武豪干爹和爹急忙拉住。

大婆的哭喊，一方面是做给守卫看，一方面是真的心疼这万贯家业。大婆的哭喊是真心的，眼泪是真实的，但大婆要死要活去赴死，当然是做给岗哨看的。

虽然炼油厂旁边有条小河，但盆盆桶桶的水跑得再快，也没有风助火势的油烧得快。炼油厂顷刻间就化为灰烬。

大婆也瞬间晕倒。

军队一接管，炼油厂就烧了。国民党觉得事情太蹊跷，派县党部前来调查。

县党部的人本来就跟武豪干爹很熟，调查来调查去，也调查不出所以然。

国军守卫证实了火是爹和武豪干爹离开很久后才烧起来的。

大婆大爷呼天抢地、要死要活的表演，又么么逼真，县党部再怀疑,也不会怀疑到武豪干爹和爹的头上。

最后只能猜测是仇家。

武豪干爹说,对对对,肯定是有人看我发财眼红。

大婆泪眼婆娑地说,县太爷呀,这是哪个天杀的容不得我们啊!是哪个天杀的看不得我们好啊!你们要给我们做主啊,要把放火的抓出来啊!

爹和武豪干爹的苦肉计,成功地瞒天过海。

爹和武豪干爹一手办起来的长河炼油厂,就此流到了尽头。

三十六

烧掉了炼油厂，武豪干爹和杨高山嘎公都失去了主要的经济来源和财富渠道。

武豪干爹还是像往常一样，该种田种田，该锄地锄地，曾经辉煌的彭府像什么事都没有发生一样，云淡风轻。

武豪干爹说，这一把火并没有把他的心烧痛，反而烧得心里踏实、敞亮。如果不烧这么一把火，把那些汽油、柴油源源不断地运往战场上，他就成了民族的千古罪人。

秋天，田里的稻谷都熟了。一坝坝稻谷，熟成了一张张黄色的地毯，熟成了一层层耀眼的阳光，熟成了一幅幅金色的油画。秋收中的武豪干爹和爹，还有杨高山嘎公、五叔，所有收割稻谷的人，都在秋色里忙碌成了最生动的风景。

在田畴的中央，割稻谷的是嬷嬷、杨莺莺大娘和几个女人，打稻谷的是武豪干爹、爹、五叔、向立地和杨高山嘎公。女人的镰刀，飞快、闪亮地吃着稻谷，镰刀锋利的牙齿还来不及咀嚼一下，那稻谷就一把一把地捏在了女人的手里，一捆一捆地倒向了田畴，像一方方金黄的绸缎飘落在矮矮的稻秆茬上。男人把女人割好的谷抱子一把把抱起来，拿到谷桶边，各自站在谷桶一角，此起彼伏地扬起、落下，再扬起、落下，谷粒不断脱落。谷抱子撞击谷桶的声音，沉闷而顿挫，有如闷鼓，虽不嘹亮，却也震颤，大地和天空都听得到回声。

这是秋天的回声。是秋天馈赠勤劳、勤劳踏起舞步的回声。

难得的好年成呀。杨高山嘎公说。

难得的好年成。武豪干爹说。

今年不愁吃的了。杨高山嘎公说。

今年不愁吃的了。武豪干爹说。

对于大地丰厚的馈赠，武豪干爹找不到更合适的词赞美了，只能不断附和着杨高山嘎公。

而另一个谷桶旁，爹和向立地姑爷则在讨论四叔的婚事，爹觉得四叔二十多岁了，该讨门亲事，成家了。向立地姑爷说，四叔还年轻，叫爹不要把四叔这么早就拴在女人身上。爹说，跟他一样大的，有的小孩都打酱油了。向立地姑爷说，那不是我们能够替他做主的，得要他自己早鸡公早开叫。一直旁听的五叔说，你们打谷子都为我四哥操心，我四哥上课都在打喷嚏。爹嗔怪地骂，你也不小了，也快了。你这个小鸡公也早点开叫吧。

四叔不在这诗情画意的现场里，是因为四叔已考上了国立茶峒师范学院。爹和向立地对他婚事的操心，他当然是不知道的。

正说着，韭菜干娘带着刘清平和另一个老师来了。

周末，学校没课，韭菜干娘和刘清平老师来帮忙收谷。

武豪干爹见韭菜干娘带着两个老师来帮忙，不好意思地责怪她道，哎呀，你哪门能喊刘老师干这粗活？刘老师，你快莫下田，这粗活苦活不是你们斯文人干的。

刘清平说，这田园生活多有诗意！我求之不得呢。

韭菜干娘说，你听听，你听听，在刘老师眼里这不是苦活粗活，是诗和画呢，我带刘老师来，是给刘老师做好事呢，是不是，刘老师？

刘清平说，当然是做好事！有好看的，还有好吃的，哪里去找这样的好事？是吧，董老师？

董老师名叫董金文。董老师兴高采烈地回答，是啊，我也是强烈要求来的，我不强烈要求，吴老师根本不会带我。

武豪干爹说，你们斯文人的世界就是与我们大老粗的不一样啊。

这个董老师本来跟刘清平不怎么要好，刘清平开始还有点看不惯董金文。看不惯，是觉得董金文脂粉气太重、奶油味太浓。一个男人，身上总是喷着香水，头发总是打着发蜡，不像个男人。用老百姓的话说，身上香得蜜蜂都追着咬，头发光得蚊子都站不稳，是花花肠子、花花公子。很长一段时间，刘清平都跟董金文保持着距离，直到一件事的发生。

那天，几个女学生在所里街上闲逛，被几个兵痞拦路调戏。骑着单车从家里返回学校的董金文，正好看到了这一幕。他撂下单车，冲上前去，对着几个兵痞就是一番拳脚，几个兵痞趴在地上磕头求饶。

董金文一脚踢开一个兵痞说，以后再看到你们在大街上调戏妇女，我把你们一个个头拧下来。

刘清平对董金文的印象大为改观，两人的关系也越来越近。

饭桌上，刘清平跟武豪干爹他们介绍董金文时，特别讲了董金文勇斗兵痞的故事。

刘清平开玩笑说，你们别看董老师头发梳得光溜溜的、斯斯文文的，身手厉害着呢！我以前以为董老师就是个花花公子，没想到是个真男人！

董金文谦虚地说，花架子，花架子！以前练过几招，没想到还真派上用场了。

韭菜干娘说，人不可貌相，海水不可斗量。你以前是门缝里看人，当然看走眼了。

董金文笑，刘老师是我们学校老师里的大才子，他能门缝里看我就不错了，我怕他门缝里都不看我呢！

刘清平端起酒杯说，你是谬赞，我是谬误。借吴老师和武豪大哥的酒，我先干为敬。

其实，这个董金文是国民党中统局派到学校的卧底，是中美技术合作所毕业的高才生。

中美技术合作所，是美国帮助国民党设立的特务培训机构，在这里毕业的学员分别派到地方和军队从事间谍活动。派到地方的，是中统系列。派到军方的，是军统系列。董金文毕业后，被分配到了湘西的国立八中。湘西是他的家乡，做情报工作得天独厚。

董金文之所以能够三下五除二地解决几个兵痞，就是因为他在中美技术合作所经过了严格的军事训练，几个兵痞，小菜一碟。他勇斗兵痞，不过是为靠近韭菜干娘和刘清平而设的局。

湘西习武的人不少，董金文解释是从小练过几招，不会有人产生怀疑。

董金文来武豪干爹家，并不是好奇田园生活，他是来武豪干爹家寻找那场大火的蛛丝马迹的。县党部一直对炼油厂的那场大火抱有疑问，暗地里一直在追查。

夜深人静，连月亮都累得躲进云层睡觉久久不愿出来时，董金文半夜起来，悄悄行动了。开锁，是一个特务的必备本事。轻而易举，他就潜入了武豪干爹那个秘密的房间，翻出了压在箱底的那本《共产党宣言》，也翻出了国民政府那本国民党上校的委任状。一个土匪出身的国民党校官，有一本《共产党宣言》，这让董金文立马认定彭武豪是铁定的共产党，如果彭武豪是共产党，那火烧炼油厂就没有什么需要再追查的了，彭武豪是贼喊捉贼。

董金文大喜过望，如获至宝，赶忙将一切放回原位。

董金文没有想到，第一次到彭武豪家，就如此顺利地找到了证据、掌握了情报。老天眷顾，他又要升官发财了。

为了不让武豪干爹一家怀疑，也为了不让中共地下党组织怀疑，更好地进行隐蔽，董金文没有立即组织人去搜查和抓捕，而是隔了十天半月，才让县党部带了几十个人冲进去搜查和抓捕。

国民党对武豪干爹进行了严刑拷打，要他老实坦白自己是中共党员，坦白为了不给前线制造和运送战略物资而自己放火烧了炼油厂。

审问的人每抽一鞭，就问一句，你是不是共产党？

武豪干爹说，我不是。

审问的人说，你不是，为什么有《共产党宣言》？

武豪干爹说，我根本不晓得我箱子里有这么一本书。

审问的人说，你自己家里你不晓得？你骗鬼呀！

武豪干爹说，我不是骗，是真不晓得。

审问的人说，你的意思是，你们家另有其人？

武豪干爹连忙否认，不，我不是这意思。我的意思是有人给我栽赃陷害。

审问的人说，为什么栽赃陷害你，不栽赃陷害别人？

武豪干爹说，我也不知道哪里得罪人了，要那么害我。

审问的人说，你这是打马虎眼、狡辩、不老实！

审问的人说，你不想承认，我们就把你家人都抓来，让他们承认！

武豪干爹骂道，你们把我冤里冤枉抓来就算了，还要抓我的家人？你们还讲王法吗？

审问的人说，跟你讲什么王法，我们就是王法！快讲，这本书是从哪里来的？你看这书做什么？老老实实的，我们就不抓你家人，否则，让他们都像你一样过一遍！

武豪干爹无可奈何地说，既然你们非要这样无理定罪，那我就被迫认了吧。

审问的人说，什么被迫认了？就是你的书，你就是共产党，别想蒙混过关！

武豪干爹说，好好好，我认。是我买的，我只是好奇买来看看。

审问的人说，恐怕不是好奇那么简单吧？

武豪干爹说，那哪门不简单？

审问的人说，你好奇什么呢？

武豪干爹说，我好奇有了国民党，怎么还会有共产党？想了解共产党是干什么的。

审问的人说，共产党是干什么的，你了解了吗？

武豪干爹说，他们说是为穷人翻身当家做主的。我家又不穷，跟我不对路啊，所以我就没再看了。再说了，我买的时候，是国共合作抗日，国民党跟共产党都是兄弟一样团结抗日呢，所以，我买了一本看看。我哪里知道国民党跟共产党又闹翻了。早晓得这样，我就不买不看了。

审问的人说，好家伙，你说得头头是道！好像是我们要你买来看的。

武豪干爹说，是不是你们，没什么区别，事实是当时国共的确在合作抗日，共产党的军队都编入国民党军队了，我们下面的人哪里晓得那么多！

武豪干爹说的似乎句句都有道理，又句句都在绕弯子。审问的人一时脑筋也转不过弯来，找不到充足的理由来反驳。

审问的人说，先不跟你扯这个了。你是不是为了不给国军供应战略物资，自己放火烧了炼油厂，贼喊捉贼？你不要以为我们不知道，我们已经掌握了你贼喊捉贼的证据。

武豪干爹说，我自己烧自己的炼油厂？我看着白花花的银子不要，我有病？换作是你，你会烧吗？你们讲有证据，证据呢？拿出证据啊！我辛辛苦苦建起来的炼油厂，我自己一把大火烧了，我有病呀？你们不去抓真正的凶手，把我抓来算怎么回事？在你们眼皮底下有人嫉妒和眼红我彭武豪，把我炼油厂烧了，你们不去查真正的凶手，还诬赖我是共产党，我不大不小，也是国民党的上校，我要去告你们！

审问的人说，上校算个屁！我们抓的人，比你官大的多的是！你去告我们？你去试试，我倒要看你哪里告得响！你到了我们手里，就是我们讲了算，想要你死你就得死，比踩死蚂蚁还容易。

武豪干爹说，有本事，你们现在就踩死我，不踩死我，你们是牛养的！

审问的人说，你还嘴硬！我把你牙齿一颗颗撬下来！

说完，就拿一把铁钳撬掉了武豪干爹一颗牙齿。武豪干爹疼得几乎昏死过去。

武豪干爹被抓的消息，立刻传到了韭菜干娘和刘清平那里。韭菜干娘心急火燎地找到龙光烈，问龙光烈怎么办。

龙光烈说，武豪是我们的抗日英雄，我们发动整个湘西的学生游行

387

示威，就说国民党迫害我们的抗日英雄，要他们放人。

于是，一场轰轰烈烈的营救抗日英雄彭武豪的游行示威在整个湘西爆发了。

董金文也假惺惺地走在游行队伍里，跟着刘清平和韭菜干娘高呼口号。

"释放抗日英雄彭武豪！"

"谁抓抗日英雄，谁就是日本鬼子的帮凶！"

"残害忠良有罪！迫害英雄该死！"

声势浩大的游行示威，一浪高过一浪。

吴大铁和韭菜干娘递了状纸到省党部喊冤。

陈渠珍也写了保释说明给省党部，力证武豪干爹的抗日壮举。

省党部看整个湘西闹得天摇地动，不得安宁，大骂县党部捅了马蜂窝，是饭桶。县党部迫于压力，只能放了武豪干爹。

武豪干爹是放出来了，但董金文的危险性，依然没有一个人意识到。刘清平看董金文那么卖力地参加示威游行，反倒更信任董金文。一条养在饭碗下的恶蛇，正兴奋而凶狠地向他们昂着头吐着芯子。

虽然没有实质性的证据证明武豪干爹是共产党，但武豪干爹家里搜出的那本《共产党宣言》实在是一个重大的信号、一个可疑的问号。彭武豪的箱子里什么书都没有，为什么单有一本《共产党宣言》？如果仅仅是感兴趣，彭武豪看了就会扔掉，不会那么精心地保存起来，那是用一块红布外加一块织锦层层包裹起来的，是当心肝宝贝保存起来的。如果彭武豪不是共产党，他不会对一本《共产党宣言》那么看重和爱惜，不会那么精心地保存。董金文给县党部的信就是抓住这一点深入分析的。他觉得武豪干爹这件事不能就这么简单定论了结，要继续加强对武豪干爹的盯梢。

三十七

董金文想方设法接近刘清平，也是出于职业的敏感和嗅觉。

有威望的人，都是不一般的人。这是董金文对人的基本看法和判断。

刘清平在学校那么有影响和威望，证明了刘清平的不一般。刘清平即便不是他最后所需要的猎物，也绝对可以为他所用。利用有影响力的人为自己做事，那是水到渠成。

他利用刘清平认识了武豪干爹，武豪干爹很可能就是一条大鱼。现在这条大鱼，正在一步一步上钩。他再多撒点诱饵，这条大鱼浮出水面是迟早的事。他就不信武豪干爹家的池塘里全是小虾小蟹没有大鱼。他认为武豪干爹家池塘的水开始浑了、干了，他要浑水摸鱼，或者捡沉潭鱼。

董金文请刘清平喝了几顿酒，酒桌上，董金文就武豪干爹被抓一事大发议论，骂国民党独裁、腐败，骂国民党盘剥百姓鱼肉人民，骂国民党不但对共产党过河拆桥忘恩负义，还赶尽杀绝没有人性。他义愤填膺的样子实在让人动容。

董金文说，你看，彭武豪为抗日受了那么多伤，做了那么大贡献那么大牺牲，国民党还把他无缘无故抓起来，这不但是对共产党过河拆桥忘恩负义，也是对老百姓过河拆桥忘恩负义，是不是？

刘清平频频点头和竖大拇指。

刘清平有了发展董金文入党的冲动。

刘清平问，你对国民党这么恨啊？

董金文咬牙切齿道，恨！

刘清平笑，你这么讲国民党，不怕我告密？

董金文说，你不是那样的人，你若是那样的人，我就不跟你乱讲了。其实，你比我更恨国民党，我早就看出来了。

刘清平说，这话可不能到处乱讲，人心叵测，树根不容易烂，人心可容易坏，你跟我讲讲就算了，不能再跟其他人讲了。

董金文说，那怕什么？他们能做我还不能讲吗？讲一下，他们未必把我吃了！

刘清平说，还是小心为妙，小心驶得万年船嘛。

董金文假装心怀感激地说，谢谢刘老师提醒。还是刘老师老到，刘老师对我好。

不几天，刘清平把董金文拉到校园一角，极为秘密地耳语，想加入中共地下党吗？

董金文一听，两眼放光，激动得跳了起来，太好了，太好了！我早就盼着这一天了！

刘清平赶忙把食指靠近嘴唇，嘘——！

董金文悄悄问道，你是吗？

刘清平点头。

大鱼终于上钩了。董金文狂喜得心都要跳出来。

董金文迫不及待地问，还有谁是？

刘清平不假思索地说，吴凤音老师，我就发展了她一个。

董金文不甘心地问，其他没有了？

刘清平说，没有了。

董金文问，你们没开展活动吗？

刘清平说，只有我们两个人，不够成立支部。你加入了，我们就可以成立支部，开展活动了。

董金文有些失望地说，那咱们总得有上级吧？上级在哪里呢？

董金文一步步地给刘清平下套，只等刘清平钻。

刘清平说，我现在都不知道上级是哪个了。自从1942年这里的地下党组织遭受严重破坏，地下党牺牲的牺牲，转移的转移，各支部也是解散的解散，静默的静默了。

刘清平没有钻进董金文的连环套。刘清平说的是实话。

董金文回到家里，翻来覆去揣摩刘清平的话。他觉得刘清平既然说出了吴凤音，证明并没有对他设防，看来，刘清平真的没有见过上级，也没有成立支部开展活动。那么，抓刘清平和吴凤音有没有用？抓了是会打草惊蛇还是会搅出大鱼？

董金文决定铤而走险，先抓刘清平和吴凤音邀功请赏再说。既然吴凤音是中共地下党，那本在彭武豪家里发现的《共产党宣言》就肯定是她的。她作为彭武豪的妻子，彭武豪不可能不知道。彭武豪说那本书是他好奇买来消遣的，就一定是在保护吴凤音，这吴凤音和彭武豪的背后一定还有很多不可告人的秘密。吴凤音和彭武豪肯定是一根绳上的蚂蚱，必须同时抓了。只要抓了吴凤音、彭武豪和刘清平，他们的人就可能会出来营救，那就可以顺藤摸瓜抓出大鱼。

董金文想，上次抓彭武豪，就是刘清平和吴凤音组织学生游行示威。这次，他要看是谁再组织。谁组织，谁就是中共地下党。第二次抓彭武豪，游行示威者肯定还会拿他是抗日民族英雄来做文章和施压，但他妻子吴凤音是中共地下党，至少可以定他一个包庇罪。民间再也翻不起上次那样的大浪，他也不会再像上次那样挨骂了。

董金文的情报一递交上去，县党部也如获至宝。好家伙！湘西居然还有共军残匪，那还了得！立马抓捕！

刘清平、武豪干爹和韭菜干娘被捕入狱。

董金文撕下了伪装，亲自上阵审问三人。

刘清平的悔恨，是发自骨子里的悔恨。他恨自己太幼稚，轻易地相信了一个中统特务。恨自己无意中把吴凤音出卖了，吴凤音是他发展的，又是他出卖的。吴凤音正怀有身孕。他祸害的不仅是吴凤音和她的丈夫彭武豪，还有她腹中的胎儿。他想，这跟叛徒有什么区别呢？幸好他没有说出他见到的湘西工委书记，否则后果不堪设想。

审武豪干爹时，武豪干爹怒骂，原来派人在我家搜查，是你这个杂碎干的。亏你在我家时，我那么好酒好肉地招待你，早晓得那样，不如喂狗。我们两口子都对你那么好，你为什么要嫁祸我们呢？

董金文说，我可没嫁祸你们，你们就是中共地下党。刘清平亲口对我说的，他还要发展我呢。

武豪干爹说，你血口喷人！刘清平亲口对你说我们是共产党，他嗑错药了还是喝多酒了？你喊他来对质！

对质时，刘清平一口否认他跟董金文说过什么地下党，更否认他说过韭菜干娘是地下党，否认他要发展董金文。

刘清平说，我发展你？我拿什么发展你？我凭什么发展你？你发展我还差不多。

韭菜干娘更是大声喊冤。韭菜干娘说，我哥哥是国民党上校，我怎么就变共产党了？你们什么时候批准我入共产党的？你们谁看到我入共产党的？你们抓不到共产党，就随便抓我一个女流之辈，抓我一个孕妇，你们的良心被狗喀了！

董金文低估了这三个人的智商，没想到他们像是事先商量好了，一唱一和，滴水不漏，弄得董金文不知道从哪儿下手。

董金文说，我正是看在你们对我还好的面上，米有对你们用刑。你们不要拿我的好心当驴肝肺，也不要考验我的耐心。

刘清平冷笑，你还好心？你的心比毒蛇还毒呢！怪我不长眼，把你当知己。

董金文又从刘清平的话里看到了一线曙光，立马抓住这句话说，你不是讲你米跟我讲过那些话吗？怎么又怪自己不长眼睛把我当知己呢？

刘清平说，把你当知己，是在教学上，在生活中，不是在政治上。我是个教书的，两耳不闻窗外事，一心只教圣贤书。你倒是请我喝酒时骂了国民党不少娘，要不要我把你骂国民党的话也讲讲，你们也都记下来？你骂国民党独裁、腐败，骂国民党盘剥百姓鱼肉人民，你骂国民党没有人性屠杀共产党。你这笔账怎么算？

董金文说，我那是引诱你上钩的话。

刘清平说，引我上钩？你有什么钩值得我上？我看你是骨子里恨国民党，你就是国民党的叛徒。这样的叛徒你们不抓，抓我们，有没有天理？

董金文对韭菜干娘说，你这肚里的孩子几个月了？有五六个月了吧？你不为自己想也得为孩子想，不能让孩子还没出生就跟你去阴曹地府。

韭菜干娘说，哪个母亲不疼儿？我现在是你们砧板上的肉，你们想切就切，想剁就剁，我有什么办法？

武豪干爹说，你们要是敢对一个胎儿下毒手，我那些山上的兄弟会一拨一拨地来要你们的命，不信你们试试。你们也好好打听下我彭武豪在山上山下是什么样的名头，看看我彭武豪的钢火！

董金文说，你死到临头还嘴硬！

武豪干爹说，那你砍我的头试试。我保证你今天砍我的头，明天你就人头落地。

董金文或多或少听过武豪干爹的传奇。但他有那么大的党国撑腰，武豪干爹的硬话狠话是吓不倒他的。在董金文眼里，现在的天下还是国民党的，要捏死一个彭武豪和几个地下党，不费吹灰之力。

董金文恼羞成怒，对手下人大喊，上刑！烧红的烙铁就猛地戳上武豪干爹的胸脯。

刘清平被送上了老虎凳，双腿双臂，都被折腾得嘎嘎直响，断裂断折。

武豪干爹和韭菜干娘双双被捕，让龙光烈非常震惊。武豪干爹刚放出不久，又被抓走，龙光烈十分担心。他得想办法救武豪干爹、韭菜干娘和刘清平。

当爹火急火燎地赶到乾州见到龙光烈时，龙光烈正准备起身去找爹。

龙光烈想，武豪干爹会第二次被捕，肯定是哪个环节出了问题。是出了叛徒，还是国民党掌握了某种证据？他不得而知。安全起见，他叫彭武生带着张雪梅先到永顺的朋友家里避避风头，等风头过后再回来。彭武生自然是不肯走的，但不走不行。一是龙光烈交给他一批地下党名单，他得带着名单远走高飞，保护这个名单就是保护这些人的身家性命，保护组织完整。二是雪梅也怀孕了，他有责任保护妻儿。三是二哥彭武定已经牺牲了，如果大哥彭武豪再有个三长两短，彭家就剩他这一脉了，他不能再出事。龙光烈叫他不要做无谓的牺牲。保护地下党名单，保护地下党组织的完整，是最重要的任务，他必须带着这一特殊使命远走高飞。

龙光烈本来也要吴玉音跟彭武生一起离开。龙光烈要彭武生和吴玉音离开时，吴玉音才知道丈夫是共产党。虽然有点惊讶，但没有感到害怕，她知道吴赛银就是共产党。但妹妹吴凤音也是共产党，有点出乎她的意料。印象中，妹妹是个蚂蚁都不敢踩死的人，居然敢冒着杀头的危险参加共产党，不能不出乎她的意料。吴玉音想，共产党有一种什么样的魅力，把她身边最亲近的人一个个都吸引了？这身边的人本就是她最爱的人，她无论如何都不肯离开，她要跟龙光烈守在一起。龙光烈生，她就生；龙光烈死，她就死。吴玉音是个刚烈的女人。

龙光烈知道，武豪干爹第二次被捕，家里肯定被国民党监视了。

龙光烈问爹，你出来时有米有尾巴？

爹说，有的，我甩掉了。

龙光烈说，现在也不晓得你武豪哥他们怎么样了，唯一的办法，还是动员民众上街游行示威，不仅是动员学生游行，还要动员社会各界人士联名上书。另外，还要找山上的那些朋友帮忙。

龙光烈对吴玉音说，你赶快托人给爹带信，就说妹妹妹夫又被国民党抓起来了；再给点金哥发个电报，让他随时准备带人化装成地方武装攻打县党部。转头又对爹说，我去找人发动游行示威和联名上书。家云，你去找施行舟和瞿波平，求他们帮忙带上人枪配合点金哥。

爹说，是不是可以到永顺找找彭春荣和汪援华？彭春荣一直在跟国民党军队作对，我们跟汪援华在常德打过日本。

龙光烈说，彭春荣现在被国民党追杀得紧，自身难保。汪援华可以一试，他现在是副军长，应该能起作用。能用的关系可以都用一下。

找了一圈，施行舟和瞿波平不愿蹚这趟浑水，他们被国民党收编授衔了，得了点好处。汪援华更是不想介入，他跟国民党高层有千丝万缕的联系，更不想惹祸上身。只有田杏对吴点金说，到时我把我的人也带上，跟你一起救韭菜和武豪。

当地乡绅倒是联名写信给县党部，证明武豪干爹和韭菜干娘的清白。学生和民众也再次掀起了保卫抗日英雄的游行示威。附近学校的师生还到县党部门口静坐、绝食，要求无条件释放武豪干爹、韭菜干娘和刘清平老师。吴点金没有把队伍化装成占山头的地方武装，而是光明正大地带着人去县党部要人。

但这次无济于事。中统铁定是要杀一儆百，哪怕错杀三千，也不放过一个。县党部更不想自己再丢面子，也铁定要定几人的罪。

董金文对吴点金说，要放人可以，我给你面子，但前提是你妹妹妹夫都要写悔过书，声明脱离共产党。

吴点金说，他们根本不是共产党，写什么悔过书？

董金文说，他们是不是共产党，不是你吴点金说了算，是我董金文说了算，中统说了算。

吴点金说，你董金文了不起，中统更惹不起。你们的证据呢？拿来看看！

董金文说，证据就是那本《共产党宣言》，就是刘清平亲口跟我讲的他跟吴凤音是中共地下党，他死不承认也没有用。

吴点金说，照你这么讲，我现在讲你跟我讲过你是共产党，你要发展我，是不是也可以定你死罪？

董金文得意地说，你要有这个能耐，你可以这样跟我们中统去讲，中统不听，你跟你们军统去讲，看有冇有人信？看你狠还是我狠？

吴点金说，你狠！

董金文说，你不要再在这里浪费时间了。聪明点，就去劝你妹妹妹夫写悔过书；不聪明，就看你妹妹妹夫死。我也是看你我都同为党国效力的分上，才米有为难你妹妹，她一个孕妇，经不起我们党国的严刑。我已经是仁至义尽了。

吴点金冷笑道，那我们一家还得感谢你的大恩大德了。

吴点金见到韭菜干娘和武豪干爹时说，妹妹、妹夫，我晓得你们不是什么中共地下党，你们是被冤枉的，董金文说让你们写一个悔过书和脱党声明就可以出来。

武豪干爹说，我们不是中共地下党写什么脱党声明？写了不等于我们认了？那正中他们下怀。

韭菜干娘说，我死也不会写悔过书。我米有过值得悔。

吴点金说，好！我不是来劝你们的，我是给你们来打气的，不是中共地下党就坚决不能承认，坚决不能写悔过书。妹夫讲得对，写了就等于认了，那他们想哪门定罪就哪门定罪了。

韭菜干娘说，是的，要杀要剐，随他们便。

武豪干爹对吴点金说，我都在战场上死了好多回了，只是造孽你二妹和孩子了。孩子都还在娘胎呢。

硬汉硬骨的武豪干爹一阵心酸，泪如雨下。

再次提审时，董金文将刘清平、武豪干爹和韭菜干娘拖到审讯室同时审讯。董金文要让武豪干爹亲眼看着他是怎么折磨武豪干爹的心上人和亲骨肉的。

董金文问，你死不认罪是不？

武豪干爹说，不认！

董金文说，那好，你别怪我不给你机会。

董金文手拿皮鞭，走到韭菜干娘身边说，你也死不认罪是不？

韭菜干娘说，我无罪，有罪的是你们！

董金文愤怒地举起皮鞭，边抽边说，好，我有罪！我看你还敢讲我有罪！

韭菜干娘说，你就是有罪，你对国家和人民犯有天大的罪！

董金文说，好！我看你嘴硬还是我皮鞭硬。皮鞭暴雨似的狂抽在韭菜干娘身上。

武豪干爹和刘清平见状，都愤怒地大喊大骂董金文畜生。

愤怒至极的武豪干爹拼命挣扎，想挣脱锁链扑向董金文，救下韭菜干娘和肚里的孩子。仿佛几十年的力气都在此刻一齐汇聚到了武豪干爹身上，也仿佛真的是雷霆给力、雷神下凡，武豪干爹居然挣扎中把捆绑他的柱子连根拔起。武豪干爹拖着脚镣和柱子扑向了董金文。

几个喽啰将武豪干爹扑倒在地，打晕过去。

晕死过去的韭菜干娘，身下流出一摊鲜血，腹中的胎儿流产了。

龙光烈见一切都无济于事，他断定武豪干爹和韭菜干娘凶多吉少，断定国民党中统是铁了心要定武豪干爹和韭菜干娘死罪。他不能眼睁睁地看着多年一直帮助自己、一直同甘共苦的兄弟牺牲。至于刘清平，自从刘清平那次神秘地跟他谈共产党和国民党，神秘地告诉他以后他会知晓时，他就明白刘清平是地下党。

龙光烈想好了前因后果，决定把自己交出去，换回他们三人。

他知道这一步不见得起作用，但必须去试一试。中国人民解放军已经吹响了解放全中国的冲锋号，中国人民的天就要亮了，好日子就要来了。他不能眼睁睁地让几位战友在黎明前的黑暗里牺牲，不能让韭菜干娘腹中的孩子看不到好日子好生活。

吴玉音知道龙光烈这一去，不是生离就是死别。吴玉音紧紧地抱着龙光烈，说什么也要跟着一起去，在天已为比翼鸟，在地也做连理枝。吴玉音说，我虽然不是你们组织上的人，但我是你的人，糯米跟黏米揉成一个粑粑，谁都扯不开了。

龙光烈捧着吴玉音的脸，深情地说，讲得好，玉音，我们是分不开的一个人了。既然是一个人，我去了，就等于你去了，我在哪里，就是你在哪里了。你的灵魂跟着我、心跟着我就行了，不见得身体也要跟着我。

吴玉音说，灵魂和心都在身体里装着，身体不跟着，灵魂和心怎么跟？

龙光烈说，我们的灵魂是同一个灵魂，我们的心是同一颗心了。我的身体里装着你的灵魂和心。你的身体里装着我的灵魂和心。我走到哪，你的灵魂和心就到哪。你走到哪，我的灵魂和心也跟到哪。你要听话，要坚强，好好地活着，替我活着，替我看看新的中国和新的世界是什么样。

吴玉音哭了起来，说，你如果回不来，我活着有什么意义？

龙光烈用手拂掉吴玉音的眼泪，笑，有意义啊，当新的中国和新的世界建立时，你可以骄傲地说，这里有你丈夫的奋斗和牺牲。

龙光烈特意穿了一套崭新的苗族服装，走进了戒备森严的县党部。

我就是那个放火烧了彭武豪家炼油厂的共产党，是给彭武豪家放《共产党宣言》的共产党，我还是那个给红军运送战略物资的共产党。龙光烈气宇轩昂地站在董金文面前。

好家伙，我放出的长线，终于有大鱼咬钩了！董金文激动得手舞足蹈，却并没有因为龙光烈的出现而放了武豪干爹三人。

董金文说，你讲那把火是你烧的，我凭什么相信？你是为了救他们，替他们来背锅的吧？

龙光烈说，我不是替他们来背锅，我是觉得大男人要敢做敢当，躲在后面让人受过，不算男人。

董金文问，那你为什么要烧？

龙光烈说，很简单，他们要给你们生产战略物资，当你们的帮凶，我必须烧了，不然多生产一天，我们的人就多死一些。

董金文说，据我调查，你跟彭武豪关系很好，为什么还烧？

龙光烈说，是很熟，我给他看过病，我跟他做过生意，我们还一起抗过日，但他见利忘义、见钱眼开，我不能放任不管，听之任之。朋友感情再深，都没有民族利益重要。

董金文说，你跟他只是生意关系、看病关系？

龙光烈说，那你讲是什么关系？我是医生，看病是我的天职，哪个病人找我看病我都得看，你要是得了不治之症找我，我照样看。给病人看病也有罪？病人找我看病也有罪？

董金文说，那你跟他做过什么生意？

龙光烈说，就是买过他的桐油、汽油和煤油。

董金文说，买这些干什么？

龙光烈轻蔑地说，消灭你们啊！

董金文说，彭武豪知道你是买来送给你们部队的吗？

龙光烈笑道，他怎么会知道？他是你们国民党政府委任的上校，深得你们国民党政府信赖，我怎么会让他知道！

董金文问，你讲《共产党宣言》是你放的，我们凭什么相信？

龙光烈说，我讲了你就信了。那本书是用一块两尺长短的红布包的，书的第九页还有第十一页，我不小心滴了几滴煤油。有一页——不记得是哪一页，我折了个角，但那句话给我印象极为深刻："为了拉拢人民，贵族们把无产阶级的乞食袋当作旗帜来挥舞，但是，每当人民跟着他们走的时候，都发现他们的臀部带有旧的封建纹章，于是就哈哈大笑，一哄而散。"

董金文步步紧逼，你为什么给这句话折了个角？

龙光烈说，因为我当时没怎么看懂，得仔细琢磨，看懂了，就觉得太深刻太好了。

董金文问，怎么深刻，怎么好？

龙光烈说，是要我给你们宣讲《共产党宣言》吗？

董金文恼羞成怒，喊，大刑伺候！

龙光烈笑道，我这不算自首吗？自首就是俘虏，你们就这样对待自首的俘虏？

国民党中统惯用的大刑，全用在了龙光烈身上。

龙光烈的惨叫，一声比一声烈，最后喉咙嘶哑得再也叫不出来了。

吴大铁见怀着身孕的小女儿和两个女婿都被捕，心被揪得日夜不安。吴大铁知道韭菜干娘和武豪干爹为了抗日和打败国民党，已经千金散尽。吴大铁拿出所有积蓄，让吴点金重金疏通各种关系。但是积蓄花光了，国民党还是不肯放人。家里藏着《共产党宣言》的，一定藏着一个共产党的组织，藏着几个重要的共产党人。

见国民党依然不肯放人，吴大铁知道女儿女婿凶多吉少。以前能用钱开路的事情，今天居然开不了路，女儿女婿一定是有什么铁的把柄被国民党捏着。吴大铁跟梁冬梅说，看样子女儿女婿这次犯的事大，不然不会拿钱都买不通。

梁冬梅说，是不是人家嫌钱少？

吴大铁说，贪的人，再多的钱，打汤都不浓。

梁冬梅说，那哪门搞？

吴大铁说，再找人多送。

梁冬梅说，钱都送完了。

吴大铁说，把船卖了，倾家荡产也要救出女儿女婿。

梁冬梅说，全卖了，船运公司就破产了。

吴大铁说，破产了就破产了，我们不破产，女儿女婿就米有命。

梁冬梅说，好，卖了。屋里还有二十多亩田，够喰够用了。

吴大铁说，是的，要是女儿女婿米得了，再多的钱都米得用。

吴大铁托人卖掉了四艘轮船，换取足够的银圆和金条，继续去买通各种关系。

吴大铁想，以前的买路钱不见得都买对了各路神仙，他得找对人。想来想去，只有陈渠珍本事大、人缘好、人品正，便带着轮船换来的金条去找陈渠珍，希望陈渠珍救救他对国有功的女儿和女婿。

陈渠珍自然很了解武豪干爹和龙光烈。武豪干爹和龙光烈在抗日中九死一生的事，他再清楚不过。武豪干爹倾家荡产为国家炼桐油、汽油的事，他更知道。龙光烈还给他看过病、救过命。嘉善抗日，还是他亲自派武豪干爹跟随顾家齐一起去的。

陈渠珍自然不会见死不救。

陈渠珍拍着胸脯安慰吴大铁，说，大铁，这事包我身上，你尽管把心放到肚子里。钱和金条，你都拿回去，乡里乡亲不兴这些。

吴大铁说，我晓得你不会要，但别人要，你这是帮我求别人办事，哪有求人办事只来话不来米的？只来话不来米，人家不办事哪门搞？

陈渠珍笑道，你放心拿回去，那些爱钱的人，我不找他求他，我找不爱钱的人。

陈渠珍心里早想好了，只有找到程潜，武豪干爹和龙光烈才有救。程潜是湖南省政府主席，刚上任不久，爱国，亲民，识大局，明是非，肯定有戏。

程潜是仁义之人，也是开明之将，看了陈渠珍和吴大铁的请呈后，签下了"慎重处理，刀下留情"的免死牌。

武豪干爹和韭菜干娘刀下得救了，龙光烈和刘清平却未能幸免。因为龙光烈已然承认自己是共产党，程潜的免死牌也没有用。再说，横行霸道惯了的中统，是程潜所管不了的。听你的，是给你程潜面子；不听你的，是你程潜自讨没趣。所以，中统给了程潜一半面子，撕了程潜一半里子。

刘清平尽管后来矢口否认，但董金文和中统根本不理。董金文对刘清平说，不承认迟了。刘清平说，既然你们死咬住我不放，那就开刀问斩吧，我就是共产党，大不了就是死嘛，革命者不怕死，怕死就不革命。

董金文说，你放心，马上就送你上路。

董金文和中统的确等不及送龙光烈和刘清平上路了。夜长梦多，他们得早点把龙光烈和刘清平处理掉。

董金文把龙光烈和刘清平各自绑在刑场的一棵古树上，残忍地用铁锤将钢钎打进他们的腹部，钉在古树上。两人的惨叫，把附近的鸟雀都惊吓得飞得老远。

董金文对围观的群众喊，这就是共匪的下场！谁想当共匪，谁就是这个下场！

刘清平满口鲜血喷出来说，董金文，你这个狗娘养的，老子变成鬼都不放过你！

董金文把钢钎左右一摇，说，你先变成鬼再说！

备受折磨、遍体鳞伤的龙光烈已经气若游丝了。

龙光烈艰难地抬起头，想看看四周。面对越来越多的人，龙光烈一字一顿地说，乡亲们，不要怕，国民党这是在垂死挣扎，我们共产党的军队已经解放了半个中国，很快就要渡过长江，打到我们湘西了，湘西很快就要解放，大家很快就会过上好日子了。

董金文走到龙光烈身边，用力把钢钎摇了几下，说，都要跟阎王爷做伴了，还不忘你的赤色宣传，蛊惑人心。

匆匆赶来的吴玉音和吴大铁、梁冬梅，看到这惨烈的一幕，都腿软软的，站立不住。吴玉音大喊一声，直接昏了过去。

爹和向立地姑爷也带着大婆大爷挤到人群最前面。

董金文哈哈大笑着喊，来了好啊，来了好啊，好好看看你们的亲人是怎么死的，再好好想想你们以后要不要这么死。

向立地姑爷见龙光烈和刘清平被那么长的钢钎穿透，血像水一样顺着钢钎和腿往下流，捏紧拳头就要冲上去。爹一把拉住，憋着哭腔说，这么多兵，我们哪门救？救不了啊，立地！

向立地姑爷也流着泪说，那就这样看着光烈哥死吗？

爹说，这笔血债，迟早要还！

吴大铁对大婆大爷说，亲家，你们照顾好玉音，我和冬梅带家云上前送送光烈他两个。

大婆说，光烈是你女婿，也像我儿子一样，我们跟你一起去送光烈。立地留下来照顾玉音。

爹就带着四个老人走向龙光烈和刘清平。

走到董金文跟前，爹被董金文拦住了。

董金文呵斥，你不准再走，让几个老鬼过去。

爹说，我跟龙光烈兄弟一场，让我送送他和刘老师。

董金文更加凶狠地呵斥，不准！

爹还是哀求，求你了，董长官！

董金文把爹一踢，不行就是不行！不要啰唆！

爹见苦苦哀求无效，眼泪都急了出来，突然跪下来带着哭腔求道，董长官，求求你，放我进去送送。

龙光烈看见爹跪下来求，有气无力地喊，家云，站起来！你的骨头呢？站起来！人怎么能给畜生下跪？

刘清平也有气无力地喊，站起来，家云哥，人不能给畜生下跪。

爹不听，继续跪着求。

这样的时候，他不能不弯下脊梁，他要近距离地见上龙光烈和刘清平一面，他要零距离地送上龙光烈和刘清平一程，哪怕后半辈子背一世骂名。

围观的人群也都纷纷喊骂，临死也不让人见一面，你们这样做太米人性了。

董金文只得放爹也进到刑场。

吴大铁和梁冬梅端着一碗鸡肉，走到了龙光烈面前。大婆大爷端着一碗鸡肉走到了刘清平面前。

吴大铁说，光烈啊，爹和娘无能啊，米有救下你啊。

龙光烈说，爹，我是犯了国民党的天条，哪个都救不了。我不怕，爹。

梁冬梅舀了一勺鸡汤喂给龙光烈，喰口鸡汤，光烈。再喰块鸡肉，喰得饱饱的。

龙光烈咧着一嘴的血笑，爹，娘，女婿不能陪你们，不能给你们尽孝了。说完，眼泪也唰唰地流了下来。

梁冬梅用衣袖轻轻揩掉龙光烈满脸的血和泪，说，不哭，孩子，我们不哭，我们不让坏人开眼睛。

龙光烈说，我不哭。娘，爹，我是舍不得你们，舍不得玉音。这辈子能够娶玉音做媳妇、有你们做爹娘，我死而无憾。

龙光烈说着就露出了笑脸，眼泪却还是止不住地流。

吴大铁夹了根鸡腿说，先喰饭，喰完了，爹和娘再陪你讲白话。

梁冬梅一点点撕开鸡腿，一片片喂给龙光烈。

梁冬梅的眼泪，如断线的珠子。

龙光烈说，娘，你莫哭，我来世再做娘的女婿。

梁冬梅一边喂着龙光烈，一边落泪点头说好。

吴大铁的泪也一滴滴落在碗里。

这边，大爷大婆端着鸡肉鸡汤喂刘清平。

大爷说，孩子，你到我们这里受苦了，有什么话要带给家里，都给叔叔讲，叔叔搭上老命也要找到你家，把话带到。

刘清平微笑着说，叔叔，我家里没有亲人了，我爹得痨病死了，我娘被日本飞机炸死了，我哥哥被抓壮丁没有一点音信，肯定也是死在战场上了。

大爷摸了摸刘清平的脸说，苦命的孩子啊，老天怎么老欺负这些好人啊。

刘清平说，叔，我在湘西过得很好，我不冤。冤的是武豪哥哥和嫂子，还有光烈哥，他们都被我害了，是我瞎了眼睛，轻信董金文，引狼入室。我肠子都悔青了啊，叔！到了那边，也死不瞑目啊，叔！

大爷安慰说，孩子，不是你的错，是狗日的坏人的错，你就安心地去，我们都不怪你。你是好孩子、大英雄，我们都会记着你。

刘清平说，叔，我肯定回不去了，我死了，你就把我埋在你家的山上好吗？我想跟你们在一起。

大爷闻言热泪双抛，说道，孩子，叔记住了，我到时让子子孙孙都给你扫墓。大爷转头对爹说，家云，听到了米有？到时让子子孙孙给你清平兄弟扫墓。

爹说，记住了，我一定年年带着子孙给清平兄弟扫墓。

爹问，老弟，你家在哪？你哥哥也许会活着。以后有机会，我去你老家找找，也许能够找到。我要把这里发生的一切都讲给你老家人听。要是你老家还有亲戚，我一定把你送回去，跟你爹娘在一起。我们这里，也会给你立一块大碑，武豪哥和我，还有武生和立地的子子孙孙，年年都会给你烧香上坟。这些子子孙孙也都是你的子子孙孙。我对你发誓，保证做到。

刘清平依然咧嘴微笑着，说，大哥，我那边没有其他亲人了，你们就是比我亲人还亲的人。我死了，你把我的头发割一绺留着，等有机会，帮我埋在父母的坟上，算是我在九泉下跟父母相会，给父母尽孝。

大婆接过大爷手里的碗，对刘清平说，刘老师，多喝两口鸡汤，那边冷，喝口鸡汤暖暖身子和胃。

大婆一勺一勺的鸡汤，把刘清平一直强忍着的泪喂了出来。

泪水和着鸡汤一点点地咽下去。

喝到一半，刘清平的嘴不动了，脖子硬硬地挺着，断气了，眼睛却直直地望着天空。

爹和大婆看刘清平的眼睛不闭，更加泪水长流。爹一边抹着刘清平的眼睑，一边哭着说，你放心闭眼吧，老弟，我们的子子孙孙都会给你烧纸送钱，让你在那边不再清冷，不过苦日子。

刘清平的眼睛闭上了，一丝笑意浮现在他泪水未干的嘴角。

龙光烈却还在顽强地等待着什么。他对我爹说，家云，你砸锅卖铁，都要厚葬刘老师。

爹咬紧嘴唇，含着眼泪，尽量压抑着自己的哭声，点头应承，我会的，哥。

龙光烈又说，我死了，你把我送回清水岗，埋在我爹娘身边。在世时，未好好陪过他们，死了，永远陪着他们。

爹再也忍不住了，哭出声来，光烈哥，你不能死呀！

龙光烈说，人总有一死，我死得值得。

龙光烈接着说，也不晓得你武豪哥和嫂子被他们怎么样了，万一也被谋害了，你要和武生、立地撑起这个大家。这个家，你是老大了，你要挺住，你不能垮！要把这个家像以前一样好好地团起来。你玉音嫂子，更要多关顾，我走了，她就孤单了。你好好劝她改嫁一个好人家。两位老人，你一点都不能慢待，晓得不？

爹强忍眼泪，嘴唇都咬出了血。

这个时候，吴玉音在昏迷中醒过来。醒过来的吴玉音疯了一样哭喊着跑了进来。

向立地没能拉住。拦住她的每一个士兵，都被她疯狂地推开、推倒。

董金文气急败坏地喊，这个女人疯了，拉住她！

向立地怒目圆睁地一步冲向前，吼道，谁敢拦？你们就这么没人性，临死也不让人家两口子见见面说说话？

爹和大婆大爷也往前一步挺身上来，其他的民众也挺身上前，护住吴玉音。

有人高喊，你们再拦，我们就跟你们拼了！

对，跟他们拼了！

其他人高声呼和。

董金文只好悻悻退后，让吴玉音和龙光烈最后话别。

龙光烈流着泪说，玉音啊，你怎么这么哈啊，我喊你不要来你怎么来了啊，会吓着你啊。

吴玉音说，有你，我什么都不怕啊。不就是一些鬼吗？我不怕，我来帮你打鬼。

龙光烈说，我不是跟你讲了吗，玉音？你要好好活着，好好陪爹娘，陪弟妹，替我看新的中国新的世界。你不活着，哪个替我看新的中国新的世界？

吴玉音说，有家云、立地、点金，有这么多人替你和我看新的中国新的世界。

吴玉音轻轻地依偎在龙光烈身边，柔情地说，光烈哥，还记得我们第一次在韭菜和武豪婚礼上相见，第一次在战场上相遇吗？

龙光烈微笑着回忆说，记得，记得。

吴玉音深情地看了看龙光烈，唱起了歌：

　　要吃辣椒不怕辣
　　要当红军不怕杀

刀子架在颈项上

　　砍掉脑壳只碗大个疤

　　如诉如泣的歌声，唱得每一个人心里都酸酸的、痛痛的，泪像决堤的洪水，奔涌而下。

　　龙光烈在吴玉音深情的吟唱里，一直努力地动着嘴，想努力地跟上一两句，却一句也唱不出声，只能偶尔断断续续地从他不断喘息的声音里听出一两个词。他歪着头，努力地望着吴玉音微笑，气息渐渐地没了，灵魂慢慢地飘散。一双看不见的大手，把他紧紧拽着，越拉越远。他想努力笑得灿烂一点，以给爱人和世界最后一丝温柔，笑却那么甜蜜而疲惫。他想努力地睁开眼睛，多看爱人和世界一眼，眼皮却怎么都不听使唤，慢慢地闭上了，留下的是最后一份不舍和留恋。

　　龙光烈流尽了最后一滴血，耗尽了最后一丝气息。沧桑的脸上，既有无尽的牵挂和不舍，也有慷慨的从容和安详。

　　吴玉音捧着龙光烈胡子拉碴的脸，失声痛哭。

　　吴玉音踮起脚尖忘情地、深深地吻着龙光烈，久久不愿分开。

　　吻了很久后，吴玉音擦干眼泪对董金文说，董金文，你不是要龙光烈和我妹妹他们写悔过书吗？你拿纸笔来，他们不写，我写。

　　董金文将信将疑道，为什么你写？你写有什么用？

　　吴玉音说，因为我不想再看着他们死了，我要让他们都活着。还有，我虽然不是共产党的人，但我也替共产党做了很多事，我都给你写下来。

　　董金文一听，高兴地说，好啊！识时务者为俊杰，你们家总算有一个识时务的。快去，拿纸笔来！董金文赶忙吩咐喽啰，生怕吴玉音反悔。

　　跑腿的喽啰气喘吁吁地把纸笔拿来时，吴玉音不相信地问，我写了，你会放过我们吗？

　　董金文拍着胸脯说，我董金文男子汉大丈夫，当然讲话算数！

　　吴玉音说，那好，你把纸笔拿给我。

董金文开心地恭恭敬敬地双手捧着纸笔递给吴玉音。

说时迟动时快，吴玉音迅速地从腰间抽出一把磨得锋利的剪刀，把所有的仇恨和愤怒都凝聚在对董金文胸口的狠狠一插里。寒光闪处，鲜血四溅，董金文捧着剪刀大喊着逃窜，逃窜中一个趔趄扑倒，剪刀更深地扎进胸膛，只剩剪柄。

作恶多端的董金文被吴玉音的一把剪刀，剪掉了与这个世界的联系，剪断了他祸害人间的祸根。

子弹一齐射向了吴玉音。

吴玉音大笑着抱着龙光烈倒下……

倒成一个依偎的姿势，紧贴在龙光烈的膝下。

一个女人的血性壮烈，唤醒了所有人的血性壮烈。爹和向立地姑爷喊了一声，跟他们拼了！就像引信点燃了雷管，围观的人群排山倒海般扑向了几十个刽子手。

刽子手的子弹雨点似的扫，愤怒的人群草垛一样倒。

愤怒的引信，点燃的是湘西人血性的雷管、彪悍的雷管、死不足惧的雷管。一排海浪扑灭了，一排接一排的海浪升腾翻滚着压了过来。一浪高过一浪的愤怒，一浪高过一浪的人群，吓得刽子手边打边逃。

乡亲们十几个、几十个地扑上一个个刽子手、围上一个个刽子手，把刽子手一个个用石头砸死，用棍棒打死，用无数双积满仇恨的手掐死。

三十八

龙光烈和吴玉音、刘清平牺牲后,大爷把自己上好的楠木棺材让给了刘清平,又让武豪干爹选了一块最好的向阳坡地,厚葬了刘清平。

大爷对武豪干爹说,生逢乱世,刘老师在我们湘西米过上什么好日子,我这上好的楠木棺材给他了,算是我们能为他做的最后一点事了。

大婆长叹一声道,一个好好的安徽大小伙子,就这样把命搭在我们湘西了。两行泪水,潸然落下。

饱受董金文折磨的武豪干爹,尽管十分虚弱,还是硬撑着给刘清平扶灵护灵,送刘清平最后一程。

与此同时,爹和吴点金、向立地则把龙光烈和吴玉音护送到龙光烈的老家——保靖县普戎乡清水岗。尸体不能久放。爹和武豪干爹必须分头行动。

清水岗坐落在普戎乡酉水河边,是龙光烈胞衣所在地。一面是陡峭万丈的大山石壁,沿河几公里的石壁都毫不客气地直插在酉水河里,不给清水岗一寸空旷之地。那气势,真是雄壮和嵯峨。另一面则是相对平缓的山丘山地,宽厚的大山在河的一岸退让出了七八百米,留出了一片空旷,长出温馨的村庄、温柔的田园和温暖的庄稼,长出迤逦蜿蜒的诗情和画意,让龙光烈的祖祖辈辈繁衍生息。

早年,跟随贺龙在湘鄂川黔边区闹革命的龙光烈,奉命回到普戎,建立了一支红军游击队。他带领红军游击队打土豪、剿团防,跟国民党地方势力和敌伪政权斗智斗勇、四处周旋,轰轰烈烈。当时流传甚广的顺口溜"手牵龚猴子,脚踏皮靴子,打死王麻子,拖死周矮子,吓死刘卷子,活捉罗效子,保靖捉猪子,湖北拖桌子,龙山玩狮子,永顺牵骡子",就是龙光烈和他的战友们闹革命的真实写照。这十个"子",是当地群众和红军给在保靖、永顺、龙山、大庸、古丈、桑植及湖北恩施等地的大小土匪首领和敌伪政权头目取的外号。很形象。很生动。比如活跃在大庸的土匪首领龚仁杰很瘦,就叫他龚猴子;活跃在永顺的土匪首领周燮卿很矮,就叫他周矮子。刘卷子指的是头发卷曲的龙山县土匪首领刘子良。桌子指的是比邻湘西的湖北来凤的土匪首领向卓安。骡子指的是永顺县的土匪首领罗文杰。白色恐怖时期,龙光烈带着扩红扩来的一千多人回到永顺塔卧,继续跟随贺龙。他的父母和兄弟全部被国民党杀害。龙光烈一家满门忠烈。

龙光烈和他妻子牺牲的消息传到普戎时,普戎很多村子的人都冒着杀头的风险,自发地来到县城,迎接他们的英雄。龙光烈出生的村子,更是不分男女老少,全体披麻戴孝,以最隆重的礼节,一部分前来县城迎接,一部分列队村里恭候。爹、向立地、吴点金都亲自抬棺护灵和扶灵。

作为吴玉音的骨肉亲人,吴大铁、梁冬梅和韭菜干娘、吴点金,更是悲痛欲绝,几次晕厥。

山路崎岖,水路弯弯。龙光烈夫妇的灵柩在山路和水路上走了一天一夜后,回到了清水岗。披麻戴孝等候在清水岗的那些男女老少,都在河边、岸边、田间、地头装了谢灯,照亮龙光烈和吴玉音回家的路。

彭武生也在迎候龙光烈和吴玉音的队列里一起跪迎。

彭武生原来并没有走多远,而是被龙光烈安排到了龙光烈老家躲避追捕。

当龙光烈和吴玉音的灵柩经过彭武生的身边时,早已泪流满面的彭武生号啕大哭。他追着龙光烈和吴玉音的灵柩大喊,光烈哥啊,你死得冤啊!光烈哥啊,米有你了,我以后跟着哪个啊?

是啊,龙光烈一直是彭武生的领路人和主心骨,龙光烈牺牲了,彭武生的灵魂仿佛被一下子抽空,不知道何去何从了。

按湘西风俗,死在外面的人是不能进家门的。但清水岗的父老乡亲却把龙光烈和吴玉音恭恭敬敬地请进了家门。龙光烈家里虽然没有家人了，但他的两个叔叔还在，他从小长大的小木屋还在。两个叔叔做主，把龙光烈和吴玉音请进了家门，停放了三天。龙光烈和吴玉音回家了。龙光烈和吴玉音的灵魂从此有家的气息和家的温暖了。

龙光烈跟吴玉音是一起合葬的。生前聚得太少，死后永不分离。

入土那天，彭武生把爹叫到一边，悄悄地拿出一个铁盒子对爹说，家云哥，把这个也跟光烈哥一起埋了吧。

爹问，这是什么？

彭武生说，是光烈哥交给我的党员花名册，他发展的党员都在上面，光烈哥让我死也要保护好这个花名册。

爹说，你的意思是把花名册跟光烈哥一起埋了最安全？

彭武生说，是的，这牵扯到几十人的性命，留不得，也毁不得，放在哪里都不保险，只有跟着光烈哥埋在地下最安全。

爹说，我们把党员名字记住，毁了不更安全吗？

彭武生说，毁不得啊，毁了就不是原始档案了。

爹说，也是。那就跟光烈哥一起埋了，这是万全之策。上面有我们的名字，就是我们给光烈哥做伴。

灵柩安放入土后，爹对龙光烈的两个叔叔说，叔，我和武生，还有立地、点金，跟光烈哥一起并肩战斗了好多年，我们的感情比亲兄弟还亲，比亲兄弟还深。我们想慢点培土，想多陪光烈哥一阵子。你们都先回去吧，我们几个把坟垒好。

爹的目的自然是想支开所有人，以便埋葬那个重大的秘密。

彭武生担心吴点金泄密，对吴点金说，点金哥，你也陪着两个叔叔回去吧。

爹虽然不担心吴点金泄密，吴点金肯定也不会泄密，但这个秘密晓得的人越少越好，不然怎么叫秘密呢？于是爹也劝吴点金先回去照顾两位老人。

几十个人的同一种秘密，几十个人的一小段历史，就这样跟着龙光烈一同埋在了地下。

龙光烈、刘清平和吴玉音的牺牲，让爹一直羞愧难当。两个男人视死如归，一个女性大义凛然，而爹却在送龙光烈和刘清平最后一程时，选择了软弱、下跪、委曲求全。一个大男人，居然不如一个女人刚烈、血性，实在枉为男人。

爹被日本人活活剐皮时没有流泪，龙光烈、吴玉音和刘清平牺牲后，爹却动不动就落泪。

尽管龙光烈的身子是爹一点一点洗净的，寿衣也是爹一件一件穿上的，爹还是陷入了深深的自责中。爹是觉得完全可以武力对抗救出他们。他想，他如果再勇敢点，龙光烈他们就不会牺牲了。爹和向立地姑爷也有枪，为什么不拿枪劫法场？为什么不拿枪跟刽子手拼命？劫了，拼了，龙光烈几人就不会牺牲了。那么多的人，掐都把刽子手掐死了。几十个刽子手有多少血啊？一个掐他一灯盏血，就把他们的血放干了。那几十个刽子手，不是后来一个都没跑掉，被老百姓赶尽杀绝了吗？国民党当局不是也怕把事情闹大、怕引起百姓暴动而没再深究吗？

爹为此茶饭不思，瘦了好大一圈。爹觉得自己窝囊、怯弱，是自己的窝囊、怯弱害死了龙光烈几个。

杨莺莺大娘也跟着茶饭不思，瘦了一圈。

被释放出来的武豪干爹安慰爹道，事情不是你想的那么简单。要是像你想的那么简单，就不会有这么多事发生了。

韭菜干娘也劝慰道，人死不能复生，你这样折磨自己，我姐姐姐夫也会难过。他们就是用他们的死换我们好好地活。我们不能辜负他们，要好好地活。

武豪干爹说，光烈牺牲了，我们不能散。我们现在要做的，是要接过光烈的旗帜，把人组织起来，继续开展地下工作，迎接解放大军的到来。

爹说，玉音姐为了光烈哥，敢一剪刀刺死董金文。我为了给光烈哥送行，给董金文讲好话，还下跪哀求，不如玉音姐一个女子硬扎。

杨莺莺大娘说，你那也是为了让光烈哥走得安心啊。

对，你这也是对光烈哥的感情，米什么错。韭菜干娘说。

爹说，我还是觉得羞耻。

杨莺莺大娘说，哎呀，你就不要自责了。那种情况，只能这样委曲求全。

武豪干爹说，又不是当叛徒，是为了送你光烈哥，心是好的，也米做错，有什么好羞耻的？

韭菜干娘说，振作起来，替他们报仇。

彭武生说，嫂子讲的是，我们不能就这样让光烈哥他们白白牺牲了，要闹出点动静，给光烈哥他们报仇。

怎么闹呢？向立地问。

武豪干爹说，君子报仇十年不晚，等待时机。

苍天不负善，苍天也惩恶。那些恶人坏人，老天都不会饶过。韭菜干娘说。

龙光烈、刘清平和吴玉音的牺牲，实际上引发了湘西政治的大地震。几十个刽子手的死亡，引爆了国民党内部政治大纷争的地雷。

国民党之所以没有再动用武力镇压手刃几十个刽子手的湘西百姓，主要是因为人民解放军已经大举南下，很快就要渡过长江打到重庆，解放全中国。国民党这时候得安抚和稳定湘西这个最重要的重庆屏障，加上湘西人实在彪悍善战，国民党不敢再对湘西轻举妄动。湘西法场的这场没有预谋的突然暴动，再次证明了湘西人的彪悍和善战。

这场暴乱自然成了国民党派系斗争的导火线。

军方以地方保安团治理不力上书蒋介石，要求军方强力维稳，武装戡乱。为了控制湘西这个战略要塞，防止共产党势力进入湘西，蒋介石提出了"戡乱建国"的治理方针，任命其黄埔军校第一期的嫡系学生李默庵为十七绥靖区司令，驻防常德，镇守湘西。李默庵打着"戡乱建国"的旗号，令各县建立"戡乱建国"大队，取代各县保安团。各县"戡乱建国"大队，大肆收缴各县保安团和自卫队的枪支，把整个湘西变成"兵营"，对整个湘西实行军管，以釜底抽薪的方式削弱湘西地方武装的力量,从而把地方武装直接转化为反共力量,切断共产党在湘西可以利用的任何力量。

不想,这种兴我亡他的狼子野心,立即遭到了湘西各地保安团武装的强烈抵抗。最先反抗的是曾经带着湘西的所谓土匪转战襄阳、鄂西、长沙、常德抗日的汪援华。武豪干爹和爹都曾在常德保卫战中与之并肩作战。

汪援华当时是驻防桑植、永顺、大庸的省保安十团团长,他的十团是湘西武装最好、实力最雄厚的保安团。原湖南省主席王东原对汪援华厚爱有加,他调任台湾省当主席前,把汪援华的保安团全部换上了装备精良的美式武器、德式武器,并增设了炮兵营、特务营、步兵营,每个营都有机枪连、火箭筒连,可谓一支王牌的正规军。

李默庵授意永顺县县长大摆宴席,宴请永顺警察局长曹振亚、自卫队副总队长李兰初,要他们在酒桌上交枪交权。杯酒释兵权这出戏,在永顺一开演,就被曹振亚和李兰初掀了桌子、摔了杯子,当夜拖走人枪,出走石堤西。正在龙家寨一带"剿匪"的警察局督察长周海寰,也闻讯带着一个分队赶到石堤西入伙。杯酒释兵权这出戏戏台上好演,现实生活中却不好看。曹振亚、李兰初、周海寰,都是汪援华的死党和心腹,怎么会容忍李默庵这样不声不响地夺了兵权?缴了他们的枪,就是要了他们的命。

湘西事变,拉开序幕。

李默庵当然知道曹振亚、李兰初、周海寰是汪援华的死党和心腹,就设计调离汪援华,让汪援华去邵阳整训学习。这是明摆着要把汪援华部一锅端。

中共湖南省委得知这一消息,立即派中共地下党员冯泉找到汪援华,晓以利害,进行策反。身经百战的汪援华本来就不是吃素的,他哪里受得了这种窝囊气和侮辱。地下党一策反,汪援华就指示周海寰打进永顺县城,赶走永顺县县长,把军火库的武器弹药抢劫一空。正在永顺"戡乱"的国民党八区行署专员聂鹏升,也被周海寰以保护的名义软禁起来。汪援华、曹振亚随后带着大队人马入城，把共产党人冯泉拥戴为代理县长。

随后，汪援华召集永顺各阶层头面人物开会，歃血饮酒，摔碗结盟，成立了"湘西北人民反压迫自卫军"，汪为总指挥，曹为副指挥。汪援华四处印发《湘西北人民在咆哮》传单，通电全省，"拥护程潜主席""改善湘西北人民生活""实行真正的民主政治"。

汪援华知道，开弓没有回头箭，既然举旗了，就得冲锋。他亲自披挂上阵，命曹振亚等分别率四个纵队两千余人，兵分三路。一路直捣李默庵的大本营常德。一路杀往辰溪兵工厂，抢劫武器弹药。一路直扑沅陵行署，剑指国民党政府。

杀红了眼的汪援华部，既杀与他们两军对垒的李默庵部，也杀出面自卫的地方保安团。土匪出身的周海寰匪性不改，在杀进沅陵后，大肆抢劫城里百姓的财物，奸淫城里百姓的妻女，引起了沅陵百姓的极端不满。沅陵百姓殊死抵抗。本想借道沅陵杀往常德李默庵部的汪援华只得止步沅陵。汪援华得知周海寰大肆烧杀抢掠百姓后匆匆赶去制止，但木已成舟，本是反抗国民党的举旗起事，演变成了祸害百姓的湘西事变。朝野上下，一片震惊。

湖南省政府急忙派已为省府委员的戴季韬带人前来谈判。戴季韬与汪援华是并肩抗日的老朋友，谈判自然顺利。汪援华被任命为保安旅旅长，曹振亚为副旅长，其他官佐皆出汪、曹委任。李默庵因对湘西社情不明、判断失误而被免去职务，十七绥靖区相应取消。

眼见汪援华、曹振亚等人举旗起事不但没有被镇压，还升官发财了，湘西其他地方武装也看到了甜头和希望。汪援华和曹振亚可以，我为什么不可以？汪援华、曹振亚吃了龙肉，我为什么不可以吃凤翅？目睹汪援华起事的聂鹏升心里最不平衡——我在永顺"戡乱"，被汪援华扣押软禁起来，汪援华不但没被问责，还从保安团长升任保安旅长，我堂堂八区专员，我也有兵有枪，汪援华可以举旗起事要挟国民党政府，壮大自己，我聂鹏升也可以举旗起事要挟国民党政府，壮大自己。驻守龙山的聂鹏升，便率兵出走龙山，攻打保靖、永绥县衙门，掠夺保靖、永绥的百姓财富。

国民党最信任的八区专员都起事了，湘西各县的地方武装和各路土匪都纷纷效仿、纷纷起事。汪援华、曹振亚最初对李默庵的"戡乱建国"、削弱湘西地方武装力量的不满，演变成了湘西派系之间的残酷争斗和倾轧。

省保一旅旅长周笃恭等沿酉水西上，攻打和洗劫古丈，古丈、永顺、桑植、大庸、龙山等湘西各县地方武装联合起来击溃周笃恭，并乘胜攻打沅陵，沅陵再遭劫难。盘踞怀化的杨永清和麻杆子攻打、洗劫芷江、新晃，盘踞麻阳的龙飞天攻打、洗劫麻阳，田平则乘机攻打、洗劫桑植、大庸和保靖。山清水秀的湘西，一时烽烟四起，干戈不息，哀鸿遍野，民不聊生。本要在湘西"戡乱"的国民党，让湘西处处废墟，越勘越乱。

武豪干爹觉得这是武装和壮大自己的大好时机，便找来爹和彭武生、向立地议事。他想联合吴点金和田杏，专打国民党的辰溪兵工厂，将辰溪兵工厂的武器作为自己与国民党对抗的砝码。

吴点金和田杏拍手叫好。吴玉音的遇害，使吴点金对国民党深感失望和痛恨。田杏深爱吴点金，吴点金恨谁，她自然就恨谁，吴点金说咋办，她自然就咋办。

吴点金说，我就盼着干他一票了。

彭武生说，我们这叫大干一场，不叫干一票。

武豪干爹笑，干他一票，可是土匪的黑话和做派，我们不能像土匪那样烧民房、抢百姓，我们只抢兵工厂，只把枪口对准国民党兵。

吴点金说，对，我们绝对不能祸害百姓。

武豪干爹笑，要告诉弟兄们，哪个敢抢老百姓、杀老百姓，哪个就等着吃枪子。

吴点金说，我们也兵分两路，一路我带着，从前门冲进去。一路武豪哥带着，从后门杀进去。跟他们来个前后夹击、瓮中捉鳖。

吴点金和爹对辰溪兵工厂太熟悉了。爹常年跑辰溪兵工厂，兵工厂的路都被他跑断了。吴点金曾经守护辰溪兵工厂，兵工厂的每个螺丝都认得他。

近千人马杀到辰溪时，遭遇了辰溪保安团的阻击。辰溪保安团熟悉地形，吴点金也熟悉地形，没几个回合，辰溪保安团就被吴点金和武豪干爹打怕了，乖乖地让出一条路来。保安团也不知道武豪干爹和吴点金此行的目的，但看样子不是来攻城略地的，只是借道，就不再阻拦和抵抗，放了一个口子。多一事不如少一事。

吴点金到达辰溪兵工厂仓库正门时，哨兵喊，口令。

吴点金骂，你不认识老子啊，还口令！

哨兵一看是他们曾经的上校，赶忙立正认错。

吴点金靠近哨兵，低声而严厉地说，我要带人进去，你们不要多事报警，乖乖地配合，否则，你们小命难保。

这是一个班的岗哨。军事重地，一次一个班的岗哨，可见辰溪兵工厂的重要。哨兵班长一个立正说，你永远是我们的上校，我们听你的。

吴点金回了一个礼说，好！那你们现在就在这儿给我守好，到时跟我们一起走，我不会亏待你们。

哨兵班长说，是，上校！

吴点金想了想，招呼田杏，杏，让管家给这几个弟兄十两黄金、十两鸦片。

田杏和管家就给岗哨各发了十两黄金、十两鸦片。

岗哨们哪里一次见过这么多黄金和鸦片，激动得千恩万谢。

田杏的手下，好几个开锁大盗，没几分钟，铁门的大锁就被打开了。

里面全是整整齐齐的步枪和重机枪、卡宾枪，有机关炮、火炮，还有堆积如山的手榴弹。

吴点金没有想到会如此顺利地打开仓库，留下一部分人警戒后，赶忙差人把后门的武豪干爹也叫了过来。

武豪干爹和爹进来一看，傻眼了，一仓库的崭新武器，亮得晃眼，浓浓的铁腥味和桐油味，直逼肺腑。

417

这都是咱们家的桐油刷的啊，哥！爹说。

是啊，现在都要变成自己的了，赶快搬。武豪干爹说。

这样，武豪干爹和吴点金，一共搬走了两千多支步枪，二十多挺重机枪，五十多支卡宾枪，还有六门机关炮和火炮，一千多箱子弹。

那一个班的岗哨也跟着吴点金一起跑了。

神不知鬼不觉，辰溪兵工厂又遭了一次暗算。

其实，在武豪干爹和吴点金到达之前，辰溪兵工厂守备营的张子霖捷足先登反水自盗，大肆洗劫了一次辰溪兵工厂。保靖巨匪罗汉章、永顺巨匪黄鹏，都跟着张子霖的脚步参与洗劫。本来还有几个储藏库贮备有一些崭新的武器，张子霖骗罗汉章和黄鹏说，里面埋有地雷、火药，不能打开，打开就是找死。罗汉章和黄鹏信以为真，没敢砸锁，分得一杯羹也心满意足了。张子霖利用自己的权力和武装，解除了辰溪兵工厂的守卫，搬运了一天一夜的武器，光大炮就搬运了几百门，士兵们实在搬不动了才放弃，随后赶来的罗汉章和黄鹏也抢得不少枪支弹药，满载而归，皆大欢喜。

令张子霖没想到的是，螳螂捕蝉，黄雀在后，还有一个跟他一样熟悉兵工厂的吴点金也会带人来抢兵工厂。吴点金和武豪干爹的收获虽然没有张子霖多，但远远大于罗汉章和黄鹏。

武豪干爹和吴点金的这次打劫，在历史书上没有记载。他们是在张子霖打开切口和通道后，悄无声息捡的沉潭鱼和大馅饼。但这些武器和这支队伍，为中国人民解放军湘西剿匪立下了功勋。

湘西事变，最终以国民党与湘西地方势力的和谈而谢幕。被程潜急忙委任为沅陵行署主任和被宋希濂委任为湘鄂川三省边区绥靖区副司令的陈渠珍，在乾州召集各县党团参政军人的"善后会议"，进行和谈。和谈的结果是，给湘西所有的地方武装和土匪头目都加官晋爵。

从1949年2月3日到3月23日，你哗我变的湘西事变，就此落幕。

蒋介石自知已日薄西山，早已想好了败退台湾岛的去路。但是他不会这么轻而易举地把江山拱手让给共产党，他要把湘西作为他垂死挣扎的最后一张底牌，把湘西打造成他反攻大陆最为坚实的基地。他深知湘西各地方武装的骁勇善战，深知湘西各路土匪的勇猛彪悍，只要把湘西各地方武装和各路土匪收买了，摆平了，他反攻大陆的希望就在。湘西这块地盘是他的最后一座靠山。湘西地方武装和各路土匪，是他的最后一根救命稻草。他得赶在共产党打进湘西之前，赶紧收买湘西武装和土匪。孤注一掷，临死一赌，是成是败，听天由命。

坐镇南方的白崇禧，自然成了蒋介石的密使。白崇禧拿着蒋介石亲自拨付的十万两白银和大量武器，拿着蒋介石的亲笔信和委任状，亲赴湘西，收编湘西各地方武装和土匪势力。对湘西各路武装和各路匪首来说，上万两的白银和大量的精锐武器，还是大有诱惑力的。湘西的绝大部分武装和绝大部分土匪，都接受了国民党的收编。国民党在湘西共收编了三个暂编军和十二个暂编师，加上国民党留下来的几个师和大量安插在湘西收编队伍的国民党特务和将士，也是浩浩荡荡好几十万人。

为了保存武豪干爹这支共产党的地下武装，也为了所有兄弟的安全，武豪干爹奉地下党之命，也接受了国民党的收编和加官晋爵，成了一个暂编师的副师长。武豪干爹之所以接受国民党的收编，是吸取了他的同门兄弟彭春荣的教训。

彭春荣是永顺石堤西他沙溪人。彭春荣其实出身于书香门第，祖父是清朝贡生，父亲是教书先生。祖父时，家有六百石谷的田地，是殷实之家。但他父亲爱吸鸦片和赌博，几年时间就把家产败光了，英年早逝。父亲死时，他才三岁，从小跟母亲和哥哥相依为命，过着凄苦的生活。母亲勤劳，再苦再累，都送彭春荣读了两年私塾，也算识文断字，有点文化。彭春荣从小就知道心疼母亲，早早辍学，学做篾匠，为母亲分忧。

彭春荣有个诨号"叫驴子"，一是他脾气犟得像驴，二是自小说话就嗓门响亮，像驴子在叫。

彭春荣十五岁时，投奔他的族兄当护兵，只当了一年他就走了。族兄经常糟蹋民女的行为让他感到羞耻和愤怒。出于对名动四方的湘西王陈渠珍的仰慕,他跑到凤凰投奔。凤凰当兵两年多的历练,让他有了自己拖队伍的想法,于是,偷了两支步枪跑路。

跑路的彭春荣并没有立马上山,在家里一边当篾匠一边想出路。好在陈渠珍部下没有发现少了两支枪,彭春荣得以在家好好陪了母亲一段时间。

要不是他的一个侄儿被国民党杀害,他还不会那么快上山。

1935年11月,贺龙率领红二、六军团离开湘西去长征后,国民党政府和地主豪绅都卷土重来,反攻倒算,无数的苏区工作人员、赤卫队员被残酷杀害,跟他最亲最好的堂侄彭传绪也被杀害。彭传绪是永顺石堤西凤栖坪农会主席、赤卫队长,跟随贺龙打土豪分田地,让土豪劣绅怀恨在心。彭传绪虽是彭春荣的堂侄,但年龄相仿,彭传绪和家人对彭春荣母子,一直照顾有加。

彭传绪是被保长刘四用尖刀割掉鼻子、挖掉眼睛,最后又残忍地砍掉头颅害死的。彭传绪被害,让彭春荣一夜间长大了。彭春荣选了一个风雨交加的夜晚,穿了蓑衣,戴了斗笠,取出枪支,翻墙入室,结束了刘四的狗命。

彭春荣就此走上一辈子都反抗国民党的不归路,国民政府四处缉拿追捕他。

缉拿追捕不到彭春荣的石堤西区长袁霞楼,便把彭春荣的母亲抓去,母亲怕儿子因返回来救她而丢掉性命,悬梁自尽。彭春荣又伺机杀了袁霞楼,为母亲报仇雪恨。彭春荣因此威震四方,名倾朝野,蒋介石将彭春荣视为罪大恶极的匪首,亲自下令悬赏五十万大洋,取彭春荣的人头。

备受压迫和剥削的穷苦人家,却视彭春荣为传奇英雄,纷纷上山投奔,啸聚山林。

彭春荣的队伍壮大到两万多人。

彭春荣与隔壁龙山县的瞿伯阶、瞿波平联合打出"湘鄂川边区民众抗日游击指挥部"的旗号,抗丁、抗粮、抗税、抗日,打土豪劣绅,杀贪官污吏,抢国民党军火,让国民党闻风丧胆。蒋介石亲自电令第六战区司令长官及湖南省第八区专署"加紧剿办，迅速歼灭"。

担任湘鄂川黔四省边区剿匪总指挥的傅仲芳，调集了十四个团的兵力，对彭春荣和瞿伯阶、瞿波平进行清剿。

瞿伯阶、瞿波平反抗了很长一段时间后被收编招安，彭春荣却至死不从，战斗到最后一息。

彭春荣和瞿伯阶、瞿波平了不起的是，国民党正规军十四个团的兵力，清剿了几年都没剿灭。彭春荣和瞿伯阶、瞿波平反倒把傅仲芳的部队一口一口吃掉，使得国民党军损失惨重。要不是地方民团的一个冷枪要了彭春荣的命，彭春荣的队伍在中国人民解放军到来时，一定会是一支强大可靠的武装力量，彭春荣也一定会是彪炳史册的民族英雄。

彭春荣惨死后，瞿伯阶、瞿波平先后被国民党招安收编，跟武豪干爹一样。

这是国民党对湘西地方武装和土匪最后、最大的一次收编。

纵观湘西历史，湘西各路地方武装和各路土匪势力，一直与国民党是相互利好就和、一言不合就战，国民党一直没放心过湘西各路武装和土匪，湘西各路武装和土匪也从没真正信任过国民党。面和心不和，是湘西各路武装与国民党关系的真实写照。

湘西事变中，回到湘西的彭胜虎上演了一场跟罗汉章对决的精彩大戏。

彭胜虎回到保靖县后，担心国民党县党部找他算旧账，先是避了一阵风头。

湘西事变起事后，罗汉章自恃抢得了一批军火，就有恃无恐，乘乱摸鱼，想当国大代表和县长。他带着几百号人马，气势汹汹地杀进保靖县城，包围了县政府，把县长扣押起来，逼县长下台。

县长是昔日跟彭胜虎交情不错的杨家昌。

彭胜虎杀掉刘雨来远走云南后，一时人人自危，外面的不敢进来接替刘雨来，本土的找不到特别合适的。身为副县长的杨家昌，既是本地人，有根基，为人为官的口碑也相当不错，就接替晋升成县党部书记，后又就任了县长。

一朝天子一朝臣。当了县长的杨家昌,在得知彭胜虎从滇缅边境抗日回来后,把彭胜虎这位抗日英雄正大光明地请进了县衙门,继续做一份公差。彭胜虎枪杀县党部书记的事一笔勾销,也没人再理。

对杨家昌来说,还有点感谢彭胜虎的意思。要不是彭胜虎杀了刘雨来,就不会有杨家昌飞黄腾达的机会。像罗汉章这样的土匪,也需要彭胜虎这样英勇善战的人去制衡。

这时候的抗日自卫队,已经改成了县警察局。彭胜虎是县警察局长。

事实证明,杨家昌眼光是精准的。罗汉章在湘西事变中对杨家昌发难时,彭胜虎一出围魏救赵的大戏,让杨家昌转危为安。

罗汉章带着人马夜袭县衙门,是选准了彭胜虎不在岗的时候。彭胜虎的母亲生病,彭胜虎告假一天,接母亲到县城看病,等彭胜虎把母亲送回乡下,城里一夜变天。

彭胜虎闻听消息,没有多想,立马直奔断龙山彭家寨,找武豪干爹和爹商量,请武豪干爹出兵解围。

武豪干爹和爹也早听说城里乱了套。两人正忧心忡忡地想该怎么办呢,彭胜虎找上门来求援,武豪干爹满口答应。

武豪干爹说,胜虎老弟这些年米少帮我们,现在遇到难处了,我们米有不帮之理。关键是乱不得,乱了,喰亏受罪的还是老百姓。

武豪干爹对爹说,你跟武生和立地,现在就到各个寨子去送信传话,就讲我彭武豪有求于大家,请大家出山,解救县城的黎民百姓。

断龙山所有山头的寨主,得到武豪干爹的求助讯息后,都第一时间召集人马、开进县城。

武豪干爹刚弄来的这批枪炮正好派上用场。

那迫击炮一架,整个县城都瑟瑟发抖。

当一拨又一拨人马开进县城,把县城铁箍一样箍起来时,彭胜虎只是对罗汉章喊话,要他投降。

彭胜虎喊话说，罗汉章，我认你是英雄，但英雄不是搬门槛狠，不是窝里斗。打日本时，你去了哪里？我不打你，自己人不打自己人。我就这样围死你、困死你！

罗汉章被这气势吓得心里发毛。他不知道从哪一下子冒出这么多人马，飘起这么多旗帜。

罗汉章是死了的鸭子嘴巴硬。罗汉章说，我怕你围吗？我米吃米喝，你们县长也米吃米喝，他照样饿死渴死。

彭胜虎说，一个县长算什么？他死了正好，我好当县长。我还要感谢你，请你喝酒呢！县长死是一个人，你死的是好几百个人，你看哪个划算？

杨家昌知道，彭胜虎专门围城，就是来救他的。彭胜虎用的是激将法，想让罗汉章早点知难而退。杨家昌就聪明地配合彭胜虎演戏，扯起嗓子骂，你这个彭胜虎，真是妄眼睛不认人①！你杀了一个刘雨来，又想借刀杀我，我真是瞎了眼睛！

彭胜虎说，杨县长，莫怪我不讲感情，官场上就是相互利用，哪有什么感情。我的目的就是消灭罗汉章，你这是运气不好，撞上了。

罗汉章见彭胜虎对杨家昌都这个态度，心里更加发虚，这彭胜虎今天看来真是想把我灭了。罗汉章说，彭胜虎，你真不是个东西，你杀了对你有恩的刘书记不算，今天又想借我的手杀杨县长。我罗汉章再狠，也没狠到要杀县长。

彭胜虎说，你不要讲鬼话。你不想杀县长，你把县衙门围起来做什么？

罗汉章说，我围县衙门，就是想让县长交出县大印。

彭胜虎说，你想掌县大印啊？我怕你想偏脑壳！这个县大印它从现在起不姓杨了，姓彭，你莫想姓罗。姓罗的还米出生！

罗汉章说，你狠啊，彭胜虎！

---

① 妄眼睛不认人：目空一切，忘恩负义。

彭胜虎说，狠的还在后头呢！你莫紧啰唆了。懂事，就乖乖地举手投降退出去，我保证不放一枪一炮。不懂事，我把你们打成米箩箩、糠箩箩、筛子眼。你三四百人，抵得过我五六千人吗？

武豪干爹振臂一喊，所有的人都齐声呐喊，打他米箩箩！打他糠箩箩！打他筛子眼！

彭胜虎说，你听到了不？大家都等得不耐烦了。我是不想伤害那些给你卖命的无辜兄弟，才不开枪。你要是不投降，硬逼我，那我也只好把这些兄弟一起了了。

罗汉章的手下一听，知道大事不妙，赶忙一个个自动举起手，缴了枪。

罗汉章自知大势已去，只好拿枪抵住杨家昌脑袋，让彭胜虎放他一马。

彭胜虎说，可以，你滚远点，滚越远越好，莫让我再看到你。

罗汉章走出县衙门看到武豪干爹和我爹时，恶狠狠地瞪着武豪干爹说，原来是你和彭木匠帮忙，要不彭胜虎哪门有这么大的本事！

三十九

彭胜虎和杨家昌当然不会放过罗汉章。

罗汉章被俘后,杨家昌亲自召开公审大会,把罗汉章作为罪大恶极的匪首枪毙了。

保靖人民拍手称快,称赞衙门总算为民除了一害。

甚至连田平都暗自庆幸自己少了一个竞争对手。

彭胜虎成了为民除害的最大功臣。

全县都在街谈巷议彭胜虎围魏救赵的事迹时,吴点金和彭武生两家迎来了大喜事。彭武生的媳妇张雪梅先一天生了一个儿子,吴点金的媳妇田杏后一天生了一个女儿。几人一合计,彭武生的儿子叫彭来喜,吴点金的女儿叫吴双喜。大家还说,彭武生和吴点金以后就当儿女亲家。一个是武豪干爹弟弟的孩子,他当伯父了。一个是武豪干爹舅子的孩子,他当姑父了。武豪干爹乐得合不拢嘴。

更让武豪干爹高兴的是,在湘西事变群雄混战时,中国人民解放军已经打响了百万雄师过大江的渡江战役。这是吹响解放全中国冲锋号的战役。

1949年7月,湖南湖北和江西正是酷热难当的时候。打过长江的中国人民解放军第四野战军,在第二野战军一部的协同下,从西起湖北的宜昌、沙市,东至江西省赣江沿岸一千多公里的战线上,向国民党残余军事力量展开了全面进攻。湘赣战役全面打响。

当人民解放军一路攻城拔寨,打到长沙时,国民党湖南省主席程潜和长沙警备司令陈明仁都明白,国民党在全国各战场每况愈下,覆水难收,蒋介石在划一只非沉不可的破船。在中国共产党的策动和感召下,为使湖南人民免遭生灵涂炭和战争之苦，程潜和陈明仁于1949年8月4日率领全体将领通电全国，宣布起义，全省保安部队和第一兵团约十万大军，参加了解放军。湖南和平解放。

程潜和陈明仁宣布湖南和平解放，并不等于整个湖南就没有硝烟和战争。蒋介石深知与大西南和重庆一步之遥的湖南地理位置的重要性，更知道与重庆和大西南山水相连的湘西的地理位置的重要性，急令华中"剿总"总司令白崇禧紧急调整战略部署，将自己二十万的主力部队全部调至衡阳、宝庆一线，企图在川、湘、鄂边区联合湘鄂边区司令宋希濂等部，共同阻止解放军挺进大西南。

白崇禧就是这个时候亲临湘西，把各路武装和土匪召集在一起，壮胆、打气。

白崇禧对空有匹夫之勇、没有政治头脑的湘西土匪一再说，前有蒋介石这棵大树，后有美国佬这座靠山，湘西是共产党打不沉的航空母舰。

遗憾的是，白崇禧和蒋介石打造的这艘航空母舰，很快就遭到了重创。

1949年9月13日，第四野战军的三十八军一一二师、三十九军一一六师兵分两路向湘西挺进，开始剿匪。

9月下旬，第四野战军的四十六军一三六师、四十七军、三十八军一一四师，再次奉命集结湘西，重兵剿匪。

第三十八军一一二师是最先到达湘西的。

短短半个月，一一二师就剿灭了盘踞在沅陵、辰溪、泸溪、麻阳、芷江的匪部，解放了沅陵、辰溪、泸溪、芷江县城。一一二师面对的这些匪首个个都是凶残凶悍的巨匪，沅陵巨匪杨云飞、辰溪巨匪张玉琳、芷江巨匪杨永清，在湘西都是叱咤风云、不可一世。

至1949年10月，解放军三十八军、三十九军挺进湘西，解放了湘西沅陵、辰溪、怀化、芷江等十二座县城，消灭了大量国民党正规军，击溃了湘西土匪军团暂一军和暂二军，总计歼灭八千多人，并且打通了湘川、湘黔公路。

要说湘西大山最神秘难测的，当数大庸县。大庸县是湘西的南大门，是刘邓大军进军大西南的重要通道。大庸县的张家界、天门山和熊壁岩的神秘莫测，就令人叹为观止。那山从长沙到益阳再到常德一路过来时，在大庸县突然就突兀陡立起来，也突然山崩地裂起来。要么莽莽苍苍、一望无际，成为一堵堵巨大的铜墙铁壁，无法翻越，像天门山、熊壁岩。要么一座座炸裂、一根根耸立，像一把把巨斧、一把把长剑、一根根梭镖、一颗颗手雷、一排排火炮、一门门火箭，比如张家界。那张家界的山真是着了魔，居然像竹笋一样，是一根一根的，而不是一座一座的，数千根竹笋一样高高挺立、硕大无朋的山密密麻麻地长成一片时，那是怎样的一种奇观？数千根山都峡高谷深、树大林密时，那又是怎样的一种神秘？那简直不是山，是布的阵、排的兵。谁来了，都会遇到这神秘莫测的天兵天将，都会进入这生死难测的迷魂阵。我前面所写的三叔消失的神堂湾，就在这大庸县的张家界。

驻守川鄂边界的国民党华中军政公署副司令长官兼湘鄂边区司令宋希濂就成了阻挡刘邓大军前进步伐的第一只螳螂。

得知刘邓大军要过境湘西，宋希濂急急忙忙出台了格杀令四处张贴，威慑民众：

阻挠政令，与赤匪勾结、给赤匪带路者，杀；
窝藏赤匪，隐瞒不报者，杀；
供给赤匪枪弹、电讯器材及秘密文件者，杀；
造谣惑众，扰乱秩序者，杀；
抢劫和焚毁军事设施、物资及军需库房者，杀；
聚众煽动闹事者，杀；
为赤匪宣传、说赤匪好者，杀。

这一系列的格杀令，是宋希濂外强中干、做贼心虚的表现。他虽然手握第十四、二十兵团十余万大军，却自知是螳臂当车，不堪一击。他留下一系列格杀令后，又留下一二二军驻扎大庸，阻击刘邓大军，自己则率领主力，仓皇后撤。

宋希濂想，即便一二二军战败了，湘西还有国民党收编的暂编三个军十二个师，这暂编的湘西三个军十二个师，全是英勇善战的亡命之徒，日本鬼子武器那么精良、军队那么强大，都打不过湘西土匪，过不了湘西大山，刘邓大军再有本事，也过不了湘西。刘邓大军要过湘西，除非是天塌下来。这是宋希濂的预言，也是宋希濂的自信。他率主力撤退，只是不想当炮灰。

四十七军在军长曹里怀、政委周赤萍带领下，与宋希濂的一二二军迎面硬抗。

令四十七军没有想到的是，从东北一路打过来，全是顺风顺水，势如破竹，到了湘西大庸县，那迷魂阵一样的山，就让他们迷路了。解放军一路急行军到大庸时，每一根长得竹笋一样的山看起来一模一样，绕来绕去，不知道是绕出了山还是在山里原地打转。天雨路滑，山高路陡，不少战士还没看到敌人，就摔下悬崖牺牲了。等碰到向导把解放军带出张家界神秘莫测的大山时，全军摔下悬崖牺牲的战士已有好几百名。

而令宋希濂和白崇禧没有想到的是，这四十七军太能打仗了，只是两天一夜，就把一二二军全部歼灭，活捉军长张绍勋。

更让宋希濂和白崇禧没有想到的是，湘西各路武装和土匪会打仗、敢打仗，身经百战的人民解放军更会打仗、更敢打仗。四十七军的大庸县一战，打得各路土匪闻风丧胆，他寄予厚望的湘西暂编三个军十二个师，没有一个听他调遣，全部给刘邓大军让出了一条路。大部分土匪和武装还纷纷宣布起义投诚。蒋介石最倚重的湘西王陈渠珍第一个宣布起义！

宋希濂骂湘西土匪是缩头乌龟。

白崇禧骂湘西土匪是狡猾的狐狸。

我军打开湘西门户大庸之后，开始剿匪，经营湘西，为第二野战军进军大西南开辟通道。四十七军军长曹里怀、政委周赤萍奉命率军部及一四〇师、军直炮兵团、教导队进驻沅陵，成立隶属第十二兵团兼湖南军区领导的湘西军区，实行两块牌子一套人马。曹里怀、周赤萍分别兼任湘西军区司令员、政委。

刘邓大军就这样沿大庸、永顺、保靖、永绥向西挺进，沿途县城纷纷解放。

吴点金受武豪干爹影响，亦率手下投诚，迎接刘邓大军。

湖南和湘西，就这样一夜变天，成了共产党和老百姓的天下。

让武豪干爹和韭菜干娘没有想到的是，吴赛银和侯小山就在这挺进湘西、解放湘西的四十七军里。

四十七军第一三九师前身是吴赛银和侯小山所在的原八路军一二〇师三五九旅的一部，于1945年6月奉命开往东北，发展为东北野战军的主力部队。

吴赛银和侯小山在宜昌得知部队要开赴湘西时，无疑是兴奋、幸福的。吴赛银是因为回到自己的家乡，侯小山则是因为可以看到自己日思夜想的妹妹侯凤兰。

两人一路上攒足了劲杀敌，仿佛早杀死一个敌人，就可以早到达湘西一天。

在战斗的间隙，吴赛银带着侯小山看望了父母后，就马不停蹄地带着侯小山去见了侯凤兰。他知道，这相依为命的兄妹，隔了这些年的山河，彼此的思念山高水长。

见哥哥从天而降，侯凤兰扑进哥哥怀里喜极而泣。

我以为这辈子见不到你了，哥。

侯小山揩掉妹妹的眼泪说，说啥咧，哥不是好好的，哥不是看你来了嘛。

侯凤兰和彭武定的孩子已经三岁了。侯凤兰拉过孩子说，小定，这是舅舅，快叫舅舅。

侯小山抱起小定说，小定好乖！

吴赛银说，都说外甥像舅，小定跟舅还真是一个模子，像得很。

侯凤兰为了纪念彭武定，给儿子取名彭小定。

侯小山和吴赛银，赶忙把买来的糖果分给孩子们。

侯小山和吴赛银的到来，让家里就像过大年一样热闹和欢腾。

武豪干爹把家里存栏的三头猪杀了，一头留在家里招待侯小山和吴点金，两头送到县委县政府，犒劳慰问解放军。没有什么好表达的，杀猪宰羊，是湘西最隆重的待客方式。

大婆大爷看到侯小山，想起了曾经安慰侯凤兰的话。

大婆说，小山，我们湘西好不好？

侯小山说，好着咧，到处青山绿水，不像我们那里光秃秃的。

大婆说，好，就在湘西安家吧。打完仗就到湘西来，跟妹妹在这里做伴。

侯小山说，好，我来湘西安家，跟妹妹做伴，那大娘可要给我在湘西找一个好婆姨。

大婆问，婆姨是什么？

侯凤兰笑着说，就是湘西人说的婆娘。

大婆连连打着包票说，米得讲，米得讲。只要你看得上，包在大娘身上。大娘把房子都给你砌好，你只用住进来等新娘。

吴赛银说，大娘莫偏心，还有我呢。给我也要准备媳妇和房子。

大婆笑，好好好！只要你们肯回来，都包在大娘身上。

吴赛银和侯小山，在湘西剿匪的战斗中度过了难得的一段美好时光。

湘西各路武装和土匪大多投诚，没有投诚的，也是闻风丧胆，不敢拦路。刘邓大军所到之处，都是万人空巷，敲锣打鼓，载歌载舞，迎接解放军进城。一路上，湘西百姓都设有茶摊和小吃点，给解放军煮茶、煮蛋、烤糍粑。

除了古丈和绥宁，湘西各县陆续解放。中国共产党县委会的牌子光明正大地挂在了每一个县的最显眼处。

看着中国共产党县委会的牌匾，武豪干爹和爹站在门口久久不舍得离去。那是一盏照耀他们的灯,让他们心里宽敞、亮堂;那是一座嵯峨雄伟的大山,让他们有了依靠,感到踏实。

十多年来,他们一直把脑袋拴在裤腰带上,在暗无天日的地下工作。现在不用了。他们可以骄傲地挺起胸膛宣布自己是中国共产党党员了,可以光明正大地走上街头做人做事了。天上那么柔软的云和那么透亮的天,都没有他们此刻的心柔软和透亮。

武豪干爹和爹对县委会的人说,你们来了,我们总算找到组织,找到家了,有什么任务,尽管布置给我们,我们一定百分之百完成。

县委会的人听说武豪干爹和爹是地下党员,也很高兴,指示武豪干爹和爹配合解放军,做好支前工作。

武豪干爹和爹就成了刘邓大军过湘西的向导。

刘邓大军一路顺利,到永绥茶峒时,遇到了永绥对岸顽匪田子霖和国民党守军的抵抗。

茶峒,是湘西与重庆、贵州一河之隔的重镇。一个典型的土家族小镇。一脚踏三省。一菜三省香。一条笔直而古老的石板街,是茶峒的血脉。石板街两边的吊脚楼鳞次栉比,相守相望,百看不厌,千年不离。那是茶峒呼吸人间烟火的两扇肺叶。而吊脚楼旁的那条碧绿清亮的小河,则是茶峒的心脏和灵魂,无论春夏秋冬,河边的人来人往,河里的鸭群、船只,都是一河的生气和生动。

茶峒对岸是重庆的洪安。洪安的河码头建有两个碉堡。以前是为了防止湘西土匪过河,现在派上了用场,阻止刘邓大军过河。

闻听刘邓大军要从湘西茶峒过河,直捣重庆,洪安的国民党守军把茶峒河边的一百多只小船全部开到下游很远的地方藏了起来。湘西通往重庆和大西南的茶峒大桥,也被浇上煤油焚烧,被几包炸药炸断桥梁。这是唯一的一座桥。没桥,没船,通往重庆和大西南的路就成了断头路。要想泅渡过去,对面碉堡的机枪伺候。

爹和武豪干爹带着先遣部队赶到时,茶峒两岸一片荒凉。

见刘邓大军过不了河,爹找到在茶峒师范教书的四叔,请求当地百姓搭桥。

四叔从这所学校毕业后，留校做了老师，小小的茶峒几乎每人都认识四叔。四叔不费吹灰之力，就找来了上百个父老乡亲。

父老乡亲们抬木头的抬木头，抬木板的抬木板，更多的是把自家门板都卸了下来，搭浮桥。

四叔还让学生家长从一个地方拖来了几只渔船摆渡。

驻守在茶峒对岸的国民党守军，如同螳臂当车。不费吹灰之力，由爹和武豪干爹带路的先遣部队就击溃了守军。

十五万刘邓大军顺利而浩荡地挺进了大西南。

整个湘西地区仅留军直属队和一四〇师驻守下来，继续剿匪。

吴赛银和侯小山，也跟随自己的部队挺进川东，执行解放大西南的任务。

刘邓大军一走，国民党残余势力和一些被洗脑严重的地方游杂武装卷土重来。国民党留在湘西地方武装的特务趁机大肆活动，搅动各路浑水，兴风作浪。逃往台湾的蒋介石也不时派飞机空投武器、电台、传单和匪特。

整个大湘西，只有三个团的解放军守卫，国民党收编的那些不肯投诚的各路武装和土匪看到了解放军兵力的严重不足，便觉得机会来了，纷纷出山，由隐蔽转向公开，由分散转向集中，肆意进行破坏活动。即便瞿伯阶这样曾经跟国民党对着干的地方武装，也是打着反共救国、反共复国的旗号，开始了与共产党和人民政府的战斗。原已投诚的部分匪首，见时机对他们有利，又重新上山，纠合散匪，破坏公路、桥梁，拦路抢劫军车，残害群众积极分子，袭击工作队员，气焰十分嚣张。

尽管他们也目睹了共产党领导的人民解放军在湘西过境时睡在老百姓屋檐下，给老百姓挑水劈柴、下地干活，看到了人民解放军对老百姓的秋毫无犯，但他们还是相信国民党给他们洗脑的"共产共妻"，他们还是相信共产党做这些都是假惺惺，是做给大家看来收买人心的。他们的双手沾有人民的鲜血，他们的刀下有共产党的冤魂，他们相信国民党说的秋后算账。关键是，即便解放军和人民政府是真好，也是对老百姓的好，不是对他们的好，反倒是对他们的打击。解放军的剿匪反霸、铲除鸦片、禁毒禁赌，都实实在在地威胁到了各路土匪的切身利益。湘西是共产党的天下了，他们各自的山头就都没了，他们就没有立锥之地了，他们不可能再胡作非为、为非作歹、想怎么就怎么了。那些已经投诚的，也被留下来的国民党残余和特务糊弄得一愣一愣的，他们深信国民党所说的，他们已经被国民党收编，已经上了国民党的贼船，他们的手上也早就沾满了人民的鲜血，再投诚他们也是土匪，也是国民党的残渣余孽，而且是沾满人民鲜血的、国民党收编了的土匪和残渣余孽。王八再怎么换壳，还是王八；乌龟再怎么缩头，还是乌龟。共产党秋后算账，是迟早的事。

已经被国民党彻底洗牌和洗脑的湘西地方武装和土匪，开始了对湘西新生政权的偷袭、绞杀和颠覆。即便已经投诚的一些土匪，也开始反水，举旗造反。

田平是做"反共救国"春秋大梦做得最美的。

田平一直回味白崇禧召见他，跟他把酒言欢的场景。

那次白崇禧带着银两和武器亲临湘西时，特地设宴招待田平。

白崇禧知道田平狠，也知道田平拧，更知道田平江湖义气和江湖习气都特别重。谁给田平二两马尿、一顶高帽，田平就会晕乎乎地飘。

所以，白崇禧特地召见田平，与田平歃血结拜，跪地叩首。

白崇禧拍着田平的肩膀说，你是党国的栋梁之材，党国最缺的就是你这样的精英。退守台湾，只是缓兵之计，用不了两年，我们就会反攻大陆，夺回天下，你会过上比现在还逍遥自在的日子。这里就你是我和蒋委员长最信得过的，全交给你了，跟共产党和解放军干就是！干得好，到时整个湘西就是你的。

田平这时候已经东山再起，称霸一方了。他既心狠手辣，又善于笼络人心。打仗不怕死，敢于冲锋在前。得利不独吞，分给众喽啰。杀人不眨眼，心狠手更辣。

田平跟麻杆子是多年为奸的狼狈，吴点金当年剿田平时，田平虎落平阳，被麻杆子收留，麻杆子还给田平十几号人枪，让田平重拉队伍、另起山头。田平不但不感恩，还认为麻杆子嫌弃他，赶他走，十几号人枪，不过是打发他的几根骨头。表面上，他千恩万谢。心底里，却埋下了仇恨。你让我另起山头，不就是怕我占你山头吗？你麻杆子屁股一抬，我田平就晓得你拉什么屎，还在我面前耍心眼？你以另起山头的名义赶我走，你这山头也迟早姓田！

把队伍拉出后，田平回到他的老巢白云山。后来，他选择了更为险峻的九龙山。他一方面四处打抢获取财富、壮大队伍，一方面假意跟麻杆子合作、殷勤走动。几十年的土匪生涯，他悟出了一条生存壮大之道。他一改当年横行乡里、鱼肉百姓的作风，开始另外一种生存法则。那就是宁愿得罪官府，也不要得罪乡亲。宁愿劫杀富翁，也要笼络穷人。他对手下约法三章：一不准得罪穷人，二不能侮辱妇女，三不要牵别人的耕牛。

他说，穷人要什么没什么，一根纱线都抢不到，你得罪他做什么？得罪穷人，就是祸害自己。因为穷人什么都没有，你什么都有，得罪穷人，让穷人惦记，你就结了大仇，惹了大祸。反过来，你对穷人好，给穷人一点小恩小惠，穷人就把你当爹娘老子，铁了心跟你、对你。你可以娶几十个老婆，只要你有本事和本钱，你像皇帝一样娶几百个老婆都可以，但不要去侮辱别人家的老婆和女儿，你侮辱人家的老婆和女儿，就是侮辱人家的祖宗八代，人家一家人都会找你拼命。不准牵牛，是因为牛是种田人的命根子，没有牛，种田人就吃不上饭，你牵人家牛，就是砸人家饭碗，人家怎么不恨你？

其实，这些道理都是田平的大老婆王春花给他说的。

田平的大老婆王春花是田平当年抢到山寨做压寨夫人的。

王春花寻死过、逃跑过，都没成功。

王春花实在太漂亮了，王春花再怎么闹，残暴的田平都对她温柔有加。不打。不骂。不关。甚至说都不说王春花一句，只是一个劲地哄她。

田平身边的人都奇怪了，说，这真是一物降一物。这王春花有什么黏黏药，能让一个天老爷都服服帖帖？

王春花见如此折腾，田平也没有责怪她，反而对她更好、更温存。王春花也就死心了、认命了。

认命的王春花于是尽最大努力掌控田平，让田平少杀人、少作恶，甚至也行行善，比如对那些交不起鸦片税和佃租的，进行减免等。田平高兴的时候，也听从。

有时候，田平捅了乡里乡亲的什么大娄子，王春花会悄悄出面，上门道歉、补偿、求和。

最惊心动魄的一次是，一个租种田平田土的佃户，看鸦片能够赚大钱，自己私下里把鸦片偷偷卖了，还偷了别的佃户的鸦片卖，然后谎称他种的鸦片也被偷了。为了不交鸦片税，偷卖自己的鸦片，还偷卖别人的鸦片，这还了得？查到真相的田平，把这个佃户老老少少一家七口全绑了起来，要一刀刀活剐，以儆效尤。

田平把四乡八寨的人都喊来，让大家看这个佃户的全家是怎么死的，让大家看欺骗和背叛他的人是怎么死的。

对这种小偷，人们当然也非常厌恶，纷纷指责，要田平好好教训。

没想到的是，田平几刀乱砍，就把这个佃户的胳膊砍掉了。

围观的人们一片惊恐的呼喊。

再几刀，田平把这个佃户的另一只胳膊也砍掉了。

围观的人们又是一片惊恐的呼喊。

胆小的，被吓得晕了过去。

然后田平不再砍了，说，这就是给我耍花招的下场！就这样让他疼死痛死！

当田平再要去砍这个佃户的父母和妻儿时，王春花跪下来死死抱住了田平的大腿，央求他不要再砍再杀，说一人有错，不该杀了全家。王春花说，她自己会做噩梦，会梦见田平杀的人变成厉鬼来取一家人的命，求田平放过佃户一家。

正在气头上的田平哪里肯听，他甩开王春花说，我今天放了他全家，就会有第二个、第三个和无数个，以后哪个还听我的？

说完又要手起刀落，去砍佃户的小儿子。

王春花见状，不知道哪里来的勇气，张开双臂挡住孩子，喊，你砍了我吧！

王春花的话，像一声炸雷，把田平震得手在空中定了格。他不明白他最爱的这个女人为什么这么不要命地护住佃户，不明白他这个心爱的女人哪来这么大的勇气和胆量。他怔怔地瞪大了眼睛，怔怔地高举着刀子，骂了一声你这个死婆娘！扔掉刀子，拂袖而去。

所有的人大声呼喊着王春花的名字，热烈鼓掌。

那个血未流干、一息尚存的佃户，痛哭流涕地跪下，大喊恩人。

王春花善良而勇敢的美名就这样传遍了四方。

田平的名声，也因为王春花慢慢就好了起来，队伍也壮大了起来。

王春花一直没有生养，觉得亏欠田平，多次劝田平再娶一个，给田平生几个儿女，留个后。

田平不想在女人身上多下功夫。要玩女人，不见得非要再娶一个回家，随时随地，他想玩就玩。几个女人在家里吵吵闹闹、争风吃醋的，他倒难摆平。

田平说，你这样的好女人我再找不到第二个了。你没生养，那是我田平坏事做绝，命中绝后，报应。

王春花也很迷信，想，也许田平命中该绝后，就不再劝田平娶什么小老婆了。

然而田平最终还是娶了一个小老婆。

田平的小老婆刘小小就是他从一个喽啰手上救出来的。

那天，一个喽啰调戏刘小小，正好被田平撞见，田平毫不客气，一枪就把那个喽啰崩了。田平怒道，给你们说了，不准侮辱妇女，你还敢侮辱妇女，把老子的话当耳边风，不是找死？

田平扶起刘小小，一个劲地安慰刘小小，别怕，有老子在，哪个都不敢欺负你。还买了礼品，把刘小小送回家里。

刘小小父母自然是知道田平大名的。民间广为流传的"天见田平，日月不明。地见田平，草木不生。人见田平，九死一生"，一家几代都知道。

如今这个号称天老爷的大土匪就站在眼前，还到了家里，刘小小一家吓得不轻，站在那里，浑身筛糠。

从惊吓中缓过神来的刘小小，倒没有了那份害怕。她对田平由开始的惊恐变成了感激，然后由感激变成了仰慕。这个传说中的杀人魔王，并没有想象中的可恶可怕，反倒有点慈祥。田平安慰刘小小时，的确是很温和、慈祥的。刘小小已经是一头受惊的小鹿，全身发抖，田平生怕自己的一个眼神和一句生硬的话让刘小小更加害怕。所以，他安慰刘小小的眼神和微笑都剔除了冰霜，有一种冬日暖阳的光芒、温度与和蔼。正是这种冬日暖阳的光芒、温度与和蔼，让刘小小心生了一种敬慕。当田平要离开时，这个十七岁的少女，居然生出不可思议的胆来，做出了不可思议的决定。

刘小小说，大哥，你是我的救命恩人，你带上我，让我跟你一起走。

田平和刘小小的父母都被刘小小的这个决定惊呆了。没有任何心理准备，没有见过任何世面的刘小小父母面面相觑，就连见过那么多大风大浪、经历过那么多枪林弹雨的田平，也突然停下脚步，不知道该怎么回答。田平万万没有想到，一个十几岁的女孩，会给他这么一风一浪、一枪一弹。不得不说，田平也有点蒙了。

刘小小父母战战兢兢地问，你跟着天老爷上山做什么？

刘小小说，天老爷要我做什么就做什么。

田平问，都说我是杀人魔王，你不怕我？

刘小小摇头，不怕，你是好人。

田平开心地笑了，头一次听人讲我是好人。

刘小小说，你救了我，就是好人。

刘小小父母发现田平笑的时候，还很好看，的确一个春风拂面的好

437

人样，跟那个杀人魔王怎么也挂不上钩。

其实，田平看到刘小小的第一眼起，就喜欢上刘小小了。刘小小受惊吓时一起一伏的胸脯和红扑扑的脸蛋，让田平的野性和欲望一下子涨满心里。胸前那一对正在长大的玉兔一跳一跳的，把田平弄得心惊肉跳。但姑娘惊恐、无辜的大眼睛，又像探照灯一样一下子照亮了他欲望的黑暗，让他生出一种怜悯感、保护欲，不忍糟蹋。

这是一颗正在熟透的水蜜桃，是没有污染的仙桃，田平得先好好欣赏欣赏再摘。摘早了，那种神秘和神秘中产生的渴望就没了。阳光和雨露，应该让这纯天然的仙桃多点甜蜜多点诱惑。

天然的纯洁，有时候真有一种力量，让卑鄙、龌龊和邪恶，不攻自破。

刘小小就这样以一种天然的纯洁，击退了田平的卑鄙、龌龊和邪恶。

刘小小说，爹，娘，这世道太恶太乱，你们保护不了我，我也保护不了你们。今天要不是天老爷，我早就被糟蹋了。跟了天老爷，就再也没有人欺负我们了。

刘小小父母没有答话，只是望着田平，语不成句地一再说，小小，这……

田平看了看刘小小，又看了看刘小小父母，说，小小，我是走江湖的，俗话说，江湖一把刀，随时会斩腰，我这也是脑袋别在裤带上，你跟着我会喰苦受罪。

刘小小说，我不怕喰苦受罪，天老爷，只要你让我跟你走，死了也值得。

田平为难地看了看刘小小父母，意思是怎么办？

刘小小父母知道女儿的脾气。女儿从小就是这样有主见，自己认定的事情，谁都拦不住。女儿说的也是，这世道太乱，得有一座靠山。田平虽然在社会上背着一个万人骂的恶名，但田平对女儿还真的不赖，今天要不是田平相救，以女儿的性子，早就自尽了。

刘小小父亲说，天老爷，那就把女儿交给你了，你好好待她。她还小，不懂事的地方，你多教多担待。

田平说，你们两老放心，我一定对小小好，不让小小喰一点亏。

就这样，四十岁的田平用八抬大轿和无数的金银财宝，娶了十七岁的刘小小。乡间的刘小小，成了九龙山的压寨二夫人。

王春花见田平最后还是娶了一个小老婆，心里没有一点醋意，而是发自内心地高兴，对刘小小很是关爱。她对刘小小说，我们这个家里没有大房二房，只有姐妹，我是姐，你是妹，我们是一家人，我们要真的像姐妹一样、一家人一样过日子，不让天老爷分心，也不让人看笑话。

温暖的话，让刘小小对王春花尊重有加。

姐，我懂，这是缘分。我会有大有小，守妇道和规矩的。一句话，就让田平和王春花觉得没有白娶刘小小。

刘小小单纯，王春花贤惠，加之都是穷苦人出身，两人以姐妹相称。两姐妹把田平伺候得比皇帝还舒服。皇帝的妃子还会争宠内斗，田平的两个老婆亲如姐妹、和乐相安，田平怎么不比皇帝舒服呢？

田平的家是和的，田平的业也旺了起来。那些得了田平好处的喽啰，都觉得跟着田平有奔头，自然成了田平的义务宣传员。越来越多的人，上山投奔。

翅膀硬了的田平，当然没有忘记麻杆子当年"撑"他的情形，他与麻杆子的二当家合谋，把麻杆子骗到九龙山"做"了。他和二当家把麻杆子灌得酩酊大醉后，把麻杆子拉到悬崖边，一脚踹了下去。

麻杆子死了，二当家自然上位。二当家自然知道自己是怎么上位的，对田平言听计从。田平说，干脆咱们两家合为一家、两伙合为一伙吧，这样更加兵强马壮、人多势众，谁都不敢惹咱们。两条蛇合起来对付一头狼，一个斩头，一个断尾，谁都不是对手。

二当家就拖了队伍与田平合伙。合伙的二当家，哪是田平的对手，三下五除二，麻杆子的人就全成了田平的人。二当家成了提线木偶。想想看，只要田平放话二当家跟人合谋害死了大当家，二当家还有活路吗？二当家合伙后，没过几个回合，就自认倒霉，回家种田了。

田平的一万多号人枪就这样以人吃人、黑吃黑的方式壮大起来。

田平的壮大，还得益于他的万顷鸦片。他把万顷田园租给佃户，大种鸦片。种鸦片得来的钱，再置田土、购枪炮。一山一山的罂粟花艳丽绚烂，摇曳多姿。远远望去，一片粉红、血红、深红、浅红，是一张张美丽的红地毯。这是大自然的风和光，是小山村的美与景，也是鸦片鬼咳出的血与痰。要是不从罂粟里提取鸦片、吗啡、可卡因等毒品，这罂粟花该有多美！

这万顷田土和鸦片，本就是田平强取豪夺而来的。大户人家的几百亩上千亩，是他带着人枪抢来的，小户人家的五亩十亩，是他各种恐吓骗来的。一些人被他灭门九族，一些人被他逼得背井离乡。

尽管田平后来悟出更好的生存发展法则，不能得罪穷人乡亲，甚至还给交不起烟税和租金的人减烟税和租金，但这道悟得太迟，刀放得太晚，欠的人命和血债太多。他最终未能立地成佛。那些死去的冤魂和活着的生命，都不会放他立地成佛。

解放军的到来和湘西的解放，让田平看到了自己的末日。田平知道自己这些年鱼肉乡里，乡亲们不会放过他，解放军不会放过他，新生的人民政权不会放过他。他在国民党残余势力的指使下，第一个打出了"反共救国军"的旗帜，开始了与共产党和解放军的殊死较量。

田平深信国民党会很快反攻大陆为他撑腰，也深信共产党和解放军是兔子尾巴长不了，更深信自己有实力打败共产党和解放军。每个县只区区上百个解放军守卫，他一个巴掌就拍死了。

第一步，暗杀解放军。

第二步，攻打人民政府。

第三步，自己当县长。

田平的手下有个朱疤子，是个暗杀高手。田平将他封为"反共救国特别营"营长。

朱疤子本是大户人家子弟，但父子俩都染上了赌博、抽大烟和嫖妓的恶习。好端端的大家产被父子俩败光了。父子俩形影不离地一起抽大烟、一起赌博、一起嫖妓,成了当地尽人皆知的笑谈。"癫子傻子老鼠子,比不过朱家癞疤子",就是人们给朱疤子父子俩的画像。父亲在烟花巷寻花问柳太多,染上花柳病死去。朱疤子把田产全部抵押给田平后,投奔了田平。

真是一物降一物,一行服一行。投奔田平的朱疤子,居然在田平的严厉管教下,不嫖不赌也不吸鸦片了。田平把大烟卖给乡民抽,却从不允许他的手下抽。很简单,鸦片鬼打不了仗。一杆烟枪,无论如何也驾驭不了步枪、卡宾枪和机枪。这是田平不让士兵抽大烟的最简单却最有力的理由。谁抽大烟,就打几十大板。屡教不改,拉去枪毙。

只要发现朱疤子抽大烟,田平就把朱疤子捆起来扔进河里,反复地往水里摁。满口满口的河水,呛得朱疤子一口口地吐,苦胆和血水都吐了出来。田平说这是洗胃喂王八。然后再绑在凳子上,几十鞭猛打,打得朱疤子遍体鳞伤、血糊拉碴。田平说这是排毒放恶血。

朱疤子在死神身边折腾几十次后活了过来。他跟人说,他被天老爷打怕了,一想到抽大烟,他的肉皮子就跳、神经就疼,被打的疼痛和恐惧把烟瘾吓跑了。为此,他很感谢田平救了他,让他脱胎换骨重新做人。田平,就是他的再生父母。自然,他对田平死心塌地。

朱疤子的疤子是刀疤。十几岁时,朱疤子跟一个国民党兵痞都看上了同一个姑娘,国民党兵痞不知道朱疤子从小就是个地痞,根本不把朱疤子放在眼里。兵痞遇到地痞,那就是催命鬼遇到阎王爷。兵痞端着刺刀就往朱疤子家里冲,朱疤子拿起一把杀猪刀,挺身相迎。兵痞的刺刀划开布帛一样,顺着朱疤子躲闪的脸,从左至右,划过鼻梁。地痞的尖刀则不偏不倚,正好扎进了兵痞的脖子。兵痞永远结束了自己的性命。地痞永远有了一道伤疤。那个本叫朱广志的少年郎,从此成了朱疤子。

杀了国民党兵痞,自然是闯了大祸,朱疤子无路可走,才给田平抵押了田产,投奔了田平。

朱疤子第一次暗杀解放军,是在保靖县城的大街上。

那时的保靖县只一条小街,叫河街。小街全是青石板铺就的,青石板全是两三米见方,厚重,整齐,全凿着笔直的纹路,从河码头一直延伸到五里坡。五里坡就因这条河街的长度而得名。河码头一节是坡,然后一节是坪,再有一节是坡。从河码头到坪地及坪地的一节街最为繁华。清一色的砖瓦房闪立两边,富裕人家是两三层的吊脚楼,普通人家是低矮的小木屋。不管是富裕人家还是普通人家,都开了大小店铺,店铺林立。各种店号招牌和各种店号旗幡,昭示着小城的繁荣兴旺。整天熙熙攘攘、人来人往的街道,更是昭示着小城的人气和烟火。

解放军炊事班的两个士兵在街边的小摊买小干鱼和小河虾时,被朱疤子几个看见。朱疤子带着几人靠近解放军身边,掏出枪就一连几枪,把解放军放倒。

听到枪声的人们吓得大呼小叫,纷纷惊恐逃窜。朱疤子不慌不忙地拿出一张上书"天老爷在此"的纸条贴在倒在血泊中的战士身上,然后混在慌乱的人群中趁乱逃掉。

胆子大一点的群众赶忙跑到战士身边,扶起小战士,大喊,快到县政府给解放军报信。

县城很小,小得抽一支烟的工夫就可以走完全城。朱疤子的枪声,县政府的人也听得清清楚楚。闻声而动的解放军战士冲上大街时,两个战士已经咽气。

朱疤子第二次暗杀解放军,是在县城的凉水井。县城有一口好水井,叫凉水井。夏天再热,水都是透心的凉。冬天再冷,水都是周身的热。天再干旱,井水不枯。雨再滂沱,井水不浑。一个城的人,都把这井当圣井,把水当圣水。

那天是集市,整个街道都挤满了从乡里来城里卖货的人,整个街道也潮水般涌动着买东西、看热闹的人。朱疤子带了十来个人到城边时,正好碰见五六个解放军战士在挑水。朱疤子喜上眉梢,觉得又可以大干一场,便一声令下,先发制人,杀向五六个解放军战士。解放军战士尽管及时发现了冲上来的朱疤子,但街道上人来人往,怕误伤群众,不敢随便开枪，更不敢撒腿逃跑，怕子弹伤及无辜，只能等朱疤子他们靠近了死拼。等朱疤子杀上来时，街道上已经倒下了几十个无辜的群众和三个解放军战士。另外几个解放军战士虽然开枪撂倒了四五个匪兵，但最终寡不敌众，英勇牺牲。

猖狂的朱疤子，再一次把"天老爷在此"的纸条贴在了鲜血淋漓的战士身上。

第三次则是田平亲自披挂上阵，带领几千人马再次攻打武豪干爹。

世上没有不透风的墙，得知武豪干爹和吴点金在辰溪兵工厂弄得不少武器的事，田平早就在打主意。碍于武豪干爹的强大，田平一直不敢动手。现在有白崇禧给他撑腰，田平不再把武豪干爹放在眼里。跟武豪干爹斗了一辈子输了一辈子，总算有出头之日了。

白崇禧给了田平一些枪炮，还给了电台。田平在湘西事变中也在辰溪兵工厂抢得了一些枪炮，但远远不够。他这一万多的人马，要的是武器。他得从武豪干爹那里虎口夺食。

从武豪干爹那里虎口夺食的最终目的，是壮大人马，然后攻打县政府和解放军军事指挥所，自己另立政府，当县长，建立田平的独立王国。

田平第一次打武豪干爹，是抢财物。

田平第二次打武豪干爹，是抢子弹。

田平第三次打武豪干爹，是抢枪炮。

田平的几千人马蜂群一样扑进断龙山彭家寨时，武豪干爹没有任何准备。一个村庄的三百多人，仓促应战。幸好武豪干爹分得了两门大炮，田平的人马被炸得支离破碎；分得的几十挺机枪也派上了大用场，田平的人马一个个被打得马蜂窝状倒下。田平这次是志在必得，也悉数用上了白崇禧武装他的最好武器，武豪干爹的人，也一片片倒下。

激烈的枪炮声自然是惊天动地。四周村庄的父老乡亲见武豪干爹的村庄被劫，自然一呼百应地救援。吴点金和田杏也带着人马赶到，田平才被迫撤退。

被迫撤退的田平没有抢得枪炮，却在撤退时打死了杨高山嘎公和爹的大儿子杨见好、武豪干爹的小儿子彭临风。

杨高山嘎公是和向立地带两个孩子到县城看病的。两个孩子都有点发烧，杨高山嘎公和向立地，一人背着一个孩子到县城看病，回来时，正好碰上撤退的田平。冲在最前面的朱疤子看到杨嘎公和向立地几人，举手就是几枪，杨嘎公和两个孩子当场毙命，向立地受伤昏迷，逃过一死。

撤退的田平，不是回到自己的老巢九龙山，而是直接去攻打县城和县政府。解放军军事指挥所和县人民政府被田平血洗，十几辆军车和军用物资被田平劫走，一百多名解放军和政府工作人员死于田平的刀枪下。

田平嚣张地放言，老子今天就在县政府不走了！县政府从今天起姓田了！

杨高山嘎公和两个孩子的死，对爹和武豪干爹，都是致命的打击。闻听田平血洗解放军军事指挥所和县人民政府的噩耗时，更是怒火中烧。

爹和武豪干爹来不及掩埋杨高山嘎公和两个孩子，带着人马前去增援。双方在县城展开了激战。

激战一天一夜，田平弹尽粮绝，带着人马弃城而逃。

田平的嚣张，像瘟疫一样蔓延湘西，湘西各路土匪纷纷效仿，四处袭击各县解放军军事指挥所，暗杀人民政府工作人员，各县工作无法正常开展，乡、村一级政权无法建立。本已云开雾散的湘西，又是乌云密布，血雨腥风。湘西人民再次陷入黑暗。

中国人民解放军四十七军不得不浩浩荡荡重返湘西，全面围剿湘西土匪。

一三九师开进辰溪，围歼辰溪的石玉湘和麻阳的张玉琳匪部。一四〇师开进芷江，围歼芷江、黔阳的杨永清、方世雄匪部。一四一师开进永顺，围歼永顺、龙山、大庸、古丈和保靖的曹振亚、施行舟、瞿波平、瞿伯阶、田平和覃勋杆子等匪部。湘西大剿匪的大幕，再次紧急拉开。

见名震神州的解放军四十七军重返湘西，湘西土匪又闻风丧胆，全部躲进了大山。

这个共产党、解放军,居然还杀回马枪!

田平愤愤不平地骂。

湘西大山山重水复,躲进大山,就是躲进了迷宫。虽说土匪怕解放军,但老百姓怕土匪。土匪是地头蛇,老百姓也不知道解放军会不会再离开,所以,也不敢轻易带路。人生地不熟的解放军,很难剿灭这么庞大的土匪。

断掉土匪经济来源,通过对土匪经济来源釜底抽薪,逼土匪出山,是湘西剿匪的第一计。解放军和人民政府,一是发动群众铲除鸦片,群众不敢铲,解放军亲自铲。二是四处设卡,堵住中间制造贩运,让鸦片种得出卖不出。三是查封地下烟馆,查缴吸毒工具,让瘾君子无处可吸。

土匪一出来,解放军就掌握了主动权。四十七军改变以往大水漫灌的打法,进行各个击破,一县一县地打,一山一山地赶,一块一块地吃。那些土匪,就这样一股一股地被消灭了。

招降、劝降,分化瓦解,是湘西剿匪的第二计。大部队化整为零,成立了很多个工作队,深入山间乡村,走近那些与土匪有勾连来往的群众,让他们父劝子、妻劝夫,告诉他们只要肯投降,人民政府和解放军一律宽大处理,不关不杀。湘西人家,几乎家家都有人为匪。宽大政策一出,几乎所有群众都自告奋勇劝说亲人,走投无路的土匪,在亲人的声声呼唤下,放下武器,下山投降。有的直接加入了解放军,为解放军剿匪带路、打仗,立下了汗马功劳、卓越功勋。有的金盆洗手,解甲归田,与家人团聚。

对那些顽固不化的土匪,则重兵围剿,绝不姑息。

田平自然是四十七军重兵围剿的首恶之一。

九龙山,是湘西名山。一是山上的土匪有名。二是山上的风光有名。

九龙山,因九条山脊像九条巨龙而得名。九龙山,山山秀丽,山山险峻,九龙山龙头最高最险最秀丽。

莽莽苍苍的武陵山脉,在九龙山山脚割出了一条深长的豁口,在九龙山山腰劈出了八面万丈的绝壁,在九龙山山顶削出了整块平展的台地。从下往上看，九龙山像九条横卧在山顶的巨龙，一龙比一龙高，一龙比一龙长，绵延百里，最高最大的一峰，酷似一个巨大的龙头。一龙九身，九龙一头。九龙山龙吟虎啸，气度非凡。每一条龙脊都是一个台地。每一个台地或舒缓、浑圆，或一马平川，有起落，有参差，像波浪一样浪浪上涌，积木一样层层上叠，每一浪都可以行船，每一层都可以赛马。

在山顶上那么叉腰一站，所有的山都矮下去了，所有的云都踩在脚下了，所有的鹰都在山脚下飞了。那气势，真有气吞万里的豪迈，那心情，真是心花怒放的清爽。

九龙山实在是陡，陡得四面无路可走，一面只一条羊肠小道。羊肠小道上的很多地方还都是绝壁，架的绳梯。听听九龙山上一个个的小地名和一个个的小村庄名，你就知道九龙山有多么恣意妄为，多么桀骜不驯，多么铜墙铁壁。东眉峡、西眉峡、大岩门、小岩门、前隘口、后隘口、鹞子岩、阎王沟、天平盖等以各种地理、地形命名的沟壑，是对九龙山山势险峻的最好写照。三把刀、六把刀、九把刀等三十六个以"刀"命名的小地名，上营、中营、下营、七家营、八家营等四十八个以"营"命名的自然村落，是整座九龙山作为一个大兵营的历史见证和自然留存。田平在九龙山多年修筑和经营的战壕、碉堡，更让九龙山像一个军事帝国和独立王国。

田平注定不会浪费天赐的风水宝地。本是农民出身的土匪们，在山顶上开垦出土地，播上稻谷、小麦、玉米，种上红薯、土豆、蔬菜，再栽上桃子、梨子、李子。九龙山就是一座巨大的粮仓和果园。这高山台地，本就土地肥沃，种什么长什么，要什么有什么。常年萦绕的云雾和常年温暖的光照，让九龙山的庄稼和果木都散发着诱人的蜜香。成群结队的牛羊和满山奔跑的鸡鸭，又使九龙山成了一个大牧场。

怪不得田平心满意足地对兄弟们说，九龙山就是一把龙椅，我就是九龙山的太上皇，九龙山是实实在在的小台湾。

在给蒋介石的电报中，田平也极尽效忠地宣誓："九龙山是大陆打不下的小台湾，定要将其建成湘西、川东、鄂西等地联合反共的大本营。"

蒋介石扔给田平的一根骨头，让田平在梦里也啃得很香。

田平被武豪干爹赶出县政府后，立马就在九龙山下催粮、派捐、抓夫。不服从的，就打、杀、抢。老百姓的粮食和鸡鸭鱼，就这样全被抢到了九龙山。上不了山的猪牛羊，就地屠宰，再拉上山。田平做好了顽抗到底的所有准备。

田平知道解放军和人民政府不会放过他。他必须备足粮草，熬到蒋介石带着美国人打回来。

1951年的元月，冬日暖阳高照。清澈明亮的阳光，以一层厚厚的金黄，铺展在湘西大地。九龙山一溜排开、一路蜿蜒的绝壁，也在阳光的照耀下，金碧辉煌。从永顺浩荡开来的四十七军一四一师，威武霸气地集结到了九龙山下。爹和田杏，也在武豪干爹和吴点金的带领下奔赴九龙山策应、增援。寒风刺骨、冷如冰窟的九龙山，因为人民解放军的浩荡开进而显得热气腾腾。

然而，解放军在这里侦察了好几天，也找不到有利的地形进攻九龙山。

武豪干爹和爹曾经上过九龙山，知道有一条上山的路，但那条路，只要几杆机枪守着，就上不去。去了就是送死。

解放军只好兵分多路，从各个隘口强攻。

但是，每一个隘口都有田平的人把守，只要解放军出现在隘口，山上的滚木、巨石，就塌方一样倾泻而来。各路解放军战士被砸死砸伤无数。

几次强攻，几次失败。

为什么不用大炮？

那么陡峭的大山，那么狭窄的山路，那么笨重的大炮，没办法把大炮推上去、拉上去。任何杀伤力巨大的大炮，在九龙山都变成了一文不值的尿脬。

在九龙山，如果失去了大炮的威力，打下田平真的就不知道猴年马月了。四十七军决定把大炮拆了，一个零件一个零件地搬运到九龙山脚下，然后再组装起来。就是天宫天庭，也要把大炮运上去。

第一炮打到了山腰。

第二炮飞过了山顶。

第三炮又打到了山腰。

第四炮又飞过了山顶。

土匪守住的几个隘口都不在射程内。

这下，田平得意地手舞足蹈，大喊，你们是给我放礼炮吗？你们解放军也会放空炮啊！东北虎原来只是地老鼠呀！

田平得意得太早。打了几发空炮后，解放军把大炮推到了更高的地方，重新调整位置后，落在山顶上的炮弹，发发命中，山顶上的敌人死的死，伤的伤，一片鬼哭狼嚎。

但是，最重要的几个隘口，还是不在大炮的射程内。隘口攻不下，主力部队就冲不上去。田平这股土匪，还是不能很快歼灭。

一四一师师长对武豪干爹说，一定还有密道通往山顶，这么大的山，不可能只有这一条路上山下山，你带人找当地老乡打听一下，必须找到一条上山的路。

武豪干爹想了想说，我记得龙光烈在的时候，经常来九龙山收购药材……对了，我弟弟武生也来九龙山收购过药材，我跟我弟弟去打听。

一四一师长果然英明。武豪干爹和彭武生很快就打探到另一条密道。这是一条从洞里钻进钻出的密道，钻出山洞后，还得爬上一架高达几百米的绳梯。

一四一师分出一个尖刀排来，与武豪干爹、吴点金队伍组成的尖刀队，跟随向导，从后山秘密进洞出洞，然后攀援绳梯，出其不意地出现在了主攻部队必破的隘口。

也是天助我也，从早上到下午，九龙山都大雾弥漫，十米开外，难以看清。守卫隘口的一百多名匪兵，怎么死的都不知道。

田平做梦也没有想到会天降神兵，让他腹背受敌。当他得知是武豪干爹和吴点金带着解放军从后背杀入时，只骂老天爷到处让他碰到彭武豪这个背时鬼。

隘口的警报解除了，解放军主力势如破竹攻上了山顶。九龙山上，到处都回荡着解放军的冲锋号，呼啸着解放军震耳欲聋的喊杀声。

各路土匪都丢盔弃甲，逃进了洞里。

九龙山的洞，叫五连洞。之所以叫五连洞，就是五个洞都连着、通着。金蚌洞形如金蚌，蚌蚌众多。泉水洞有股很大的山泉，九龙山一两万人的饮用水都出自这里。老虎洞不是状如老虎，而是因为老虎曾经藏身其中。其实，这三个都是水洞，只是泉水洞里的水是山溪山泉，金蚌洞、老虎洞里的水是阴河。而黄泥洞、钉岩洞则是旱洞，冬天干爽暖和，夏天干爽清凉。

狡猾的田平，把每一个洞口都里三层外三层地修成了巨大而坚固的碉堡。每一个洞都只有一条绝壁上开出的路进出。

剿匪，又遇到了巨大的难题。

好在金蚌洞和泉水洞在大炮的射程内。几炮一响，洞里的土匪就举白旗投降了。

老虎洞虽不在射程内，但九龙山的父老乡亲喊话、劝降，亲情感召的力量让老虎洞的土匪缴枪投降。

最后，只剩黄泥、钉岩两个洞的土匪。

黄泥洞是朱疤子在固守。

钉岩洞是田平在顽抗。

有这两人在，那些拿枪的泥腿子谁也不敢投降。

被俘的土匪，早就告诉解放军，钉岩洞是田平的寝宫和指挥所，里面早就用砖瓦水泥和木材建成了一个金碧辉煌的宫殿。

田杏说，首长，我是田平的妹妹，如果我哥投降，政府真能宽大他吗？

首长说，我们的政策是首恶必办，田平属于首恶了，必须办。他如果现在能看清形势，放下武器，不再与人民为敌，不再让老百姓和解放军做无谓的牺牲，政府还会宽大处理，不判死刑，饶他一命。

田杏有些犹豫地问，我哥欠的血债太多，政府真能饶他不死吗？

首长说，解放军言必信、行必果，说到做到。

吴点金接过话说，喊吧，杏，相信解放军和政府。

田杏就拿起喇叭喊，哥——你缴枪投降吧，解放军已经把九龙山围得水泄不通了。

田平喊，你不要在那精喊鬼叫的！我不怕解放军！解放军有本事打我三年试试！

田杏知道，田平之所以敢这么叫板，是因为他的几个洞里藏的全是粮食和食盐等日用品。

首长对田杏说，你告诉他，不用三年，再有三天，就把他剿灭。

田杏点头，又喊，哥，我晓得你那里不愁喰的穿的用的，但你不要低估了解放军。你想想看，蒋介石那么强那么狠，整个中国都是他的天下，不也被解放军赶到台湾了，你这几个人几杆枪算什么啊？解放军有的是办法啊，哥，你要想清楚啊，哥。

田平喊，蒋介石讲了，他是到台湾休整，会很快打回来的，美国会帮他打回来的！只要解放军一年半年喰不了我，我就有出头之日！

首长冷笑着说，这个田平，还真是做白日梦！

田杏喊，哥，人家都怕死怕得跑到台湾了，你哪门还想不明白，给人家当替死鬼啊？

田平生气地咆哮，你不要在那里再喊！惹毛我了，我连你一块打！我没有你这个妹妹！你这个吃里爬外的，白心疼你了！

田杏喊，哥，你对妹的好，妹一辈子都记着呢。

田平喊，你一辈子都记着哥的好，你还帮着解放军剿哥？

田杏喊，哥，不是我帮着解放军剿你，我是来劝你，是不想让你被解放军剿死，是想让哥跟妹妹在世界上多坐几年。只要你活着，妹妹就有机会报答你。

田平喊，你莫在那里假惺惺的！你这么多年都跟着彭武豪和吴点金，跟着我的仇人，这就是报答我啊？

田杏喊，哥，你跟武豪都是上辈子的仇了，你是男子汉大丈夫，要拿得起放得下。仇恨是毒药，仇多了，恨久了，就把自己毒死了。你恨妹妹不要紧，你可以跟妹妹老死不相往来，可你得想想娘，想想嫂子和嫂子肚子里的孩子。娘不想你死，不想你跟政府继续为敌，你不要让娘白发人送黑发人。嫂子那么漂亮贤惠，跟着你喰苦受罪，你爱嫂子，不能让嫂子跟着你死，更不能让你们的孩子还米出生，就跟着你死。你不看自己，也得看娘，看嫂子，看孩子啊，哥！

田杏的这一番喊话，击中了田平的心。

田平对外是个恶魔，对母亲却是个孝子，对妻子却是个好丈夫。田平低下头来，久久没有回话。

首长鼓励田杏说，这攻心战攻得好，看样子起作用了，继续喊。

田杏点头，喊，哥，解放军首长讲了，只要你投降，保证你和全家人都米得事，大嫂和小嫂都可以当穷苦人对待，嫂子本来就是穷苦人。

又是很久的沉默。

终于，一个女人出现在洞口，这是田杏的大嫂王春花。

王春花喊，杏，你听我讲，你小嫂现在出来，你要保证你小嫂安全，你不能骗你哥。

首长点头，示意田杏继续喊。

田杏喊，嫂子，你放心，解放军首长就在我旁边，就是解放军首长说的保证你们米得事。你也出来吧，把哥哥一起喊出来，只要哥哥投降，肯定米得事。如果有事，我当吊死鬼吊死在你们面前。

王春花喊，杏，有你这句话，嫂子就放心了。你哥的脾气你晓得，他是不见棺材不流泪，我就陪着你哥见棺材。你到时候要好好照顾你小嫂和侄子，照顾好娘，听见米有？

田杏一听哭了起来，喊，嫂子，你千万别陪着哥死呀，你不能让哥死呀，你要劝哥呀，娘和我都不能米有你们啊。

那边，王春花也哭了起来，喊，杏，嫂子就是这个命，你记住嫂子的话就是，嫂子在土孔里都感谢你。对了，你要是有空，也记得去看看我爹我娘，就讲女儿对不起他们。嫂子在这给你磕头了。

说完，王春花跪地磕头，久久不起。

田杏这边哭成了泪人，喊，嫂子，我记住了，我一定会年年去看叔叔婶娘，把叔叔婶娘当我爹娘一样孝敬。

说完，田杏也面对嫂子跪了下来。

这样，田杏的小嫂刘小小，就由田平的两个手下护送过来。

原来，田平的长久沉默，是王春花和刘小小都在劝田平投降。

但田平一是深信国民党会很快打回来，他还可以继续过他山大王土皇帝的好日子，二是深信自己作恶太多、血债太重，即便解放军放过他，老百姓也不会放过他，投降就是死路一条。与其投降死路一条，不如拼个鱼死网破，等待东山再起。

田平觉得妹妹的话有道理，尽管他嘴很硬，但也知道撑不了多久，他不看自己，也要看娘和妻儿，特别是刘小小肚里的孩子，那是他们的骨肉，不能跟着无辜地死了。两个女人的确都是穷人家的孩子，跟着他，都是无辜的，共产党和解放军不会把他的两个女人怎么样。所以，他逼着两个女人出来投降。

但是，两个女人都不肯自己出来投降。都说，生是他的人，死是他的鬼。要死一起死，要活一起活。田平拿枪逼着两个女人，两个女人都不肯。

两个女人在几年的相处中，早就达成了默契。跟田平陪葬虽是真，但不是主要的，主要是想通过这样一种方式，让田平放下武器投降，用自己陪葬的方式，唤醒田平的灵魂，换来田平的新生。

无奈，田平自知罪孽太重，特别是血洗军事指挥所和县政府后，更加知道自己死有余辜，怎么都不肯投降。

王春花只好想了一个两全其美的办法，让刘小小投降，自己陪着田平，听天由命。

王春花对刘小小说，你怀着老爷的骨肉，我们得给老爷留后。

刘小小说，米有老爷和你，我一个人带着孩子活在世上有什么意义？

王春花说，给老爷留后是最大的意义。你出去了，解放军不会把你哪门样的。你好好听政府和解放军的话，讨米都要把孩子养大，我陪着老爷，他也可以少杀些人，多赎些罪。

刘小小就这样流着眼泪，一步三回头地走出了山洞。

从刘小小口中得知杀害亲人的朱疤子在黄泥洞时，爹和武豪干爹都兴奋地找到首长，要亲自炸掉黄泥洞，杀了朱疤子。

首长问，怎么炸？

武豪干爹说，从山顶上吊绳子下去炸。首长不同意，说不用你们炸，有我们军人。武豪干爹说，我们是本地人，熟悉山洞和地形，我们去炸，容易成功。

说完，武豪干爹就带着爹抢先冲到洞顶绑好绳索。爹一绑好绳索，武豪干爹又抢先抓住绳索，唰唰下滑。武豪干爹不但是雷神变的，还是飞鸟变的。咻溜溜几下，武豪干爹就溜到了洞口。还没等朱疤子反应过来，炸药包就扔进了洞里，朱疤子眼疾手快，捡起炸药包扔到了洞下。

朱疤子没想到会有另一个炸药包扔进洞口。一声巨响，把众匪徒炸得魂飞魄散，慌忙往洞的深处逃窜。这个炸药包是爹从另一根绳索上溜下来扔的。

守候一旁的解放军，立马冲进了黄泥洞，把来不及逃走的匪徒就地围歼。

朱疤子和一众匪徒却沿着山洞，从泉水洞逃了出去。

解放军不知道这些洞是相连相通的，泉水洞上匪缴械后就撤兵了。

钉岩洞里，田平自知解放军会打进来，早就带着一干心腹溜了，留下其他土匪替他亡命。

田平和朱疤子逃掉了。这让解放军和武豪干爹实在不甘。

解放军发动周边各县的群众，声势浩大地搜山。

解放军首长说，要像篦子篦牛虱子一样，把田平和朱疤子这样的虱子篦出来。

"土匪不肃清，大军不收兵。"这是剿匪部队到处张贴的宣传标语。

可是，在大大小小的山里，拉网似的搜了两三个月，田平和朱疤子都像水珠子一样，人间蒸发，无影无踪。

解放军在田平的九龙山洞里缴获了不少丢弃的武器以及电台。

老百姓在田平的九龙山洞里分得了几十吨粮食和上千斤食盐。

这么多的粮食和食盐，足见田平做好了长期抵抗的准备，只是没有抵抗上两个月，田平就放弃他心中的小台湾，不知逃到天上还是地下了。

田平和朱疤子，成了湘西剿匪最为诡异的谜团，更成了剿匪大军挥之不去的遗憾和痛。

四十

《谁是最可爱的人》是前辈作家魏巍先生的著名篇章。当年在中学语文课本里读到《谁是最可爱的人》时,我跟我的同一代人,甚至是好几代人,都热血沸腾,激起了我对中国人民志愿军无限的崇拜和向往。

魏巍对记者说,《谁是最可爱的人》里记录的最壮烈的松骨峰战斗,近一半牺牲的烈士是湘西去的"土匪"。

直接指挥湘西剿匪的原四十七军一三九师政委晏福生说到抗美援朝的湘西"土匪"时,更是喜形于色:这些湘西"土匪"特别能打仗,在部队减员较大的情况下,我专门派人到湘西招了一批"上过山"的"土匪"补充到正规部队中参加抗美援朝,让这些人的长处得以充分发挥。

为我的湘西"土匪"和父辈留下历史证词的,更有四十七军原军长曹里怀。曹里怀将军在多年以后回忆说:"湘西土匪大多是贫苦农民,是被逼上梁山的。你们想象不到他们在朝鲜打仗有多勇敢。他们打出了国威。他们中的大多数都战死了,很壮烈,我常在梦中念着他们……"说着说着,潸然泪下。那份真诚和深情,让我这湘西后辈为之动容,深切感动。

那么,是什么让曹里怀这样一个开国中将能够如此动情、如此怀念?我的湘西"土匪"、我的湘西父辈、我爹和武豪干爹们,是怎样走向朝鲜战场、怎样战斗牺牲、怎样建立功勋的?

剿灭田平匪部后,爹和武豪干爹一道,又跟随解放军参加了一系列剿匪行动。湘西剿匪,历时好几年,可以说,激烈、悲壮,惊天地、泣鬼神。

爹和武豪干爹也都以参加剿匪为荣。

田平和朱疤子杳无音信,一直让爹和武豪干爹耿耿于怀。

这两个王八,难道钻到海里去了?武豪干爹说。

爹说,会不会也跑到台湾去了?

台湾肯定跑不去了,蒋介石一到,那台湾的大门肯定关了,不然,解放军早就打到台湾了。武豪干爹说。

老鼠子钻地洞了?爹说。

武豪干爹说,说不定你讲得对,他们两个还真可能是老鼠子钻地洞了。湘西那么多山洞,他们肯定在哪个洞里躲着。

就这样,爹和武豪干爹两家人,每次经过山上时,都要留意山洞,看看洞口有没有新鲜的脚印和人迹。

杨莺莺大娘是那场灾难中最悲痛的人。失去了儿子和父亲的双重打击,使莺莺大娘一病不起。儿子和父亲,都是莺莺大娘生命的魂。儿子和父亲没了,莺莺大娘的魂也飘走了。

五六岁的孩子是最黏人、最甜心、最可爱的。突然间没人整天整夜地黏着,没人眼前眼后地跟着,没人大声小声地喊着,莺莺大娘的心空得惶恐,无处安放。莺莺大娘茶饭不思,常常一个人呆坐在儿子和父亲的坟头,哭。

哭累了,就趴在儿子或者父亲的坟头睡着了。

看到莺莺大娘一夜之间白了头发,瘦脱了形,爹急得寝食难安、心如刀绞。

你要硬扎起来啊,莺莺。我们没了儿子和爹,不能再没有你我了。我们要好好活着,要抓到田平和朱疤子,为儿子和爹报仇。

爹每次都将莺莺大娘搂进怀里,轻言细语,温柔安慰。

莺莺大娘睡着时,爹先在家里的门槛前点燃一截布绳,然后用衣角包着一点米,从儿子和岳父的坟前一路往回撒米,一路往回喊魂。爹知道,爹把儿子和岳父的魂喊回家了,莺莺大娘的魂也就回来了。

儿呀，回来吧，爹领你回家。

爹呀，回来吧，女婿领你回家。

儿呀，你莫怕，你拽到爹的衣服角角，跟你嘎公一起和爹回家。

家门口点的那截布绳，是家里温暖的烟火。一路撒下的白米，是亡魂回家的路标。

日复一日地喊魂，杨见好和杨嘎公的魂回家了，莺莺大娘的魂魄也归心了。

血色和活气又回到了莺莺大娘身上。

同样悲痛欲绝的还有韭菜干娘。三个活蹦乱跳的孩子，突然少了一个。那心，被活生生地扯出胸膛，想塞塞不进，想出出不来，任血一滴滴地滴。

三胞胎中的哥哥和妹妹，也老问临风去了哪里？临风怎么就跑不见了？他们知道临风死了，可他们不知道死真正的含义，不知道死意味着什么。

毕竟，韭菜干娘经历过生死。韭菜干娘的抗压能力要比莺莺大娘强。看到莺莺大娘如此悲伤，她擦干眼泪，安慰莺莺大娘。

家云讲得对，我们都要好好活着，替孩子活着，要活到田平和朱疤子被抓住千刀万剐的那一天，不然，就对不起孩子。韭菜干娘说。

两个本就亲如姐妹的女人，因为同样的悲和痛而更加亲近。

这时的韭菜干娘和雪梅婶娘，已经都在县立一中教书了。国立八中在抗日战争胜利的第二年完成了流亡办学的历史使命，遣散回迁。在县立一中，韭菜干娘教高中，雪梅婶娘教初中。两位妯娌，成了同事。

千里迢迢为爱而来的侯凤兰就跟莺莺大娘和我的灵芝嬷嬷，在乡下种田织布。

当男人在枪林弹雨中打天下时，五个年轻的女人，在默默地奉献、默默地守家。

在这场湘西剿匪后，组织又对投诚的国民党部队和一些地方游杂武装进行进一步甄别。彭胜虎作为一直给旧政权做事的人，被关押在了沅陵。田杏作为惯匪被关押在永顺。吴点金作为国民党留下的残余势力和田杏的丈夫，也被关押在永顺。

彭胜虎和吴点金、田杏居然被作为土匪关押，武豪干爹和爹心里比刀砍了还难受。彭胜虎和吴点金从没干过坏事、欠过血债，怎么会是土匪呢？工作人员说，彭胜虎怎么没干坏事？天天抓丁、抽税，搜刮民脂民膏，是正儿八经的官匪！吴点金是国民党上校，他怎么会没干坏事？他没跟共产党打过仗？打仗时没开枪打过共产党？是地地道道的国民党匪兵！武豪干爹说，吴点金是抗日英雄，参加了多场抗日保卫战，杀了无数的日本鬼子。工作人员说，杀了多少日本鬼子都不能抵消他跟共产党打仗，杀了共产党的罪过。武豪干爹说，吴点金还是剿匪英雄呢，他带着自己的武器和人马主动投诚、舍命剿匪，你们亲眼看着的，哪门就把一个有功之臣抓了起来？不是说投了诚就既往不咎吗？何况他又抗日又剿匪。工作人员说，他投诚那是他狡猾，是他识时务。他不投诚他等死啊？

爹一听也忍不住发牢骚了，照你们这样讲，像田平那样顽抗到底才是对的？你们哪门讲话不作数呢？彭胜虎跟吴点金米有杀过任何无辜的老百姓。田杏也米有杀过任何无辜的百姓。

工作人员说，就算彭胜虎和吴点金没有杀过无辜的百姓，杀了我们的人不假吧？国民党跟共产党打仗，他俩都是国民党的人，不杀共产党才怪。你说田杏没有杀无辜的人，那人们怎么喊她人老爷？没有确凿的证据，我们不会随便关人。

爹说，他们都是抗日和剿匪的有功之臣啊。现在倒好，抗来抗去，剿来剿去，把自己剿成土匪了。

工作人员说，再大的功都抵不了他们对人民的过。

爹说，问题是他们对人民没有什么过。

工作人员说，对人民有一点点过都不行。

武豪干爹说，他们没有功劳也有苦劳。

工作人员说，你们不要再说了。你们是亲戚，不清不楚，你们说的话有什么可信？

武豪干爹听工作人员有点蛮横无理，愤怒起来，你这样讲、这样做，太让人寒心了。哪个还敢自动投诚？还有好多残余土匪没剿完呢！

工作人员拍了桌子吼，寒心？寒什么心？把土匪恶霸关起来，你们心痛？什么阶级立场！其实，你们两人都曾为匪，都可算匪，再说，把你们也关起来。

武豪干爹脖子一挺，把手伸出来说，那你关吧，你要抓我们关我们，我们也冇有办法，是死是活，还不是你讲了算！

爹怕武豪干爹和自己真被关起来，那就是白冤枉了，赶忙拉着武豪干爹离开。

武豪干爹是个不信邪的人，他不甘心吴点金和田杏就这样被作为土匪关押起来。他知道俘虏的土匪该放的放了，关在里面的都是有血债的，血债血还，凶多吉少。如果这个时候不据理力争，救他们出来，吴点金和田杏八成死路一条。

武豪干爹和爹就是想不通，吴点金和田杏是投诚起义的，还参加了剿匪，怎么又变成土匪被抓回去了呢？

带着疑问和不满，还有不甘，武豪干爹和爹直接找到了四十七军有关首长。

随一三九师在辰溪剿匪的吴赛银，得知哥哥吴点金和嫂子田杏被作为土匪关押在永顺，也匆匆上书首长，为哥哥和嫂子辩护，请求首长认真甄别，即便哥哥和嫂子有什么过错，也给哥哥和嫂子一个改造自新的机会。

首长耐心听了武豪干爹和爹的反映后，又见了自己部下情真意切的恳请信，觉得吴点金的确被诬陷错抓，批示放了，但认为田杏以前干过真正的土匪，还要留在集训班以观后效。

放一个是一个，总比一个不放好。武豪干爹和爹，只好无奈地回家。吴赛银作为军人，更不好再多言语，只能服从命令。

吴点金得知自己被释放，很是开心。当他走出监狱大门，没有看到田杏时，又自动回到了监狱里。他不能丢下田杏一个人在监狱里，监狱里，女犯人少，他不在，田杏会吃很多亏，监狱里那些真正的土匪大多贼心不改、色心不变。虽然现在没有把他夫妻俩关在一间房里，但放风时总可以看见。这样的时候，看一眼就踏实。你在，我在，就安心。

无论武豪干爹和爹怎么劝，吴点金就是不能丢下田杏自己回家。十来年了，那是他生命里的另一种命，是他灵魂里的另一个灵魂。他不能把命和灵魂都丢了，带一副皮囊回去。哪怕在这监狱里冤死了，他也要看着田杏、守着田杏。

吴点金知道留下来可能会死。因为每天都有在押的犯人被拉出去枪决。枪子，不知道哪一天就轮到自己头上。可他不能丢下田杏独自去活。他和田杏在枪林弹雨里都死过很多回了，他不怕死，他怕田杏一个人死。如果田杏死了，他活着有什么意义？人，活着不能在一起的时候，死了能在一起，也是值得的。

想到这，吴点金心安理得地回到了监狱。

见到回到监狱的吴点金，田杏悲喜交加。田杏哭着骂，你这个哈包子，你转来搞什么？吴点金说，我转来陪你。田杏骂，哪个要你陪？你好不容易出去，又回来送死，你忘了我们还有一个女儿？我们都死在牢房里的话，哪个来养大女儿？吴点金说，有爹娘还有韭菜他们呢！田杏说，你是猪脑壳还是牛脑壳啊？婆婆爷爷跟爹娘一样吗？不一样啊！我们不能让女儿成为无娘无爹的孤儿啊！

田杏的一席话，点醒了吴点金。是啊，不能让他们可爱的女儿最后成为孤儿。于是，吴点金又找到看守，要求出去。

看守说，你以为监狱是你屋菜园门，想进来就进来想出去就出去？出去了又进来就莫想再出去了！老老实实地接受改造！

吴点金只好非常懊悔地留在监狱。

湘西剿匪基本结束，除镇压了一批罪大恶极的匪首外，还在永顺和沅陵分别关押了三万多名国民党特务和土匪。抗美援朝爆发时，四十七军要转战朝鲜，抗美援朝，剿匪指挥部紧急处决了背负血债的国民党特务和土匪，其余一万名土匪，作为可以改造好的，走向朝鲜战场，将功赎罪。

吴点金和田杏，都在被紧急镇压和处决之列。

冤啦！

吴点金不是已经被认定错抓了吗？怎么还在镇压之列？

没什么，就因为他舍不得他的土匪婆，不思悔改。办案人员解释。

这是什么理由？有点莫须有了。武豪干爹和韭菜干娘仰天长叹。爹也像被枪弹击中一样，子弹一直硌在心里，疼！

吴点金和田杏跟他们并肩战斗的点点滴滴，比子弹还沉、还快地沉落和刺痛他们的心。

就在大家都束手无策时，吴赛银紧急上书湘西军区，请求看在吴点金和田杏抗日有功的分上，正确对待吴点金和田杏，给他们一条生路。同时，吴赛银要武豪干爹找到所有父老乡亲联名签字，为吴点金和田杏担保。

吴赛银的上书，特别是父老乡亲联名为吴点金和田杏作保的请求信，起到了至关重要的作用。湘西军区终于给吴点金和田杏发了一道免死牌。

得到免死牌的吴点金和田杏，跟随抗美援朝大军，奔向了朝鲜半岛。在鬼门关里又走了一遭的吴点金和田杏，这个时候似乎没有太多的时间想他们的女儿了，他们想的只是怎么在朝鲜战场保家卫国、戴罪立功。

彭胜虎也作为可以改造好的旧政权职员，奔向了朝鲜半岛。

抗美援朝的大军里，除了一些政治上认定可以改造好的在押湘西土匪，还有已经解甲归田的、被俘释放的人。

爹和武豪干爹、向立地姑爷，以及长大成人的四叔、五叔，则是响应号召，应征入伍，随着四十七军奔赴朝鲜。

爹和我的那些父辈都穿上了中国人民志愿军军装，成了光荣的抗美援朝战士，成了真正的军人。

威风凛凛的四十七军，一下子扩军到近六万人。原来的三十八军、三十九军和四十六军中，也有很多我湘西父辈抗美援朝的身影。

我的父辈亲朋里，只有多次重伤大伤元气的彭武生与家里的老弱妇幼一起，站在欢送的人群中依依惜别。

"雄赳赳，气昂昂，跨过鸭绿江。保和平，卫祖国，就是保家乡。中国好儿女，齐心团结紧，抗美援朝，打败美国野心狼。"《中国人民志愿军战歌》，沸腾的不仅是鸭绿江两岸，也是整个湘西。

武豪干爹和四叔被分配在四十七军一四一师四二三团一营二连。吴点金、田杏和五叔被分配在一四一师四二三团二营五连。爹和彭胜虎则被分配到了四十七军一三九师的通信连里。本是四十七军战士的吴赛银和侯小山，也在一三九师的一个连。向立地姑爷在三十八军的一一二师里。

四十七军开进朝鲜时，那天气比湘西要冷很多。这对湘西人来说，既稀奇，又残酷。

湘西也是年年大雪。雪在湘西并不稀奇。但有雪无雪，都冷成这样，湘西人闻所未闻。

本很抗寒抗冻的湘西人，在朝鲜扛不住了。体质稍弱点的，在跨过鸭绿江的火车上就感冒发烧。

幸好，湘西的汉子都是铁打的。几个急行军，几场大战斗，什么病都好了。

在临津江、德川、板门店，在大马里、大光里、三所里、龙源里、云松里、马踏里，在夜月山、天德山、正洞西山、飞虎山、老秃山、白马山，在日嘎岭、黄草岭、上甘岭，还有长津湖和数不清的高地，都有湘西父辈浴血奋战的身影。爹和武豪干爹等湘西父辈转战朝鲜南北，打了数不清的遭遇战，过了数不清的生死门，有了数不清的英雄事。

先说老秃山战斗。

老秃山原本籍籍无名，只是几个小山包，因为中美一场残酷的争夺战，这几个小山包被烧成光秃秃的焦土，由此得名老秃山。

老秃山不高，只有二百多米。这二百多米的高度，却成了美国为首的"联合国军"在西部通往汉城凸起的喉结，成了志愿军打开汉城路上的一颗铁钉。三十九军五次占领这个阵地，又五次被"联合国军"夺回。老秃山已经是满目疮痍、一片废墟、濯濯秃山了。四十七军从三十九军手里接过了这个任务。四十七军一四一师的四二三团，是拔掉这颗铁钉的扳手。

四二三团的前身是东北野战军十纵三十师九十团。三十师在解放战争中是由延边朝鲜族群众和吉林东边几个县武装组建成的东满独立师改编而来，战功无数，荣耀加身。四十七军在湘西大剿匪后，大量的湘西子弟进入了四二三团，武豪干爹和四叔就是被补充进来的人员，他们在一营二连，而名动中朝的英雄金珍彪、宋德清、张福祥则在四二三团的一营三连。这两个连是前锋的前锋、主攻的主攻。除了连长、排长和指导员，这两个连是清一色湘西子弟连。

营长郝忠云是闻名全国的特等功臣，在湘西剿匪中，也是大显神威。武豪干爹和四叔，都对郝忠云充满了敬佩。在郝忠云指挥下，武豪干爹和四叔与战友们一道，在老秃山山脚下秘密挖掘了可以容纳两个连的屯兵洞和小坑道，把战斗所需的弹药、炸药、火炮等各种作战物资及武器秘密地运进坑道内。为了弥补制空权的短板，郝忠云组织连队专门进行了打敌地堡的战术和技术训练，在相似地形上构筑与敌人工事相同的地堡，在铁丝网前进行反复的模拟训练，在沙盘上进行反复推演，练指挥、练协同、练技术、练战术、练动作。为了防止敌人的炮火袭击通信系统使我军成为瞎子，郝忠云建立了严密的指挥和通信联络、观察所系统，布置了监听仪器和翻译人员，制订了作战、协同、后方供给等方案与计划。为指挥方便，郝忠云对敌人阵地按照高低依次编为十五、十六、十七号高地。

在老秃山战斗中，敌我力量注定是悬殊的，注定是一场用生命赢得胜利的战争。以美国为首的"联合国军"，在这里部署了哥伦比亚营的一个加强连和美第七师二十团两个排及两个搜索班、一个坦克连、一个化学迫击炮连。还有数个炮兵群和一个坦克营等，环绕周边，随时增援。

而武豪干爹所在的四二三团一个团，在炮火的掩护下，硬抗"联合国军"。

经过无数次的阵地抢夺与拉锯，双方都有无数的人倒下。我方从班长到团长的指挥员，也牺牲了不少。在最后的拉锯中，武豪干爹在火线上成了一个连的连长，四叔成了一个班的班长。

武豪干爹所在的英雄连队，在武豪干爹的带领下，分成五路，向十六号高地冲锋。冲到第七道铁丝网前时，那种环形的、迷宫一样层层设置的铁丝网，犬牙交错地横在战士面前，人墙越不过，铁钳剪不开，手榴弹炸不散。眼看爆破班的战士手握爆破筒冲了上来，突击队的战士也紧跟其后，冲在最前面的四叔来不及细想，飞身横卧在铁丝网上，搭起了通往峰顶的人桥。其他几位战士见状，也飞身横卧在铁丝网上，让爆破组和突击队的战士踏着他们的身体冲上去。

一个个一百多斤的人飞奔上去时，重力加冲力，把四叔和几位战友的肉体全都踏进了尖利的铁刺铁钩和铁蒺藜里，有的刺破了心脏、脾脏，有的刺破了动脉、静脉，有的刺破了肝胆、肠胃。当十六号高地被攻下，武豪干爹带着大家把四叔和几位战士小心翼翼地拔出时，他们浑身扎满铁刺铁钩和铁蒺藜，扯出了身上一块块鲜红的血肉。除了四叔一息尚存，其余战士壮烈牺牲。那扯出的几十块血肉，那满身血肉模糊的窟窿，惨不忍睹地呈现在大家面前时，所有的人，都禁不住掩面哭泣。

战斗到最后，只剩下武豪干爹和四叔两个人了。武豪干爹和四叔，一个手握机枪，一个手握爆破筒，一左一右，互为犄角，边打边冲，连续炸掉了十来座双层地堡，占领了十五号高地。在随后的敌人疯狂反扑中，两人打退了敌人十几次冲锋，歼灭了不知道多少个敌人。美军以为我军还有不少主力，派了轰炸机轰炸，一颗炸弹把四叔震晕，埋进土里，弹片削掉了四叔一块腿肚。从天而降的燃烧弹，则落在武豪干爹的身边，烧着了武豪干爹的背部、臀部。武豪干爹抱紧机枪就势滚下山坡，身上的火苗压灭了，手里的枪托摔裂了，人，也昏死过去。第二天，主力部队清扫战场时，发现了一息尚存的武豪干爹和四叔，武豪干爹和四叔才从死神手里被抢救回来。

在严岘山，爹和彭胜虎经历了另一场生死战斗。

严岘山是一三九师坚守的一个高地。高地实际不高，只有三百来米的海拔，但严岘山脚下是一条通往临津江的公路，谁守住了严岘山，谁就掐住了对方通往临津江的脖子，就能挡住对方向北进发。严岘山自然成了敌我双方争夺的战略要地。

拿下和守住严岘山是作战双方的重要目标。

经过多次的轰炸和争夺，茂密的大树都被连根拔起，交通战壕也被炸得四散坍塌，一堆堆一片片被砸碎的石头，像一堆堆一片片的白骨，撒落在烧得黢黑的土地上，冒着刺鼻的石粉味和辛辣的火药味。

爹和彭胜虎所在的连是尖刀连，但爹和彭胜虎却分在了通信班，负责架线、接线，保证指挥部和阵地的通信畅通。爹是通信班的班长。

通信班行军打仗，不但要背着打仗用的枪支弹药、修筑工事用的洋锹、镐头，还要背着一个几斤重的手摇电话机和一捆几十斤重的电话线。电话机和电话线就是通信班的命根子。

爹开始分在通信班时，并不乐意，觉得这样不能打敌人。爹想的是去尖刀连的尖刀班。在远征军干过的彭胜虎却深知通信兵的重要。彭胜虎对爹说，通信兵是战场上的顺风耳、千里眼、飞毛腿，有了通信兵，可以决胜千里之外，没有通信兵，在战场上就会成聋子和瞎子。

虽然爹是通信班班长，但很多地方是爹听彭胜虎的。首先爹跟彭胜虎学会了辨别方向。南方人普遍没有方向感，但作为通信兵，方向感必不可少，这样无论布线、巡线和传令，都会准确地找到位置，不会跑冤枉路，不然就会因迷路而贻误战机。彭胜虎在滇缅丛林里昼夜奔袭时，辨别方向是最重要的一课，不然在热带丛林里走着走着就走没了。爹跟彭胜虎学会了摸石头和树干辨别方向，因为阳光和季风的缘故，东南方向的石头触摸手感比较滑润，西北则比较粗糙。同理，树木的树干也是如此。

为了在通信架线时避开敌人，爹还跟彭胜虎学会了贴地辨声，一有动静，就要趴在地上，耳贴地面，迅速分清远处来敌人数、来敌距离，然后迅速埋伏隐蔽。敌人多，就避开。敌人少，就干掉。

那时的通信线，都是人工架线。每到一地、每打一仗，爹就要带着人迅速架线、布线和接线。打完仗休息的间隙，爹和彭胜虎不能休息一分一秒，得抓紧时间巡线，检查电话线是否被炸断。炸断了，得重新接。否则，上下级之间的通信联络就会中断，指挥部与阵地间就无法联络，轻则贻误战机，重则可能全军覆没。

爹始终都记得集训时首长说的话：对通信兵来说，通信是我们的血脉，电话是我们的生命，我们就是一根炸不断的电话线。

敌人自然知道通信线路的重要性，常常是以斩首行动的方式，专炸电话线。无论何时，敌人的炮火和子弹都会对着通信兵。爹在实际的战火中，才切身感受到通信兵的重要，通信兵不但要有体力能负重，还要有脚力跑得快，更要有胆力不怕死，通信兵实际上是最危险、最勇敢的那一群。爹真正理解了关于通信兵那句话的意义：通信是我们的血脉，电话是我们的生命，我们就是一根炸不断的电话线。

连续几天，爹和彭胜虎巡完线、接完线后，都要坐下来，背靠背聊天。

彭胜虎拿出一袋烟卷好，问爹，试一根不？爹说，不试，难抽。爹问彭胜虎，想四叔四婶娘吗？彭胜虎说，想。你呢？你想家吗？爹说，也想啊，你嫂子一个人，不晓得怎么样了。彭胜虎说，我这个儿子没有当好，一辈子都让爹娘担惊受怕，等这场仗打完了，哪里都不去了，好好陪陪他们。爹说，我到时陪着你，也经常去看他们。彭胜虎说，唉，我娘比较奸①，对你不好，你莫见怪和记恨。爹说，哪门会见怪和记恨呢？感恩都来不及呢。彭胜虎说，有哥这句话，我就放心了，要是我这

---

① 奸：吝啬。

条命在朝鲜了了，你记得去看看他们。爹说，你讲什么呢？我们都得好好活着，都要乖乖地去孝敬他们两老。彭胜虎说，子弹不长眼睛，逮到哪个是哪个。爹说，老天爷会保佑我们。彭胜虎说，但愿老天爷保佑。

通信班已经牺牲了四个战士，减员了三分之一。爹和彭胜虎都在心里祈祷一切平安。

战争是注定无法平安的。

在残酷的拉锯战里，爹和彭胜虎在战火纷飞中一次又一次地匍匐、奔袭，在生离死别中演绎着惊天地泣鬼神的悲壮。

在敌人的飞机、炮群和燃烧弹的无数次蹂躏下，严岘山更加面目全非，已成为一座坟山了。敌我双方的鲜活生命，都在严岘山一片片倒下、一个个离去。

在又一轮的较量中，坚守阵地的一个排，就剩下爹和彭胜虎两个通信兵了。

这个阳光灿烂的下午，战火和硝烟尽管毁掉了严岘山，天空却依然高高的，蓝如水晶，白云依然洁白得纤尘不染。天空和白云，很快就被敌人的炮火淹没了。

一颗炮弹飞来，落在了爹的身旁，爹和枪都被高高震飞，摔落在地。尘土把爹整个掩没。彭胜虎把爹拉出来时，爹的头部和胸部都被弹片划伤。头晕目眩、满眼金星的爹，不知道自己在哪，但却知道去找自己的枪。战士没有了枪，就等于没有了生命。当爹摇摇晃晃地找到枪时，敌人在几十辆坦克的掩护下，密密麻麻地冲了上来。彭胜虎给爹简单地包扎头部后，叫爹躺着别动，背起几根爆破筒和几颗手雷，往敌阵里冲。爹也踉踉跄跄地一手提枪一手握着爆破筒跟了上去。

眼见坦克冲进战壕，训练有素的彭胜虎，一个翻身滚进战壕，就将炸药包塞进了坦克下面。待他一个翻身翻出战壕时，炸药包轰的一声炸了，坦克成了废铁，坦克里的敌人也成了鬼魂。在坦克的爆炸声里，彭胜虎又灵巧地跃上了另一辆坦克，掀开坦克盖，将手雷扔了进去，轰的一声，坦克又成了废铁，里面的敌人又见了阎王。彭胜虎炸坦克时，爹手上的机枪正好是最好的火力掩护。

一天下来，爹和彭胜虎打退了敌人六七次进攻。

残阳如血的时候，敌人在又一轮炮火的支援下，再一次扑向严岘山。

面对密密麻麻的敌军，已多处负伤的爹和彭胜虎，自知这次难以坚守到援军到达，便决定呼叫炮火向阵地开炮，不然阵地就失守了。

爹跑进掩体，摇动电话机，却没有任何声音。无疑，电话线又断了。

彭胜虎说，我去查看。没跑多远，嗖嗖飞过的子弹，击穿了彭胜虎的腹部，鲜血从两个小小的窟窿里直冒。

爹飞奔而去，赶忙用纱布绷带堵住彭胜虎的血窟窿，血还是止不住地往外浸溢。

爹给彭胜虎包扎好后，想扶彭胜虎起来。不想，爹一站，敌人的子弹就飞过来了。爹的双腿，被子弹击中，站立不起。

爹说，看来，我们真的回不去了。

彭胜虎说，肯定回不去了。

爹说，这也好，我们两兄弟没有一起出生，却一起死，缘分。来生我还是你哥。

彭胜虎说，嗯，我还是你弟。

爹说，我们在，阵地在，我们死也要爬到断掉的电话线边。

彭胜虎说，你放心，哥，我一定跟哥一起用命保住阵地，别忘了，我们是炸不断的电话线。

爹微笑着看了看彭胜虎，说，对，我们是炸不断的电话线。

兄弟俩一起匍匐着，往前挪。

彭胜虎是腹部中弹，爬了几步就疼得不能再爬了。

爹说，弟，你翻过去躺着，拉住我皮带，我拉着你走。

彭胜虎就翻过身来，仰天躺着，伸手拉住爹的皮带。

爹就这样一边往前爬，一边拉着彭胜虎。

爬到断线处时，彭胜虎的血也几乎流尽。

彭胜虎有气无力地躺在爹的怀里，说，哥，我好像回到家里，看到我爹娘了，我爹娘正在杀鸡等我们呢。

爹说，嗯，我也看到四叔四婶娘了，我都闻到鸡肉香了。

彭胜虎说，那你多吃点，把鸡腿和鸡翅都吃了。

爹说，你也多吃点，你小，鸡腿鸡翅是你的。

彭胜虎说，那我们都不吃，留给爹娘吃。

爹的眼泪双抛，说，好，留给爹娘吃。

彭胜虎艰难地抬起手，抹掉爹的眼泪，说，哭什么，哥，回到家了，高兴才是。

爹低下头，更紧地抱住彭胜虎说，哥不哭，哥高兴，哥高兴。

彭胜虎说，哥，电话线有米有带回家？我们还得接电话线呢。

爹说，好，我们赶紧接电话线。

爹放下彭胜虎，把那截炸断了的电话线找来。电线两头隔得太长了，爹只得剥开电话线的绝缘体，露出铜线，想双手各拽住电话线一头，让电流从躯体穿过。可是，爹的两只手臂还是不够把两头电话线连起来的长度，彭胜虎眯着血糊的眼，艰难地伸出手说，哥，你拉住我，我们一起接通电流。

爹知道，彭胜虎已经快到生命尽头了，如果电流通过身体，彭胜虎很可能一命呜呼。所以爹摇了摇头，没拉彭胜虎。

彭胜虎说，哥，我现在是一会儿迷糊一会儿清醒，我晓得我快不行了，让我跟哥一起接通电话，呼叫开炮。

爹不得不伸出手来，拉住彭胜虎，让电流从自己和彭胜虎的躯体流过。

两个从小一起长大的血脉兄弟，今天让一根电线，把肉体连在一起、气息连在一起、心跳连在一起、骨血连在一起。爹和彭胜虎，真成了一根炸不断的电话线，成了一对同呼吸、共命运的骨肉同胞、生死兄弟。

爹对着电话，大声呼叫，首长，我是严岘山高地，敌人太多了！为了胜利，向我开炮！

彭胜虎跟着低声重复，为了胜利，向我开炮！

这一天，是1951年10月8日。

"为了胜利，向我开炮！"

这不是电影《英雄儿女》里王成一个英雄喊的，是成千上万个志愿军英雄喊的，是成千上万个无名烈士喊的！

我爹，我的彭胜虎叔叔，也在朝鲜战场上发出了"为了胜利，向我开炮"的呐喊。

在天德山的战斗中，吴点金和田杏一对眷侣，也经历了同样的生死同心。

吴点金本是分在炮兵连的，但志愿军里运输兵奇缺，基本上没人摸过汽车，很早就会开车的吴点金就被派到了汽车连当排长。

汽车连既是战斗先遣连，又是前线保障连，还是战场清扫连。说是战斗先遣连，是因为抢修公路、桥梁和机场时，他们要运输建材物资。说是前线保障连，是因为战斗打响时，他们要保障部队的弹药医药和食品运输，还要随时拿枪增援前线部队。说是战场清扫连，是因为在战争结束后，他们要搬运伤员、运送伤员。

汽车兵，是最早要与敌人死磕，中途要与敌人死斗，最后要与敌人死缠的那一群。

本来吴点金开车，五叔押运。但田杏却预感这异国他乡的战场凶多吉少。她不愿与吴点金分开，从战地救护队坚决要求到了运输连，跟着吴点金押运。五叔则跟着另一辆军车，运输押运。

汽车兵，是与死神赛跑、为胜利抢盘的战争生命线。

天德山离汉城最近，离危险和死亡也就最近。天德山与汉城二十来公里的距离，就是危险与死亡的距离。为了防止志愿军越过天德山，打进汉城，"联合国军"在这里集结大量兵力，严防死守。

在以美军为首的"联合国军"的夏季和秋季攻势中，天德山是他们进攻的首要目标。

进攻天德山的是美三师第十五团和美骑一师一部，外加十个炮兵营、二十五辆坦克和十二架飞机的紧密配合，而死守天德山的是四十七军一四一师四二二团的一个连——二营五连。

想想看，十个炮兵营的炮火和十二架飞机的炸弹，每天数次轮番轰炸天德山时，那炮弹和炸弹是一个什么样的数字？是不是暴雨一样的数字和天文一样的数字？

汽车兵有个顺口溜："空中点灯，地上撒钉，路上炸坑，专打汽车兵。"说的就是汽车兵的艰难与危险。汽车运输兵是"联合国军"要追杀的第一个目标，只要把汽车运输兵一个个灭掉，前线的后勤补给线就断了，战争的血脉与生命就没了。汽车运输兵，成了生死考验最为严峻的兵种。

田杏对吴点金说，你不该来运输连的，炮兵连比运输连安全多了。

吴点金说，我安全你不安全，有什么意思？守着你，才是最安全。

田杏说，战争这么残酷，哪里有安全？未有战争才是安全。你要是不来运输连，肯定会活着回去，我们的女儿还能有个爹。

吴点金说，娘也不会少，我一定给女儿把娘带回家。

田杏叹口气说，我们这辈子上对不起父母，下对不起孩子。

吴点金也长叹一声说，是啊，对家庭，我们都是罪人。特别是双喜，我们没负过一天责，实在是枉为父母。

田杏说，既来之则安之，我不该提这个话题。

吴点金说，嗯，好好打仗，好好活着，双喜和爹娘都等着我们呢。

田杏把头靠在吴点金怀里，说，有你，我就心里踏实。

吴点金搂着田杏，吻了吻，说，乖！我们出发。

五叔和另一个战友的运输车紧随其后。

白天，运输队是不敢动的，只能夜间行动。运输兵戏称，太阳是美国佬的，月亮是志愿军的。

美军的"空中绞杀""重点破坏"斩首行动，斩的就是志愿军的地面运输补给线。当时美军飞机，最喜欢轰炸我们的后勤运输队，断我们的后方补给线。

运输线上的公路和铁路，被美军炸得到处坑坑洼洼、千疮百孔。稍有不慎，车子就会蹦出路面，掉下悬崖，粉身碎骨。

由于不能开灯，田杏只得走在前面，充当引路灯。田杏把身上的军大衣反穿，将白色的内衬露出来，内衬的一抹白色就像一点微弱的白光，指引吴点金前行。人走得慢，车开得更慢，蚂蚁和乌龟的速度，也不过如此。

常常是天亮了，运输车还到不了目的地。前来侦察的敌机，免不了追着狂轰滥炸。人，车，物，都难免被炸成肉酱和碎片。

即便是夜行，也常常会被敌人发现。敌人一发现，集群的照明弹就会一齐发射，将天空照得宛如白昼。那如蚁爬行的车辆，就会被暴风骤雨似的炮弹炸得粉碎。

吴点金和田杏，还有五叔，不知道经历了多少次这样的生死轰炸和亡命飞奔。

最难行的，还是冬天。朝鲜的冬天跟我国东北的冬天是一样一样的。滴水成冰。呵气成霜。本就崎岖不平的路面因为结冰，更是寸步难行。发动机常常冻得无法启动，启动了也常常在半路上抛锚。

想想看，结冰的路面，无灯的夜晚，一辆运输车要把战略物资运到前线，那是何等艰难？

就是这样一个月黑风高、冰雪覆盖的夜晚，吴点金和田杏往天德山运输弹药时，车抛锚了。吴点金只得下车修理，田杏在一边紧张放哨。

修理完，吴点金的手已经完全冻僵无法握住方向盘了。田杏说，先暖暖手吧。田杏二话不说，拿起吴点金的双手就往自己怀里放。

吴点金双手从田杏衣扣的缝隙里，一上一下，插进田杏怀里，包抄田杏。

田杏也双手从吴点金衣扣的缝隙里，一上一下，插进吴点金的怀里，包抄吴点金。

然后紧紧抱着，头贴着头，脸贴着脸，鼻子贴着鼻子，气息贴着气息。

贴着贴着，心就热了，血就热了，爱就热了。

吴点金忘情地伸出了舌尖，一点一点地舔刮着田杏冰冷的唇间，然后与田杏深深地热吻。

战争的紧张和疲劳，让两个天天在一起的人长时间没有热吻了，那种蜜汁一样的甜蜜和烈火一样的激情，就像两人的初吻。

洁白的雪地和雪光照耀的夜空，空旷而寂寞地见证着爱和爱的秘密。

全身都被爱火点燃和温暖的吴点金和田杏，都忘记了这是在残酷的战场，在冰冷的雪天，在孤独的异国他乡。

其实，哪里会忘记？他们只是珍惜这短暂的瞬间。他们都知道难有这短暂的瞬间，甚至不会再有这样的瞬间。

吴点金先是抽出舌尖，再抽出双手，捧起田杏的脸，在额上轻轻一吻。

田杏的泪，就热漉漉地滚出来，结成两行脆薄脆薄的冰。

吴点金心疼地伸出热漉漉的舌尖，把两行脆薄的冰屑舔进嘴里、吞进心里。

五叔和战友见吴点金和田杏车子抛锚了，很不放心，就在前面转弯处等。等吴点金和田杏的车子开过来后，五叔和战友才又上了车，不远不近地跟在吴点金和田杏车后。

上得车来，吴点金和田杏好长时间默默无语，不知是在回味还是在遥想。也许这短暂的幸福和甜蜜，带给他们更多的是伤感和哀愁。

在摇摇晃晃的汽车里，吴点金先打破了死一样的沉默。吴点金说，杏，你讲双喜会不会梦到我们？

田杏说，肯定会梦到。

吴点金说，那你讲，双喜梦里醒来后，是会哭还是笑？

田杏说，那还用讲，肯定哭。

吴点金说，你讲，我们双喜长大了，会找一个怎样的男人呢？会有我帅有我好吗？

田杏笑，肯定比你帅比你好啊！你以为你帅啊？除了我，米有人会认为你帅。

吴点金笑，哎，不要这样贬低你男人嘛，贬低你男人就是贬低你自己哟。

田杏也笑，好好好，不贬低我男人，我男人天下第一帅、天下第一好，行了吧？

吴点金说，不行，得我们双喜的男人天下第一帅、天下第一好，我当爹的，第二就行。

田杏把掌一拍，好！我们家的两个男人，一个天下第一，一个天下第二。

两人就这样说着、笑着，开进了一个营区。

进了营区，两人吓坏了——两人开进的不是天德山我军的营区，而是美国兵的营区。而且是炮兵营区！

迷茫的大雪和夜晚，两人一不小心，开岔了路，走错了方向！

五叔和战友发现吴点金和田杏走错了路。无论怎么按喇叭，吴点金和田杏都听不见。五叔急得跳下车，挥着双手追，但是吴点金和田杏还是没看见。五叔和战友只好远远地跟着，眼睁睁地看着吴点金和田杏把车子开进了美军营区。

这军车本就是从美国手里缴获的军车，躲在屋里烤火的美国岗哨，也不会想到有两个中国人大摇大摆地把车开进自己的营区。

等吴点金和田杏下车时，美国兵还以为是他们的盟友韩国人。

只有吴点金和田杏知道，必死无疑了。

美国兵见来了两个韩国盟友，热情地用韩语打招呼。

吴点金和田杏也热情地用韩语回应。

可他们的韩语都只会你好之类最简单的，复杂的韩语，都得借助韩国翻译或美国翻译。

坦克营里服务的是韩国翻译，韩国翻译一看吴点金和田杏，就知道是中国人。

吴点金一看韩国翻译出来了，知道大事不妙，飞快地拉着田杏爬上了装满弹药的车厢。

吴点金说，杏，我们回不去了。不能把这车弹药留给他们，用这车弹药把美军炮兵营炸了！

韩国翻译走到车厢旁一看，大喊，他们是中国志愿军！

这一喊，把整个炮兵营也吓坏了，怎么就跑进来两个中国志愿军，还跑来一个漂亮的女人？

看到送上门来的漂亮女人，这些美国大兵放肆地围了上来。有的美国兵还打着尖利的口哨。

听到美国兵放肆的笑声和口哨声，吴点金和田杏都明白他们是冲田杏来的。

田杏淡定地对吴点金说，你把手榴弹准备好，我来引诱他们，他们人围得越多越好。

吴点金拉了拉田杏的手说，好，我们今天就给他们来个惊天动地。

田杏镇定一笑，掀开帆布，把头露出来，对着美国兵热情招手、甜蜜微笑。

美国兵被田杏的笑容迷住了，纷纷跑上前来，要跟田杏握手。

田杏不肯相握，而是抛出妩媚的飞吻和妩媚的飞眼。

等所有的美国兵都围上来起哄时，田杏回过头去，深情款款地说，哥，炸吧，我们来世再做夫妻。

吴点金也无限不舍地点头，好，我来世再八抬大轿抬你。

吴点金把几个手榴弹同时拉开，放在原地。然后，钻出篷布，一只手紧紧搂住田杏，一只手给大家挥手致意。

两人相依站在一起的身影，两人坦然面对数百个美国鬼子的笑容，定格成永恒的经典。

吴点金和田杏，自然炸得连块碎骨都无法找到，而美国营地也尸横遍野，一片废墟，到处鬼哭狼嚎，到处是冒着青烟的烈火，那几百门炮，也被炸得四分五裂，哑了不少。

这一切，都被跳下车靠近美军营区的五叔和战友看得一清二楚。

多年后，当五叔讲起这个故事时，还痛心疾首、老泪纵横，恨自己和战友没有能力救下吴点金和田杏。

　　五叔说，那么聪明的点金哥，哪门就会走错路呢？他是不是故意开进美军营区炸掉炮兵营的呢？

　　不管是有意还是无意，吴点金和田杏就这样化作朝鲜战场上的两颗流星，耀眼划过，无声坠落。

四十一

中国人民志愿军抗美援朝战争胜利了。

鸭绿江流淌的不再是战争的血泪，而是甘甜的乳汁。

中国人民也不再是东亚病夫，而是东方雄狮。

在朝中两国人民盛大而隆重的欢送和欢迎仪式上，爹和武豪干爹，还有四叔、五叔都佩戴着荣誉勋章，行走在欢送和欢迎的人群里。彭胜虎、吴点金、吴赛银、田杏、向立地和侯小山的身影，却再也看不见了。

五叔说，向立地姑爷就是在魏巍《谁是最可爱的人》里提到的那场松骨峰战斗中牺牲了。向立地姑爷在朝鲜战场上打了大大小小几十场仗，在飞虎山守卫战中，他所在的一个团为了切断"联合国军"的后路，跟武装到牙齿的美军两个师鏖战了五天五夜，没有让美军往飞虎山前进一步。在松骨峰战斗中，向立地所在的连队，也是在美军炮火无数次的翻耕和成倍美军的进攻中弹尽粮绝后，格斗、肉搏。很多战士的刺刀都断了，枪托都散了，只能赤手空拳，与敌肉搏。向立地姑爷牺牲时，身上插着四把美国鬼子的刺刀，嘴里叼着一只肥大的、血淋淋的美国兵耳朵，双手还揪着一把连皮带肉的头发。

凭向立地姑爷战死的悲壮模样，就可想象这场战斗是多么残酷惨烈。

吴点金、向立地、田杏、彭胜虎用生命迎来了胜利。武豪干爹和爹好歹知道他们是为国捐躯了，是英雄，是烈士。可吴赛银和侯小山呢？是牺牲了，被俘了，还是失踪了？

武豪干爹和爹没能打探到任何消息。

战场上，战争里，太多太多的人牺牲了连名字都没留下，可吴赛银和侯小山,在革命队伍里征战多年,有许多熟悉的战友。除非他们是被美国的飞机炸得片甲不留、尸骨无存,除非是牺牲时面目全非、无法辨认。

吴赛银和侯小山,就此杳无音信。

荣立一等功,并被提拔为连长的爹被分配到了贵州铜仁。三等功的四叔因在朝鲜战场认识了一个东北的女军医,留在吉林教书,做了上门女婿。三等功的五叔则回到了湘西老家,分配到了刚刚建起来的县砖瓦厂。作为运输兵第一次参军参战的五叔,在全连战士牺牲后,居然一个人杀死了十几个敌人,吹响冲锋号,吓退了敌人,把旗帜插上了顶峰。五叔居然还没负一点点伤。武豪干爹说,哪个讲子弹不长眼睛啊,长呢!不然子弹哪门连你五叔皮毛都不伤一点。

这一下,我们彭家成了满门英雄和功臣。

令爹百思不得其解的是,武豪干爹失踪了。他们虽然不是同一时间戴着大红花站在台上接受表彰,但爹却真切地看到武豪干爹笑盈盈地任部队首长给自己佩戴上了一等功勋章。临回乡时的头天晚上,武豪干爹和爹明明一起坐了很久,憧憬着回家的喜悦,怎么出发时,左等右等都不见武豪干爹的身影?爹和五叔四处寻找武豪干爹,却就是寻找不到。眼看部队吹响集合号了,回乡的列车就要启动了,还是不见武豪干爹。爹和五叔急得几乎都要哭出来。这个武豪哥,搞什么鬼呢?哪门还不来呢?眼见出发登车的口令一遍一遍发出,爹急得跑到首长面前汇报。部队首长说,没有到,就赶快去找,火车不等人,时间一到,准时出发。爹又急匆匆跑到武豪干爹的寝室去找。武豪干爹的寝室早已人去楼空。这就活见鬼了!一个好好的活人,居然离奇失踪,说不见就不见了。

武豪哥,你在哪里啊?

爹的心里急得流出了血。

一趟趟开往东西南北的车都出发了,还是不见武豪干爹。爹和五叔只得一步三回首地登上了回乡的列车。

爹为了不哭出声而死死咬住的下嘴唇,流出了殷红殷红的血。

回到家乡的爹,不敢告诉大婆大爷和韭菜干娘武豪干爹离奇失踪的事情，只能说志愿军是一批一批回乡的，他和五叔也都亲眼看见武豪干爹上台接受一等功勋章的情形。

对四婆四爷，爹同样不敢告诉他们彭胜虎牺牲的消息，而是说，彭胜虎跟四叔一样分配在东北工作了，过段时间就会回来。

爹知道这个谎撒不圆、撒不久，但能撒多圆是多圆，能撒多久是多久。

爹不能让四位老人都一下子陷入悲伤和绝望之中，也不能让韭菜干娘处在悲伤和绝望之中。

对灵芝嬷嬷，爹却选择了如实相告。因为灵芝嬷嬷年轻，而向立地姑爷又的确牺牲了，爹没有能力把这个谎撒得比灵芝嬷嬷的人生路还长。

得知向立地牺牲，大婆大爷和韭菜干娘在悲伤之余，还努力安慰灵芝嬷嬷，要灵芝嬷嬷节哀。殊不知，大婆大爷和韭菜干娘的悲哀会更长更大更深。

大婆大爷问，你武豪哥什么时候回来啊？

爹说，应该很快了。

大婆大爷说，很快是多快啊？都好几个月了，还不见回来。

韭菜干娘毕竟比大婆大爷听得多、见得多，韭菜干娘悄悄问爹，你跟嫂子讲实话，你哥是不是牺牲在战场上了？

爹连连否认，米有米有，嫂子，武豪哥真的活得好好的。

韭菜干娘说，活得好好的，哪门好几个月还不回来？

爹说，我也不晓得武豪哥为啥好几个月了还不回来，但武豪哥的确是回了国的，回家来的头天晚上，我们几兄弟还坐了很久，聊了很久，讲回家后哪门好好陪你们。

韭菜干娘还是不相信地问，真的吗？你莫骗嫂子。

爹说，我对天发誓，武豪哥回国了，还活着，只是不晓得他为什么到现在还米有回来。

韭菜干娘说，他不会回国后碰到什么不测吧？

爹说，回国了，还能碰到什么不测？安全得很。

韭菜干娘说，那就奇怪了。

爹也说，奇怪了！

去鏊溪看四婆四爷时，四婆四爷也会问，东北好远呀？

爹说，东北远得很，走路要走好几个月。

四婆着急地说，这胜虎也真是，哪门留到那么远的地方工作？天长路远的，看他一次，要走几个月。他哪门想的？

爹说，胜虎表现好，立了好几次功，得了好几个大喜报。国家给他分配了好工作呢。

四婆说，好工作，还分那么远？

爹说，革命工作，分到哪就是哪，不能讲价钱。老四不是也分配到东北工作了吗？

四爷说，想开点，老婆子。国家给胜虎分工作，我们就要好好感谢国家，还管什么远近。

爹说，四叔讲得对，革命同志一块砖，哪里需要哪里搬，好多人还米有分配工作呢。

四婆说，那敢情好，真的要好好感谢国家照顾我们胜虎。好在老四在那里，他两兄弟有伴。

爹努力控制自己的情绪，说，是的，他们两兄弟有伴。

爹说，叔叔婶娘，天长路远，胜虎难得回来，以后有什么事情跟我讲，我跟胜虎一样的，也是你们儿子。

四爷四婆一直笑笑的，说着感谢的话。

看完四爷四婆，爹又跟韭菜干娘一起去看吴点金和田杏的女儿吴双喜。

爹买了两套新衣服去看吴点金的女儿双喜。见了小双喜，爹同样也不敢告诉她吴点金和田杏牺牲了，这对双喜太残酷了。爹只好告诉双喜，父母都去很远的地方工作了。

对吴点金的牺牲和吴赛银的失踪，韭菜干娘倒是让爹对吴大铁二老如实报告。知道两个儿子都征战一生，吴大铁二老早做足了这方面的心理准备。韭菜干娘的父母吴大铁和梁冬梅想得通、看得开。吴大铁说，打仗，就会有牺牲，不是牺牲张家的，就是牺牲李家的。我的两个儿子都为国尽忠，我……很满足。

见韭菜干娘的父母失去两个儿子，都没有被击垮，爹在心里暗自佩服。爹对吴大铁说，叔，点金牺牲了，还有我和武生、老五，我们都给您养老送终。双喜侄女，我们也会帮忙养大。吴大铁说，有你这份心就够了。点金和赛银不在了，我还有女儿女婿，有你武豪哥和韭菜嫂子。我们还喰得起、走得动，你不要牵挂，安心工作。

爹在老秃山战斗负伤的双腿和脑袋，都留下了严重的后遗症。双腿略微弯曲，一只有些瘸了，脑袋摔成脑震荡，常常头晕目眩、眼冒金星。但无论怎样，他捡回了一条命，完整地回到了杨莺莺大娘身边。跟他一起长大、并肩战斗的向顶天、龙光烈、彭武定、彭胜虎、吴点金、向立地、田杏却一个个都没了，他更伤感难过。爹觉得他们一个个都比他强、都比他好，却一个个没有活过他，都是命。爹觉得是命里要他跟他们相识、命里替他们活着，那么他命里要替他们做些事。做多做少，他都得做。

在铜仁，他在粮站工作，是粮库副站长和保卫科科长，还兼着仓库保管员。这份工作，现在很不起眼，那时候可非常了不起。

新生的中国百业待兴，一切都在起步。粮站和粮食，是最最核心、最最重要的，而仓库保管员，更是职责重大，使命重要。杨莺莺大娘常常对人夸耀，我家云在铜仁可受重视了，一个县的粮库都他一个人管着，政府就信他一个！有人说，那你屋里以后不愁喰的了，粮库的粮食想哪门撮就哪门撮！杨莺莺大娘生气地说，你把我家云看成什么人了？公家的粮食能自己想撮就撮吗？我家云品性好着呢！如果品性不好，那么多人，政府为什么只相信他？

的确，这是政府对爹的最大信任。爹要是行为不端，或者稍微有点私心，要在那么大的粮库里偷点粮食带回家，那是神不知鬼不觉的。

这么重要的事，这么重要的工作，政府交给爹去做了，爹当然很感动，对政府和组织一片痴心和忠诚。觉得无论如何，都要干好工作，不辜负政府和组织的信任。

爹发自内心地感到肩上的担子很重。

为了保卫好国家和人民的粮食安全，爹也真是操碎了心。大门小门、大仓小仓的钥匙，他都随身带着，一分一秒都不离开自己的视线，睡觉时，都把钥匙压在枕头底下，跟钥匙压在一起的还有一把刀。

爹的裤腰上挂满钥匙上班下班、叮当作响的情景，成了铜仁街上的一大奇观。人们每次看到爹身上的钥匙，就笑着讲，彭粮管来了。甚至有的人不叫爹彭粮管，叫爹彭钥匙，戏说全城的钥匙都是爹一个人管着。爹的大名，反倒没几个人记得了。

每次打开粮仓检查时，看到满仓满仓的粮食，爹都感到无限的喜悦和幸福，那满仓满仓的粮食仿佛不是全县人民种出的，而是爹自己一个人种出的。一粒粒稻谷，就是一粒粒金子，在爹的心里闪闪发光。稻谷金黄的颜色，是他工作的颜色、生活的颜色和醉心的颜色。稻谷扑鼻的芳香，是他工作的芳香、生活的芳香和醉心的芳香。这大地所有的馈赠、劳动所有的收获，都由爹一个人管着、一个人拥有，爹怎么能不喜悦无限、幸福无限呢？

因是抗美援朝英雄，爹还常常去各单位和学校做报告，讲如何抗美援朝打美国，如何抗日打日本，讲到战友们一个个牺牲时，常常是爹在台上泣不成声，听众在台下泣不成声。

爹的一生就是拿枪的一生、打仗的一生。湘西的祖辈、父辈，都是这样的一生。为国、为家，爹打了这么多场仗，拼了这么多次命，只有抗美援朝给了爹这么高的荣誉。因为抗美援朝的队伍，是共产党的队伍，爹跟着共产党的队伍打仗、拼命，才得了这么高的荣誉。所以，爹对共产党充满了感激。

爹每次做报告，都会有这句发自内心的话：是共产党给了我和穷人一切，一辈子我都会用实际行动报答共产党。

可以说，爹是当地的大明星、大名人，走到哪里，都有人跟爹打招呼。爹又有了另外一个名字——彭英雄。

爹很享受这个名字。

爹整天加班加点,以忘我的工作来对得起这个名字。

杨莺莺大娘在湘西老家,爹忘我工作,常常一年都不休假回家,自然冷落了杨莺莺大娘,对牺牲的战友和伙伴的家人的关照,就更是一忙就忘了。

直到莺莺大娘生病差点去世,爹才从忙碌中醒悟过来,反思自己,觉得自己一红火,就忘了家人的冷暖和战友的嘱托,委实不该。

爹多次向组织申请,终于调回了湘西。

调回湘西的爹,依然在粮食部门工作,依然当仓库保管员,但不再是副站长和保卫科科长了。人家先来先到,爹能够调回来,就烧高香了。爹也乐得自在、省心。

回到湘西的爹,终于有了完整的时间陪伴莺莺大娘,度过了他更为风光和甜蜜的几年时光。

莺莺大娘跟着爹十几年了,从十七八岁到二十七八岁,都是在担惊受怕中度过的,在聚少离多中度过的。爹这些年一直打仗、打仗、打仗,莺莺大娘就一直揪心、揪心、揪心,常常在梦中看到爹被敌人一枪打没了,吓得莺莺大娘魂飞魄散、一身冷汗。爹身上的那些刀伤、枪伤,都不是在爹的身上开的伤口、结的伤疤,而是在莺莺大娘心上开的伤口、结的伤疤。每次同房时,莺莺大娘都会抚摸着爹的满身伤疤落泪。

爹每次出征,莺莺大娘都想劝阻,又都咽了回去。她知道劝也没用。特别是爹那次险些被日本特务凌迟后,莺莺大娘更是一听说爹要出征打仗就心惊肉跳,噩梦连连。无计可施的莺莺大娘,每次都在爹出征后,给菩萨烧香、给祖宗烧纸,求菩萨和祖宗保佑爹平安。

莺莺大娘成天提心吊胆、牵肠挂肚,慢慢就忧郁成疾。儿子杨见好和父亲杨高山被土匪杀害后,莺莺大娘就很少开过笑脸。再开心的事,都在莺莺大娘那儿开不出花。

看着一天天瘦下去的莺莺大娘,爹的愧疚与日俱增。爹把莺莺大娘娶进门后，常年征战和奔波，很少与莺莺大娘温存，很少关心莺莺大娘的冷暖，倒是给莺莺大娘添了不少堵。该是好好弥补的时候了。

爹说，莺莺，这些年你跟着我受苦了，现在国家和平安定了，我们也该过好日子了。以前欠你的，我还不上，现在该给你的，我全给你。

为了让莺莺大娘少干种田种地的苦力活，爹在县城租了个门面，开了个日用杂货铺，让莺莺大娘卖些日用百货。

莺莺大娘担心自己干不好，说，我不是做生意的料，亏了哪门搞？小户人家，一分钱都亏不起呢！

爹说，做生意没有什么窍门，嘴巴乖、心眼细、讲诚信就是。

莺莺大娘说，这些我晓得，来人来客主动打招呼，客气点，热情点，话讲得好听点，莫骗客，莫错账。

爹说，对对对，你懂得很嘛。

莺莺大娘说，讲起来容易做起来难，我是真的怕。

爹说，不要怕。古人都讲药卖三年半大夫，布卖三年巧裁缝。何况还有你屋彭木匠呢！

莺莺大娘笑道，古人还讲十年能学个秀才，十年难学个买卖。我要是有我屋彭木匠一半聪明就好了。

爹鼓励道，船小好掉头，店小巧经营，万一做不好，亏了也不要紧。我们试试，不试不晓得。

莺莺大娘说，那好，我就试试，亏了莫骂我。

莺莺杂货铺就这样开了起来。

莺莺大娘本着忠厚不折本、刻薄不赚钱的经营理念，凭着货拿一手准、账算一口清的本事，加上心善嘴甜，谁来都热情，谁少个一毛两毛、赊个一块两块，她都不计较。回头客自然很多。

其实，少个一毛两毛的，人家下次都会补上。赊个一块两块的，更会还上。但人家心里舒服，觉得莺莺大娘人好、好说话。莺莺大娘的杂货铺自然很红火，忙得莺莺大娘根本没时间到菜市场去买菜。

爹下班后，就顺道从菜市场买点菜，在家把饭菜做好，送到店子里跟莺莺大娘一起吃。然后就跟莺莺大娘一起看店子、卖百货，一起睡在店子里守店子。

每天上床前，爹都雷打不动地打来一盆洗脸水，跟莺莺大娘一起洗脸、洗脚。农村人没那么多讲究，脸盆脚盆都是共用的。自己是干净的，哪儿都是干净的。

爹给莺莺大娘洗脚时，有时候会来一下恶作剧，把莺莺大娘的脚板挠得痒痒的，痒得莺莺大娘笑得喘不过气来，双脚像鲤鱼一样摆尾蹦弹，花枝乱颤。

莺莺大娘一笑，爹就美滋滋的，眼神里的光焰比任何时候都热烈而温柔。四目相对时，难免会燃烧、亢奋。

随着亢奋与激情，爹和莺莺大娘很快有了第二个孩子，是一个女儿。我从未谋面的、同父异母的姐姐。

有了爹的营养与滋润，莺莺大娘的脸色再次红润，身材再次丰腴，爹的身边依然是那枝亭亭玉立的山芍药。

小家幸福了，爹没有忘记战友和大家。每个月，爹都要带着莺莺大娘去看大婆大爷和韭菜干娘，看双喜和侯凤兰。向立地姑爷的孩子是爹的亲外甥，当然更少不了看。

连年的战争，让这个大家庭一下子有了这么多孤儿寡母，实在让爹和莺莺大娘心疼。武豪干爹的失踪更是让爹挂心。

其实大家都怕武豪干爹遭遇了什么不测，不然不会这样几年没有音信。但大家都不愿发生这样的事，都没有说出口来。

大家没有等来武豪干爹的信，却意外地收到了苏联飞行员弗拉基米尔写给爹的信。

弗拉基米尔在信中充满深情地回忆了他在湘西获救的美好时光，诉说了他对爹和大家的感激和思念。信中还夹寄了他和一家人的照片。随信到达的包裹里，还有几大包精美的苏联巧克力、奶酪、炼乳和好大一捆漂亮的布匹、几块军用手表。弗拉基米尔说，糖果给孩子们，布匹给大家一人做一身好衣服，特别是要给大婆大爷和杨高山叔叔及两位嫂子做一身好衣服。军用手表，则指名道姓要给爹、龙光烈及武豪干爹和彭武生。还特地给懂俄文的韭菜干娘寄了一台留声机和几张俄文唱片。弗拉基米尔一再说，这是对爹和大家救他、照顾他的一点心意。大婆大爷说，这苏联小伙子，不但仁义，还想得特别周到。

新中国成立初期，都是供给制，布票、粮票、肉票，什么都是分配供给，凭票购买。弗拉基米尔寄来的这些东西，特别是留声机、唱片、布匹和军用手表，那真是稀奇和珍贵。

军用手表，更是吸引了人们的眼睛。

这下好了，一个县都在传爹救的苏联兄弟来报恩，送了一卡车的东西和钱，爹飞黄腾达了。

本已经被人们淡忘的爹和彭武生他们救苏联飞行员的故事，又风一样流传起来。

爹又像在铜仁一样，被请上主席台到处讲打日本、救苏联飞行员和抗美援朝的故事。

在湘西打日本、抗美援朝的父辈很多，但救了一个外国飞行员、跟一个外国飞行员有莫逆之交的父辈，只有爹和彭武生。爹和彭武生，自然又成了万人敬仰的明星和功臣。

有关领导也找到爹和彭武生，要他们与弗拉基米尔经常联系，经常给弗拉基米尔寄一些湘西的土特产。领导说，这是深厚的国际友谊，要巩固、加深。

领导还说，有什么需要办的事，尽管说。

爹想了想，说，能不能追认向顶天、龙光烈、刘清平和吴玉音为革命烈士？这是爹的心病。

与爹同生共死的兄弟里，红军出身的彭武定早就被追认为烈士了。抗美援朝牺牲的吴点金、向立地、彭胜虎和田杏，也被追认为烈士了。可向顶天、龙光烈、刘清平、吴玉音，却一直没有人过问，爹的心里一直堵得慌。爹想，他们都为建立新中国牺牲了，他一个人把荣誉都背了，背得沉重，背得难受。他们为了新中国，连生命都奉献了，理应获得比他更高的荣誉。

领导都一一记下了。却一直没有下文。

爹就隔三岔五地去问。

领导总是客客气气地叫他耐心等待。

耐心等待的爹和彭武生，提着香纸和刀头，特地去了普戎清水岗，给龙光烈上坟。

爹把弗拉基米尔给龙光烈的那块军用手表放在龙光烈的坟头，说，光烈哥，你一辈子行善、革命、悬壶济世，没过一天安稳日子，现在太平盛世了，你治好伤病的弗拉基米尔还念着你的好、记着你的情，给你寄来了军用手表。你看看，这手表好漂亮、好贵重，我和武生给你送来了，你收下。在那边，你莫再太累了，哪里亮堂一些你就往哪里走，看看表，看看时间，累了就歇一会。

说完把表包好，放进一个小铁盒里。

彭武生小心翼翼地在龙光烈的坟丘上刨了一个小坑，然后小心翼翼地把手表埋进坟丘。

从普戎上坟回来的爹触景生情，想了很多。他觉得该给彭武定、吴点金、彭胜虎、向立地和田杏也修个空坟、立块碑了，就像给向顶天修的空坟、立的碑一样。想他们的时候，也好有个去处。

这个提议，当然得到大家的赞同。几个人的空坟，很快就立在了向顶天的坟旁边。

大婆大爷说，家云，还是你想得细，干爹干娘没白疼你，武定也会为有你这样一个兄弟高兴。

侯凤兰更是拉着孩子给爹磕了一个头。侯凤兰说，感谢家云哥，我代武定感谢你，我今后想武定的时候，就有地方去了。

无意间，爹跟大家一道了却了一桩心愿。

漂泊一生的彭武定、吴点金、田杏和向立地，就此不再漂泊，安然回家。

故乡，是游子安放灵魂的地方。无论活着的还是死去的灵魂，只有回乡，才能安放。

　　隆重的安放仪式后，爹和彭武生沿路点了长明灯，照亮彭武定、吴点金、田杏和向立地姑爷回家的路。

　　立碑的夜晚，侯凤兰居然看到了彭武定，嬷嬷居然看到了向立地。多少个梦里都想相见却很难见，彭武定和向立地居然都在这个夜晚赶来相见了。

　　侯凤兰和嬷嬷都喜极而泣，放声长哭。

四十二

立秋。大婆七十大寿的日子。

湘西老班人，无论大小都不过生日。每一个人都是这样平凡地生、平静地死，没有什么可过的。那个时候医疗不发达，活到六十很不容易。所以，一般是到了六十岁时，才会热热闹闹地庆祝一番。活到七十岁，更应该热热闹闹庆祝一番。

大婆大爷不是同年，却同月同日，两老的大喜是喜上加喜、同贺同喜。

爹请了两天假，提前给大婆大爷筹办寿筵。

武豪干爹不在，爹就是这个家的老大了，一切都得爹张罗和拿主意。彭武生和韭菜干娘，也习惯了爹的张罗和拿主意。

杀猪的杀猪。修鸡的修鸡。破鱼的破鱼。洗菜的洗菜。推豆腐的推豆腐。

整个彭家寨都来帮忙。

金黄而温暖的阳光，一层一层地铺过来，洒满院子，跳进窗棂，沾沾大婆大爷的喜气。

呼呼的秋风也一队一队紧跟着吹过来，吹走热浪，吹来凉爽，给大婆大爷献着殷勤。秋风迫不及待要品的是开席时的酒香菜香和饭香。

红艳艳的对联，红艳艳的窗花，和大婆大爷红艳艳的衣服，喜庆得过年一样。

窗花是侯凤兰剪的。剪窗花，是陕北姑娘人人都会的绝活。剪鸟鸟飞，剪花花开，剪水水流。

对联是五叔写的。五叔的一手好字，今天派上了大用场。

韭菜干娘、张雪梅和灵芝嬷嬷，就负责把大婆大爷打扮得新郎新娘一样漂亮。

　　生日时，一屋子的子子孙孙跪拜，祝福寿星洪福齐天。一院子的客来客往，祝贺寿星万寿无疆。吃好喝好的宾朋们，在歌声和鼓声的呼唤下，在月光和篝火的抚摸里，跳起了欢快的摆手舞。

　　爹和彭武生，陪着客人，通宵达旦。

　　武豪干爹的人缘，大婆大爷的德声，让这个生日热闹非凡。

　　客人散尽时，爹一个人来到山梁上，想对看不见的武豪干爹说几句话。

　　走到村口时，却见大婆大爷两老坐在月光下发呆。

　　大婆大爷是什么时候来的呢？他们也一定是想他们的儿子彭武豪了。爹想。

　　爹怕惊着两老，就在离两老不远的地方悄悄站了一会。

　　爹听大婆说，你讲，武豪到底还活着米？

　　大爷说，肯定活着。

　　大婆说，活着哪门不转来看我们和婆娘儿女呢？

　　大爷说，我也搞不清楚哪门他不转来，搞不清楚哪门他连个音信都米有。

　　大婆说，是啊，是死是活，都给娘带个信、托个梦啊，让我们一等就是好几年。他难道就不晓得娘无日无夜不在想他吗？

　　大爷说，他肯定也在想我们，只怕他有什么麻烦事缠身。

　　大婆说，会是什么麻烦事呢？还有什么事能难倒我们的武豪呢？

　　大爷说，我们给菩萨烧点纸，让菩萨保佑武豪。

　　大爷就用火柴点燃了香纸。香纸的火光映红了大婆大爷沧桑的脸。

　　大婆边添香纸边念，大慈大悲的菩萨啊，不管我的武豪在哪里，你都要保佑他平平安安、顺顺利利。我们给你磕头了。

　　大婆大爷，都跪在地上磕起了头。

　　爹听了看了，心里一阵阵绞痛。爹也对着夜空在心里喊，彭武豪，我的哥，你该回来了。

爹担心大婆大爷着凉，更担心跪着磕头的大婆大爷起不来，喊了几声，爹、娘，你们在这里啊，我到处找你们。

然后赶忙上前扶起二老，给二老拍拍膝盖上的尘土，并揉了揉二老的膝盖。

大婆说，我们想你武豪哥了，给菩萨烧点纸，让菩萨保佑你武豪哥。

爹说，菩萨肯定会保佑武豪哥的，菩萨也会保佑武豪哥早点转来的。

大婆点头说，嗯，我们等着你武豪哥转来。

给大婆大爷过了寿，爹又回到了他的粮站。

爹上班的粮站，在酉水河边。

那是爹再也熟悉不过的母亲河。

坐在窗口，爹就可以看到一河碧波，看到碧波闪闪的对岸那青翠欲滴的山峦，看到山峦上缥缈湿润的云雾，看到云雾缭绕下的木屋、木屋顶上的炊烟。当然更看得到石壁上"天开文运"那几个苍劲的摩崖石刻大字，看得到摩崖两边的一片翠绿的山坡和几垄翠绿的菜地。

看到酉水河，爹就想起龙光烈和武豪干爹，想起他们第一次沿着酉水给贺龙部队换食盐的艰难曲折。酉水河的涛声和渔火，都时刻以片片涟漪搅动爹的心底波澜，提醒爹别忘了并肩战斗的烽火岁月，别忘了已经远去的战友们。

于是，爹又想起追认向顶天、龙光烈、刘清平和吴玉音革命烈士一事。

爹又固执地一次一次地找政府、找组织。

问多了，有人就烦了，说，家云同志，你要正确对待荣誉，不要摆功臣资格，一天到晚给组织添麻烦。

爹想不通了，问，我这哪门是摆功臣资格，给组织添麻烦？我又不是为我自己的事跟组织上要这要那。

上面的人说，追认不追认，不是你讲了算。

爹说，我晓得我讲了不算，才找你们反映。我最熟悉龙光烈他们几个了。龙光烈是我们湘西最早的地下党之一,我和彭武豪就是他发展的。刘清平在安徽就是地下党。吴玉音不是地下党,但替她丈夫龙光烈帮地下党做事。向顶天是在浙江抗日时牺牲的。

上面的人说,即便你讲的都很真实,但也不是你考虑的事。

爹说,这是革命同志、革命先烈,我不能眼睁睁地看着他们白死。

上面的人一听生气了,什么叫白死?每一个革命同志和先烈都没有白死,革命同志和先烈的鲜血不是换来了我们新中国吗?

爹说,我是着急,用词不当,我的意思是,所有牺牲的革命先烈都要得到应有的荣誉和尊重。

上面的人说,是的,应该得到应有的荣誉和尊重,但我们不能光听你一面之词,组织上需要走程序,需要调查研究,不是那么简单和马虎的。

爹说,你讲得对,那能不能快点走程序,快点调查?

上面的人说,你急什么?这不是你我能定的,你好好干你的工作,不要多管闲事。

爹一听,又急了。爹说,我这哪门是多管闲事?我这也是革命工作。

上面的人一听,更不高兴了,说,那我讲错你了?我看你是屁股尾巴翘到天上了!再翘尾巴,你自身都难保。

爹听了,又紧张,又急迫,张了张嘴想说什么,最终还是顺着喉咙咕隆咕隆咽了下去。爹的脖子和喉结都涨得老大、老红。

上面的警告应验了。有人嫉妒爹一夜间的大红大紫,接连写了几封诬告信。

秋水微澜处,陡然间掀起了惊涛骇浪。

无助的爹,眼睁睁地被人一下子推进了滚滚旋涡。

诬告信历数了爹的八大罪状:

> 上山为匪。强奸民女。杀人越货。谄媚国民党,给国民党特务董金文下跪。勾结国民党特务吴点金,与国民党特务吴点金做桐油、汽油生意。放跑了罪大恶极的匪首田平。与杀人如

麻的女土匪田杏有一腿，帮田杏喊冤，污蔑共产党。假冒地下党员，欺骗组织和人民。

粮站领导对爹很好，问，你踩到哪根恶蛇了，这么咬你？

爹说，我也不晓得。常年在山上，哪有不踩到恶蛇的？难道是田平冒泡了？我这辈子没得罪过谁，就跟他有仇。

粮站领导说，你看起来这么老实，怎么会干这么多头顶长疮脚底流脓的事？我们不信。

粮站领导把信压了下来，没有理会。

粮站领导说，我们虽然不太了解你的过去，但我们了解你的为人。

然而，事情并不到粮站就打止了。很快，县里接到了同样的举报。举报者一定是看到粮站没动静，再次举报。

县里那个跟爹谈过话的人眉头紧锁，拿着举报信说，原来彭文科也是土匪，抓起来！

爹一次次被审问。

你什么时候当土匪的？

爹说，我米当过土匪。

怎么米当过？彭武豪就是称霸一方、可以跟田平抗衡的大土匪。你跟他沆瀣一气，是结拜兄弟，怎么不是土匪？

爹说，彭武豪不是土匪，是英雄。

就算彭武豪不是土匪，没有杀人越货，不见得你不是土匪、你没有杀人越货。

爹说，我在哪当的土匪，杀了哪个，举报人有证据吗？不能一张白纸血口喷人，你们就相信。

那你给国民党特务董金文下跪过米有？

爹说，这点我承认，确实下跪过，我下跪是求他让我们看一眼龙光烈和刘清平，董金文要杀他们，我给他们送行。我米做什么亏心事。这是很多人看到的。

给国民党特务下跪,这是软骨头的表现。你还好意思天天在台上讲自己怎么抗日、怎么抗美援朝!

爹说,我那是米有办法的办法。

哪门米有办法?难道不能拿起枪来跟国民党特务干,不能拿起枪来劫法场?

爹说,这点你批评得对,我也很后悔,可当时是为了避免不必要的流血牺牲,才米有真刀真枪地跟国民党特务干。我也一直为此后悔。

那你做报告时为什么从不提这个,尽往自己脸上贴金?

爹说,那不是很光彩,所以米提。

那说明人家没有诬告你,你还是做贼心虚。

爹说,你们哪门这样轻信别人的诬告,就此下结论呢?

一个所谓的抗日英雄,哪门可以给国民党特务下跪呢?就凭你给国民党特务下跪这一条,就可以处分你、开除你。

这是爹一生的愧疚和软肋。爹说,这点我承认,你们哪门处分我、开除我,我都认。但彭武豪真的不是土匪和反革命,他的队伍是保境安民的地方武装,从来米有杀人越货、欺压过百姓。他是英雄,不信你们去问老百姓,问所有老百姓。

爹又补充说,我们的武装不但米有欺压百姓、杀人越货,还是党领导的秘密革命武装,我们给共产党做了很多事。

先不说彭武豪,说你。你什么时候入的党?

我是1939年8月25日入的党。跟彭武豪一起入的。都是龙光烈做的介绍人。

龙光烈是什么人?

龙光烈是很早就跟贺龙闹革命的共产党员,是贺龙队伍里的侦察兵。他是湘西有名的医生,一直以行医为名,为党做事。

龙光烈在贺龙的队伍里闹革命,你们怎么认识的?怎么会发展你们入党?

刚才讲了,龙光烈是湘西有名的医生,龙光烈一直以行医为名,四处搜集情报，发展革命武装。贺龙带领队伍长征时，还特地把龙光烈和彭武生两人留下来，继续在湘西开展地下斗争，发展革命队伍。彭武豪这支武装就是龙光烈发展的革命武装，是我们共产党自己的队伍。

爹说着说着，又绕回到了武豪干爹身上。爹想，自己受多大的委屈都不要紧，不能让武豪哥背一个一辈子都背不起的黑锅和一辈子都洗不清的骂名。

怎么证明彭武豪的队伍是我们共产党自己的队伍？

可证明的多了。贺龙在湘西闹革命时，我们给贺龙队伍买枪、买盐、买布。贺龙长征后，彭武豪带着我们自己的队伍到浙江嘉善抗日，到上海淞沪抗日，还到常德、长沙、雪峰山抗日，我们的几千人马都在抗日战争中牺牲了。

你说你们是共产党的队伍，为什么接受国民党的改编，彭武豪还是国民党上校？

接受国民党改编，只是为了保存革命实力，是卧薪尝胆、权宜之计。解放军来湘西剿匪时，我们人、枪全部交给人民解放军，与人民解放军一起剿匪，又一起抗美援朝。

你这是狡辩，我看是脚踏两只船，是投降主义。

你要是这样认为，我也米得办法。

那你用什么证明你是地下党？

我是地下党，组织上应该有组织关系，有档案记录。

审问者鼻孔里一哼，你是知道战争时期我们组织的档案很多被销毁、被破坏了，所以一口认定组织上有档案和记录。我明确地告诉你，组织上找不到你的关系和档案，你就是冒牌的、是混进我们党内的。

爹听此人认定他是冒牌的共产党，急了，吼，凭什么讲我是冒牌的？我九死一生地枪弹里来炮火里去，我还成了冒牌的地下党、是混进党内的？

爹把衣服和裤子一脱，你看看，看看老子身上的伤疤！几十处！你有一处吗？你吃过一次日本鬼子的子弹，挨过一次美国鬼子的炮火吗？

居然敢讲我是冒牌的、是混进党内的，你也这样出生入死地冒牌试试、混进试试！

听说爹被人诬告抓了起来，彭武生和韭菜干娘都赶来给爹做证。

上面的人说，你们的证言都不可信，彭武豪是吴凤音的丈夫、彭武生的哥哥，你们的证言有什么可信？你们的党员身份都值得怀疑，都得重新认定。

爹就这样被开除了党籍和公职。

爹一夜之间成了土匪、骗子、假地下党员，成了十恶不赦的人，在小小的县城，引起了不小的震动。毕竟，都听过爹的英雄事迹报告。这么一个英雄，怎么会是假的？

有人不信，替爹打抱不平。了解爹的父老乡亲，都纷纷写信按手印，证明爹不是土匪，是好人。

当然也有人幸灾乐祸、得意开心：看你彭家云还逞能不逞能，得意不得意？栽跟头了吧？孙悟空翻跟头，从天云里栽下来，栽得好！

丢了公职，没了工作，爹都无所谓。爹本来就是个农民，从田土里来，再回到田土里去，爹没有什么不习惯。泥腿子跟泥巴打交道，那也是本分。彭武生那么小小年纪，那么早就跟随贺龙闹革命，不也没安排工作吗？龙光烈、彭武定、刘清平为革命献出了生命，向立地、吴点金、彭胜虎、田杏牺牲在异国他乡。爹能够上几年的班，拿几年的工资，不但没觉得被辞退公职是吃亏，反倒觉得赚了。

令爹难过和想不通的是，人家诬告他是假冒的地下党，组织居然相信了。人家说武豪干爹的队伍不是共产党的队伍，是国民党的队伍，组织居然也信了。这不是亲者痛、仇者快吗？

爹和武豪干爹、彭武生天天踩着刀尖过日子，日本鬼子没有打败他们，国民党没有打败他们，以美国为首的联合国军队没有打败他们，居然被白纸黑字的一封诬告信打败了。

爹和彭武生都想不通。

爹和彭武生、韭菜干娘，左想右想，也想不到是谁写的诬告信。

韭菜干娘说，不想了，脑壳想偏了，也想不到是哪个，肯定是有人看不得家云好，眼红家云。

彭武生说，家云哥好，也没碍着他什么。家云哥心那么好、人那么善，又没得罪哪个。

韭菜干娘说，不用得罪哪个。有的人就是看不得别人好，别人好了他就眼里充血、心里有恨，他就要咬牙切齿地想办法，千方百计地让你不好过。若张三李四王二麻子比他好，他们也会这样。红眼病，是看不得别人好。

爹说，也怪我自己，到处做什么报告？不做报告，屁事都没有。爬得越高，摔得越惨。

韭菜干娘说，跟做不做报告米关系，只要有红眼病，你打个喷嚏，他都眼红。

爹说，只怪我自己米有夹起尾巴做人。我要是天天尾巴夹起来，脑壳低起来，哪个会注意我，眼红我？

彭武生说，有些蛇就会咬人，你是倒霉踩到蛇了。

爹说，无所谓了，反正被开除了，但不能让龙光烈、向顶天、刘清平他们的命白丢了，也不能让武豪哥和武生的血白流了。

彭武生说，你也不能讲反正被开除了无所谓，假冒党员、混进革命队伍一事，不是小事，那关系一个人的政治品质和道德品质，性质很恶劣，要背一辈子黑锅的，不能这样说算就算，让恶人的阴谋得逞。

爹说，那哪门办？能搬石头打天吗？

彭武生倒是想到了一个办法，说给贺龙元帅写信，证明龙光烈、彭武定和自己是共产党员。当年，他们几个人都在贺龙的部队里闹革命，在贺龙的部队里入的党，贺龙的部队里应该有他们几个人的档案。只要他们几个能得到证明，爹跟武豪哥就好办了。

爹一听连连摆手说，不行不行，贺老总是国家领导人，我们这芝麻大的事找他，笑话咧。再讲，我们写的信，贺老总不见得能收到，哪里扣了都不晓得。

彭武生说，走投无路，只能写信了。不然米有人证明我们的清白。我们总不能把光烈哥的坟挖了，把那本党员花名册拿出来，对吧？

爹说，挖光烈哥的坟，那更不行。为了证明我们的清白，把光烈哥的坟挖了，要被人骂祖宗八代。真挖了，就算能证明我们的清白，我们也不是人。武豪哥要是晓得我们挖光烈哥的坟来证明自己的清白，也不会原谅我们。

彭武生说，是啊，那不是人干的事，干了，我们一辈子不得安宁。所以我们只有给贺老总写信求救这一招了。

爹说，快把给贺老总写信的念头打消，国家那么多大事等着贺老总处理，我们莫添乱了。

彭武生说，那就这么等死？

爹说，死不了，爱哪门就哪门呗。倒是追认光烈哥他们为烈士的事，我们要多上心，不能放弃。国民党杀害光烈哥和刘清平时，那么多人看到的，我们找到这些证人签名，就可以证明光烈哥他们是为革命死的，就可以追认为烈士。我们把这个事情做成了，也对得起光烈哥几个了。要不，我这心里一直堵得慌、堵得痛。

彭武生说，好，那我就搜集光烈哥他们的材料，找人签名，把光烈哥他们的烈士办成。为了我们的战友泉下安息，我跟哥一起向上反映。不办成功，死不瞑目。

爹说，嗯，这比为我申辩是地下党重要。想想看，他们都为革命死了，我们还活着，没什么想不通的。我只是受了点委屈，看得开。

彭武生说，你讲得对，看开点，我们自己先放下。

这个秋天，在爹的心里虽然有些寒凉，但却依然秋高气爽、天空辽阔、阳光灿烂。

在爹的眼里，酉水河依然是美丽而宽厚的母亲河。

四十三

回到农村的爹，安安心心地做起了农民。

每一个农民都是一只阳雀。阳雀一叫，农民就得种春了。

每天早晨，只要爹在晨曦中推开门，青山朦胧的薄雾里，阳雀就开始歌唱了。"下——贵阳""下——贵阳""下——贵阳"。阳雀的歌声，婉转而嘹亮。唱一声，云开了。唱两声，雾散了。一句接着一句地联唱，天就明得一派清澄，山就绿得一派清爽，整个村庄和大地，就爽朗得一派清明和清新。

爹扛了犁头，牵了水牛，去开春天的第一犁。

冻了一冬的土，在爹的犁口里一溜一溜翻耕过来。亮闪闪的犁铧，湿漉漉的泥土，暖洋洋的太阳。

一头牛、一架犁和一个人，就成了山尖上晨光四射中的一幅剪影。

解放了，翻身了，这田是自己的，地是自己的，山林是自己的，曾经一无所有的爹，一下子什么都有了，浑身上下使不完的劲。地是农民的命根子，有了地就有了命，有了地就活命。

这是爹熟悉的地。打土豪分田地时，作为土豪的武豪干爹就自觉地把地分给了大家。给爹的，当然是最肥最好的。解放了，新生了，这最肥最好的地，依然分给了爹和他的家人们。爹说不出的幸福和满足。

人要养地，地要养人，最肥最好的地，也得最勤最快的人。不然，人就对不起地。

爹犁好、整好地时，已日上三竿。莺莺大娘一手提着饭篓，一手牵着女儿彭米香，给爹送饭。身后的背篓里，是一背篓草木灰，草木灰里插着一把锄头，锄头上挂着一小包苞谷种子。

跟了莺莺大娘多年的狗，欢天喜地，跑前跑后。

向阳的坡地上，一家人席地而坐，分享野地午餐。湘西农村是无所谓早中晚三餐的。早餐中餐将就着合成一餐，是湘西农村的普遍现象。

爹边吃边说，今年的土肥，丢下种子就是金子。

莺莺大娘说，土肥了，你瘦了，这一大家子，你都要操心。

爹说，以前一年四季脚不沾地，心都是飘的，现在回来了，跟大家天天在一起，反倒放心落肠了。

莺莺大娘说，是啊，回来了好，回来了好。你一回来，我的心也放回肚里了，不然，我一天到晚心都是虚的。

爹说，我现在是老婆枕头热炕头，还有孩子骑肩头，神仙日子。

莺莺大娘说，是富是贵都在命里，当官发财都是运气，一家人天天一起、平平安安，就是最大的富贵和运气。

爹一笑，说，咦，我家莺莺哪门这么会讲？的确是这个理。

吃完饭，爹和莺莺大娘边种玉米边商量着杂货铺的事。米香和狗都跟在旁边。

莺莺大娘说，种完苞谷，我还是想下城里盘杂货铺，杂货铺再小都比地里来钱多。

爹说，好。灵芝和凤兰都没了男人，孤儿寡母，实在不易。韭菜嫂子虽然有工资，但要养两个孩子。大婆大爷老了，武豪哥又没有音信。这个日子都不好过。还有双喜。双喜尽管有爷爷婆婆，但还是没爹没娘的孤儿，我们也得多去看看。这一大家就靠我们和武生帮衬，没这个杂货铺还真不行。

莺莺大娘说，所以我们那个杂货铺不能丢，还得盘，不然哪门接济这一大家子。以前是武豪哥他们帮衬我们，现在该我们帮衬他们了。

爹感动地说，你真是我的好婆娘，这辈子能讨到你这样的婆娘是八辈子修来的福气。只是，守店子无日无夜，太辛苦你了。

莺莺大娘笑，一天在那坐着，日不晒雨不淋的，苦什么？舒服呢。

爹说，以后你就专心盘杂货铺，不要城里乡里两头跑，我跑。现在有农业互助合作社，田里土里忙不赢的时候，大家都会来帮工。

莺莺大娘说，好，我就踏踏实实当个老板娘。莺莺大娘说完，自己不好意思地哈哈大笑起来。

爹也笑，我这个老板娘可是全城第一漂亮的老板娘。

正说时，阳雀又长一声短一声地叫了起来。

莺莺大娘笑，你看，阳雀都笑我们了。下——贵阳，假——老板娘。

爹笑，不是。是在喊老——板娘，下——贵阳，喊你这个老板娘下贵阳进货呢。

莺莺大娘笑得喘不过气来，哎呀，笑死我了，你这个家云哥，原来还这么有味。

爹一脸坏笑，话里有话，你原来不晓得我有味啊？

在爹和莺莺大娘日复一日的劳作和打情骂俏里，他们的第三个孩子出生了——儿子彭学兵，小名四龙。

阳雀呼唤种子，种子就会落地。

我爹呼唤大娘，大娘就会怀春。

爹的种子精良，大娘的土地肥沃，一把种子撒去，就有爱的结晶。

一天，爹和莺莺大娘正在田地里打情骂俏时，张雪梅气喘吁吁地跑来了，喊，家云哥，快点快点！

爹停下活计喊，哪门了，雪梅？

张雪梅喊，我爹从梯子上跮下来了！

跮，是摔倒的意思。从高高的梯子上跮了下来，那还得了？爹一听，扔掉锄头就跟张雪梅跑。

大爷是在屋里排扇上晒油菜时不小心摔下来的。

湘西的木屋，每一面内墙往上都有很高大的排扇。排扇是由五六块厚重的长木板连着立柱，组成一个个方格，可以挂很多东西。农忙时，湘西人常常把田地里收割来的油菜、黄豆、玉米、花生，都扎成一捆一捆的晾晒在排扇上，等晾干了，再慢慢收拾。这样，每家每户的木屋，都是花团锦簇的丰收图景。

早春四月，大婆大爷家的油菜丰收。房前屋后堆满了一些油菜后，其余的就放在宽敞的楼阁，晾晒在排扇。闲不住的大爷，帮着彭武生晾晒油菜，结果梯子一滑，摔了下来。

幸好下面有一堆准备往上挂的油菜，大爷摔断了腰椎，捡了一命。

望着躺在床上呻吟的大爷，彭武生魂魄都吓没了，一个劲地哭着扇自己耳光，觉得自己没有照顾好大爷。我应该把油菜在田里就打了，背回来搞什么呢？不背回来，我爹就不会摔成这样了。彭武生痛哭流涕，后悔不迭。

大爷腰椎断了，注定后半生不能再动，彻底瘫痪。彭武生更是恨不得一根绳子吊死自己谢罪。本很英俊的后生家，日渐苍老，白了头发。

命运有时候就这样残酷。本该是鲜花铺满、阳光灿烂的世界，一下子却成了黑暗的深渊和无底的黑洞。

大爷的瘫痪，把家境殷实的彭武生，从命运的这头，拖到了命运的那头。

爹和彭武生在医院轮流值守，有时候实在熬不住了，就叫来五叔帮忙。

五叔在县砖瓦厂上班，有时候还上夜班，不能长期依靠。但五叔是在大爷家长大的，蒙受了大爷天大的恩惠，对大爷有着很深的感情。五叔居然瞒着爹和彭武生打了辞职报告，要专门伺候大爷。

厂长也是参加过抗日和抗美援朝的英雄，跟武豪干爹和爹都是出生入死的战友，自然不会让五叔辞职。厂长说大爷是英雄的父亲，是烈士的家属，理应得到很好的照顾。厂长不但带着慰问金看望了大爷，还特批五叔半年假，让五叔专心照顾大爷。

这样，五叔就成了大爷最贴身的孝子，寸步不离地伺候在大爷身边，给大爷尽孝。

大婆年事已高，肯定翻不动大爷，年轻的五叔每天都给大爷擦身子、接屎尿、换衣裤。医生说，一定要每天勤擦身、勤翻身，不然会全身长疮溃烂，引发感染。五叔记得比谁都牢。

为了晚上给大爷翻身，五叔每天跟大爷睡在一起。怕自己睡过头，五叔睡觉时，把手枕在大爷的脖子下，大爷只要想动，五叔就能察觉。

看五叔这样劳累和尽心，大婆抹着老泪哭，小幺，大婆大爷没有白疼你，苦了你了。

幺，是湘西人对家里最小的那个孩子的称呼，不管男女。最小的叔叔，就叫幺叔。最小的舅舅，就叫幺舅。

五叔说，干娘，我不苦，这正是我报答你们的时候。

大爷更是经常躺在那里默默流泪。

大爷说，都说好人好报，我彭广大哪门没有好报呢？

五叔说，干爹，正因为你是好人，从那么高滚下来时，菩萨拉了你，把你救了。要是那些坏人，阎王爷一推，就滚死了。

大爷不忍心这么折磨孩子们，经常哭着对大婆说，屋里的，你给我一包老鼠药算了，我莫紧到世上害你们了。

大婆哭着骂，你想鬼想神想什么呢？你这样想，对得起哪个？你一死了之，我哪门办？也跟你一死了之？孩子们哪门办？你让他们一辈子欠你的？让他们一辈子都觉得没照顾好你才死的？

五叔说，你要好好活着，干爹。你活着，你就是我们这个家的主心骨和天，你要是不活了，我们这个家的主心骨就断了，天就塌了。

大婆说，你看，你还米有一个小孩会想。

大爷捏着五叔的手，再也不提死了。

为了让大爷站起来，爹和彭武生遍访湘西民间医生。民间医生走马灯似的一个个充满信心地来，又摇头叹气地走。

大爷老这么躺在床上不见阳光，也是问题。时间长了，谁的心里都会烦躁、发霉。爹想，得给大爷做一个轮椅，这样，大爷可以出来晒晒太阳、看看风景、呼吸呼吸新鲜空气。五叔和大婆伺候大爷时，也轻松些。

爹拿起多年不用的木匠家什，给大爷做了一张楠木轮椅。

大爷第一次坐着轮椅出来晒太阳、呼吸新鲜空气，格外开心。大爷说，像从地牢里出来那样畅快。

快半年，大爷都没开过笑脸了。当爹、彭武生和五叔推着大爷在村子里转时，大爷喜笑颜开地跟所有人打招呼。当人们夸他前世积德，有几个孝顺儿子儿媳时，大爷更是眼睛笑成了一条缝。大爷的开心劲，只差在轮椅上站起来了。

大爷这一辈子风风光光，过的都是人上人的日子。大爷这一辈子也乐善好施，积善积德，广有人缘和口碑。整个断龙山，没有一个人不说他好。大爷也天性开阔豁达，万事万物都看得开。当年打土豪分田地，作为土豪的他，不用多说，就听从儿子的建议把田土都分给了大家。他知道彭武定、彭武生都在贺龙队伍里，都是打土豪分田地的人。他不能拖了两个儿子的后腿。只是他一直装聋作哑，没有给武豪干爹说。

大爷和武豪干爹主动把田土分给穷人时，其他土豪还对他群起而攻之，骂他是裤裆里炸了尿脬，吓得尿滴；是裤裆里少了根东西，不是男人。当然也有人说他和武豪干爹是一屋的败家子，好端端的大家大业被几爷儿父子弄没了。

大爷根本不管那一套，说，我彭广大不赌不嫖，败什么家？我是为子孙后代积善积德。俗话讲，大家喰大家香，一个人喰打标枪①，做人不要做得大家都等不起你死，要做得大家都想你活一百二十岁。

大爷的所作所为，也的确为彭家聚得了好人缘。一个乡的人，没人说大爷和大爷家的不是，只念大爷和大爷家的好。大爷瘫痪后，一个乡的人，都来看望大爷。

这让大爷既安慰又忐忑。安慰的是，大家都有情义，大爷对大家的好，没有白好。忐忑的是，给大家添了麻烦。一生好强的大爷，不愿给人添麻烦。

一家人都得了大爷的真传，都说做人不要做成人家像闻着臭狗屁一样绕着你走，要像蜜蜂看到鲜花一样团拢来。彭武生也一样。

彭武生自从残了一只手，元气大伤。按理，政府应该给彭武生一个

---

① 打标枪：拉稀。

伤残军人证予以抚恤和优待，却一直没有。彭武生找过县民政局和政府，县民政局和政府都说需要原部队的证明。彭武生知道，跟他一起的战友和首长，基本上牺牲的牺牲了，失联的失联了，他不知道该去找谁给他证明。他总不能为了他自己的事，去找贺龙元帅。为了证明自己是红军和老革命，彭武生动过好多次念头要去给贺龙写信，甚至多次提笔，又觉得自己是不是太自私、太渺小而放弃了。他想，为自己的一点小事去打搅国家领导人，实在是可笑和可耻。那些战友，包括哥哥彭武定、领自己走上革命道路的龙光烈都牺牲了，命都没有了，他还计较自己是不是红军干什么？还要伤残军人抚恤金和军人优待干什么？他不但好好活着，还有美丽贤惠的妻子、聪明可爱的儿女，有什么不满足呢？于是，他不再为一个伤残军人证纠结。

好在政府认定了彭武定是革命烈士，彭家的大门显眼处贴着两块金光闪闪的招牌：革命烈属。光荣军属。

对彭武定的认定，等于对彭武生一家的认定了。彭武生更没有什么想不通。

彭武生知道，彭武定是在前线牺牲的，认定非常容易。彭武生和龙光烈在后方做地下工作，只要有一根线头断掉了，整个线索就可能断了，其他的线索更理不清了，认定就难如登天。即便彭武生一直在抗日前线，甚至在反对国民党政府的最前线，但彭武生知道，在没有参加抗美援朝前，他和武豪干爹、爹、向顶天、龙光烈、田杏等人的抗战，都是民间自发的抗战，伤残了没有立功受奖，牺牲了没有追认烈士，再英勇的壮举，再耀眼的光芒，也很难被看到。

彭武生的妻子张雪梅有点想不通。她对彭武生说，你也为革命出生入死好多回，怎么不给你发一个荣誉证书？

彭武生对妻子说，家云哥讲得对，我们活着就够本了。武定和立地，用生命换来了一纸烈士证书；光烈哥、顶天哥，还有清平老师，总感觉他们像一个个孤魂野鬼，在外飘着。我得给他们做点事，为他们招魂、安魂。

张雪梅说，我们都只是平头百姓，能做什么呢？

彭武生说，我跟家云哥商量好了，我们去找证人、找证据，证明他们是英雄和烈士。不给他们证明，我们灵魂不得安宁。

彭武生的右手虽然是完整的，但却不怎么能动弹。他右手肌肉的活性、神经的活性都留在了雪峰山保卫战中的抗日战场。彭武生在老鹰嘴的纵身一跃，不但成了他抗战生涯中最悲壮感人的一幕，也定格了他现实中的生活与一生，成了他生命中一种不可改变的现实姿态和姿势。这个现实的姿态和姿势，就是他的右手像一个吊线木偶，提不起，拉不动，没有什么知觉。他的生活，常常因此变得吃力和艰难。

为了不让右手完全坏死，彭武生每天自己用左手帮着右手做康复训练。自己做不了时，就让大婆大爷和孩子帮着康复训练。在县城教书的张雪梅每个周末回到家里，就帮彭武生做康复训练。我爹闲着的时候，也会帮他做做康复训练。十几年下来，彭武生的右手基本恢复知觉，知疼知热知冷，能摆能动能伸，就是行动缓慢、迟钝，提不了重物，干不了重活，相当于一只婴儿的手。比如抽烟点烟时，他的右手只能抬到胸前，他得深深地低了头去靠近打火机或者火柴，才能点着。

右手的能力弱化了，左手的能力强化了。军人出身的彭武生不会轻而易举屈服于命运。他学会了用左手拿筷子吃饭，用左手写字、左手穿针引线等一切原本右手才能灵活掌握的动作。

彭武生和爹，各自在干完农活之余，开始为龙光烈、向顶天、刘清平和吴玉音搜集革命烈士证据。

彭武生和爹，多管齐下，不管问谁，都把几人的情况同时说出，总有人会知道一二。

一有空，彭武生和爹兵分两路，彭武生走湘西北边的几个县，爹走湘西南边的几个县，寻找各自的战友、伙伴和见证者。

一年多的辛劳，彭武生和爹的布鞋磨烂了多双，关于龙光烈、向顶天、刘清平和吴玉音的证明材料，也各自有了一小麻袋。

彭武生和爹把密密麻麻的签名材料递交上去的时候，组织上非常惊讶，也非常重视，立刻派了工作组专题落实查证，最后认定龙光烈、向顶天、刘清平为革命烈士。组织上说，吴玉音不是在战场上牺牲的，也不是在对敌斗争中牺牲的，又是国民党队伍里的人，最多是爱国人士。

爹说，吴玉音哪门不算对敌斗争牺牲的？她在刑场上杀了国民党特务董金文，哪门不算对敌斗争牺牲的呢？

组织上说，有人讲她是为了救她的丈夫。

爹说，她丈夫是共产党员、革命英雄，不该救吗？别人去救，牺牲了是烈士。妻子去救，牺牲了哪门就不是烈士了呢？

组织上一听，很有道理，说，有道理，我们再研究。

一盘菜，就这样一半热一半凉，正像爹和彭武生的心情。吴玉音没有被认定为烈士，更像一盘半凉半热的菜一样，说不清的滋味。

几个出生入死的战友被认定为革命烈士了，爹心上那块沉重的石头总算挪开了，温暖而明亮的光芒，把爹的心敷贴得亮堂了不少、热乎了不少，爹总算对得起出生入死的兄弟和战友，总算可以松一口气了。

依然在黑暗处不明不白的吴玉音，也依然是爹心上的石头，虽不像之前那么沉重，却依然让爹难受和难过。如果说龙光烈、向顶天和刘清平的事，是压在爹心上的一块巨石，那吴玉音的事，就是那块巨石上的一块小石头，巨石移开了，小石头没有跟着一起移开，反倒落进深渊不知尽头。爹的心病虽然好了不少，但依然时不时地隐隐生疼。

四十四

为了改善这一大家子的生活，莺莺大娘回到县城，继续经营她的小杂货铺。爹被抓起来时，莺莺大娘不放心爹，关了杂货铺。重新开张的杂货铺，生意依然很好，红红火火。杂货铺不大，却生活日用品俱全。酒水、食盐、糖果、针线、煤油、火柴，乃至学生的纸笔和作业本，一应俱全。由于货物的丰富和莺莺大娘的童叟无欺、善于经营，看似小本生意，却也细水长流、滴水成溪，成了一大家子的聚宝盆。

爹也拿起了多年不用的木工家什，开始给人家打家具，起楼房。爹本就是远近闻名的彭木匠，一重操旧业，就生意兴隆。一年四季，爹都是一个旋转不停的陀螺，忙不赢，转不赢。

很快，莺莺大娘的杂货铺不让开了，也不需开了。再开就是剥削人。

莺莺大娘说，我是自己辛苦劳动，哪门是剥削人？

你米听说啊，买的米有卖的精，你不剥削人哪门赚钱呢？

莺莺大娘只好恋恋不舍地关了她那个红红火火的杂货铺。莺莺大娘对爹说，肯定是有人眼红了。

爹说，不是人家眼红，是要大家一起过好日子了。

爹说的大家一起过好日子，就是吃大锅饭。

那时的农村，已经吃了好几年的大锅饭了。每家每户除了可以有一点自留地，田土、家畜、森林等生产资料全部交公入社，实行公有，这就是人民公社。

人民公社以乡镇为单位，一个乡镇一个人民公社。村改成大队，组改成生产队，全体农民都叫人民公社社员。大家集体出工，集体放工，集体开饭。出工是以生产队为单位，生产队长每天负责排工、喊工、监工。每天早晨，生产队长站在村口一喊出工了，大家都陆陆续续从家里拿着农具出来，三三两两地相跟着出工。放工时，就在人民公社集体食堂吃大锅饭。大的，一个大队一个大食堂。小的，一个生产队一个食堂。吃饭不要钱，不限量，敞开肚皮吃。

各个人民公社的大队小队食堂，为了能让大家吃饱吃好，都是倾其所有，极其所能。食堂大师傅必须是队上公认厨艺最好的。做饭要多花样，做菜要不重样，一个星期不重样，半个多月不重样。不少食堂还开流水席，社员随到随吃。邻村邻队的食堂还相互暗中较劲，看谁的菜多菜好。有的地方五里一凉亭，十里一饭铺，专为路人开流水席，路人不吃，还特别好客地强拉着人去吃。"生活集体化，食堂是我家""吃饭不花钱，努力搞生产""放开肚皮吃饭，鼓足干劲生产""人民公社好，幸福万年长"的标语口号，贴满了各个人民公社食堂的门口。那几百人甚至上千人一起吃饭的场景，那一桌桌丰盛可口的饭菜，真是壮观。

所有的人，都感受到了社会主义的现实幸福。

大队和生产队及个人都有大量的木工活，大队就让爹带着两个徒弟自行安排时间去给集体和个人干木工活。无论给集体还是个人干木工活，都不收取任何费用，都一样按点去食堂吃大锅饭。用彭武生的话说，都是人民公社社员，都干的社会主义，只是分工不同。爹能重做木匠，重拾木工活，是因为土地都交公了。有木工活，就做木工活。没有木工活，就出集体工。

人们渐渐发现大锅饭并不好吃，没有计划没有节制的大锅饭，更是把集体经济折腾得山穷水尽。金山银山，坐吃山空。大锅饭陆陆续续停止了。

断龙山人民公社食堂和彭家寨村办食堂也在短暂的繁荣后，淹没在退潮的浪花中。

在吃大锅饭的日子里，最好过的是爹和他的两个徒弟，最难熬的是彭武生。前面说了，爹和他的两个徒弟不用出集体工，可以自由安排时间，以木工活代替集体工。彭武生却不行。彭武生不但要出集体工，还得操心一个大队的集体工。

由于彭武生是革命烈属家庭，也由于彭武生曾经参加过红军，彭武生被大家选为彭家寨大队大队长。尽管彭武生的红军身份官方没有确认，但一个村庄的人都无条件地信任彭武生。即便他不是红军战士，他也是革命烈属家庭，他和整个彭家以前的所作所为都值得大家无限信任。

彭武生每天都要先去几个生产队检查出工情况，检查完了还得回到自己的生产队劳动。

至于食堂，那更是操碎了心。

彭武生跟爹和所有的父老乡亲一样，对跑步进入共产主义充满了热情和激情，充满了热爱和期待。每天不花钱的大鱼大肉，加二两本地酿造的苞谷烧，实在是一种今非昔比的幸福生活，实在让父老乡亲们感受到了共产主义的美好。旧社会把人变成鬼，新社会把鬼变成人，是父老乡亲发自内心的认知和感慨。父老乡亲们铆足了劲建设新社会、奔向共产主义。

无论是修县与县、县与公社之间的公路，还是架县与县、县与公社之间的电灯线电话线，或者搞各种大大小小的农田水利建设，只要人民公社一声令下，所有的社员都卷着铺盖和粮食，带着锅碗和瓢盆，风餐露宿，无怨无悔地土法上马。各种劳动竞赛、劳动比武，在公社与公社之间、大队与大队之间，如火如荼地开展。各种劳动能手、劳动标兵和劳动模范，雨后春笋般产生。

彭武生所带领的彭家寨大队自然拿到了不少锦旗和奖状。那个时候，连劳动报酬都没有，更别说奖金，有的只是一张奖状、一面锦旗、一种荣誉。但每一个人都没想着报酬、没想着奖金，只想着力争上游、不拖后腿，想着拿上第一、争得荣誉。

工地上开餐时，公社与公社之间、大队与大队之间，还相互端着碗筷赶菜，谁的菜好一点，还会热情地给别个分享。

夜幕降临后，有的开展拔河比赛、对歌比赛、摔跤比赛和猜谜语比赛。彭武生还组织彭家寨大队民兵挑灯夜战，继续修路、架线和建农田水利。彭武生的模范效应，立刻得到各个人民公社和大队的响应，打着火把挑灯夜战的劳动场景，成了那个时代最激情澎湃、最激动人心的不灭记忆。

彭武生和彭家寨大队，当然是模范社员和模范大队。

生产上，彭武生信心百倍、得心应手，也人心齐整、人心大快。食堂伙食，却让彭武生发愁犯难，成了挥之不去的心病。彭家寨大队有五个生产队，每个生产队都有两个集体仓库。大的那个仓库装的全是稻谷，小的那个仓库装的全是玉米、小麦等杂粮。

大锅饭吃的人痛快，管的人心疼。不当家不知柴米贵，看着集体仓库里的粮食一天比一天少，彭武生想，再大吃大喝一年，就要把所有粮库吃空、仓库吃垮。再这样吃下去，连上交国家的那部分公粮都要保不住。给国家的公粮，那可是备战备荒的，丢了命也不能动，也得交。实际上，有的大队已经吃空了粮库，开始跟其他大队打借条借粮食了。

彭武生想，再不能这样没有节制地山吃海吃、胡吃乱吃了。再吃，也得跟人打借条，甚至去讨米了，那才是丢了祖宗八代的大脸，没脸活在世上。

彭武生把每餐大鱼大肉改成一周一餐大鱼大肉。大队和老百姓的猪羊鸡鸭不再每天都杀，而是留下来繁殖，要吃鱼吃肉，就下河抓鱼、上山打猎。吃饭也不再是摆宴席和要多少吃多少，而是按大人小孩、老人青年的基本饭量实行限量。老人、小孩一人两小钵，青年、壮年一人两大钵，由此，乡亲们把吃大锅饭叫吃钵子饭。

彭武生的精打细算，在全县大锅饭难以为继、集体解散时，使彭家寨大队的粮仓里尚有余粮。邻村缺粮断炊时，彭家寨大队还支援了上万斤粮食。

彭武生在"大跃进"中的表现，让县里和公社都看到了彭武生的能力和品性，把彭武生从彭家寨大队直接提拔到公社供销社做主管经营和销售的副主任。彭武生的命运就此得到改写。

彭武生到人民公社供销社任职，那就是国家干部，拿国家工资，是公家的人，既然是公家的人，更得一心为公，公而忘私。为了对得起这份工作，为了保障全公社的物资供销供给，彭武生一天到晚地忙，一天到晚地累，照顾农村和家里父母的事，就全落在爹的身上了。

彭武生对爹说，家云哥，我这一去，就很难顾家了，家里全靠你了。

爹说，天大的好事呢，武生！全公社那么多农村大队长，只选你去公社做事，说明你最优秀、好角色。你放心工作，莫三天两头往屋里跑，要跟当大队长一样把供销社搞得全县最好，不辜负上面的信任。家里和父母，有哥在，你尽管放心。

一句承诺容易，坚守承诺却难。

为了照顾好大婆大爷，爹和莺莺大娘又搬进了武豪干爹家，跟大婆大爷住在一起。

莺莺大娘心里还想着杂货铺。杂货铺关闭时，莺莺大娘是一百个不愿意，一千个想不通的。但那时政策不允许私人开杂货铺，莺莺大娘也无可奈何。现在政策松动了，彭武生又在供销社任职，近水楼台，进货出货更方便，莺莺大娘又想把杂货铺盘起来。

爹本来也支持莺莺大娘把杂货铺再盘起来。杂货铺虽小，但确实赚钱，对解决一家老小的吃穿用作用不小。这些年，一家人充分享受到了杂货铺的好处。但一听莺莺大娘要从彭武生那里进货，爹就本能地警惕了。爹说，武生几十年血里滚血里拼，好不容易有了一个安稳的工作，我们不能打武生的算盘和主意，我们开杂货铺，从他那里进货，那不是让武生以权谋私，害了他吗？

莺莺大娘说，你讲得对，那我不从武生那进货，我以前在哪进还是在哪进，不给他添麻烦。

爹说，就算我们不从武生那进货，武生是供销社领导，我们开了日用杂货铺，人家也会认为是武生给我们供的货，会找武生的茬子和麻烦。

莺莺大娘说，那我们眼睁睁地看着有钱不赚，等着受穷？

爹说，我们多养几头猪，多养一些鸡，再多种些水果，一年也能卖不少钱。只是日子要比开杂货铺苦一些，你身体吃不消。

爹说的是，开杂货铺日不晒雨不淋的，坐在那里卖货数钱，肯定轻松。养猪养鸡种水果，还要出集体工种田，那肯定辛苦无数倍。与在城里开杂货铺相比，一个在天上，一个在地下。

莺莺大娘虽然心有不甘，但觉得爹说得完全在理。即便她不从彭武生那进货，也的确是瓜田李下，说不清，扯不明，给彭武生添麻烦。她不能为了赚钱轻松而给彭武生添麻烦，让彭武生无缘无故地跟着受害。

莺莺大娘说，听你的，有你在，我再苦都不苦。

爹说，我就喜欢莺莺懂事体贴，那我明天就再买些鸡崽和猪崽。

莺莺大娘说，还要买一头猪娘，猪娘下猪儿，一窝十几个，更赚钱更划算。

爹说，我莺莺就是会发算。

爹和莺莺大娘第二天就起了个大早，去猪场买了三头猪崽、一头猪娘，又去买了几十只鸡崽。爹和莺莺大娘本身养有两头存栏猪，这下一共有了六头。

鸡好养，猪却不好养。六头猪，相当于六口人。伺候猪并不比伺候人轻松。

莺莺大娘和爹每天趁出工休息的间歇，满山扯猪草。人家背猪草的工具都是一个背篓，莺莺大娘和爹背猪草的工具是一个大轧篮。一人一个大轧篮。要不，猪吃不饱。

猪草扯回后，莺莺大娘就连夜剁碎，放进大锅，跟米糠一起煮。跟米糠一起煮熟的猪食，是猪爱吃的美味佳肴。忙完收工时，常常是夜半三更。

熊熊的灶火映在莺莺大娘脸上，也疼在大婆大爷心上。只要天晴，大爷就不要大婆管他，催大婆把猪放出去半天。大婆守猪吃草时，也会扯一大背篓猪草。

一年下来，六头猪，头头膘肥体壮，除了一头用来杀年猪，其余都卖出了好价钱，那头猪娘，更是劳苦功高，一次下了十二个猪崽。

有了钱，爹和莺莺大娘就给大婆大爷和所有孩子各置办了一套新衣服。莺莺大娘觉得韭菜干娘和张雪梅、彭武生都是国家干部，也得穿体面点，就给韭菜干娘和张雪梅、彭武生又各置办了一套高级布料的衣服。韭菜干娘和张雪梅、彭武生都置办了，侯凤兰更不能少，照样做了一套高级布料的衣服。一碗水得端平，何况侯凤兰是一个人孤苦伶仃地带着孩子？

韭菜干娘看爹和莺莺大娘这么心细，感动得泪水都出来了。她默不作声，也给爹和莺莺大娘各做了一套同样高级的衣服。他们都有了，怎么能让爹和莺莺大娘没有呢？

看这一大家子这么和睦相亲，大婆大爷更是欣慰。大婆大爷说，这彭武豪到底死到哪里去了？他要是晓得你们兄弟这么团结，一定会开心快活。

念到武豪干爹，大婆又是一把眼泪，大爷又是一声叹息。这些年杳无音信，武豪干爹八成是不在了。

鸡晓得上笼，雀晓得归窝，这武豪干爹怎么就一直没有音信、无声无息呢？

大婆说，我们都老了，再老，就像泡儿一样熟了、掉了，武豪回来，也看不到我们，我们到地里烂了。

大婆一语成谶。没过多久，大爷真像泡儿一样熟了、落了。大爷是心肌梗死，突然去世。去世前没有任何征兆，非常安详。

大爷最终没有等到武豪干爹回来的那一天。也许大爷像他自己所说的，在阎王爷那里，他肯定看得到武定，武豪要是死了，他就到阎王爷那里找武豪，在地狱里还跟武豪和武定做父子做一家。

大爷的突然离世，对大婆是痛彻心扉的打击。大婆表面极为平静，还不断安慰彭武生和子孙们，说大爷享够儿孙们的福了，死而无憾了。但大婆的内心，却是翻江倒海地备受摧残和折磨。相依为命几十年的伴侣，说没就没了，连句话都没交代，大婆心里实在难受。风风雨雨几十年,两人已经你是我我是你是骨肉相连的同一个人了。现在大爷走了,大婆的魂也被带走了。

大婆一天天变痴变呆。煮饭时,常常是米汤潽出来了也不晓得。一家人坐在那聊天,大婆聊着聊着就迷糊了,迷糊中还不停地说梦话,说着说着,一个激灵又醒了。醒来就告诉大家,她看见武定和武豪,看见大爷了。

韭菜干娘看在眼里,急在心上。

大婆老了,牙口也不好了。儿女们帮着煮饭时,韭菜干娘总是要交代儿女们把饭煮软点,碰到稍微硬一点的,她都要一点点地搣①开、扯细,再给大婆吃。大婆现在这么糊涂,身边一刻都离不开人。可是她跟彭武生、张雪梅和侯凤兰都要上班,爹和莺莺大娘也要下地干活,孩子们全要读书上学,没有人能够时刻看着大婆。她想到了自己的父亲母亲。

韭菜干娘的父母虽然年事也高,但都很硬朗,把他们接到身边是最好的办法。一来可以陪伴大婆,二来也可以弥补她对父母的亏欠,自己下班后,对父母也有个陪伴和照应。

每年,韭菜干娘都忙于教书育人,只是寒暑假抽空去陪父母十天半月。几兄妹里,姐姐玉音牺牲了,大哥点金牺牲了,二哥赛银跟丈夫一样不知死活,杳无音信,只剩下她了。她不但自己要好好孝敬父母,还要替哥哥姐姐孝敬父母,可是,却一点都没有做到,不能不说是遗憾。每次去看父母时,都想把大哥吴点金的女儿带在身边,以便在这个大家庭中成长,以便她这个当老师的好一同培养,但父母身边只有吴点金留下的这一丝血脉、一位亲人,她不忍心剥夺父母唯一的寄托和依赖。

韭菜干娘把这个想法告诉彭武生和一大家子时,大家都举双手赞成,这是一举多得的好事,何乐而不为?

吴大铁、梁冬梅就这样离开吕洞山,带着孙女吴双喜来到了断龙

---

① 搣(miè):瓣。

山，来到了彭家寨，来到了韭菜干娘身边。

韭菜干娘家，一下子又多了许多生气、许多快乐。大爷去世的沉闷和悲伤，因为韭菜干娘的父母和侄女的到来，而慢慢淡去。

一到周末，读书的孩子和不读书的孩子聚集到一起时，家里家外都像有无数只喜鹊和山麻雀一样，满屋飞来飞去、叫来叫去、笑来笑去，热闹极了。大婆也似乎从迷蒙中醒来了，整天乐呵着忙碌。

韭菜干娘和武豪干爹的儿子彭玉树、女儿彭多姿，彭武定和侯凤兰的儿子彭小定，彭武生的大儿子彭来喜、小儿子彭来福、女儿彭来凤，向立地和嫲嫲的儿子向希望，加上爹和莺莺大娘的女儿彭米香、儿子彭学兵，吴点金和田杏的女儿吴双喜，整整十个孩子！

想想看，一个院子，十个孩子像鸟雀一样又飞又闹，那多生动、多热闹！

大婆的迷糊和迷蒙，全被这些孩子吵醒、唤醒。吴大铁和梁冬梅两个老亲家一天到晚的唠叨，也是一剂良药，大婆逐渐离不开这两个亲家的唠叨，精神逐渐向好。

虽然日子快乐，但还是捉襟见肘，比较清苦。韭菜干娘和彭武生、张雪梅尽管有微薄的工资，但都是杯水车薪。一家人虽然没到揭不开锅的地步，但也常常几个月见不到一口肉。

吴大铁和梁冬梅看在眼里，急在心上。

那天，韭菜干娘周末从学校回到彭家寨后，吴大铁和梁冬梅把韭菜干娘拉到自己的房间里，递给韭菜干娘四根金条。

韭菜干娘惊讶得老半天说不出话来，爹，娘，你们哪来的金条？

吴大铁说，我们本来有不少积蓄。第一次为救你哥和武豪，我们花了不少。第二次为救你和武豪、光烈，我们把积蓄都花完了，只得把四艘船全卖了。卖船的钱，我们换成了十二根金条。这四根是你的。另外八根，双喜和赛银各一半。

韭菜干娘说，我不要，你们自己留着养老。要不都留给二哥和双喜。我有工资，过得下去。

吴大铁说，这就是你的。儿女都是爹娘心头肉，我们一碗水端得平。

韭菜干娘说，兄弟姊妹还讲什么一碗水端得平不平，你们快收起来，自己留着用。

梁冬梅说，你就听你爹的，拿着。你不拿着，爹娘的心往哪里放？米得地方放。

梁冬梅从吴大铁手上接过金条，塞给韭菜干娘，说，现在正是用钱的时候，你拿去，能换一些钱，能用不少时候。渡过难关当紧。

韭菜干娘说，这么多金条，我也不敢拿去换呀！人家追问你这金条从哪来的，我真说不清。

梁冬梅说，你哈啊，你不晓得一根一根换？

韭菜干娘说，一根一根换也不行。大家都穷的时候，我拿出金条，怕是要被没收呢。

梁冬梅着急地说，自己省喰俭用攒下的金条还会被没收？

韭菜干娘说，讲不清啊。要是真没收了，那不亏大了。你们一辈子的心血呢！

吴大铁若有所思地说，也是，小心点好。

梁冬梅说，那哪门搞？自古金条走天下，到我们这走不通了？

韭菜干娘说，你们先收起来吧，等风声不紧了再看。

梁冬梅不置可否地说，收也是你收起来。做爹娘的，一辈子不都为了儿女嘛！我们收到哪里去？收到土孔里去啊？这是你的，我们不管了。

说完，梁冬梅把金条往韭菜干娘怀里一塞，拉着吴大铁走了，留下韭菜干娘一个人在房间里发愣、流泪。

四十五

说到这段日子，我问武豪干爹，您这么一直不回来，到底是为什么呢？您到底去了哪里呢？

武豪干爹说，我先不讲我到底去了哪里，我们先把这个秘密放到后面。听故事，不能一下子就看见底了，一见底，就没意思了。

我笑，干爹还会欲擒故纵呢！我倒是很想知道，韭菜干娘和大婆大爷哪门相信我爹的话呢？我爹哪门圆这个谎呢？

武豪干爹说，你爹为了圆这个谎，的确绞尽脑汁。俗话说，撒一个谎，要圆十个谎。越圆越破，最后，彻底破了。

五叔说，开始你大婆大爷总是隔三岔五地问你爹，是不是骗他们，也问我是不是骗他们。要讲骗，我们的确是骗，因为你干爹的确一夜间失踪了。讲不骗，也的确米有骗，因为你干爹的确与我们一起回国了。但是，回国了却一直米回家，这哪门讲都讲不过去，不骗也是骗。所以，你大婆大爷怀疑你干爹牺牲了，认为是我们怕他们二老伤心而善意撒的谎。你干娘见你干爹米有跟我们一起回来，当时就怀疑你干爹牺牲了，后来见我跟你爹都发毒誓讲你干爹米牺牲，她才相信。时间长了，你干娘见你干爹一直米有回来，并且连个音信都米有，就又开始怀疑我们的话。我们再发毒誓时，她就再也不信了。

围在一起给我讲述的彭武生说，你干娘和我也多次跑去县组织，米有阵亡通知、转业通知，更米有烈士追认。

湘西的冬天，就是一个巨大的冰窟，无论有没有冰，都比冰还冷。围在火坑边的两代人，静静地听着上一代人的故事。熊熊燃烧的柴火，喷吐着温暖的烈焰。烈焰的火光，映照着我们的脸。

爹和五叔要圆这个谎苦。韭菜干娘和大婆大爷心里更苦。

开始爹还信誓旦旦地说武豪干爹是跟自己一起回的国、一起戴的大红花、一起领的一等功勋章，说着说着自己都有点不信了，难道武豪哥米有回国？难道是我打仗受伤产生的幻觉？即便我打仗受伤脑袋震晕产生幻觉，但老五米有受伤，不会产生幻觉啊？

爹依然是百思不得其解。

爹对五叔说，难道是武豪哥出发前那天夜里遭遇不测被人害了？不可能啊！到处都是解放军，都是我们的人，哪个那么大的胆子？那难道是武豪哥偷跑了？要偷跑，他能偷跑到哪里呢？再说，他为什么偷跑呢？哪里有家里好呢？

看着大婆大爷日益苍老，看着韭菜干娘长出的稀疏白发，爹真是心疼。那都是彻骨的思念熬出的苍老和白发。思念把骨髓都快熬干时，就变成皱纹让沧海横流，就变成白发任岁月蹉跎。

韭菜干娘经常一个人坐在床上，面对夜空发呆。

韭菜干娘常常抱着武豪干爹睡过的枕头闻了又闻，那里有武豪干爹的发香和体香，有武豪干爹旺盛不衰的气息。抱着枕头，她就抱着武豪干爹；嗅着枕头，她就嗅着武豪干爹。

韭菜干娘的心，大婆大爷是最能体会的。他们心疼儿子，更心疼这个儿媳。如果儿子永远回不来了，儿媳是在守寡；即便儿子活着，儿子不回来，儿媳也是守活寡。看着儿媳一天多似一天的白发，他们知道儿媳心里的苦。儿媳还年轻，白头发快赶上他们两老了，他们怎能不心疼？他们不想看到儿媳这样在无尽的思念中熬干自己。

大爷去世后不久，一天，大婆把韭菜干娘拉到自己房间里，满是怜爱地摩挲着韭菜干娘的手掌说，韭菜，你莫等武豪了，他肯定是死了、回不来了。

韭菜干娘说，娘，你讲什么呢？武豪哥肯定活着，肯定米死，家云和老五不会讲假话。

大婆说，家云和老五肯定是在讲假话，不是假话，哪能这么久连个音信都米有？都五六年了。

韭菜干娘更是认定武豪干爹牺牲了，但韭菜干娘不能表现出来她的认定，她得故作轻松地相信爹和五叔。韭菜干娘说，娘，才五六年，早得很呢。

大婆说，什么才五六年，人生有几个五六年？五六年都米有音信，不是死了就是丢了，转不来了。

韭菜干娘说，莫急，娘，武豪哥肯定会转来的，他不是那种不想家不顾家不要我们的人。

大婆说，武豪确实不是那样的人，但他肯定是死在战场上了，想顾我们也顾不了啦。听娘的，莫等了，找个好人家嫁了吧。

韭菜干娘着急地说，你讲什么呀，娘？就是武豪哥真死了，我也不会改嫁，我要守着他，守着你，守着一双儿女。

大婆说，你守着他，就是守活寡。当娘的哪门忍心看你守活寡？

韭菜干娘说，娘，你就不要劝我了，我肯定是死都不会改嫁的。我不管他活着还是死了，我都要在这里守着你，替他给你养老。

大婆说，哈媳妇，武豪在地下，也不会愿意你守活寡，他也不想看到你心这么苦、这么累、这么难。

韭菜干娘说，娘，我心不苦不累，更不难。跟你们在一起，我幸福得很。

大婆放开韭菜干娘的手，摸着韭菜干娘的头发说，女啊，你还说不苦，你看你黑黢黢的头发都白了，都快赶上娘了。

说着，大婆哭泣起来。

大婆自然而然叫出的一声"女啊"，把韭菜干娘的泪也叫了出来，这是大婆第一次叫她女，相依为命这么多年，大婆已经从心底里把韭菜干娘当作女儿了。这声"女啊"，是大婆从心底叫出来的。

韭菜干娘含着热泪说，娘，好好的，你哭什么呢？边说边给大婆擦眼泪。

大婆说，我哭我女命苦啊，守活寡！

韭菜干娘说，娘，不准你这么讲。武豪哥米有死呢，你这么讲是咒他呢。

大婆说，他连个音信都米有也是事实啊，女。我们都要面对现实，有的事，想躲是躲不过的。

韭菜干娘说，反正我不改嫁，反正我要守着你们。

大婆说，娘送你出嫁，又不是不让你转来了，这个家永远是你的家，娘永远是你的娘。娘是想有一个人替你分担愁和苦。

韭菜干娘说，有这么一大屋人替我分担愁和苦还不够啊？何况我米有愁和苦。

大婆说，你看这样好不好？娘给你找一个兄弟多的好人家，你出嫁了，还继续跟娘住在一起，娘就当招一个上门女婿。

韭菜干娘还是坚定地摇头说，我不要上门女婿，我要等武豪哥。

大婆长叹一声说，你就是个哈宝啊，女。

大婆语重心长的一顿劝，让韭菜干娘无数次热泪滚滚。特别是夜深人静的时候，韭菜干娘抱着枕头双泪横流。韭菜干娘贴着枕头说，武豪哥，你是死是活，都给我托个梦啊。你这一去，连梦里都不来，你是不是真的变心了，不要我了？不要我了不要紧，你还有娘，还有儿女啊！

大婆语重心长的一顿劝，不但让韭菜干娘看到了老人对她的爱、善和疼，还看到了老人压在心底的痛。武豪是老人的骨肉，骨肉分离的痛远比夫妻分离的痛要深。

韭菜干娘第一次意识到老人失去儿子的痛远比她失去丈夫的痛，要痛得多。老人不但自己强忍着痛，还要担心她的痛、分担她的痛。她在痛彻心扉地感动时，也痛彻心扉地为老人痛。韭菜干娘想，她也得想办法为老人分担痛、分散痛。

韭菜干娘对爹说，家云，你快想想办法，看哪门让娘相信武豪哥还活着，相信你讲的话是真的。你既然撒了谎，你就把这个谎再撒圆一点、撒好一点。

爹憋红着脸说，嫂子，我真冇撒谎骗你们，武豪哥是跟我们一起回国、一起立功受奖了，只是我也不晓得他哪门一夜间就失踪了，太奇怪了！

韭菜干娘说，现在不管你是不是撒谎，你都得给嫂子想办法，让娘相信武豪哥还活着。不然，娘会痛到死。

爹说，好，我想，我想。

可是，往哪里想呢？大婆怎么才会相信呢？爹好多个日夜都心绪不宁，为此发愁。

终于，爹灵光一闪，脑筋开窍了。

爹对韭菜干娘说，让在吉林的老四冒充武豪哥给娘写信。

爹本来不想把这个极为得意的想法告诉韭菜干娘，想让韭菜干娘认为武豪干爹还活着而开心幸福。可是，爹也不想看到韭菜干娘独守空房，也想韭菜干娘找个好人家嫁了，便老老实实地告诉了韭菜干娘这个得意的想法。

韭菜干娘连声叫绝，夸我爹世上第一聪明。

爹给留在吉林的四叔写信，让他无论如何都要冒充武豪干爹，给韭菜干娘和大婆写信，报告自己在吉林工作和生活的情况。

不想，四叔回信说，他不能这么做。四叔跟爹说，不能让老人活在他们编织的假话里，更不能让韭菜嫂子活在他们营造的虚无缥缈里。要是一直这样把谎扯下去，对老人是残忍的，对韭菜嫂子是不人道的。作为武豪哥最亲的人，他们有权知道真相。要是找不到真相，也不能让老人和嫂子活在他们的欺骗里。即便是善意的欺骗，也是欺骗。

四叔还说，哥，你已经骗了他们好几年了，不能再骗了。你要骗，你就继续骗，反正我不跟着你骗，不然我良心不安。我劝你告诉老人和韭菜嫂子真相，不然，这个心理包袱和情感债，都背不起。

爹翻来覆去地看四叔的信，觉得四叔说的是大实话，很有道理。是的，不能让老人至死都蒙在鼓里，更不能让韭菜嫂子耽误自己后半生的幸福。武豪哥也许真的出什么意外了，不然不会五六年都杳无音信，这太不合常理、不合人情了。

但爹还是相信武豪干爹活着，他不相信武豪干爹就这么没了。人毕竟不是灯，风想吹灭就吹灭。要是真没了，组织上怎么都会有个说法。所以，他再次给四叔写信，坚信他们的武豪哥不会无缘无故没了，应该在地球哪个角落待着。他希望四叔辛苦一点，让大婆晚年过得愉快。至于韭菜干娘那里，等一等，再劝说。

四叔只得依了爹的，给大婆大爷和韭菜干娘写了第一封信。当四叔冒充武豪干爹写的书信，远山远水抵达彭家寨时，寂静的彭家寨沸腾了——原来彭武豪真活着！

那是一个炎热的下午，学校放学的钟声刚刚敲响，彭玉树就手里举着一封信疯了似的往学校跑来。

彭玉树边跑边喊，娘，娘，我爹来信了！娘，娘，我爹来信了！我爹还活着，我爹还活着！

那从心底迸发的激动，让彭玉树喊话的声音都是抖的，跑步的步子都是歪的，整个人仿佛都站立不稳。

彭玉树的喊声虽然响，但毕竟太远，韭菜干娘听得不是很清晰。她大声反问，你喊什么？不要慌！慢慢走，慢慢讲！

彭玉树还是连滚带爬地跑，还是举着信封大声喊，我爹来信了，我爹来信了！我爹还活着，我爹还活着！

什么？你爹来信了？你爹还活着？

韭菜干娘虽然知道这封信是假的，但当看到儿子那么高兴那么疯狂时，不禁悲喜交加，泪水长流。她想急切地迎过去，早一秒看到这封盼了几年的信，却呆在原地怎么也提不起步子。她所有的力气都像一下子被抽空了，轻飘飘的，站立不稳。

五年多了，韭菜干娘就像一个气球，一直靠着一股气在风中飘、雨中等，在无望和希望中纠缠，在绝望跟期待中挣扎，期待她的武豪重现奇迹。而今，这种奇迹尽管是以一种假象来临，韭菜干娘却在心底当成了真的。这种假象的奇迹依然有一种力量推动她、支撑她，让她开心和晕眩。她今后不需要活在想象中和猜测里，而是活在真实中和真相里，踏实了、安稳了。她不需要再咬牙坚持、揪心等待、痛苦挣扎了，更不用看到大婆痛苦地等待、痛苦地坚持了，她的心一下子放开了。那五六年支撑她的力气，也就一下子轻松地放了出来。韭菜干娘在虚假的奇迹和晕眩中，瘫软下来。

四叔在给大婆大爷的信里，先向大婆大爷请安、检讨，然后讲述了自己这几年没有写信的原因。他说他跟部队连夜开进了长白山的深山老林、荒郊野外，开发长白山，建设长白山。说长白山没有电话，无法通信，过了五年最为艰苦的生活，让家人担心了。现在长白山开发好了，他们也从长白山转到长春城里了，一切都方便了。所以，他一放下行李，就迫不及待地给二老写信了。他还说他在部队干得好，当团长了，让爹娘放心。在信的末尾，四叔除问候了每一个人外，还假装问了家云一家好不好，好像武豪干爹真在吉林，真什么都不知道似的。

四叔冒充武豪干爹写的信，的确让大婆非常开心、非常幸福。大婆逢人就说，武豪还活着，并且当团长了。好多年没怎么开笑脸的大婆，居然高兴得哼起了山歌小调。

大婆依然把韭菜干娘的手抓在手心里摩挲着说，女啊，还是你懂你武豪哥，幸好娘米把你嫁出去。

韭菜干娘笑，娘，我嫁不出呢，除了武豪哥，米得人要呢。

大婆笑，你讲什么呢？我武豪哪里差了？我韭菜哪里差了？都是人中龙凤。

大婆说着说着，突然想起什么似的，说，哎呀，你看你武豪哥，也不晓得寄一张照片，胖了还是瘦了呢？一点也不懂娘的心。

韭菜干娘没想到老人心细，一下子想到照片了。这么多年不见，想到照片，也很自然。

韭菜干娘说，武豪哥不是讲了嘛，这些年在深山老林、荒郊野岭开发，肯定米得时间照相，也米有地方照相。

大婆说，那也是。现在进城了，回信时，叫他记着寄张照片。

大婆又说，多寄几张！

韭菜干娘笑着答应，好，让武豪哥多寄几张。

大婆说，我们明天到城里照一张全家福，也给你武豪哥寄去。

韭菜干娘说，好，我们给武豪哥寄全家福。

一家人便找出最好最新的衣服，到县城的照相馆拍了一张全家福。

在后面的书信往来里，四叔注定是寄不出武豪干爹的照片的。开始，是韭菜干娘哄骗大婆，说自己忘记在信里交代了。后来，又哄骗大婆说，肯定是武豪干爹忙忘记了。

可时间一长，大婆就怎么都不相信了，哪门回事？你武豪哥寄张照片就那么难？你们是不是合起伙来骗我？是不是你武豪哥根本就米写什么信？

大婆的话，问得韭菜干娘和爹毛骨悚然，天啦！这大婆太聪明了！再骗，就要露馅了！

爹再一次想起了四叔不肯撒谎的话。

大婆说，要是你武豪哥真有三长两短，米得命了，你们就老老实实跟我讲，我经得住、受得了，莫把我当小孩。

爹准备开口和盘托出。

韭菜干娘赶忙打断说，娘，你莫生气，武豪哥不寄照片肯定有他的难处，我们再催催、再等等，说不定哪天，武豪哥就回来了。

还真是天无绝人之路。

在韭菜干娘和爹不晓得再怎么圆这个谎时，一封来自西北，地址写着内详的信寄到了韭菜干娘手上。韭菜干娘拆开信件，看到两张武豪干爹抗美援朝回国受奖的照片时，号啕大哭。

这封信，是武豪干爹实实在在的信！

这次的武豪干爹，是实实在在的武豪干爹！

韭菜干娘大喊着，我的武豪哥啊，你真的还活着！

韭菜干娘决堤的泪水，山泉一样流进嘴唇嘴角，滴落在那仿若隔世的来信上。

亲爱的妻，我朝思暮想的爱人。这么多年没有音信，你们一定以为我死了。我没死，我一直在部队保家卫国，在干着一件惊天动地的大事情。至于什么事情，等以后再告诉你们。

　　离开你们整整六年了，六年来，我无时无刻不在想你、想孩子、想爹娘，还有武生、家云和大家。特别是你，每天都在我的心尖上挂着、梦境里飘着，让我恨不得长了翅膀飞到你身边。你们好吗？亲爱的妻，儿女长多高了？我们两边的爹娘都好吗？凤兰和小定怎么样了？武生一家和家云一家肯定很好。六年没有音信，你们一定骂我不孝，骂我负心，我该骂。我对不起你和父母、孩子，对不起所有的人。但是，亲爱的妻，我每天都在经受情感的煎熬，每天都在思念你们。夜深人静的时候，我常常想你们想到流泪。现在好了，我可以天天给你写信了，我也期待着你们的回信。我这里一切都好，吃的、用的、穿的，都是国家免费供给，我的粮票和布票都用不完，节省了很多，寄给你们。你们吃好点、穿好点，不够了，写信给我，我寄给你们。孩子们正是长身体的时候，莫饿着他们。我的心早就飞到了你们身边，我已经向上级打了报告，申请回家探亲，我热切盼望早日到家跟你们团聚。等着我！亲爱的妻，吻你一切！吻你千遍！

你的武豪哥
1959 年 10 月 6 日

　　韭菜干娘一遍一遍地抚摸着武豪干爹写的每一个字，就像一遍一遍摩挲着武豪干爹的身子。韭菜干娘一遍一遍呼喊着武豪干爹的名字，就像在武豪干爹耳边的一声声呢喃。悲喜交加的泪，雨似的夺眶而下。

　　武豪哥，你这个坏良心的，终于良心发现了！

　　韭菜干娘把照片、粮票和布票，递给大婆，大婆说，原来武豪真的活着，你们真的米有骗我。

韭菜干娘和爹都说，我们做儿女的，哪里敢骗娘老子啊，骗娘老子，会天打五雷轰呢。

大婆一遍一遍摸着武豪干爹的照片说，我的儿啊，娘总算看见你了。

大婆又笑，看不饱啊，哪有看各人儿子看得饱的。这下，我死都可以闭眼睛了。

四十六

武豪干爹最终没能如期回乡探亲。工作太紧太忙,武豪干爹主动取消了探亲申请。他是一个团长,得先人后己、以身作则。但武豪干爹的来信,却是遥远的大西北飘来的和煦的风,把爹和韭菜干娘的心都吹得云开雾散、阳光灿烂。

几年来,如果说韭菜干娘的心头搁着一把尖刀,爹的心口就压着一块巨石。为武豪干爹扯的这个谎,实在是扯得太久了,久得爹每天都像胸口压着一块巨石。他看不得大婆思念武豪干爹时的那种失望和绝望,看不得韭菜干娘思念时的那种无言和悲怆。她们对武豪干爹所表现出的任何一丝情绪,都会牵动爹的五脏六腑,让爹感到六神无主,就像自己把武豪干爹弄丢了一样,心头挂着沉重的负罪感。

爹想说实话,可每次看到她们期待的眼神,爹就不敢开口,似乎有银枪抵喉。他想找一个地方倾诉,可是茫茫世界,他找不到一个可以倾诉的出口。只要一倾诉,真相就大白,大婆和韭菜干娘就会双双掉进无尽的深渊里,悲伤、绝望、生无可恋。

现在,武豪干爹真的来信了,他的坚持没有白费。活在期待和希望里的大婆和韭菜干娘,迎来了黎明和光亮。他也搬开了心头巨石,放下了心理包袱,可以轻轻松松地过一回不用担惊受怕的日子了。

五叔说,你爹为了这个谎,的确担了太多的惊、受了太多的怕,总算可以踏踏实实地睡一个安稳觉,安安心心出门做他的木工了。

这天,爹跟着张家来接他的小张去天桥山做木工,居然与田平迎面相逢。田平头戴一个斗笠,在一条小路上与爹对面相逢。平时脸上干干净净的田平,此时留了一脸的络腮胡。就凭这一脸的络腮胡,整个人都变了，就连熟悉田平的人都很难认出他来，可田平的那顶斗笠出卖了田平。爹心中有点纳闷，不是夏天不是雨天，这个人戴个斗笠干什么？于是，爹不禁就多看了田平几眼，这不看不知道，看了吓一跳，尽管田平戴了一顶斗笠，长了一脸的络腮胡，但那平直而浓黑的眉毛和硕大而修长的鹰钩鼻，一下子触动了爹的记忆。这不是田平吗？爹心里咯噔一下，有些慌乱，但很快恢复了平静。爹知道不能打草惊蛇，笑着客气地侧身闪在路边，给田平让出路来，让田平先过。田平更是早就认出了爹，但碍于爹的身边还有一个人，也不敢轻举妄动，更不想轻易惹事，便也假装路人，客气地点了点头致谢。

田平擦肩而过后，紧张得不断回头张望，看爹是不是在盯着他。爹算准了田平会不断回头，假装什么也不知道，头也不回地往前走。爹边走边对小张说，刚才碰到的那个人是大土匪田平！小张一听，惊讶地站住了，什么？是田平？你米认错吧，叔？爹说，错不了，烧成灰我都认得！快走！莫站着不动，莫让他看出我们认出了他。小张问，那哪门办？爹说，你赶紧去人民公社报案，我跟踪他，看他往哪里去。小张说，他认不认得你？爹说，肯定认得，我烧成了灰他也认得。小张说，那他肯定认出你了。爹说，他满脸络腮胡、戴个斗笠，我都认出了，我什么都没变，他肯定认出了。小张说，那你跟踪他不是暴露了吗？我去跟踪，你去报案，他反正不认识我。爹说，你不怕吗？小张说，不怕，他不认识我，他不会把我哪门样，他也不会晓得我是跟踪他。路过寨子时，我再叫上两个人，假装上山砍柴，他更不晓得我跟踪了。爹说，你这小伙子聪明、有出息。好，你快跟上去，千万小心，莫被他看见。小张满口应承，说，叔，你放心，这一带我经常走，熟悉得很，他发现不了。爹想了想，还是不放心小张一个人去，万一小张被田平识破，那就有生命危险，他不能让一个年轻人冒这个险。爹说，还是我俩一起跟踪，万一有什么情况，也有个照应，我们不打草惊蛇，就一直跟着他，看他出来做什么，看他住在哪里，然后再去报案。

爹和小张就急忙转身，去跟踪田平。可是，走了很长一截路，也不见田平的影子。

十来年的逃匿生涯，田平已是惊弓之鸟，一点点风吹草动，都会让他赶紧藏身逃命。十来年了，田平最怕的是遇见熟人，更怕遇见爹和武豪干爹这些冤家，今天居然与爹狭路相逢，杀人如麻的田平心里也极端恐慌害怕。十来年了，他每天都提心吊胆地怕碰到鬼，今天居然碰到了。对于田平来说，每一个熟悉他的人，都是要取他命的鬼，那些被他祸害过的人，更是他的夺命阎王。他生怕爹认出他来，他也不知道爹到底认没认出他来，所以，他每走几十米都要回头看看，看爹是不是也在回头看他，如果爹也回头看他，他就可以确定爹认出了他，爹若没有回头看他，他就可以确定爹还没有认出他。直到山路转弯，看不到爹的背影了，他才撒腿猛跑。奔跑的样子，就像一条追逐猎物的狼狗，迅猛有力。

田平本是去一个寨子上找民间医生抓药和买鸡的。妻子王春花跟着他亡命天涯，落了一身的病，特别是潮湿的环境和天气，让王春花患上了严重的风湿，一遇刮风下雨、天气变化，脚手关节就刀子剜骨似的钻心疼。让田平意外和惊喜的是，王春花居然怀孕了，一棵千年铁树居然开花了。王春花觉得这是个孽种，难以养活，养活了也会受尽苦难，不想要。田平却无论如何要她把孩子生下来。田平觉得在这样恶劣的环境下，王春花居然怀孕了，是天意，是老天给的缘分，天意不能违。他们不能让孩子胎死腹中，无论怎样都得让孩子生下来。至于孩子生下后是好是歹，那就看孩子的造化，相信天无绝人之路。我们两口子不是也活到今天了吗？田平对王春花说。

田平这次出来，是给王春花抓药治病，给王春花买鸡补身体，不想却碰到了爹。这个江湖第一号土匪，居然第一次吓得魂飞魄散，跑了好远，心都还掉出胸膛扑扑乱跳。

田平不敢沿着老路走，一头钻进树林躲了起来。树林茂密，树木高大，钻进去，就是莽莽苍苍的防护网和护身符，谁也看不到，找不着。

爹和小张追了一路，没有追到，知道田平钻进深山老林了。在如此空旷的大山里要找一个人，无异于大海捞针。但是，爹不想轻易放弃，好不容易发现了田平这个躲了千年的妖怪，如果眼睁睁地看着他从眼皮子底下溜走，连根毛都找不到，就太可惜了，也对不起那么多死去的兄弟，对不起死去的儿子和大侄子。

想到死去的儿子、侄子和那么多兄弟，爹又是一阵垂头叹气、后悔不迭。爹对小张说，我们应该当场抓住狗日的田平才是。小张说，是啊，你当时就应该大喊一声，抓住他，我们两个人，还怕他一个人？爹说，我是怕他腰里别着枪。小张说，有枪怕什么？下了他的枪。爹说，我也怕打草惊蛇，现在想来，还不如你一个年轻人有勇有谋。小张说，叔也别后悔，不打草惊蛇也许是最好的办法，只要他是狐狸，再狡猾也会露出尾巴。爹说，你先回去吧，跟你爹讲一声，你们家木工活我暂时做不了，我现在一门心思要找到田平。小张说，我们家木工活再大，也没抓住田平事大。我找人带信回去，我跟叔一起找田平。抓住田平，我还立大功呢！

爹跟小张分析道，在这里碰见田平，他可能就躲在这附近，即便不是这附近，也不会太远。田平冒险出来，一是可能没有喰的了，出来找喰的，更大的可能是老婆生病了，他去抓药。不然，他不会冒这么大的险。要是换作我，肯定不会自己大白天跑出来冒险，除非有紧急情况和特别的事。要是找喰的，肯定是在乡里寨子里找；要是抓药，也肯定只能找乡里的土医生，如果到医院和诊所，那也会迟早被人认出，自投罗网。

小张一听，茅塞顿开，说，叔，你分析得太对了，你这一讲，我就明白了，前面甘溪就有一个非常出名的医生，田平肯定是找他去抓药的。应该是他老婆病了，不然他不会自己出来冒险。很多人认得他，但认不得他老婆，按理应该他老婆出来才对。

爹一听，愁云顿散，说，那肯定是了，我们只要到甘溪守着，不信田平不出现。

小张说，要是真是他老婆病了，他应该跑不了多远，也用不了多久，他就会返回来去甘溪。

爹和小张就兴冲冲地跑到甘溪，守株待兔。

果然，几个小时后，田平来到了甘溪，进了甘溪民间医生的家里。爹和小张不禁会心一笑，很得意自己的判断。

出甘溪时，田平的手里除了几服药，还多了两只鸡。

爹和小张远远地跟着，跟着田平翻山越岭到了一个山顶后，田平消失了。

爹和小张靠近一看，山顶一侧有一个极为隐蔽的、仅容一人出入的小小洞口。洞口外面藤蔓纷披，遮天蔽日，洞口里面还挡了一块大石板，不仔细看，还以为是一块天生的石头。

爹让小张赶快跑到人民公社去报案，自己则守在洞口附近，以防田平转移逃跑。

进到洞里的田平，一放下鸡和药就给王春花讲了今天见到爹的情景。王春花问，他认出你米？田平说，不晓得，感觉米有认出来，认出来的话，他不会那么镇静，我回了几次头，都米见他回头，应该米认出来。王春花说，你这一脸的大胡子，一般人是认不出来。田平说，不过还得小心，等吃完这两只鸡，我们得远走高飞，另找一个地方。王春花说，这些年我们逃难似的逃了好多地方，就这最安全了，还能往哪里去？其他地方，我们都人生地不熟的。田平说，人生地不熟有人生地不熟的好处，谁都认不出，才安全。王春花说，谁都认不出有什么用，也不能公开走动啊，到哪里上户口混饭吃呢？还不是偷偷摸摸的？在这里，不管怎么样，我们可以吃山上吃不完的野果，打山里打不完的野味，还能偷地里的庄稼，到其他地方，我们就两眼一抹黑，什么都不晓得了。田平说，你说的也是，可就算不远走他乡，也得挪窝，万一彭家云认出我去报案，又要来次大搜山。王春花说，我还讲你哪门今天这么久才转来，原来是碰到彭家云，躲彭家云了。田平叹了一口气说，不躲不行啊。王春花说，我们能够安安稳稳地过了这么多年，多亏你放下屠刀，没有滥杀无辜，你要是滥杀无辜，有人报案，我们早就被搜出来了。田平说，是听了老婆的话，老婆管教得好。

田平温情地贴近王春花的肚皮，说，老天爷也看到我放下屠刀了，所以又给我送来了一个宝贝。你看，我的宝贝在动，一定是饿了，我赶快杀鸡，给我宝贝吃。

王春花笑，你一天到晚只想到你宝贝，有了宝贝，我看你整个人都变了。

田平说，变什么样了？

王春花说，不凶了，不坏了，像一个慈祥的小老头了。

田平笑，你是吃宝贝的醋了？不要吃醋，你们俩都是我的宝贝，他是小宝贝，你是大宝贝。

洞里很宽。一架简易的床，一张简易的饭桌，几个装衣服和杂物的竹篓子，两双碗筷，几个钵头，一口炒菜的铁锅，一个煮饭的鼎罐，一把切菜的菜刀，两把砍柴的柴刀，一把锄地的锄头，以及一个青夹脚，就是他们这十年全部的家当了。

田平一边修鸡一边说，花，这些年你米跟我享福，还遭了这么大的罪，我田平对不起你啊。

王春花说，你只要不再打打杀杀的，我就踏实，就不觉得是受罪。其实，你最对不起的不是我，是那些被你冤里冤枉杀死的人，是刘小小和你的儿子。刘小小舍命为你生了孩子，你管不了、看不了不算，他们母子俩还要被人看不起，被人戳脊梁骨，你说你是不是最对不起他们母子？最可怜你那个儿子长到十岁了，都不晓得爹是什么样子。我好歹天天跟你在一起，哪怕是死，也是在一起。

其实，两人曾悄悄地摸进村里，看过几次刘小小和她的儿子。有一次，还假装跟儿子问路，说了几句话，送了儿子一包松子糖。

王春花的几句话一下子击中了田平的内心，一滴豆大的泪滴在了已经褪好毛的鸡身上。

田平拿着鸡，有些失神地说，又是几年没看到他们母子了，不晓得他们吃不吃得饱，穿不穿得暖？

王春花捧着大肚子，走到一个竹篓前，取出几根香边点边说，我这些年一直替你为那些死去的人烧香拜佛，就是请求他们的宽恕，祈求老天爷保佑刘小小和你的儿子。你看，这香灰都好大一堆了。那些冤死的人肯定不会宽恕你，但老天爷肯定会可怜刘小小和你的儿子，保佑他们的，也会保佑我们的孩子。

王春花挺着大肚子点香祈福的样子再次触动了田平，他想，那些孽都是自己造的，那刘小小和孩子都是自己的亲人和骨肉，为什么一直要让一个无辜的女人去请求宽恕、承担罪过和寻求庇护呢？应该是自己洗清自己的罪孽、自己承担自己的罪过、自己祈求死者的宽恕和老天的保佑才对。

田平放下修好的鸡，神情凝重地走到竹篓前取出几根香，边点边说，以后，我自己来烧香求老天爷保佑吧，我的罪孽我自己洗清才会灵验。

王春花惊讶地看着田平说，你不是不信这些吗？今天怎么了？是不是碰到彭家云受刺激了？

田平说，我也不晓得为什么，今天听你讲这些、做这些，感受格外不同，心里比任何时候都难受。是不是死到临头了，其言也善，其行也正了？

王春花赶忙捂住田平的嘴，一连几个呸呸呸。她说，莫讲鬼讲神乱讲，你烧了香，就更好了。

田平给王春花炒菜熬药时，洞外躲着的爹，闻到了浓浓的药味和鸡肉味。爹想，这个田平亡命天涯了，日子还过得有滋有味，真是山大王。

天渐渐黑了，气温也渐渐低了，湘西的秋日，尽管白天火炉一样炎热，晚上却很凉爽。

凉风徐徐吹来，林涛起伏摇曳，爹浑身清新舒爽。爹靠在一棵古树上，没有一点睡意和饿意。也许，发现田平的喜悦，占据了爹的整个心胸，填充了爹的整个生命，即将抓到田平的成就感，正如一剂兴奋剂，让爹异常亢奋，不知饥渴。天上的星星亮了，一盏盏，一片片，灯火辉煌，星空灿烂。这一尘不染的湘西大山里，星空和星星也是一尘不染的，那满天星辰，像满天的灯光，比任何地方的星星都明亮灿烂、光彩照人。

爹左等右等不见小张带人来，也想过下山。但那只是一闪念而已，爹知道这个时候，是万万不能离开的，一旦田平在爹下山的工夫溜了，岂不前功尽弃？爹不知道小张找到公社没有，更不知道公社找到公安没有，爹唯一盼望的是，公社和公安快点来人抓住田平。爹找到田平的老窝，比没找到田平的老窝还急，爹更怕天一亮田平就跑了，偌大的群山，一个人钻进去，另一个人是怎么都找不着的，那就是竹篮打水一场空，煮熟的鸭子又飞了。

正想着的时候，洞口透出了一线光，爹紧张得汗毛都竖起来了。坏了，田平要跑了！爹的心一下子跳到了嗓子眼。

田平先从洞里钻了出来，然后牵着王春花的手，领着王春花钻出来。两人钻出来后，田平把石板又堵上，遮住光。与王春花坐在洞口透气、歇凉。

王春花说，你看，今天星子还是好大好亮。

田平说，是好大好亮，山高，星子就又大又亮。

王春花摸着肚皮说，小宝宝又在踢我，等不及跟你一起看星子了。

田平贴近王春花肚皮说，我听听，我听听。啊，好有劲呢，肯定是个胖小子。

王春花笑，你们这些臭男人，心里想的就是儿子！

田平说，女儿也好啊，要是女儿，我就儿女双全，更好呢。

王春花说，我们再给小宝宝想个好名字好不好？

田平说，你还想取个什么好名字？我就觉得田野好！田野里生，田野里长，这就是孩子现在跟着我们的生活，田野里要什么有什么，代表着孩子美好的未来，多好！

王春花说，那就叫田野，儿子也好，女儿也好，都叫田野。

静谧得连针掉下来都可以听见的山野，满山树叶都像耳朵，阵阵秋风都是电波，两人的对话，高音喇叭一样传到爹的耳朵里。

爹由此知道王春花也还活着，并有了身孕。田平冒着危险出来买鸡、抓药，就在情理之中了。

熬了大半夜，月光明了又暗，星星密了又稀，连风都累得睡着了，小张还没带人来，爹开始急躁得坐立不安了。爹还是怕天一亮，田平就带着王春花跑了，那就麻烦了。爹想，难道是小张没送到信、报上案吗？难道是小张送到信、报上案后，公社和公安不当一回事吗？公社和公安难道不知道这多么重大、多么火急吗？不知道当年为了抓田平，费了多少人力、物力和时间吗？

谢天谢地，天快亮时，小张带着上千人悄无声息地赶到了。有荷枪实弹的解放军和公安，有拿着刀子和猎枪的民兵和百姓。

黑色的夜晚。

黑色的人影。

黑压压的一大片。

上千人撒开的天罗地网，把整个山头严严实实地包围了起来。

一个晚上不敢合眼的爹，在给解放军和公安报告完情况后，放心地眯着了。

天亮了，天幕上的霞光，也成了一幅天幕在远山升起，在天空铺展。清新的空气，甜丝丝地灌入肺腑。

见田平还未有动静，抓捕田平的解放军和公安一脚踢开洞门，冲了进去。

梦中惊醒的田平赶忙掏枪准备还击，王春花死死地按住田平的手，不让田平开枪。王春花说，不要开枪！不要再杀人了！

解放军和公安对着田平喊，举起手来，缴枪不杀！

田平还是不死心，推开王春花，想拿枪射击。王春花还是死死按住田平的手。

解放军和公安又喊，负隅顽抗，死路一条！

王春花赶忙喊，解放军同志，我们投降，我们投降！

然后要拉田平投降。王春花说，投降吧，老田。反抗米有用，这么多枪对着我们，反抗就是找死！你不怕死不要紧，你要想想我肚子里的孩子！你不能让快出世的孩子，跟着一起死了！

解放军首长说，田平，你老婆讲得多好，你不看自己也要看孩子看老婆,不要赌一时的气。

王春花哭着哀求,投降吧,老田,我和孩子求你了!

解放军首长说,田平,你要放清醒一点,乖乖投降,你现在就是长了翅膀也飞不出去。只要你老老实实投降,我们保证你老婆孩子没事!

王春花哭着跪下求田平,老田,求你了,莫再犟了,给自己和孩子都留条后路,我和孩子不想死,刘小小和你儿子也不想你死,也等着你呢!你要死,起码等我把孩子生下来再死,起码等见刘小小和你儿子一面再死!

王春花的声声哭诉,句句落在了田平的心里,戳中了田平的痛处,田平的手一下子松开了枪,无奈地举起了双手,跪地投降。

十多年下落不明的田平,居然以这样一种踏破铁鞋无觅处,得来全不费工夫的形式,轻松抓获了。

整个大山欢呼雀跃。

押解途中,自知罪孽深重的田平对王春花说,春花,你讲得对,我这辈子最对不起的是你、刘小小和两个孩子,你们跟着我不但未有享福,反倒受尽磨难,我下辈子做牛做马都还不了你们的债。我死了,你要坚强地活着,让孩子也坚强地活着,这辈子做我的老婆、我的孩子,注定是要背骂名,要被人瞧不起的,你必须跟孩子学会坚强,不然,你们会被唾沫淹死。

王春花说,你放心,我一定会坚强地活着,也会要孩子坚强地活着。

田平说,刘小小和大儿子,我肯定是看不到了。只要把我押回去,就会被那些人掐死、砸死。你让刘小小和大儿子也要好好的,坚强地活着。你们都要好好的,一家人一样相互照应。

王春花说,好,你放心,我会一直把刘小小当亲妹妹,把老大当我自己儿子。只要我不死,我就不会让他们喰亏。

田平说,有你这句话,我就放心了,死也可以闭眼了。

走到山下,路的两边密密麻麻站满了无数的人。解放军和公安来抓田平的消息,昨晚就像风一样传开了,今天天一亮,四面八方的人,都往这里赶。有的是纯粹来看热闹，有的是来帮着抓田平。

不少人捡起石子就往田平和王春花身上砸。田平和押解的解放军及公安，都本能地挡在王春花四周，保护着王春花，以免愤怒的群众伤到王春花肚里的孩子。田平看解放军和公安围成一圈保护王春花，心里居然生出了感激和愧疚，连声说，我以前不该那样对你们，谢谢你们！

愤怒的群众里三层外三层不断地围拢来、涌过来，押送的队伍走得很是艰难和缓慢。

走到公路边时，刘小小带着孩子挡在了前面。

刘小小跪在地上求解放军和公安说，解放军同志，我是田平原来的婆娘，求你们让我跟田平讲几句话，行不行？

解放军和公安停下来说，行，有什么话快点讲，这里不能久留。

刘小小拉着儿子走到田平面前，说，田平，这是你儿子田年年，你好好看一眼。叫田年年，是希望他一年年长大，一年年好。

儿子田年年却愤怒地甩开刘小小的手哭喊，他不是我爹，他是大土匪、大坏蛋，我不是他儿子！

刘小小一把拉紧儿子说，你不认他，他也是你爹，他是土匪，你就是土匪的儿子，他是坏蛋，你就是坏蛋的儿子，这是变不了的，你迟早都得面对。

田年年哭喊着想甩开刘小小的手，可怎么甩都甩不开，于是狠狠地咬了一口刘小小，哭喊着跑了。

田年年凄厉的哭喊声在整个山谷回荡：我不是土匪的儿子，不是坏蛋的儿子，我是好人的儿子！

田平看着哭得撕心裂肺的儿子，心里也流出了带血的泪，他实在愧对刘小小和田年年这对母子。他不知道该说些什么，扑通一声跪了下来，祈求刘小小原谅。

田平说，小小，我对不起你和孩子，我不是人，是畜生，你打我骂我吧。

刘小小流着泪说，我不是来打你骂你的，是带着儿子来认你的，你要好好听政府的，老实坦白，好好改造，争取从宽处理。

　　对田平说完后，刘小小转向王春花，对王春花笑着说，姐姐，你也有喜了？太好了，你无论如何要把孩子生下来，让田年年有个伴，我到时候伺候你坐月子。

　　见刘小小带着孩子来认田平，围观的群众更加愤怒，他们把泥土、石子、棍棒，一起扔向刘小小和田平，骂，这个土匪婆真不要脸！往死里打！

　　几辆军车和几辆公安吉普车，就停在公路边。就在解放军和公安要押送田平上车时，田平突然冲向公路一侧，一头撞上石壁，脑浆迸裂，一命呜呼。

　　这是谁也没想到的结局。

　　一生作恶，却也曾英勇抗日的湘西匪首田平，竟以这样一种方式谢幕。一生的罪恶，一生的孽债，一生的耻辱，都在柔软的头颅和坚硬的石壁间，画上了休止符。

　　湘西剿匪，在早已胜利落幕后，以田平的落网又续写了辉煌的一笔。

四十七

巨匪田平的落网,对爹来说,是疗愈了一种伤痛。杀害儿子和岳父的田平和朱疤子凭空消失,一直是爹心底的仇恨和伤痛。现在田平死了,这个仇恨总算了了一半,伤痛总算减轻一成。爹拿着酒水和香纸,特地去了杨高山、杨见好和彭临风的坟头,告慰他们的冤魂。

爹在他们的坟前发誓,不抓住朱疤子,他死不瞑目。田平是无法愈合的伤,朱疤子是难以治愈的痛。田平留下的这种伤口愈合了,朱疤子留下的那种痛还在一天天发作。田平和朱疤子是爹心中永远都会复发的伤疤,只要一不小心碰着,就会翻江倒海地疼痛。

对政府来说,田平的最终剿灭,是湘西剿匪的胜利,是对湘西人民的交代。十年来,湘西剿匪指挥部一直没有放弃过对田平的追踪,但一直无功而返。居然让湘西有名的匪首田平在眼皮子底下溜走,不能不说,也一直是湘西剿匪指挥部的遗憾和隐痛,湘西剿匪指挥部的同志们一直觉得没有百分之百地完成剿匪的任务、没有完成湘西人民的重托,或多或少愧对了湘西人民。这下好了,湘西有名的匪首田平终于被剿灭,湘西剿匪指挥部的全体同志总算百分之百地完成湘西剿匪任务、完成人民重托、没有辜负和愧对湘西了。

湘西剿匪指挥部召开了隆重的祝捷表彰大会,庆祝湘西剿匪的圆满成功和彻底胜利。爹和小张,自然是这次剿灭田平的最大功臣。当湘西剿匪指挥部的人请爹上主席台领奖时,之前因上台四处做报告而吃过大亏的爹,死活不肯上台。爹说,我受之有愧,没有解放军和公安,没有那么多的民兵,我一个彭家云和小张抓不住田平。剿匪指挥部的人几乎是把爹绑架上台领奖的。那鲜艳的大红花,再一次捧在了爹的手里。那金黄的军功章,再一次挂在了爹的脖子上。爹在无意间,再一次成了英雄——剿匪英雄。

湘西剿匪指挥部,随着田平的剿灭而彻底退出舞台。

而再次站在聚光灯下的爹,却又不断有单位和学校请去做报告、讲故事,想用爹的报告和故事鼓舞人心。前几年因做报告而被人嫉妒陷害的爹,心有余悸,一概婉拒。习惯了远离聚光灯的爹,已经不需要聚光灯的追光了,爹有了一种跟泥土和阳光一样的自然光,只有回到泥土和阳光中去,爹才踏实和安全。

但是,爹还是破例做了一次剿匪英模报告。

那是他不得不去,事后也有些后悔的报告。

这个报告是在县第一小学做的。之所以去这所学校,是因为张雪梅做了这所小学的校长。从县一中调到县一小当校长,是教育局对张雪梅的信任和重用。到任不久的张雪梅就想请爹去给师生们做一场剿匪英模报告,给师生们进行一场生动的革命传统教育。

张雪梅对爹说,家云哥,我晓得你不愿再做什么英模报告,但师生们急需这样的报告,特别是孩子们需要这样的报告。我们要让孩子们从小就有爱国主义和英雄主义精神。我本来不好意思请哥,但学校老师都讲,你们家有一个现成的剿匪英模,为什么不请?讲得我无法回绝。是呀,我家有一个现成的剿匪英模,为什么不请?是兄弟关系不好,还是英雄傲慢?我不晓得怎么回答。我也可以说忙、米得时间,但再忙,都有做一次报告的时间。我晓得,哥若去讲,肯定心里憋屈和难受。但哥若不去讲,我不晓得哪门给老师们答复,我哪门办呢,家云哥?

爹想了很久,说,那我打落牙齿往肚里吞,去给你们讲一次。再憋屈和难受,也只能当哥的憋屈和难受,不能让你为难,不好开展工作。

张雪梅听了,真是喜出望外,要是爹去做这个剿匪英模事迹报告,她就是全县头一个和唯一一个了。她这工作多有成就,她这校长多有面子!

其实,让张雪梅喜出望外的还不只是她多有面子和成就,而是她跟韭菜干娘一样,都希望爹从人生和工作的阴影里走出来。为做这个报告,她跟韭菜干娘悄悄商量过。两妯娌都特别期待爹在做英模事迹的报告中,重新找回快乐、尊严和荣光。

那天的报告,是在学校操场进行的。

师生们山呼海啸般的掌声和欢呼,是对英雄发自内心的敬仰、崇拜和仰慕。师生们每一次震耳欲聋的掌声和欢呼,都让爹回到了英雄的光照和晕眩里,回到了荣耀的喜悦和幸福里。

然而,当爹在台上绘声绘色地讲述,师生在台下如痴如醉地倾听时,一个男孩大哭着冲出了操场。

这个男孩不是别人,正是田平和刘小小的儿子田年年。

田年年正在这所小学读三年级。跟他一起长大的孩子向同伴指认了他。倍感屈辱的田年年便痛哭着跑出了操场。

事后,张雪梅得知田平的孩子也在她的学校时,异常惊讶。爹更是感到错愕和难过。

田平的儿子怎么会在县一小读书呢?

原来,王春花的一个表姐在县一小教书,王春花为了不让田年年在一个屈辱的环境里长大,想办法把田年年弄到了远离熟人的县一小借读。本以为田年年可以这样平安无事地读下去,没想到爹的一场剿匪报告,让王春花表姐的孩子指认了田年年就是大土匪田平的孩子。

王春花表姐的孩子跟田年年一般大。当爹说到田平心狠手辣,杀了很多无辜的人和自己的大儿子时,王春花表姐的孩子义愤填膺,他早就在大人的谈话中隐隐约约听到过田年年的父亲当过土匪,身世不凡。这下好了,当爹在台上讲田平时,这个单纯的孩子就问田年年,你也姓田,是不是讲你爹?田年年红了脸说,不是讲我爹。单纯的孩子又问,不是讲你爹,你脸红什么,还一直勾着头不敢听不敢看?本就很委屈的田年年,憋出了两串委屈的泪。见田年年流泪,单纯的孩子就更加肯定,绝对是你爹!你爹原来是大土匪,这么坏!田年年就再也忍不住,大哭着跑出了操场。

此后,田年年再也没有回到县一小,而是躲回了乡下。

这件事，对田年年伤害很大。对爹也伤害很深。

爹常常为此自责。说不做报告了，为什么又去做了？还是躲不过虚荣。一个大人的报告，伤害了一个无辜的孩子，这是作了什么孽啊？上辈人的耻辱要下辈人承担，特别是让一个年少无知的孩子承担，这又是作的什么孽啊？爹不由得想起了自己年少时屈辱的日子，内心深处的悔，无以言表。

爹由此彻底断了做报告的念头。

还是踏踏实实地做各人的农民和木匠吧。爹对莺莺大娘说。

爹在莺莺大娘的坚持下，还是让莺莺大娘在县城租了一个门面，开了个杂货铺。莺莺大娘说，这一大家子开销太大，不开杂货铺很难维持一大家子的生计，还得开。爹说，不是跟你说了嘛，开杂货铺会给武生添麻烦。莺莺大娘说，我们只要不从武生手上进货，人家就说不上武生。爹想，也是，进货出货都有票据，只要不从武生手里进货，谁也赖不上武生、害不了武生，也不会给武生添麻烦。

这样，莺莺大娘的莺莺杂货铺依然在县城开了起来。

这样，彭家寨只有爹真正陪着大婆和吴大铁、梁冬梅几位老人了。

这样，爹白天做他的农民，晚上做他的木匠，照顾几位老人，不忙时，就下城帮莺莺大娘做她的小本生意。田里土里木堆里，老婆枕头热炕头，是爹平淡而幸福的生活。

这个时候，我那同父异母的姐姐彭米香已经九岁，同父异母的哥哥彭学兵刚好六岁。爹给姐姐取名米香，一定是期望姐姐的一生能吃饱吃好，有大米的芳香，那个时候的人生能有一碗飘着香气的米饭是最幸福的。爹给哥哥取名学兵，一定是出于对军人的敬仰和崇拜，期望哥哥将来能够拿枪当兵、保家卫国，军人是最让人羡慕、让人崇敬、让人追捧的。

不管爹怎么想退出舞台、退隐江湖，爹的那身光环还是因为剿灭田平而再次闪闪发光。爹还是成为一种传奇和传说，在江湖上流传。那是一个敬仰英雄的时代。政府再一次给爹安排了工作，让爹重新回到了县粮站,还是县粮站的副站长。这是爹一生最大的官了。

爹一开始坚持不去。爹怕被抬到半天云里后,又被摔下来。一朝被蛇咬,十年被蛇惊,说的就是这个理。爹说,感谢组织的关心,我还是安心做我的农民踏实。彭武生问爹,你这是好面子吧,怕到时又被退回来?爹说,是的,我也有脸啊,再莫名其妙地被退回来,我米得脸见人。彭武生说,你典型的死要面子活受罪。爹说,你不晓得,没有脸和尊严才是活受罪。

组织上是真心希望这个抓住了大土匪田平的英雄去上班,说,不要怕,哪有什么倒霉事都往你头上触的。

爹说,我各人就不给组织添麻烦了,我就是有件事一直放不下,可以给组织讲不?

组织上说,可以,你讲。

爹说,吴玉音上次米有被追认为烈士,但她的确是为革命牺牲的。她是给国民党部队医过病人,但她没有上战场拿枪打我们,倒是帮龙光烈为我们做了不少地下工作,并且在刑场上为救革命同志,一剪刀捅死了国民党特务,是完完全全的女英雄。组织上能不能再考虑一下她的烈士身份问题?

组织上的同志听了,还真有点感动,想了想说,你工作的事跟吴玉音是两回事。一码归一码,先考虑你工作的事,别的事,我们记着,回去反映。

莺莺大娘说,去吧,家云哥,组织这么关心我们,你还担心什么面子里子。你面子再大,米得这一大家子的日子重要,一大家子都等着我们呢。

莺莺大娘的话,点醒了爹。的确,一大家子的困难摆在那,爹不去又十分可惜。

彭武生说,去吧,这是政府的关心,不能不领政府的情。韭菜干娘也说,去了再讲,万一再被退回来,退回来就退回来,又不少你一坨肉。爹说,万一再被退回来,我的老脸往哪放?莺莺大娘说,现在吃饭是天下第一大,什么面子都没有吃饭面子大,这么一大家子,多个人上班,多一份旱涝保收的工资,总能解决不少问题。爹想也是,就厚着脸皮回到了县粮站。

厚着脸皮,是爹自己说的,那一定是他当时真实的心态和想法。

再次成为英雄并做了粮站副站长的爹,一直夹着尾巴做人做事。他生怕别人说他居功自傲。也生怕别人说他是好马吃了回头草。更怕别人眼红而无端找他的茬、责他的错。比起第一次的工作,爹无疑是畏首畏尾、诚惶诚恐的。

但是,不管爹怎么小心谨慎,都会隔三岔五地去组织部门问问吴玉音的情况。

彭武生担心爹三番五次地问,会让组织对爹产生看法。他劝爹,家云哥,听天由命吧,莫再给组织添麻烦了。

爹说,你们不好为了吴玉音去给组织添麻烦,我好去。你们去,会讲是为了你们各人,我去,就是为了吴玉音。不然,我们一辈子也安不了心。

一天吃完晚饭,莺莺大娘颇为神秘地对爹说,你猜我今天看到哪个了?

爹疑惑地问,看到哪个了,这么神神道道的?

莺莺大娘说,田平的大老婆和小老婆。

爹说,王春花和刘小小?

莺莺大娘点头,嗯,还有她们的孩子。

爹说,你哪门认得到她们?

莺莺大娘说,认不到,旁边人讲的。旁边人讲,那是田平的老婆和小孩,我就专门上前去看了看了他们。田平有福气,一儿一女,王春花给他生了个女儿,背篓里背着。

爹说,田平的儿子也十一二岁了,本该读小学五年级,现在还读三年级呢。

莺莺大娘说,造孽啊!十一二岁的孩子,还像七八岁,乌漆墨黑的，这么矮。

莺莺大娘用手比画了下，示意孩子的高矮。

莺莺大娘说，肯定是营养不良，喰不饱。

爹说，刘小小一个人拖着个孩子不容易。你跟她讲话米？

莺莺大娘说，哪敢讲话，怕她们认出我是你的婆娘，掐死我。

爹笑，那哪里敢。

莺莺大娘说，肯定不敢，我只是想米得必要让她们晓得我是你婆娘。

爹说，也是。

莺莺大娘说，听她俩对话，是米得口粮了，她们商量着去把田平给她们的银手镯卖了，给小孩换点米糊糊喰。我当时想都米想，就把口袋里的五斤粮票送她们了。

莺莺大娘看着爹，问，我是不是犯错误了？接济土匪家属，我造孽她们。

爹说，米有，做得好，我要是碰见，我也会送。哪天，我给她们悄悄送点米去。我们再苦，比这孤儿寡母好。

莺莺大娘说，我去送吧，你安心上你的班。

爹说，你找不到她们。

莺莺大娘说，路在嘴巴上，问她们住哪里，恐怕全湘西都晓得。

爹说，还是我去。我也想见见刘小小的儿子，跟他讲声对不起。上次做报告时他哭着冲出去的样子，我现在想起来还心痛。

莺莺大娘说，你跟他一个小孩子讲什么对不起。他爹就该抓，就该死。

爹说，就因为他是小孩子，他才无辜。田平是该抓该杀，但对他孩子无意中是种伤害，小孩可怜啊！

莺莺大娘说，也是。可怜。这都是田平造的孽。

爹怕自己一忙就忘了，第二天就在单位上跟同事借了几十斤粮票，买了一小袋米。

问到王春花和刘小小的住处后，爹把米悄悄放在门前，转身就走。

爹本来想见见田平的孩子田年年的，但见了又不知说什么，还是选择悄悄离开。

不料，王春花和刘小小家的狗警觉地狂吠起来。

王春花和刘小小跑出门外，见到了爹。王春花还抱着孩子。

刘小小惊异地问，你是彭家云大哥？

爹不好意思地搓了搓手，憨笑着，说，是，你们认得我？

刘小小说，认得。我听过你做英雄事迹报告。那天抓田平时也见到了你。

爹放下的双手，又抬起来合掌搓了搓，说，不好意思，抓了田平，让你们受苦了。

王春花说，快莫这样讲，大哥。你不带人抓田平，也会有别人抓田平，他躲得了初一躲不过十五。不怪你，怪他自己。

刘小小说，我姐讲的是，怪他自己顽固。

爹指了指门外角落的米袋说，听人讲你们断粮了，我给你们送点粮。

王春花说，我屋田平对你有罪，你还惦记我们？

爹说，田平是田平，你们是你们。

刘小小说，快进屋坐吧，家云大哥。

爹说，不坐了，不坐了。粮送到了，就放心了。

刘小小热情地走上前，说，坐一下，坐一下！哪能到屋了不进屋呢！说完，伸手想拉爹进屋。感觉不对，又把手缩了回去。

爹说，我带人抓了田平，你们不恨我吗？

面对两个无辜的女人，爹像做错了什么一样，对这两个无辜的女人及孩子有了一丝愧疚。

王春花叹一口气说，唉，哪门讲呢？说不恨又有点埋怨，说恨又恨不起来。小小讲得好，不能怪你，怪他自己不听劝，不肯回头。

刘小小问，你听哪个讲我们断粮了？

爹说,我屋里人。你们昨天县城下街,有人认出你们。她还给你们送了五斤粮票。

刘小小说,那个大姐呀!你们一屋的好人!

王春花说,你说,田平哪门就派朱疤子害你们这样的好人呢?

爹说,都过去了。可能我们命里都有这么一劫。都往前看。

王春花说,讲的是,大哥。往前看。我现在跟小小住一起,有照应。我们会好好带大两个孩子。

爹想了想,还是该见见田平和刘小小的孩子田年年。不然,还是心里欠欠的,总觉得少了什么。

爹问,田年年在屋里不?

刘小小说,在呢,在呢,就是不愿见人,整天把自己关在屋里,学也不肯上。

爹说,我见见他,看看他。

刘小小感激地说,那敢情好,太感谢大哥了!

爹说,说不定他不愿见我,恨我呢。

王春花说,那不会,这孩子本质好,随他娘。

爹就跟着刘小小和王春花进了屋。

刘小小对田年年说,年年,这是家云伯伯。

孤独地坐在床头的田年年,礼貌地站起来叫了声家云伯伯。

爹走到田年年旁边,拉着田年年的手坐了下来,说,年年,恨伯伯吗?

田年年摇摇头。

爹放下田年年的手,抚摸着田年年的头说,年年,伯伯带人抓你爹,无意中伤害了你,伯伯跟你讲声对不起。

爹的一声对不起,把田年年的眼泪扯了出来。田年年说,不用讲对不起,他不是我爹,我米有这样的爹。

爹还是抚摸着田年年的头说,讲哈话呢,年年,你爹就是你爹,不认也得认,事实米有办法改变。伯伯想跟你讲的是,你现在是小大人了，是小男子汉了，得学会正视现实和事实，然后坚强地面对。

田年年仰起头，渴望地望着爹，问，我该哪门面对现实和事实，伯伯？

爹说，首先想清楚，你是你，你爹是你爹，米有人把你跟你爹当成一样的人。你看，我不是看你来了吗？我听人讲，邻里乡亲也都对你们不错，都米有小看你们。不好的，也只是个别的、少数的。个别的、少数的，哪里都有。我们也会碰到那些个别的、少数的不好的人，不管他就是。

田年年问，也有人对你们不好吗？

爹说，当然有啊，哪里都有对人好的，也有对人坏的。对你好的，我们做出成绩报答他。对你不好的，我们做出成绩回击他。我们不能因为别人看不起我们，就各人看不起各人，各人放弃各人，那不更被人看不起、更证明我们各人不行了，你讲是不是？

田年年揩掉泪水，小心地点了点头。

爹说，伯伯的话，你听懂了？

田年年说，听懂了。

爹说，伯伯讲的是不是有道理？

田年年说，有道理。

爹说，那就坚强点，不怕人讲，不怕人笑。认真读书，报答你娘和你大娘，好不好？

田年年被爹说出了底气，轻轻地靠进爹的怀里说，好！

爹也开心地搂了搂田年年，说，那伯伯就放心了。伯伯回去了，改天再来看你。

说完，爹站起来往屋外走。爹想，这孩子以后应该不会再自卑了。只要不自卑，就会爬得起。

王春花见爹起身要走，不好意思地说，你看，水都米喝一口。

爹说，看到你们，特别是看到田年年，我就放心了。

见爹走出门外，王春花对刘小小说，快把那个鸡蛋拿出来给大哥。

刘小小赶忙打开灶台上的锅，取出一个热乎乎的鸡蛋，塞给爹。

刘小小说，就这一个，不好意思，你路上喰。

爹知道这是给王春花襁褓中的孩子的，怎么会要呢！爹一阵疾步走远，挥手再见。

王春花和刘小小跟了几步，停下来，流出两行热泪。

从屋里冲出来的田年年，突然抢过刘小小手里的鸡蛋，飞跑着追上爹，说，伯伯，谢谢你！你要把这个鸡蛋喰了，不然你也是看不起我，我会恨你！

爹笑，有这么严重？

田年年很认真地说，有这么严重。

爹说，你看，你妹妹那么小，这是给你妹妹的。我这么大的人，抢你小妹妹的东西，是不是丢人啊？你要谢我，不在于这个鸡蛋，在于好好读书，晓得不？听伯伯的话，把鸡蛋拿给妹妹。

田年年摇头。

爹说，你觉得伯伯好不？

田年年点点头。

爹又说，那你想让伯伯开心不？

田年年点点头。

爹笑了，伯伯现在最开心的，就是田年年很听话很懂事，把鸡蛋给妹妹。不然，伯伯不开心喽。

田年年只好乖乖地拿着鸡蛋站在原地。

望着爹远去的背影，田年年突然恋恋不舍地大喊，伯伯，你以后还会来看我吗？

爹也大声回答，会的，田年年！

大山深处，久久回荡着一老一少恍若隔世却极为真切的呼唤和应答。

四十八

回到家里，爹的苦日子很快就来了。一封接着一封的举报信又飞到了县公安局和粮站。举报信依然是同一个人所写，举报的内容比上次更可怕。举报说，爹是苏联特务，一直在里通外国，出卖中国情报。言之凿凿，有鼻有眼，铁板钉钉。

爹的担心应验了。怕什么来什么的魔咒，爹没有躲过。

那时候，苏联因为要在中国驻军等各种行为没有得到中国认同，而已经跟中国全面交恶。苏联取消了所有援华项目，销毁了所有项目图纸，撤走了所有援华专家，撕毁了所有经济协议，并把抗美援朝、经济建设的所有援助都折算成八十六亿元人民币的巨额债务，要求中国限期还清。

俗话说，拿人家的手软、欠人家的心虚，中国以前所未有的勇气和骨气克服困难，全民还债。那个年代过来的人，都知道是全国人民勒紧裤腰带在还债。那个时候的中国本来是刚从废墟中站起和新生的中国，本就很贫血虚弱，还很贫穷落后，三年没有节制的大锅饭，更是让中国伤了元气。苏联在这个时候逼债，可以想见还债是多么艰辛和艰难。

中国和苏联，已不再是亲如一家的兄弟，而是水火不容的敌人。爹居然救了敌人弗拉基米尔，敌人弗拉基米尔居然给爹寄了那么多礼物，爹也给弗拉基米尔回了信、寄了土特产，这是断龙山尽人皆知的铁打事实。这些年，彭家云和弗拉基米尔相互写了多少信、寄了多少礼物，鬼知道！彭家云在信里出卖了多少国家机密，鬼知道！爹与弗拉基米尔曾经的国际友谊，如今成了爹里通外国的铁打罪状。

在最敏感的时候，爹一直都不知道的那个举报者，甩来这么一个定时炸弹，自然立刻引爆了全县。

开始，组织上没有理睬这一封接一封的举报信，想保护爹。但举报者锲而不舍，还往各个单位散发。爹是苏联特务的事，成了全县秘而不宣的事。那些不明真相的人，也跟着起哄，要求严查。

组织上不能不面对民意，查。

不用查，全世界都知道爹救了一个支援中国的苏联飞行员，这个苏联飞行员回国后念念不忘、知恩图报，给爹寄来了非常丰厚的礼物，这些礼物就是爹里通外国的巨额回报，是爹里通外国的证据。

这就不是上次冒充党员开除公职回家的问题，而是阶级路线和阶级斗争的问题，是你死我活的敌我问题。

爹被当作全县最大的特务抓进乡公所关押，继续老实交代，不交代彻底，决不罢休。

三不五时，爹就被当作最可恶的敌人进行游街和批斗。

那些感到上当受骗的群众，异常愤怒。这个彭家云居然隐藏得这么深，还假装积极当了几次英雄！脸看起来那么标致帅气，心居然那么歹毒阴森！真是人不可貌相，海水不可斗量！

所以，批斗爹时，有人恨不得把里通外国、出卖国家的爹一枪毙了。那拳脚是一拳比一拳狠，一脚比一脚重。

爹每次回到乡公所都遍体鳞伤。

幸好，爹得知举报接受调查时，第一时间烧了那封信，不然彭武生和韭菜干娘他们都要受牵连。因为，弗拉基米尔在信里交代爹，给其他几人也捎有礼物。

每次批斗和审问，办案人员和群众都要爹老实交代跟弗拉基米尔有多少联系，出卖了多少情报，除了书信，是不是还有敌台、发报机，敌台和发报机藏到哪里去了。

爹说，我又不懂俄语，我哪门跟苏联联系？发报机和敌台是什么样子我都不晓得！

办案人员问，那你怎么看得懂苏联人写给你的信？

爹想说韭菜干娘看得懂，又怕把祸惹到韭菜干娘身上，不敢申辩。

办案人员说，你哑口无言、没话可讲了吧！

爹说，你们这是血口喷人。

办案人员说，是你无话可讲、理屈词穷，你无话可讲、理屈词穷了还倒打一耙，讲我们血口喷人，你这是抗拒和不老实，就要对你实行无产阶级专政。

爹说，我不是无话可讲、理屈词穷，是你们不讲道理、强词夺理，你们讲我是里通外国的大特务，你们得找出证据呀！证据呢？就凭一封诬告信？

办案人员说，你不要以为你狡猾，再狡猾的狐狸，我们都抓得住尾巴。你等着，我们会找出证据。

爹硬邦邦地说，好！我等着！

为了找出敌台和发报机，专案组到爹的家里进行了好几次搜查，还把莺莺大娘和彭武生、韭菜干娘等所有和爹有关联的人，多次喊到公安局讯问。只要大家为爹辩解，都被视为同伙抓起来拘留。

见一时找不到爹里通外国的证据，专案组的人又心生一计，在批斗会上质问，你跟吴玉音什么关系？为什么替她翻案？

爹说，我跟吴玉音是乡里乡亲，是朋友。

办案人员说，是朋友？那说明你也是反革命！

爹说，我是抗日英雄、剿匪英雄、抗美援朝英雄，我不是反革命。

办案人员说，你不是讲你跟吴玉音是朋友吗？吴玉音是国民党，你跟国民党是朋友，你不是国民党是什么？

爹说，吴玉音虽然米被追认为烈士，但也是英雄，我懒得跟你们讲！

办案人员冷笑，你懒得讲？只怕你越讲越黑。你跟吴玉音不是一伙的，为什么老惦记着她，老想替她翻案？你们难道是老相好、搞破鞋？

爹一听这话，怒不可遏，一股热血就冲上了脑门。本来跪着的爹，咻的一下站起来，愤怒地向胡说八道的办案人员撞去。办案人员猝不及防，被爹撞了仰八叉。

然后，又是一脚踩上去，骂，我看你胡说八道！我看你污蔑我们！

一群办案人员冲上来,对爹一顿拳打脚踢。

台下的彭武生、莺莺大娘、韭菜干娘和彭家寨的乡亲们听办案人员这样污蔑爹和吴玉音,也愤怒地冲上台去,跟办案人员打成一团。

批斗场面,一度失控。

事后,组织上当然是对彭武生他们和办案人员各打五十大板。

组织上批评办案人员,你们斗特务就斗特务,扯什么吴玉音?

对彭武生和韭菜干娘,组织上则批评说,你们也是几十年的革命干部了,怎么这么冲动?

彭武生说,他们这么污蔑吴玉音,我们不站出来,我们还是人?

韭菜干娘说,吴玉音是我姐姐,她是什么人,我们最清楚。办案的这样血口喷人,放在谁身上,都受不了。

莺莺大娘实在想不明白,一生都在为国家抗日抗美和剿匪,为革命奉献、牺牲和拼命的爹居然落到如此下场。弗拉基米尔当时是来帮助中国抗日的,是抗日英雄、国际友人,彭家云救抗日英雄、国际友人有错吗?彭家云也是抗日英雄、剿匪英雄,是枪林弹雨中九死一生打出来的,这有什么错和罪?为什么要这样对待一个为国拼命的英雄?每次看到爹在台上受罪受辱,莺莺大娘就在台下喊冤,一喊,就被抓上去陪斗。后来,莺莺大娘喊冤陪斗时,有人给莺莺大娘做了一块牌子,上书"特务婆",与爹脖子上的"狗特务"天生一对。

见莺莺大娘每次喊冤都会挨批斗,爹含泪劝,莺莺,不要喊冤了,米有用,我是不是特务,历史会给我证明的。

莺莺大娘说,我就是要喊冤,有冤为什么不喊,不喊就等于你是特务了。

爹说,我肯定死都不会认自己是特务,问题是你再喊也是白喊,喊了只会跟着我挨斗受苦。

莺莺大娘说,我不怕挨斗受苦,喊了,我心里舒服,不喊,我会憋吐血。不喊,真会有太多的人认为你是特务,那我们的儿女以后哪门做人,哪门活?

爹一听，的确是的，如果不喊冤，真的会有更多的人相信自己是特务，那以后儿女会一辈子抬不起头，一辈子背骂名，父母如果不清白，儿女世代都莫想清白。

爹说，你讲得对，为了儿女的清白，我们必须喊冤。不但你要喊，我更要喊。

以后，每次批斗，爹不但会声嘶力竭地喊冤，还会历数自己怎么抗日、怎么支援贺龙红军、怎么参加剿匪。一场声势浩大的阶级斗争批斗会，往往会变成感人肺腑的英雄事迹报告会。批斗台成了爹的英雄事迹演讲台。讲多了，还真有用，越来越多的人不相信这么一个英雄会是特务，怀疑公安抓错了。

爹，最终因为没有确切的里通外国证据而被释放了。释放的代价是莺莺大娘血写的声明。

爹被当作特务抓去审问和游斗，莺莺大娘的杂货铺自然没办法正常营业了。她得时常关了店门，为爹喊冤。

那是一个炎热的晌午，爹再一次被抓起来游街和批斗。只是人们再不像以前那样义愤填膺，反倒有些同情了。莺莺大娘平静地站在最前面，看人们对爹口诛笔伐、拳打脚踢。爹再一次声嘶力竭地喊冤和讲述自己的辉煌历史时，一个民兵用胶布封住了爹的嘴。

莺莺大娘含着泪水，跳上批斗台，喊，你们为什么要封住他的嘴？你们是怕真相吗？你们冤枉一个好人和英雄，喊冤都不让喊了吗？我们就是冤！冤！冤！一千个冤！一万个冤！千万年的冤！

莺莺大娘的一声声冤，引得台下一群人跟着喊，冤！

原来是彭武生和韭菜干娘带着彭家寨的乡亲都来了。彭家寨的乡亲都太了解爹了，一起跟着喊冤。

用胶布封住爹嘴巴的那个民兵气急败坏地对着台下吼，你们喊什么？是哪个在跟着喊？再喊，把你们嘴巴也封起来！

莺莺大娘怒目相迎，指着民兵喊，来呀！封呀！你不封你不是人养的！

民兵气急败坏地拿起胶布走上前，吼，你竟敢拿手指头指我？你再指指看！再指，把你也绑起来。

莺莺大娘喊，我就指了，你有本事把我手砍了？你为什么批斗我们这么积极，是不是你写的诬告信冤枉我们？

莺莺大娘毫不示弱，依然指着民兵在那儿吼。

民兵听莺莺大娘说是他写的诬告信，急得脸红一阵白一阵。民兵说，我写什么诬告信？你在血口喷人！

莺莺大娘说，你们可以血口喷人，我为什么不可以血口喷人？我现在就举报你是特务，你是美国特务，你也里通外国。

莺莺大娘的话，立刻赢得彭家寨乡亲的附和。彭家寨乡亲都跟着喊，对，我们都举报你也是特务，是卖国贼。

下不了台的民兵恼羞成怒，拿着绳子走上前，就要绑莺莺大娘。

一个领导模样的办案人员立刻站起来呵斥了他，你干什么？还不嫌丢人？一边去！

民兵只好尴尬地退到一边，不死心地骂，杨莺莺，全世界就你家跟苏联有联系，你家不是特务哪个是特务？你冤什么冤？哪个信你喊的？信的话，早就放了你男人了。

莺莺大娘说，我们是清白的，我们当然要喊冤！

民兵说，你喊也冇有用，除非你死给我们看。

莺莺大娘质问，我为什么要死给你们看？

民兵说，你死都不怕，命都不要了，说明你真是清白的啊。

莺莺大娘说，好！你讲的，那我就死给你们看！

民兵冷笑，你不要吓我，我不是吓大的。

莺莺大娘轻蔑地看了一眼那个气势汹汹的民兵，转身走到爹的身边，捧起爹的脸，撕掉爹嘴上的胶布。

民兵喊，你要干什么？

莺莺大娘说，你不是要我死吗？我死前跟我男人讲几句话不可以吗？

民兵又冷笑，还吓我，我再跟你讲，我不是吓大的。你讲吧，我看你讲出什么花来。

莺莺大娘流着眼泪，一遍又一遍地抚摸着爹的脸，说，家云，你千万不要承认，相信政府迟早会还你清白，害你的人迟早会遭到报应。你要好好活着，带大两个儿女。

爹的眼泪也出来了，爹说，你讲什么呢？莺莺，你不要我和儿女了？

莺莺大娘抹掉眼泪笑道，我这辈子下辈子都守着你和儿女。我要给你喊冤，死了也要给你喊冤。

然后，莺莺大娘缓缓地、深情地吻了一下爹的额头。

台下被莺莺大娘的这个深吻惊呆了，有人一阵惊呼，有人感动落泪。

然后莺莺大娘走到台前，面向台下黑压压的一片人群，深深鞠了一躬说，求大家相信我男人，他不是狗特务和卖国贼，他是好人，是英雄。

说完，莺莺大娘转身面向台上的领导和看守扑通一跪，说，求你们放过我男人，他是被人陷害的，他真不是什么狗特务和卖国贼，只要你们放了他，你们要我做什么我就做什么。

还是那个民兵接话。那个民兵一脸厌恶地吼，我们会要你做什么？不要你做什么！你不是说你要死吗？去死啊！死了，我们就放了他。

领导模样的人再次对着那个民兵怒吼，你乱讲什么？快闭嘴！

领导模样的人走到莺莺大娘身边，说，你起来，杨莺莺，不要这样跪着。你跟你男人不是讲得很好吗？要相信政府。政府不会冤枉一个好人，也不会放走一个坏人。

莺莺大娘对着领导模样的人连磕了几个响头，说，感谢领导的大恩大德！你就是包青天，你要为我们做主啊！

爹一直老老实实地跪在那里，呆若木鸡地看着莺莺大娘。

领导模样的人把莺莺大娘扶了起来，然后宣布批斗会结束。

爹被作为苏联特务关押，在彭家寨和整个公社都引起了震动。人们都了解爹，都不信爹是苏联特务。

回到彭家寨的乡亲，都不放心莺莺大娘，不断有人来安慰莺莺大娘。

乡亲们说，不要怕，我们都了解你男人、相信你男人，办案人员调查取证时，我们都证明你男人不是特务，是英雄和好人。

大家说，现在是毛主席、共产党领导的天下，不会那么轻易地相信坏人的诬告。

莺莺大娘说，那为什么要把家云抓起来，还戴上特务的牌子批斗？

众人无言以对。

彭武生说，我们还是相信政府吧，只要还没有公开宣判，就还有机会。

莺莺大娘说，可机会在哪里？哪个会给我们机会？

是啊，机会在哪里呢？彭武生说，我找人联名，就像当年给龙光烈大哥找人联名一样。

莺莺大娘说，这个搞不得，办案人员调查时，你们多辩几句，就认为是同伙，要拘留你们，那么多人联名，牵扯的人太多了。

彭武生说，牵扯的人多才好，法不责众，不可能把所有的人都抓起来，不可能一下子冒出那么多特务。

莺莺大娘说，你好不容易安排了工作，你不能出头联名，到时你工作丢了。

彭武生说，丢了就丢了，大不了也回家种田，他们可以开除我工作，总不能把我开除出地球。

彭武生于是找了整个彭家寨的人联名做证。

整个彭家寨，除了刘志强家不签名外，全签了。

刘志强家是彭家寨唯一一户不姓彭的人家。他们一家不肯签名，倒让彭武生和大家看出点端倪，觉得两次诬告爹的很可能就是刘志强。刘志强平时就认为自己家在彭家寨是独门独户、小姓人家，老觉得彭家人大根大族欺负他们。但彭家寨人并没有亏待他，见他有文化，让他做了小学代课老师。可他并不念彭家人的好，认为这是自己凭本事当的老师。他当小学代课老师，还是彭武生当大队长时力荐的。当时大家都要灵芝嬷嬷去当代课老师，灵芝嬷嬷文化程度比刘志强更高，但彭武生和爹都觉得瓜田李下，有假公济私之嫌，就没有安排灵芝嬷嬷，而是安排了刘志强。

彭武生找到刘志强签名时，满以为刘志强会满口答应，不想刘志强一口回绝，说他相信政府，还说这么干是跟政府作对，他不想跟政府作对。

彭武生百思不得其解，纳闷地问，你明知道彭家云不是苏联特务，为什么不肯做证？

刘志强反问，我怎么能证明彭家云不是苏联特务？

彭武生说，这不是明摆着吗！

刘志强说，怎么明摆着？我不敢做证，也不能做证。

气得彭武生问，诬告信是不是你写的？

刘志强说，你不要乱讲。

彭武生说，你不肯联名，就是你写的。不是人！

刘志强说，你骂哪个不是人？

彭武生咬牙切齿地说，哪个写的诬告信，我骂哪个！

刘志强不敢再接话，接了话，就等于是他写的。

其实，谁写的诬告信已经不重要了，当务之急就是要把联名信送上去。韭菜干娘对彭武生说。

彭武生把联名信送上去的时候，有领导提醒和警告彭武生，武生，这可不是一般的犯罪，是里通外国，是卖国罪、叛国罪，你这么出头为他奔走，可要小心。

彭武生说，我百分之百相信彭家云，更百分之百相信政府，我相信政府最终会还彭家云清白。如果讲我出头露面为彭家云奔走有罪，要撤职查办，我认。

领导说，你回去吧，我们会认真调查，绝不会冤枉一个好同志。

联名信送上去一段时间了，却依然没有消息。莺莺大娘天天等天天盼，也没有等来只言片语。莺莺大娘度日如年。

莺莺大娘每天都在梦中看到大家批斗爹，甚至在梦中看到爹游街时，有人拿着刀要砍爹。有时候，还梦到爹被拉到刑场上去枪毙了。每次醒来，莺莺大娘都是大汗淋漓、浑身无力，像大病了一场。

莺莺大娘在无尽的焦虑和担忧中变得又黑又瘦。

莺莺大娘想，不能再拖了，再拖，也许就真把她的彭家云命拖没了。

莺莺大娘决定一了百了，以死抗争。既然他们讲死了就可以证明彭家云的清白，那我杨莺莺就用死来证明彭家云的清白。

莺莺大娘给爹带了几身换洗的衣服和一钵腊肉，去见爹最后一面。

批斗时，莺莺大娘看到爹胡子拉碴、蓬头垢面，人不人鬼不鬼的，便跑到供销社，买了一把梳子和一把剃须刀。她要在诀别之前，把爹的胡子刮一刮、头发洗一洗，让爹上台挨批斗时也干干净净、体体面面的。

彭武生自从交了联名信后，也不再顾忌什么划清界限，经常去看爹。每次去看时，都会悄悄给看守所有关人等打点打点，以便爹在里面少受点苦。莺莺大娘去看爹时，看守就一路绿灯提供方便。看守说，他其实压根也不相信爹是苏联特务，彭家寨那么一个小山沟，怎么会有苏联特务？

看守见莺莺大娘带了剃须刀和梳子，还特地到食堂打来了一桶热水。等大娘给爹洗好头、刮好胡子，看守把莺莺大娘带的腊肉拿到食堂热了，还从食堂拿来了两套碗筷，多带了一个菜和米饭。

看守只是轻轻地说了一句"你两口子一起吃一点"，莺莺大娘就感动得热泪涟涟。

爹和莺莺大娘已经两三个月没有坐在一起吃饭了。见看守这么心细心善，爹和莺莺大娘都很感动。

爹不知道这是莺莺大娘跟他的最后一顿饭，当然更不知道莺莺大娘心底的酸楚、不舍和痛。

莺莺大娘说，武生让彭家寨的人都联名保你了，你晓得不？

爹说，晓得，武生跟我讲了，看守也讲了。

莺莺大娘说，这么久了，也米得音信，不晓得上头哪门处理的。

爹说，听天由命吧。不过，办案人好像态度比以前好多了。

莺莺大娘说，他们米打骂你吧？

爹说，私底下对我还好，只是批斗我时很凶。办案人员说，他们要做样子给外面人看。

莺莺大娘想了想，说，家云哥，我最近老做噩梦，心口老痛，我怕身体撑不住比你先到阎王爷那里，如果我先去了，你一定要好好的，带大两个孩子。一个人带不过来，就再找一个伴。

爹一听，放下筷子说，你想些什么呢，莺莺？我一定会出去的。

莺莺大娘说，我就怕你出不去，就怕梦里一切都是真的。

爹说，老人都讲，梦是反的，不要相信梦里的。

莺莺大娘点头说，希望是反的，反的就好。

爹看着被折磨得消瘦的莺莺大娘，心疼地揽过莺莺大娘，像哄婴儿一样轻拍着。

莺莺大娘的眼里全是幸福不舍的泪。

又一个大早的时候，莺莺大娘关了杂货铺，去见大婆和吴大铁、梁冬梅几位长辈。

去见大婆时，大婆刚煮完早饭。灶孔里是柴火燃尽后剩下的一堆炙热的炭火。大婆用拨火棍在灶底翻出一层层火灰盖住熊熊炭火，以便减小炭火的燃烧，这样，到晚上甚至明天刨开厚厚的灰烬，还有不少炭火没有燃完。晚上或者第二天要煮饭时，只要用一把茅草或稻草，就可以引燃柴火。湘西把这叫伛火。

莺莺大娘对大婆说，干娘，我好久米给你梳头了，我给你梳个头发吧。

大婆说，好啊，我们莺莺这么孝顺，以后天天给干娘梳。

梳子在那，你拿。大婆指了指桌子。

莺莺大娘拿起梳子给大婆一缕一缕地理，一把一把地梳，轻柔而细致。

干娘，好多白头发了。莺莺大娘说。

大婆说，都七十多岁的人了，哪能不白？

莺莺大娘说，干娘，跟我讲讲你跟干爹的故事，你跟干爹是从小就认识的娃娃亲，还是媒婆介绍的？

大婆惊讶地问，莺莺，你哪门对我和你干爹的亲事感兴趣了？

莺莺大娘说，看你跟干爹老了还那么亲热，眼热呢。

大婆说，家云也对你天下第一好啊。哪门，他欺负你了？

莺莺说，米有米有。我这辈子嫁给他是最大的福气。

大婆说，那哪门突然讲起这个话？

莺莺大娘说，我是想起了干爹，你们一辈子恩爱，到头来还是干爹先走了。我想干爹了。

大婆一听眼泪就出来了，难得你这么孝心，还记着你干爹。人有多少寿诞，都是命定的。

莺莺大娘说，干爹在那边看得到武定和临风不？

大婆说，这辈子命里是一家人，下辈子命里还是一家人，看得到。

莺莺大娘说，真的下辈子还会是一家人，还能到一起？

大婆说，嗯，还能到一起。你干爹在下边等着我呢。

莺莺大娘说，那我们以后也可以是一家人，继续住在一起了。

大婆说，你们还年轻，还早呢。

梳完头，莺莺大娘趴在大婆膝上，搂着大婆说，干娘，我和家云这辈子遇见你和干爹这一家，是我们的福气。这也是命呀，命里注定要让家云遇见你们，让我遇见家云，让我们不是一家人胜过一家人。我下辈子都会记得你和干爹的大恩大德。

莺莺大娘放开大婆，突然跪下说，干娘，我给你磕个头，感谢你这些年对我们的照顾。本来是报答你们的时候，家云却遭大难，以后还要你们照顾，我好难过。

大婆赶忙扶起莺莺大娘，说，哎呀呀，一家人哪门讲两家话呢？没什么大不了的，家云过几天就转来了。

莺莺大娘笑着点了点头，眼里却有了泪花。

辞别大婆，大娘给两个孩子早早做好了晚餐，给几头肥猪煮好了猪

食,然后给两个孩子留下一封信:

  米香、四龙,我的孩子。你爹不是特务和卖国贼,你爹是清白的,你们要相信你爹。我用死来给你爹喊冤,就是为了证明你爹的清白。也许我会白死,他们照样不会放过你爹,那你们记住,你们要好好活着,遭再大的难,受再大的苦,都要活着,活着为你爹申冤。我现在找你们大哥见好和嘎公去了,你们不要难过。娘不是不爱你们不要你们,娘是看不得你爹受那么大的冤枉、遭那么大的难。娘永远爱你们。下辈子,我还是你们的娘,你们还是我的崽。

  最后一件事,就是来到坟地,最后一次祭奠大儿子杨见好和父亲杨高山。

  在杨见好的坟前,莺莺大娘说,儿啊,你名叫杨见好,却没见一天好。你在那边冷不冷、饿不饿?在那边见好了吗?你不用怕了,娘这就陪你来了。

  在杨高山的坟前,莺莺大娘说,爹,这是女儿最后一次给你烧香了,你跟女儿女婿从四川到湖南吃了一辈子苦。女儿没有孝敬好你,女儿只能在九泉下孝敬你了,你不要不认我这个女儿呀。

  莺莺大娘靠在杨见好的坟头,从衣兜里拿出小刀,准备划破手臂上的动脉。正要划时,突然想起不能让亲人坟前有血光之灾,便起身走到不远处的一块巨石上,坐下。

  莺莺大娘再次拿出小刀,咬牙一划,殷红的血,泉水一样涌了出来。

  然后又掏出一张牛皮纸,铺开,用手蘸血,写了一个大大的"冤"字。

  紧紧攥着这张大写的"冤"字,莺莺大娘安静地在巨石上面躺了下来,被太阳晒得热乎乎的巨石,毫不吝啬地把温暖传给了大娘。头顶,阳光灿烂,天空辽阔,一排雁阵在莺莺大娘的仰望和等待里,擦着云朵,缓缓飞过。

四十九

　　幸运的是，一个在山上砍柴的乡亲及时发现了莺莺大娘。他赶忙胡乱地嚼碎了一把野草敷住伤口止血，然后撕开衣服一角敷住野草，解下鞋带捆住血管。然后与人一起把莺莺大娘送到了医院。

　　莺莺大娘大难不死，被抢救了过来。

　　莺莺大娘的割腕自杀，换来了爹的清白，甚至生命。

　　如果莺莺大娘不以死抗争，爹里通外国的敌特罪名很可能被完全坐实，一旦坐实，爹就很可能会被绑赴刑场枪毙。

　　想想看，为了证明自己的清白，连命都不要了，还有什么不清白的？一个把清白看得比命还重要的人，有什么不清白？

　　莺莺大娘的以死抗争，震撼了民间，也震动了上面，爹被释放回家。那个对莺莺大娘说"你死给我看"的民兵当然也受到了严肃的批评教育。

　　为了稳妥起见，爹再次被粮站辞退。

　　彭武生愤愤不平地说，这等于家云哥是特务的嫌疑还没有完全洗清，不然为什么开除公职？

　　爹说，只要不坐实和冤枉我是特务就满足了。

　　韭菜干娘说，就是，只要他们把你家云哥放回来，就证明你家云哥是冤枉的，比什么都有说服力。政府不让他卖粮管粮了，就自己找粮呗，凭你家云哥一身好木匠手艺，还怕找不到喰的？

　　爹说，嫂子讲得对，不让我管粮站了，我就管我们各人，把我们各人的日子过好。世上又不是只有粮站这一棵树。

　　其实，莺莺大娘这次割腕自杀，让爹元气大伤。爹失去父母后，又先后失去了三弟、妹夫、大儿子、岳父，每一个亲人的离去，都是剥了爹身上的一层皮，妻子杨莺莺险些丧命不但把爹剥了一层皮，还挖了一次心，要了一次命。爹捏住莺莺大娘的手说，莺莺，你哪门这么糊涂？你死了，我一个人哪门养得活两个孩子、照料得了彭家这一大家子啊。

莺莺大娘说，我想不通啊，不想活啊，要是我不这样拼一次命，他们就不会放过你啊。要是你真被当作特务枪毙了，米香他们都是特务的孩子，一辈子都抬不起头，一辈子都毁了。要把孩子的一辈子毁了，不如把我的命先取了。取了我的命，得了你的清白，孩子也不会一辈子抬不起头，我死得值。

爹说，不值得啊，宁愿没有好死的爹，也不能没有赖活的娘啊。娘才是孩子们的天呢！你哪门这么哈啊？你就米想过，你死了也换不来我的清白，我依然坐穿牢底和吃枪子吗？你以为你死了就一了百了吗？你两眼一闭什么都看不见了，我这活着，比死难受。

莺莺大娘说，反正只要你跟孩子好，我做什么都值得。

爹说，以后千万不能这样了。我们都跟孩子一起好好活着。活着才有希望。什么大都米有命大，命米有了，什么都米有了。夫妻本是同命鸟，你的命就是我的命，我们的命都是孩子的命。真为了孩子好，就要等着孩子长大。

莺莺大娘说，好，我听你的。我以后什么都听你的。

爹能够平安回到家里，两个孩子不再被其他孩子追着骂狗特务，莺莺大娘自然觉得自己所遭的罪值得。她也庆幸自己在鬼门关里被阎王爷赶了回来。

在丈夫和儿女的呵护下，莺莺大娘脸重新有了血色和水色，眼睛也重新有了光亮。莺莺大娘在无尽的担忧和惊恐中活了过来。

被辞退的爹，再次带着孩子回到了彭家寨自己修建的房子里，跟大婆一家子住在一起，照看大婆和一大家子。莺莺大娘则还是在县城里开她的杂货铺，以杂货铺维持一大家子的生计。

大婆和吴大铁、梁冬梅几位老人，每天都把家收拾得干干净净。

一大家子的日子复归平淡和宁静。

这种平淡和宁静，被五叔带来的一个消息搅动和震动了。

五叔在遥远的成都发现了失踪十二年的土匪朱疤子。

在县砖瓦厂工作的五叔，被厂里派去成都砖瓦厂学习培训。那时的成都砖瓦厂是全国最先进的砖瓦厂，职工众多，规模庞大，是全国砖瓦厂学习和赶超的榜样。

五叔所在的湘西龙腾砖瓦厂，为了学习成都砖瓦厂的经验，把生产、销售和经营等赶上去，特地选派五叔去成都砖瓦厂学习培训。五叔在学习培训的两个月里，成都砖瓦厂每个星期都有劳动竞赛，都会表彰优秀，而其中一个叫周忠银的，是成都砖瓦厂最红的劳模。他戴着大红花的光辉照片就贴在光荣榜第一个的位置。他还经常在厂里和成都的机关单位做先进事迹报告。

五叔对周忠银的感人事迹敬佩得五体投地，想直接拜周忠银为师，学习周忠银的经验。五叔找到厂团委书记表达了自己的意愿。周忠银却以特别忙为由，婉言谢绝，甚至连面都不肯见。

五叔培训见习的车间工友告诉五叔，这个周忠银不那么简单。五叔说，为什么？工友说，周忠银爱喝酒，一喝多就经常说想当年我在湘西当土匪时怎样怎样。五叔惊讶地问，什么？他喝多了说在湘西当土匪？工友说，是，不晓得他是真当土匪还是假当土匪。五叔说，有人信吗？工友说，没人信啊，喝酒说酒话，没有人当真。另一工友说，想必他是为了让人怕他，吹牛吓人吧。工友突然说，你还别不信，你不是湘西人吗？他口音还真跟你口音很像。五叔更惊讶了，很像吗？工友肯定地说，很像，你可以会会他，说不定还真是老乡。这样，你拜师不就容易了吗？

这个全厂闻名的劳动模范说自己在湘西当过土匪，有意思。要是真当过土匪，怎么会从四川跑到湘西去当土匪呢？有意思。如果没当过土匪，为什么说自己当过土匪？有意思。如果当了土匪，为什么敢说自己当了土匪？有意思。一连串的有意思，让五叔更有了要见周忠银的念头。

五叔再次找到团委书记，真切希望近距离见周忠银一面。

团委书记问，你怎么那么想见周忠银？

五叔说，我觉得他不简单。

团委书记问，你是指哪方面不简单？

五叔说，我是指各方面都不简单。

五叔说，我听工友介绍，周忠银一喝酒，就吹牛他在湘西当过土匪，就讲他在湘西当土匪时怎么怎么样，我是湘西的，所以，我特别好奇。

这次轮到团委书记惊讶了，什么？他喝酒说自己在湘西当过土匪？

五叔说，是的，几个工友都这么跟我讲。

团委书记说，我还是第一次听说。一个闻名全省的模范，说自己当过土匪，还在你们湘西当过土匪，奇怪。

五叔说，所以，我也很奇怪、很好奇，想无论如何近距离地见见他。

团委书记说，这倒是件奇怪的事情，居然从没人跟我们提过。

五叔说，可能大家都没当一回事，都以为他喝酒讲酒话或者开玩笑吧。我也只是好奇，因为我们湘西是土匪窝嘛，他要是真当过土匪，哪门会到我们湘西去当土匪的？我好奇这个。

团委书记说，这个的确令人好奇，我也好奇。这样，我尽快安排你们见一面。见一面就知一层。

这样，五叔就跟周忠银见了一面。

周忠银一听五叔是从湘西来的，神色很不自然，本很正常灿烂的笑容，也一下子僵硬了，皮笑肉不笑。五叔看出了这种不自然。周忠银说自己在四川成都长大，却对湘西神往已久，说湘西自古人杰地灵，山清水秀，是巴山蜀水所难以比肩的。

五叔说，巴山蜀水也很美丽漂亮。

虽然只是短短的十几分钟见面，但五叔心里确定周忠银是湘西人无疑。因为湘西土家族地区，不少人是 an、ang 不分的，周忠银讲长大时，说的就是 zhan 大，讲神往已久时，说的是神 wan 已久，口音重得跟湘西完全一样。虽然湘西汉话来自巴蜀语系，很多发音完全一样，但周忠银那极力隐藏的湘西口音,湘西人一听就听得出来。

可是,这样一个人人敬重的模范,是四川人为什么却带着浓重的湘西口音?如果是湘西人,为什么又会在四川成为模范呢?

五叔百思不得其解。

想着想着,周忠银右脸上那道长长的疤子引发了五叔的联想。疤子,疤子,疤子……对了,是朱疤子!

五叔被他这个联想吓了一跳。

怎么会是朱疤子?

要真是朱疤子,那他怎么会在四川成都?就算是朱疤子逃到了成都,成都怎么会给他安排工作,让他当了人人羡慕的工人?

要真是朱疤子,一个土匪怎么当得了劳动模范?

要真是朱疤子,朱疤子怎么敢这样抛头露面?

五叔没见过朱疤子,又急忙否定,肯定不是朱疤子!人有相像,货有相同,不能周忠银脸上有一道疤,朱疤子脸上有一道疤,就讲周忠银是朱疤子。人家是劳动模范,可不能乱猜乱讲。

可是,若不是朱疤子,他为什么一喝多酒就讲想当年在湘西当土匪时怎样怎样呢?他见我时为什么神色那么不自然呢?肯定是心里有鬼!没有鬼,他心慌什么?那讲话的口音,为什么跟古丈断龙山、保靖普戎那一带的土家族完全一样呢?肯定是朱疤子!他在厂劳模光荣榜上的照片侧着脸,可能就是怕被人认出而遮住疤子。

五叔在成都砖瓦厂的后半个多月,就是这样在心里一遍遍过滤周忠银和朱疤子,一遍遍肯定自己又否定自己。

五叔临走时,给成都砖瓦厂团委书记说了自己的疑问,并且带着这个疑问回到了湘西。

一到家,五叔就把他的疑问和猜测告诉了爹和彭武生。

爹和彭武生精神大振,爹更是像打了兴奋剂一样。

爹和彭武生都认为,只要像,哪怕最后竹篮打水,也要弄个水落石出。

可怎么去查呢?

也不能先报告公安和政府，如果还没搞清楚就报告公安和政府，公安和政府花了好多人力、物力去调查办案发现又不是的话，我们得背一脑壳包。爹说。

彭武生说，这样，我们去找老五他们砖瓦厂的厂长，请他再跟成都砖瓦厂联系，再派人学习培训，打探虚实。老五才回来，肯定不能再去，我这里要上班，也不是一个系统，只能你冒充砖瓦厂职工，悄悄地去。

爹和五叔都说，那能行吗？

彭武生说，县砖瓦厂厂长不跟咱们一起打过日本吗，应该米问题！

爹说，万一被人发现我们是冒充的，那不害了老五他们厂长？

你远在成都，大家都在湘西，上不巴天下不巴地，神不知鬼不觉，哪个会发现？

爹想也是，不入虎穴焉得虎子，说的就是这个理。

找到厂长，把情况给厂长一说，厂长的兴趣也很高，完全支持。

厂长是个爽快之人，说话做事一点都不拖泥带水。

厂长说，抓土匪，人人有责。如果真是土匪头目朱疤子，这是为党和人民立功。这样，等我忙过这段时间，我亲自带家云老哥去成都砖瓦厂出一趟差，家云就是跟我搭伴，不吃公家的，不用公家的，这就米有任何问题了。我们厂一直跟成都砖瓦厂有合作，跟他们厂长也熟悉。我去更方便。

爹和彭武生一听，真是喜出望外，连连说，这个好这个好，万全了。

爹和彭武生一个劲地致谢。

厂长说，谢什么呀！一笔难写两个字，于公于私，我都该做。

厂长之所以说一笔难写两个字，是因为厂长也姓彭，叫彭司兴。他当年虽然没有像爹一样跟随顾家齐参加早期的嘉善抗日，却参加了常德抗日、雪峰山抗日，也是在战场上出生入死的英雄。湘西男人，没有几个没参加过抗日的。

很快，彭司兴就带着爹去了成都砖瓦厂。

这是爹第一次到大城市。前两天，成都砖瓦厂厂长没有时间见彭司兴和爹，派了个跟彭司兴熟悉的经销员带着彭司兴和爹在成都周边参观了两天。彭司兴来过几次，都看过，这次是陪爹。

第一次进大城市的爹，就像《红楼梦》里的刘姥姥进大观园，一切都是新奇的。成都建筑的美丽，成都人的安逸，成都的美食，成都的乡音，不但让爹觉得新奇，还让爹觉得亲切，成都巷子里的青石板、木房子、店铺、美食和说话的口音，都让爹有一种在家的感觉。因为湘西的小城都是这样的。爹觉得成都就是一个湘西小城扩大了好多好多倍。湘西是浓缩的、袖珍的成都。成都是放大的、庞大的湘西。最让爹震撼的，还是古人李冰留下的都江堰。爹说，两千年前修的水库，居然这么宏伟、这么壮观、这么牢固，真是奇迹！爹是木工，对建筑结构是情有独钟的，看到都江堰这样灵动而恢宏的建造，爹情不自禁地面对都江堰跪拜了下去。这种跪拜绝对是发自心底的。我不知道都江堰的波涛在爹的心底掀起了怎样的波澜，但爹对都江堰的这深深一拜，绝对是对自然、对人类、对祖先的一种敬畏和虔诚。

到了成都砖瓦厂，彭司兴开宗明义，就想见见劳模周忠银，要向他学习致敬。当然，在没有确认周忠银就是朱疤子之前，是万万不能抖出他们葫芦里装的老鼠药。

是的，爹和彭司兴的葫芦里装的老鼠药，是毒死朱疤子的老鼠药。

见周忠银时，爹当然只能躲在一角偷看。爹和朱疤子多次见面交锋过，对方烧成灰都认得，就像爹跟田平。何况，朱疤子还是杀害儿子杨见好、岳父杨高山和侄子彭临风的大仇人。

周忠银一在会客室出现，爹就断定他是朱疤子了。朱疤子的举手投足、朱疤子的相貌体态、朱疤子的眼神语气，都证明了周忠银就是朱疤子。跟五叔见到周忠银时一样的细节，就是听说彭司兴是保靖县砖瓦厂的厂长时，周忠银心里的一惊都惊到眉头和脸上了，恐慌在眼神和表情里止不住地一抖一索。

彭司兴在聊天中大谈上次五叔在这里学习培训时对周忠银的崇拜，

并大谈湘西怎么怎么美丽，期待周忠银到湘西龙腾砖瓦厂做一场报告，让龙腾砖瓦厂的职工也受受教育，并一定要好好看看湘西的美丽山水。

朱疤子毕竟在成都见了大世面，尤其是当了市里、省里劳模后，见的世面更大，经的风雨更多。朱疤子假装对湘西一无所知，还问湘西在什么地方，有什么好玩的、好看的，说只要彭厂长请，他一定去。跟他对五叔所说的，完全不一样。

在确认周忠银就是朱疤子后，爹和彭司兴马不停蹄赶回湘西报了案。

县公安的人一听，开始还不相信，朱疤子怎么会到成都的？怎么成了周忠银？怎么还成了厂里、市里、省里的劳动模范？这太不可思议了吧！

一个公安还跟爹半开玩笑地说，这等好事，怎么老让你一个人碰见？

爹笑，我也不晓得啊，可能是我命里克土匪？

爹的话，公安可以半信半疑，彭司兴的话却不能不重视。彭司兴说，你们这些疑问，也是我们的疑问。我们报案，就是希望你们去破案，去解答这个疑问。我在跟周忠银交谈时，他一听我是湘西的，明显心虚。我们认为，周忠银就是潜逃十多年的朱疤子。

爹说，我可以拿命担保，这个周忠银就是朱疤子。如果不是朱疤子，把我当土匪抓起来枪毙都行。

公安领导见爹和彭司兴这样肯定，也认为爹和彭司兴的报案的确有价值，不管是不是朱疤子，去立案调查一下，总不是坏事。

县公安于是派了一个专案组专门去了成都砖瓦厂进行明察暗访。通过明察暗访，县公安的人也确认周忠银就是朱疤子。因为在成都砖瓦厂走访调查时，很多工友都透露了一个细节，就是周忠银好酒，酒一喝多，就有一句口头禅：想当年老子在湘西当土匪时怎样怎样。人们以为他是喝酒了说胡话就没有在意，加上他是一个勤劳肯干的劳模，更没人当真。公安一来调查，工友们对周忠银的话就在意起来，觉得非同小可，周忠银可能真干过土匪，真不是开玩笑。

在基本确认周忠银就是朱疤子后，公安就悄悄跟在周忠银后面喊了一声：朱疤子！

周忠银闻声本能地转过头来，一看是公安，撒腿就跑，这一跑，就更证明这个周忠银是假，朱疤子是真。大家一拥而上，生擒了朱疤子。

朱疤子其实在彭司兴要请他去湘西做事迹报告时，就开始紧张了。他知道，这个厂里只要开始有湘西人出现，他现原形就是迟早的事。因此，他已经开始准备逃跑的计划。只是没想到，湘西公安来得这么快，他更没想到，我爹上次悄悄来辨认过他了。

朱疤子消失的谜团，随之露出水面。

原来，朱疤子从泉水洞溜走后，不敢回老家，一路逃亡到了与湘西山水相连的恩施。

恩施属于湖北，也是一个民风淳朴而彪悍的地方。恩施的来凤县县城与湘西的龙山县县城就隔着一条酉水河。两个县灯火相望、鸡犬相闻、渔歌互答。也是当年贺龙闹革命的地方。

在逃亡到恩施的时候，朱疤子由于一路上风餐露宿，吃坏了肚子。那个时候的医疗技术十分落后，痢疾也常常是不治之症。连拉一个多星期的朱疤子病倒在路边，奄奄一息。解放军剿匪没有抓住他，阎王爷却不饶过他，要抓他。老天爷也看不惯他，也要收他。朱疤子绝望地躺在地上，等死。

等死的朱疤子却等来了他的救护神——周忠银。

从医院取药回来的周忠银遇到了倒在路边的朱疤子。听到朱疤子的呻吟声，周忠银忙上去问个究竟，得知朱疤子生了病没钱医治，在路边等死时，周忠银赶忙把他送到医院抓药救治。

周忠银不是恩施人，是四川成都人。周忠银因为参加红军，父母兄弟全家被国民党杀害。他一路南征北战，最后随湖北军区独立一师驻守武汉。湖北剿匪时，他来到鄂西剿匪，身受重伤，留在鄂西养伤。

伤快治愈的时候，周忠银遇见了贫病交加的朱疤子。

天性善良的周忠银以为朱疤子也是穷苦人,就出钱出力救下了他。

虽然只相处了短短几天,朱疤子却在与周忠银的交谈中得知了周忠银的身世。特别是在得知周忠银养好伤后就要回成都老家安排工作时,狡猾的朱疤子就跟周忠银说,他的父母是红军,也被国民党杀害了,他和弟弟妹妹各自逃难。弟弟已经找到,回到了湘西,妹妹听说到了成都,嫁了人。他本来是去成都找妹妹的,没想到差点病死在路上。他说,周忠银救了他一命,是他的恩人,他要认周忠银做兄弟,以后跟他当亲人走动。

周忠银一听朱疤子的父母是红军,也被杀害,很是难过。周忠银是孤儿,没想到眼前的这位大哥也命运多舛,让人同情,就真心实意地认下了这个大哥。

认下朱疤子这个大哥后,周忠银决定和他一起结伴去成都,也好相互有个照应。周忠银返回湖北武汉后,先在湖北军区办理了相关手续,开了转业证明和介绍信,然后跟朱疤子一同登上了开往成都的轮船。

这艘开往成都的轮船,成了朱疤子获得新生的方舟,却成了周忠银的阎罗殿。

朱疤子认下这个兄弟时,就预谋好了:杀了这个兄弟,取代这个兄弟。

于是,在一个月黑风高、夜深人静的夜晚,朱疤子说睡不着,把周忠银约出船舱聊天。没有任何防备的周忠银,被朱疤子一刀捅进心脏,一脚踢进江心。然后,朱疤子若无其事地回到船舱。那么多的客人,少一个,多一个,谁也不会发现;上的谁,下的谁,谁也不会知道。

朱疤子就这样拿着周忠银的行李,拿着周忠银的证件,冒名顶替周忠银到成都人事部门报道。

在完美地把周忠银的光荣革命历史变成自己的光荣革命历史后,人事部门把朱疤子安排到成都砖瓦厂当工人。

湘西的土匪头目朱疤子就这样欺世盗名、华丽转身,成了成都的革命英雄周忠银。

朱疤子知道自己是鬼不是人，所以朱疤子在工作中，必须藏起狐狸尾巴，必须前所未有地积极肯干。他必须比任何人都吃苦耐劳、积极肯干，才能以实际行动证明自己是真正的红军战士、真正的革命英雄和真正的周忠银。

有一次成都暴雨滂沱，靠在山脚下的砖瓦厂厂区积水成灾，水流湍急，很多物资都被大水冲走了。朱疤子在没有任何动员的情况下，第一个跳进湍急的水里抢救物资。在他的带动下，全厂职工都纷纷跳进湍急的水里抢救物资。

有一次厂里厕所化粪池被堵了，大粪四处横流，臭味熏天。大家都捏住鼻子远远地躲着。朱疤子闻讯后，扑通一声跳进化粪池，用竹竿掏粪疏通。

这些行为，真是英雄的行为，是革命英雄才会有的行为。

朱疤子很快赢得了全厂上下所有人的敬重。

人们自然认为他那道疤是在革命的战场上光荣负伤留下的。

朱疤子成了从战火中走来的新中国的英雄。

所有的荣誉、鲜花和掌声，都送给了这个从湘西逃跑出来的朱疤子。

在潜逃的十二年里，朱疤子十二年都被评为先进生产者，三十多次受到厂部、车间、班组的表扬鼓励，七次戴上大红花在全厂职工大会上做典型发言。最后，他还成了成都市和四川省的劳动模范。

荣誉加身了，往往忘乎所以。时间太久了，往往伪装当真。得意扬扬的朱疤子一喝酒就口吐狂言，也是真言：想当年老子在湘西当土匪时如何如何，想当年老子在湘西当土匪时怎样怎样。

但是，这样一位事事带头、任劳任怨的劳模，大家没有把他的狂言当真，都认为他是喝酒说的酒话。说多了，也有人怀疑过，但细细一想，绝不可能——土匪都好吃懒做，哪有比劳模还劳模的土匪？直到湘西公安派人来暗中调查，人们才意识到问题的严重性，才意识到朱疤子可能不是开玩笑，可能真在湘西当过土匪。于是，公安顺藤摸瓜，终于扯出了朱疤子这个歪瓜。

公安审问朱疤子时，朱疤子讲出了自己的小心思。朱疤子说，单位越表扬他，他就越来劲。荣誉越多，他就越珍惜。他在鲜花和掌声中越来越陶醉，越来越忘了自己杀人如麻的土匪身份。他也想过别那么积极肯干，稍微收敛点，怕露面太多被人发现，但荣誉和虚荣就像一根皮鞭，把他这个陀螺抽得不停地转，他停不下来。更重要的是，湘西跟成都隔着千山万水，没人能发现他。特别是当他喝多了酒，说想当年老子在湘西当土匪时怎样怎样，也没人在意、相信和检举。他的侥幸心理更加顽固。他想，距离是最好的烟幕弹，荣誉是最好的保护伞。荣誉越多，就越没人相信他是土匪，他就越是吃苦，越是努力。结果，朱疤子用力过猛，狐狸尾巴露了出来，他从荣誉的半天云里摔了下来，自己把自己摔死了。

这在成都砖瓦厂无疑是个大新闻。原来这个周忠银根本不是英雄，而是冒充的！还是一个背负着很多条人命、恶贯满盈的土匪头目！

成都砖瓦厂的人想起来都后怕。

朱疤子被押回湘西，公审枪决。

一个血债累累的匪首，终于结束了他罪恶的一生。

五十

杀害了很多无辜群众和解放军战士的朱疤子得到了应有的惩罚，当然大快人心。

对爹和莺莺大娘、韭菜干娘来说，更是出了一口恶气。这些年，朱疤子一直像一个无形的幽灵在爹和韭菜干娘的日子里游荡。奇怪的是，爹和韭菜干娘常常做着同样的梦。朱疤子狰狞而模糊的影子，常常在爹和韭菜干娘的梦里变成一条张开血盆大口的毒蛇，扑向爹和韭菜干娘，缠住爹和韭菜干娘。

现在这条毒蛇斩了，这个噩梦也醒了，爹和韭菜干娘都无比轻松。

朱疤子的歼灭，虽然没有轰轰烈烈地召开祝捷大会，但还是得到了上级的高度肯定和赞扬。又一个潜逃了十多年的土匪头目被抓，也是一件可喜可贺的事。上级专门派人来到彭家寨问爹有什么要求，只要组织上办得到，组织上一定解决，包括重新安排工作。

韭菜干娘和彭武生都跟爹说，请组织安排一个好一点的工作比什么都强。那是一个砸不烂的金饭碗。爹却不这么认为，爹在经历两次工作的变故后，不再奢望什么砸不烂的金饭碗了。实际上，爹除了相信宿命，也害怕因为安排工作后再一次失去工作而倍感羞辱。与其再被剥夺，不如没有更安然。很大程度上，爹心死，或者认命了。

说爹心死或者认命了，好像也不准确。因为当组织上一再请爹提要求时，爹抖抖索索地从箱底拿出了一个信封，不好意思地交给了组织。组织派来的人一看，居然是爹要求重新入党的申请书。

爹在申请书里讲述了自己入党和为党办事的过程后，说理解组织上无法证明和承认自己的党员身份，所以申请重新入党。说再次入党是他一直梦寐以求、至死不渝的愿望，希望组织再次考验和接纳。

组织派来的人员看到爹的入党申请后，大为惊讶和感动。两人紧紧握住爹的手说，向您学习和致敬，我们一定转达您的意愿。

爹要求重新入党的意愿，让韭菜干娘和彭武生也很惊讶。跟他们朝夕相处的家云，居然在心底一直埋着这个愿望。

彭武生说，家云哥，不提玉音姐的事了？

爹叹了一口气，不提了，提了也白提。

彭武生说，是啊，我们都认了，你还有什么不认的。就算给她平反了，她也看不到了，米得用。

爹又长叹一声，唉，命啊！

彭武生问，你想入党，我当大队长时，你哪门不讲？

爹说，你当大队长，我也不好开口啊。

彭武生说，为什么不好开口？跟我都不好开口，你还能跟哪个开口？

爹说，我刚被人诬告清除出队伍米得几年，就申请入党，一个是不会批准，一个是让你和大家为难，你们是同意还是不同意？

彭武生说，我们彭家寨党支部肯定同意。

爹说，彭家寨党支部同意只是其一，还得人民公社党委审批，人民公社党委那关，我是肯定过不了，所以，就米给你们提。

彭武生叹一口气，说，你不提，哪个晓得你还一直想再入党？

爹也长叹一声，说，哪有不想的，习惯了在党的日子，一下子不在党了，好多事情都不晓得，又羞耻又心慌。

我在村里当大队长还能帮你讲上话，现在我到公社供销社了，不在一个支部，想帮你也帮不上了。

爹说，其实，抓到田平给我第二次安排到粮站时，我就想提交申请的，可板凳还米坐热，谷子还米晒干，又被人诬告是特务，重新入党的想法又压下去了。

彭武生说，那说明你还需要考验，连写申请书都优柔寡断，米有勇气。

爹说，我不是优柔寡断、米有勇气，是考虑到根本不可能，不想让你们为难。

彭武生说，你申请都没想，哪门晓得不可能呢？你这是对组织米得信心。

爹说，不是对组织米得信心，是对自己米得信心。我是怕不批准，伤了自尊，受打击。

彭武生说，战场上死都不怕，命都不要，还怕伤自尊？

爹说，你批评得对，我这就把申请交给彭家寨党支部。一次不行，写二次；二次不行，写三次。

彭武生说，这就对了。你试卷都不交，大家哪门给你打分？

彭家寨党支部很快讨论了爹的入党问题，一致同意爹入党。

彭家寨同意爹再次入党的报告呈报到人民公社党委时，人民公社党委两派意见尖锐对立。一派认为爹是可以信赖的、合格的，不说以前的历史，就说抓住两个漏网多年的土匪，就值得信赖，就很优秀，发展党员要看现实表现。一派认为，历史问题都不清，现实表现代表不了历史。历史可以伪造，现实也可以伪装，朱疤子不是在现实中因表现积极而成功篡改历史，伪装成一个先进典型、劳动模范了吗？

最后还是谨慎派或者反对派占了上风，爹再次入党的事，成了泡影。

爹想，这一辈子难成党的人了。

彭武生说，难成党的人，可做党的事。

爹说，党的人都不是了，还哪门做党的事？

爹没能重新入党，莺莺大娘却疯了、没了。

朱疤子被抓获并被枪毙，莺莺大娘最为激动、兴奋，无数个夜里无法入眠。那个朱疤子一下子要去了她父亲和儿子两个人的命，她一直生活在失去父亲和儿子的悲痛、抑郁和仇恨中。莺莺大娘没有见过朱疤子，但她无数次想象这个朱疤子，无数次在心里诅咒这个朱疤子。莺莺大娘想，要是她碰见朱疤子，她一定不顾一切把朱疤子的心挖出来。虽然朱疤子被人民政府枪毙了，莺莺大娘心头的恨却永远无法消除。她悄悄地在城里买了一桶煤油，浇到朱疤子的坟上，烧了朱疤子的坟。当爹和韭菜干娘得知莺莺大娘烧了朱疤子的坟墓时，才知道这些年莺莺大娘的心里有多痛楚、多郁闷、多憋屈，才知道莺莺大娘的伤有多深、多长和多么难以愈合。莺莺大娘对爹和韭菜干娘说，要是能够把朱疤子从坟墓里挖出来，她还要把朱疤子的尸体烧了！烧了都不解恨！

莺莺大娘再也没有心思盘她的杂货铺了，而是每天都坐在儿子杨见好和父亲杨高山的坟头，告诉他们朱疤子被枪毙了，她的大仇报了。慢慢地，莺莺大娘见人就笑，见人就说，朱疤子被枪毙了，她的大仇报了。慢慢地，她不吃不喝，乱吃乱喝，精神失常了。

这出乎所有人的意料。

好好的杨莺莺，怎么会精神失常呢？

医生说，可能是她儿子父亲被杀、丈夫几次挨斗，导致她长期精神抑郁，加之朱疤子被抓，强烈地刺激了她的神经，导致了她精神失常。

爹听了，放声长哭，莺莺啊，都是我无能，是我害了你啊！

精神失常的莺莺大娘，不像其他精神失常的病人那样乱砸东西、乱咬人抓人。莺莺大娘只是永远见人兴奋而怪异地笑，见人兴奋而语无伦次地说自己的大仇报了。善良的人，即便疯了，都是善良的。

无论爹和大家多么精心呵护，莺莺大娘都像一朵玫瑰，一天天枯萎，一天天凋零，最后终于散落成一把碎片，掉进泥土。

抱着凋谢的莺莺大娘，爹像一尊泥塑，木讷，痴呆，凝重，悲凉。那个他爱了一生和辜负了一生的人，就此永远地去了；那个守护了他一生、关爱了他一生的人，就此再也不会回来了。爹，心如死灰，人如木头，就像一个坐起来的木乃伊。

不知道爹这个时候是不是也想到过死，不知道爹这个时候是不是也想随着莺莺大娘而去，也不知道爹这个时候是不是一遍遍质问苍天，为什么命运这么不公平，为什么不让他先莺莺大娘而去。

在对莺莺大娘日复一日的思念里，爹也形枯影瘦，日渐枯萎。

韭菜干娘说，家云呀，你不能倒啊，你还有两个孩子啊！

大婆和大家都说，家云呀，你不能塌呀，你塌了，两个孩子就完了啊！

大婆又说，家云呀，娘陪着你，娘和你都替莺莺为孩子活。你要是有个三长两短，莺莺不会饶了你，晓得不？

梁冬梅长叹一声，这老天爷也不晓得哪门搞的，我们这些老不死的该死不死，年纪轻的，一个个都先我们去了。

吴大铁正言道，讲什么呢？老的，少的，都不该死。

大婆说，大铁说的是，老的少的都不该死，都要好好活着，该过的日子还得过。何况现在是新社会，日子一天天新，一天天好。

大婆说的是，该过的日子还得过。

韭菜干娘这个时候已经是县民族中学的副校长了。除了学校分给她的一套房，韭菜干娘用父母给的四根金条，在城里又买了一套房。莺莺大娘的离去对韭菜干娘的触动很大，她觉得是时候让一家人过好日子了，不然，都一天天老去，都过不了几天好日子。所以，她在城里又买了一套房子，她要把父母和大婆都接进城里享享清福。这样也把我爹解放出来，不用我爹天天在彭家寨守着大婆他们了。爹可以干自己想干的事了。

韭菜干娘当副校长后，给家里开了一次后门，那就是把侯凤兰安排进了学校食堂。侯凤兰是烈士遗孀，按理应该得到很好的照顾，却一直没有得到照顾。韭菜干娘把侯凤兰安排到食堂做一名勤杂工，也不能算是开后门，不能因为两人是妯娌，就说是开后门，何况这个勤杂工只是临时工。

在这个家里，大家一直觉得亏欠侯凤兰。一个陕北姑娘，挺着大肚子，冒着生命危险，穿越层层封锁线，来到湘西彭家，为彭武定守寡，尽着孝道，不能不让人感动又愧疚。韭菜干娘更是觉得亏欠侯凤兰。自从武豪干爹抗美援朝后一度失去音信，韭菜干娘对侯凤兰更是理解、心疼和敬佩。越理解，越心疼，越敬佩。韭菜干娘多次给侯凤兰介绍对象,要把侯凤兰像妹妹一样嫁出去,让妹妹有一个男人疼、男人爱,侯凤兰就是不肯再嫁。大婆也多次托人给侯凤兰说媒,要把侯凤兰像女儿一样嫁出去,侯凤兰还是死活不愿。侯凤兰就是固守着"生是你的人,死是你的鬼"的爱情信条。侯凤兰的心里装下彭武定后,再也装不下其他人了。彭武定已经长成侯凤兰的心,她是在心里守着彭武定过日子。心里的日子再苦,都比现实的日子甜。

韭菜干娘跟学校其他领导说想把侯凤兰安排进学校食堂时,其他领导都觉得应该善待革命烈士遗属,不能因为侯凤兰是副校长的姐娌就认为是开后门,为烈士遗属遮风挡雨的门应堂堂正正地开。厨师长给侯凤兰安排了最轻松的活,就是一日三餐负责在窗口给师生们打饭菜,其他什么也不用做。

侯凤兰到学校做了勤杂工,总算不用在田地里、山坡上日晒雨淋了。食堂再苦,也没农活苦。侯凤兰能有一个比较轻松而安稳的差事,韭菜干娘也算是为死去的彭武定做了一点力所能及的事。侯凤兰对这个嫂子,更敬重有加。

侯凤兰知道学校和同事们照顾她,一方面是沾了革命烈士遗属的光,一方面是沾了韭菜干娘的光。侯凤兰没有把所沾的光当作心安理得的资本,而是在打完饭后,什么活都抢着干,哪里忙不赢,她就去哪里帮忙。这使得她在后勤处深得欢迎,广有人缘。习惯了,哪里忙不赢,哪里就自然而然叫她:凤兰姐,得空米?得空过来帮下忙。侯凤兰就过去帮忙。大家一边忙一边摆龙门阵。侯凤兰,早就成了一个湘西女人。

韭菜干娘又给侯凤兰安排了一间宿舍,侯凤兰就带着孩子彭小定住到了学校。

侯凤兰一家安排好后,韭菜干娘又把大婆、父母和双喜接进了城里,住进了新房。当了供销社副主任的彭武生觉得几个老人挤在一套新房里还是不便,就把大婆接到了自己家里。彭武生到供销社任副主任后,分了一套房子,妻儿早到城里安家了。彭府就剩下爹、嬷嬷,及爹的两个孩子、嬷嬷的一个孩子。

昔日热闹的彭府一下子冷清了。

爹和嬷嬷都感到极不习惯。

尽管爹和嬷嬷住的是自己的房子,但人们还是习惯把爹和武豪干爹看成一家人,习惯把爹和莺莺大娘辛辛苦苦修起来的房子,也叫彭府。

偌大一个彭府只剩下爹和嬷嬷两家人,爹感到没有意思。这毕竟是武豪干爹的彭府,不是彭家云的彭府,武豪干爹和他的三亲六故都不在彭府了,爹在彭府待着有何意义?

爹思来想去,做了一个非常艰难的决定:离开彭家寨,回熬溪老家去,回熬溪那个水井湾去。

听说爹要回熬溪老家,大婆带着一家人回到彭府相劝,都在一起这么多年了,泥巴和沙子都和在一起了,哪门还回老家去?

大婆说,你要是一个人住不惯,我搬回来。我在城里住不惯,一直就不想跟武生他们住。

爹说,那哪门行,武生的几个孩子,都要你带呢。

大婆说,那你这么搬回去了,我这心往哪放啊?好像是娘不要你了一样。

爹说,哪里呀,娘!走到哪你都是娘,我都是儿。

大婆说,你看,你自己把房子也修到彭家寨的,莺莺、见好和你丈佬都埋到彭家寨的,你走得下心?

爹说,我不是走了不来了,还会来呀。跟武生一样,武生也不是走了不回来了。家在这里,娘在这里,哪能不回来?

大婆长叹一声,说,唉,树大分权,儿大分家,天下没有不散的筵席。你迟早要离开娘的。娘也有迟早离开你的那天。

二十多年了,爹从十几岁的少年变成了四十来岁的中年人。爹跟武豪干爹一家,真的是泥土和沙子长在一起了,人心和人心长在一起了。猫和狗,鸡和鸭,时间久了,都是一家。现在一家人要完全分开,各奔前程了，哪能不难过？

大婆抹了眼泪说，家云，那讲好了，要经常看娘，不准生娘的气。

爹笑着点头，保证不生娘的气，保证经常看娘。

就这样，爹带着嬷嬷和几个孩子搬回了熬溪老家。

熬溪，是保靖县的一个小山村，坐落在一座山腰的台地上。台地的前面，是一片低矮辽阔的平地和村寨，叫和平。台地的后面是连绵的群山和山林，是群山里一条绵延穿行的峡谷，峡谷里狭小的田园。所在的台地，也是一大片平整开阔的田畴。田畴四周叠立着三三两两的木屋，围坐着三三两两的人家。每户人家的房前都是水波粼粼的水田，屋后都是幽深茂密的竹海。

爹的身影虽然离开熬溪二十多年，爹的人情世故却没有离开熬溪一瞬。熬溪的红白喜事，爹一样不少、一个不漏地都走着。熬溪的乡情、亲情都还蜂糖一样浓浓的、黏黏的、甜甜的。

熬溪的一个寨子也都姓彭，都根根须须一样，扯不断，理不清。爹的回归，无疑让一个寨子的人都感亲切。一个寨子的人，都轮番请爹一家子吃饭。

爹在熬溪的房子只是一栋小木屋。两头各一间房，中间一个堂屋，旁边一个偏房是厨房。再远一点是猪栏和茅厕。

爹带着米香和四龙住一间，嬷嬷带着希望住一间，五叔每次带着女友回来看爹时，就没地方住了。只能男人睡一间房，女人睡一间房。

五叔颇有埋怨，在彭家寨住得好好的，搬回熬溪做什么？彭家寨那么大房子空到那里。

爹说，你想回去住彭家寨的房子你住啊，正好米得人守那些房子呢。

五叔说，那把我们各人修的房子拆了搬回来啊，空到那里太可惜了。

爹说，拆了搬回来，还不如重新修，以后说不定还会搬回去呢。

五叔嘟哝着问，那你搬回熬溪做什么？

爹说，武生他们一个个都不在彭家寨住了，我们住那里搞什么？以前住到彭家寨，是大婆住到彭家寨，我要帮到照顾大婆，现在大婆也住到城里了，我们就米有必要再住彭家寨了。

四婆四爷见爹带着一家搬回了熬溪，高兴地说，搬转来了好，早就应该搬转来，你们是熬溪人，不是彭家寨人，不在熬溪住，在哪里住。

四婆四爷看爹几兄妹挤在一起不方便，跟爹说，你搬到我这来住吧，空出房子给老五。老五带着一个乖乖的女孩，连个睡的地方都米得，女孩怕是留不住。

爹说，老五在单位分有房子，四叔四婶娘。

四婆说，那是单位分给单身汉的，一间小小的，老五哪门结婚？他还得回熬溪来结。

爹想也是，等嬿嬿再嫁人了，搬出去了，爹再搬回来。这样，爹和五叔各自一大间，都有房子住了。

爹就带着米香和四龙搬到了四婆四爷那里。

四婆四爷就住在爹的房子坎上。隔着两丘田。顺着田坎的坡地，是一片竹子。茂密的竹子隔断了可以直视的视线，但顺着竹竿的缝隙，却看得见房子的影影绰绰。爹的房子门口，有一条百把米的石板路，一级一级向上铺展，像改变不了的血脉，连着四婆四爷。

四婆四爷是爹在熬溪最亲的人了。熬溪这一脉彭家是大根大族，散开的枝叶太多太远，跟爹一根藤上连着、扯一扯动全身的，已经没有了。四婆四爷也只是一支旁系和旁亲。

虽然爹小的时候，四婆对他不怎么样，但抗美援朝后，十多年的光阴过去了，星星长成月亮了，月亮长成太阳了，太阳长成天空了，该过去的，都已过去，该回来的，都已回来。爹和四婆四爷也迎着风、向着光，长成一家人了。

爹搬回熬溪时，四婆四爷都已六十多岁。彭胜虎这根独苗战死在异国他乡时，四婆四爷知道后当然是极端难过的。四婆怀彭胜虎时，就像怀石头一样怀了好多年才变成肉胎，生了彭胜虎后，就再也怀不上了。两位老人当然把彭胜虎看得比天还重比地还大，他们的一切都是彭胜虎的，彭胜虎的一切都容不得别人分享，分享彭胜虎的一根毫毛，都是割他们的肉。彭胜虎牺牲后，他们觉得是天要绝后，性情和脾气大变，谁去看他们，他们都认为是看他们的笑话。谁去看他们，他们都认为是假惺惺，是可怜他们。他们还年富力强，他们有的是力气，用不着谁假惺惺地可怜他们。开始，爹去看他们时，他们很高兴很开心。后来得知彭胜虎牺牲，爹却说是跟四叔留在了东北。他们理解不了爹的良苦用心，认为爹是有意欺骗他们。当听说彭胜虎是倒在爹的怀里死去的时候，他们更认为是爹克死了他们的儿子。所以，很长一段时间，他们愤怒地不准爹登门看望。直到他们家挂上了光荣烈属牌匾后，他们才慢慢理解爹不告诉他们真实情况的良苦用心，爹才被他们原谅和接纳。

现在，两老想让爹给他们养老。

彭胜虎没了，两老成了孤老。年轻时争强好胜，年老了，就想有个依靠。看来看去，爹是最好的依靠。

两老是看着爹长大的。他们知道爹心好心软，手脚勤快，靠得住。爹还好哄，三句好话，爹就什么都愿意。让爹来给他们养老送终，再好不过。

四婆说，家云，你从小跟胜虎好，胜虎从小也对你好。胜虎死了，我们是孤老了，这些家业米有人承受，就是你的了。

爹说，那肯定不行。我住你们几天房子，就打你们房子主意，人家哪门看我？我还是人？肯定不行！

四爷说，那有什么不行，你就过继给我们，做我们的儿子，不就行了！儿子住进娘老子屋里，给娘老子养老送终，继承娘老子家产，天经地义。

爹本来只是想在四婆四爷那里住上半年一年的，等妹妹找到合适人家再嫁，或者攒足钱再修一栋，他就可以搬回自己家里。不想，他们要他当儿子养老送终，爹没有一点思想准备。爹在朝鲜战场给彭胜虎承诺了，会尽心尽力照顾彭胜虎的父母、孝敬彭胜虎的父母，但没有想过要去做他们的儿子。这个时候给人家做儿子，对爹来说，是乘人之危，图人钱财。爹一世清白，不想背这个骂名。

四爷看出了爹的忧虑，说，家云，你是不是记恨小时候四叔四婶娘对你不好？那时候四叔四婶娘穷，穷了就吝，吝了就自私，自私就奸，你莫见怪。你放心，我们讲喊你养老送终，也就是那么一句话，养不养送不送的，都无所谓。到时候，我们真老得动不得了，你想送口水就送口水，不想送，我们也不会讲什么。我们也想通了，钱财是身外之物，胜虎米有了，我们就什么都米有了，钱财再多都是水。我们不能把这些东西带到土孔里去，送给别个，还不如送给你。你跟胜虎从小就亲如兄弟，送给你，胜虎也高兴。

四爷说得很诚恳，也很动人。想到胜虎，爹就心里一阵阵软，一阵阵化，最后变成热乎乎的几句话。

爹说，四叔四婶娘，我跟胜虎兄弟一样亲，胜虎从小就对我好，我不会看着胜虎的父母老了孤苦伶仃。我不要你们的房子，不要你们的家产，我也会替胜虎兄弟好好孝敬你们，给你们养老送终。

四婆非常坚决，你莫再推辞了，你不要房子和家产，这房子和家产也是你的。

爹说，你给其他的侄儿男女，我真的不要。我给你们养老送终，是对你们的报答，是给胜虎还愿。

四婆说，莫提那些侄儿男女了，靠不住！靠得住的话，早靠了，就不会有我们这种缘分了。跟你讲实在话，我们做了好多次梦，都梦见胜虎不是死在你怀里，是死在我们怀里，都听胜虎在讲，要我们去找你，说你也是我们的儿子，要我们把你当儿子看。胜虎最懂你，最不会看错人的，胜虎是在给我们托梦。

说到胜虎托梦，爹就想起胜虎死在自己怀里时喉咙里嘟噜着没有说出的话。爹似乎一下子明白了，胜虎是在托付爹，是要爹到他的父母跟前膝下承欢。

爹说，四叔四婶娘，胜虎死时，有话讲不出，我一直不晓得他想讲什么，现在我晓得了。从今起，我就是你们的儿子，我一定好好孝敬你们，给你们养老送终，我不会让你们冷着饿着苦着累着，不会让你们受委屈，我会让胜虎在九泉之下放心。

见爹答应了，四婆四爷喜不自禁，说，那要在列祖列宗前搞一个过继仪式，让一寨人都晓得你过继给我们做儿子了，免得有人讲你图我们家产。

爹说，我们本就是一家人，没必要举行什么过继仪式，我不怕人嚼舌根。

爹说，你们放心，做不做仪式都一样。冲着胜虎，我都会真心地好好给你们养老送终，不会反悔。要是我不真心，做了仪式，名正言顺地拿了你们家产房产，不好好给你们养老送终，哪个又能把我哪门样？

四婆四爷觉得爹说的是，就打消了举行过继仪式的念头。

这样，爹就成了四婆四爷的儿子。

爹过继给他的四婆四爷，在这个小山村里没有引起什么风浪。乡亲们觉得很正常。就像每家每户房前屋后的竹子，风摇动下枝叶，就平静了。周瑜打黄盖，一个愿打一个愿挨，有什么好讲的？

这样，彭胜虎家里，就多了爹忙前忙后的身影。挑水。劈柴。捡瓦。扫地。犁田。耙土。收割。什么都做。

米香姐和四龙哥，也在房前屋后飞来跑去，好不热闹。

孤寂冷清的四婆四爷家，有了热烈的烟火、灵动的生气。

四婆四爷的心踏实了，爹的心里却不是踏实的。虽然爹替胜虎实心实意地尽着孝道，但这毕竟只是一种道义上的责任。情感上也好，法理上也好，爹跟四婆四爷毕竟不是那种骨头连着骨头、筋筋连着筋筋的关系，时间长了，那种寄人篱下的感觉会时不时地冒出来，让爹想再修一栋新房子。

四婆四爷就总是劝爹莫浪费钱米，说有这么大一栋房子，足够了。

爹就不好再坚持，怕再坚持伤了两位老人。

爹说，那我就先把老房子整修一下。

老房子年久失修，很多地方漏风漏雨，甚至有点歪了，不修不行。

房子也是有生命的。再好的房子，如果没有人住，没有人气，都会发霉腐朽。人气，是房子的呼吸和生命。没有了人气，房子就死气沉沉，没有生气。房子，是人的另一种生命，也需要陪伴，不能孤独。

爹是远近闻名、万里挑一的木匠，怎么能让老房子风雨飘摇呢？那不成了笑话？

所以，爹无论如何都要整修老房子。

整修一新的房子，像起死回生的病人，立马鲜活、敞亮，让嬾嬾、五叔，都有了安全感。

五叔，在崭新的房子里，迎娶了崭新的五婶。

五叔和五婶走在一起时，怎么看怎么不般配。五叔矮小黑瘦，五婶则高高挑挑的，丰盈美丽。五婶也是贫寒人家女子，但这又白又高，跟五叔的又黑又矮，形成了相映成趣的色差与间距。不少人纳闷，这覃二莲看中彭文明什么了呢？

才。

五叔是矮，但才高八斗。五叔是小，但大智若愚。五叔是瘦，但精明强干。五叔就像一颗炮仗，个子很小，响声最大。十里八村，都知道五叔有才。五叔从小就喜欢写毛笔字，所有字体，都在五叔的笔底变成各种好看的姿态，或端庄，或飞舞。五叔从小也爱画画，所有的事物都变成好看的颜色，在五叔的笔下斑斓多彩地变换队形。

那些方方正正的笔画，那些弯弯曲曲的线条，在五叔的手里就是好看、好看，还是好看。

扁担大的一字都不认识的五婶覃二莲，就是被五叔密密麻麻的字迷住的。会写字的矮小的五叔，胜过所有不会写字的高大的男人。

才比人好看，越看越好看。五婶覃二莲说。你们要是不服气，找一个比我老五写字好的、画画好的来。牛高有什么用？还不是犁田。马大有什么用？还不是拉车。

五婶覃二莲理直气壮，一脸自豪。

五婶家就在离熬溪不远的幸福坪村。幸福坪村名取得真好，听起来都幸福。幸福坪一个寨子虽然有覃、李两大姓，却都是缠来绞去的葛藤亲。

五婶有四兄妹，父亲砍树时右眼被戳伤，一半天总是黑的。五婶是老大，后面两个妹妹一个弟弟。自从有了弟弟，全家似乎都是在为弟弟活，都心甘情愿地为弟弟活。在婚姻大事上，五婶却不愿牺牲自己，成全弟弟。

五婶的母亲本想把五婶嫁给五婶舅舅的儿子，以便五婶的弟弟换娶舅舅的女儿。五婶死活不愿意，因为五婶舅舅的儿子是个聋哑，五婶不想自己的一辈子都是聋哑的。

五婶的母亲结的姑表亲，五婶的母亲又想让五婶也结姑表亲，亲上加亲。按湘西人的说法，嬷嬷女是鼎罐里的荞麦粑粑，想取（娶）就取；舅舅儿是锅子上的锅盖，想揭（结）就揭。五婶覃二莲最终没有成为舅舅家想取就取的荞麦粑粑，而是成了五叔怀里的一块砖，任五叔搬来搬去。五叔是砖瓦厂的工人，搬砖是他的长项。

五叔虽然是砖瓦厂的工人，但毕竟是田土里走出来的，田土里的活，样样都是好手。一到五婶家，五叔就抢着下地干活。什么活重就抢什么，什么活粗就干什么。心里有光，眼里有活，五婶一家自然都喜欢五叔。何况五叔是拿国家工资的，哪点配不上五婶呢？五叔五婶在覃家的地位自然很高。

爹把攒下的钱全部用来给五叔五婶办了婚事。

五叔的婚事解决了，爹又想着灵芝嬷嬷的婚事。向立地牺牲后，灵芝嬷嬷跟侯凤兰一样，一直不肯再嫁。心里装了一个英雄的男人，这个男人就雕像一样不倒不朽了。

爹想，英雄是人，不是神，再大的英雄也不希望自己的亲人活得辛苦，都希望自己的亲人有好的日子、好的未来。

爹跟亲朋好友放话，拜托大家给灵芝嬷嬷找个好人家。

灵芝嬷嬷知道后，对爹说，哥，你是嫌我了，要撵我走？

爹说，不是的，你跟哥几十年了，哥什么时候嫌过你？一个人终究不是日子。

灵芝嬷嬷骄傲地说，我有儿子希望呢，我不是一个人。

爹说，希望会长大的，翅膀硬了，就飞走了。

灵芝嬷嬷说，我就好好守到希望长大。希望长大了，我就死也可以闭眼睛了，可以放心去找立地了。

爹说，尽讲鬼讲神。

灵芝嬷嬷说，凤兰不是也米嫁吗？韭菜嫂子不是也一直一个人过吗？哪门我就要再嫁一个？

爹说，凤兰是凤兰，你是你。武豪哥肯定会回来，韭菜嫂子当然得等。你等哪个？立地等不回来了。

灵芝嬷嬷说，我跟凤兰和韭菜嫂子米有什么不同，我们都是女人，她们熬得住，我也熬得住。

爹说，你们这是约好了比赛啊？

灵芝嬷嬷说，我也不是米想过再嫁人，嫁得好，我跟希望日子好过，嫁得不好，希望就要吃亏遭罪，我哪门对得住立地？

爹说，嫁个好的嘛。

灵芝嬷嬷说，好的哪里那么容易找。

爹说，哥帮你打起灯笼找。

灵芝嬷嬷说，你先打起灯笼再找一个嫂子吧。

爹故意激将说，得先把你嫁出去，你不嫁出去，哥哪门找嫂子？

灵芝嬷嬷说，哥是讲，妹妹挡你眼睛了？

爹笑，我没讲，你各人讲的。

灵芝嬷嬷真的气红脸说，哼，我晓得了，我晓得了！

爹笑，你晓得什么了？

灵芝嬷嬷哼了一声，说，我懒得跟你讲！

灵芝嬷嬷抹着泪，转身走了。

爹想，妹妹真的是伤心了。冲着灵芝嬢嬢的背影喊，你要是想在屋里住一辈子就住一辈子，你莫讲哥不管你就是。

灵芝嬢嬢没有搭理爹。爹也没有再跟灵芝嬢嬢提起这事。爹不想他唯一的妹妹再次伤心。

灵芝嬢嬢却忽然有一天告诉爹，哥，我要嫁了。

爹不知没听清还是蒙了，反问，什么？

灵芝嬢嬢大声讲，我要嫁人了，遂你意了！

爹又是惊讶又是开心，啊？你要嫁人了？这么快？他是哪个？哪里的？

灵芝嬢嬢故意气爹，不跟你讲。到时我铺盖一卷悄悄走了，让你喊天天不应，喊地地不灵。

爹啧啧啧地连声赞叹，我妹妹还这么记仇呀！哎呀，哥的好心又被人当作狼心狗肺了。

灵芝嬢嬢说，你就是狼心狗肺。

爹连连应承说，好好好，哥就是狼心狗肺。你快点把他叫来看看，我把我这狼心狗肺炒给他吃，做下酒菜。我要好好感谢下他。

灵芝嬢嬢说，感谢他什么？

爹说，感谢他娶了我妹妹，我妹妹今后有人照顾了呀。

灵芝嬢嬢说，听你口气，你妹妹好像嫁不出去，人家可怜我？

爹说，哪里，我是高兴。我妹妹是人中灵芝，哪门嫁不出去？灵芝是什么？灵芝是宝，金贵着呢！

其实，灵芝嬢嬢和爹一搬回鳌溪，就有很多好心人给灵芝嬢嬢介绍人家。灵芝嬢嬢的确一心想着孩子，不想让孩子有个后父而受委屈，就拒绝了。立地姑爷也一直在她心里住着，想忘忘不了，想割割不断。

听了爹的那次劝说，灵芝嬢嬢虽然嘴上很硬，心里却翻江倒海地想了很多天。几十年了，她觉得这个哥哥太不容易了，哥哥从小就像父亲一样照顾他们几弟妹，也该让哥哥轻松点、消停点了。要是自己还在哥哥身边，哥哥免不了事事照顾、事事操心，如果嫁人了，有另一个人照顾了，哥哥就不会那么事事照顾、事事操心了。再说，家里房屋这么小，一个本该嫁出去的女人老占着，也不像话。这本是哥哥的房子，哥哥却住在别人家里，给别人当儿子，寄人篱下。寄人篱下的日子，再好，都有委屈。想着想着，灵芝嬷嬷眼泪就出来了，心疼哥哥，也责怪自己。有人来介绍人家时，灵芝嬷嬷想都没想，就悄悄跟介绍人去看了，一看就相互看中了。

灵芝嬷嬷新找的这个姑爷，比灵芝嬷嬷小三岁。他的前妻难产死了，他没再娶。新姑爷没有立地姑爷相貌堂堂，却也朴实、顺眼。新姑爷自己没有孩子，所以一点也不嫌弃灵芝嬷嬷带了一个孩子。新姑爷说，能生，就再生几个，不能生，就把灵芝嬷嬷的孩子当作亲生的。新姑爷的母亲说得更好，生不生，都要把灵芝嬷嬷带来的孩子当亲生的。

灵芝嬷嬷听了很感动，当场就答应了。当天就帮新姑爷一家洗了一堆衣服和被子。

媒人说，你们天生的一家人，买两身好衣服，过几天就成家，一天都莫耽误。

灵芝嬷嬷和新姑爷都说好。

这样，就有了爹的惊讶和惊喜。

爹听灵芝嬷嬷说过几天就把自己嫁出去，急了。爹说，不能这么快啊，哥还得帮你办嫁妆呢。

灵芝嬷嬷说，办什么嫁妆？你不要办嫁妆，他们也不要送彩礼，我包袱一打，就过门了。

爹说，哪能这样呢？人家哪门看你，哪门看你哥？

灵芝嬷嬷说，嫁人又不是嫁给别人看的，是过日子去的，管人家哪门看。

爹说，那也不行，什么都未给你准备，说走就走，我还是哥吗？

灵芝嬷嬷说，哥，你为了我们几个弟弟妹妹，把你一辈子都准备了，还准备什么？过几天，我就搬过去。第二嫁，也不是什么光荣的事，悄悄的，更好。

爹说，哎呀呀，都解放这么多年了，新社会了，你封建思想还这么严重。改嫁有什么错？你又不是不守妇道，是男人为国家打仗牺牲了。不能就这样像做贼一样偷偷摸摸嫁人，必须风风光光的。

灵芝嬷嬷说，哥，我晓得你心疼我，我也晓得你为了老五结婚，搞得山穷水尽了。我这里，你就安安心心的。

灵芝嬷嬷，就这样简单潦草但却愉快幸福地走进了新姑爷家里。

新姑爷来接灵芝嬷嬷时，爹仅仅准备好了两床新被子。

灵芝嬷嬷放肆流下的是舍不得的泪。

爹悄悄抹掉的是一把一把湿漉漉的内疚和伤感。

新姑爷叫符庆。花桥人。与爹和灵芝嬷嬷隔了一座山。符庆高挑而结实，站在那里，像根竹篙子扎在地上，鹤立鸡群，而又稳固牢靠，给人安全感。用古人的话讲，是玉树临风。符庆的五官也很标致，绝不是凑合，只是右边耳朵上多了一个小小的肉刺，像一根朝天而长的小花蕊。就这个肉刺，让本很英俊的新姑爷有了一个坏名——刺刺儿。开始大家都叫他符刺刺儿，后来干脆姓都不要了，直接叫刺刺儿。

这让新姑爷符庆从小自卑而善良、内向而坚韧。前妻难产死后，符庆姑爷更是内向和沉默了，常年都像一根木桩子木着。

见了灵芝嬷嬷，符庆姑爷这根木桩子居然活泛起来。薄薄的嘴皮常常露着笑意，话也长一句短一句地多了起来。那话，就像冷冷的树皮上长出的新芽和新叶，一天比一天多，一天比一天密，嫩嫩的绿色里，透着嫩嫩的亮。

爱情，真的是滋润人。

五叔五婶结婚后，住到砖瓦厂去了，屋里留下的是五叔五婶结婚的喜气。灵芝嬷嬷一出嫁，这个家就空了，屋里留下的就是爹的伤感。爹望着空荡荡的家，前所未有地孤寂和空虚。孤寂和空虚中，爹想起了四叔。远在东北的四叔，有一段时间没来信了，四叔要是知道几兄弟姊妹都天各一方、各自为家了，该作何感想？

树大分权，族大分家，再亲的骨肉总要分离，再好的家人总要独立。天下没有不散的筵席。爹想着想着，也就通了。

五叔五婶不在，灵芝嬷嬷出嫁，爹就带着米香姐和四龙哥从四爷四婆家搬回自己家。

搬回自己家里的爹，依然每天都到四爷四婆家里打两个转，看看要做什么，看看还缺什么。家里炒了什么好吃的，也会端上去送给四爷四婆。当然，四爷四婆炒了什么好吃的，也会端下来，送给爹和米香、四龙。

说好吃的，其实也没什么好吃，最多是河里抓的鱼、田里捉的泥鳅和山里打的野鸡。家里的养牲，连一个鸡蛋都舍不得吃，都要卖钱。更多的是四爷四婆将鸡蛋和腊肉等好吃的给爹和米香、四龙送去。

那个年月，吃几个鸡蛋，都要想上一年半年，更别说腊肉了。几乎家家户户都空空如也。

那么肥沃的土地，那么勤劳的人们，依然吃不饱、穿不暖。不少人家开始断炊，不少人家选择逃荒。

前所未有的大灾害、大饥荒，不知不觉，席卷湘西。

有着一手木匠绝活的爹，本来还想再赚钱攒钱起一栋新房子，却被这突如其来的饥荒淹没了。

吃了上顿愁下顿，是每个家庭面临的最揪心的问题。

地里的野菜被一层一层连根拔光了，山里的野物一次一次连影子都打没了，树上的树叶也一树一树薅秃了。

随着季节的轮回，爹跟所有父老乡亲一样，每天都会在出完集体工后去山坡上扯刚出土的山竹笋、山胡葱、野蕨菜、野芹菜和长得像鸭子脚板的一种野菜——鸭脚板。或者摘椿木巅、刺槐芽、樱桃叶、桑树叶、花椒叶，还有茅草尖。这些大山里的馈赠，用辣椒和盐一拌，就是美味。如果有点油一炒，更是好吃。

湘西的石头上和土里还长有一种东西，叫地米。也叫地衣。不知道那是不是大地长的胎记，绿色的，像木耳，滑溜溜的，甚是好吃。

大家吃得最多的还是蒿草做的蒿草粑粑。这种蒿草不是长得很高的艾蒿，而是贴着地长的矮蒿。一小蓬一小蓬的，一小蔸一小蔸的，乳白乳白的,有一层细细的绒毛,好像裹了一层浓浓的米汤和米粥。把蒿草捣碎,放一点点糖,做成粑粑一蒸,绿油油,热漉漉,特别好吃。

还有一种深埋地下的植物叫葛根。这是最难到手的一种美味。湘西的大山里,漫山遍野的葛藤。一根根细细的葛藤从一根最大的葛藤上发开、蔓延,呼呼啸啸,一路走远。叶子千篇一律手掌大小,藤子却粗细如拇指。葛藤一身都是宝。纽扣一样大小、星星一样繁茂的淡蓝色花朵,可以新鲜着凉拌,也可以晒干了放进坛子腌酸。淡绿的叶片,可以炒菜,也可以入药。最最重要的是深埋地下的成百上千的根。

那根的力量太强大了,根的生命太强悍了,一根藤葛下的无数根根系,像钢筋一样直直地、弯弯地钻进地层深处,倔强而刚硬。爹跟乡亲们深一锄浅一锄地把泥土刨开时,往往是挖地三尺,还不见根底。一根都要挖上半小时、一小时。那葛根,粗壮的有如手臂和腿肚,细小的有如山药和水蛇。

爹把葛根挖来,洗净,蒸熟,然后放在石槽里打碎,葛根里的淀粉,就被捣出来了。把捣碎的葛根放进锅里用水煮沸,然后舀进纱布,包成一团挤压,奶水一样的乳汁就淅淅沥沥地流进了桶里。晾干后,就是一坨坨、一团团和一块块、一粒粒的葛根粉。想吃时,放一点葛根粉在水里一发,再在锅里温火一烫干,取出放凉,切成片,油盐辣椒葱姜一炒,那真是神仙才能吃上的美味。

但是,面对天灾人祸,地再肥,也肥不过人的嘴;物再丰,也难填饱人的肚皮。

能够揭开锅的,大都是瓜菜代,都是汤汤水水的一点稀粥和着一锅野菜。揭不开锅的,大多选择背井离乡去讨活路。

爹和米香姐、四龙哥,还有四爷四婆,在与饥饿进行两年艰难的拉锯后,也弹尽粮绝。

四婆本就身体不好,因为严重的营养不良而多病复发,气息奄奄。每说一句话,都气若游丝。整日整夜地咳嗽,咳出了一口口的血。

爹把家里值钱的东西都变卖了给四婆治病,也不见四婆好转。走投无路的爹，悄悄到医院卖血换钱，给四婆治病。

在湘西，卖血是羞耻的。在湘西人的眼里，卖血的人，跟卖身的人差不多。一个是穷得卖命，一个是穷得卖身，都是最没本事的表现，都让人骨子里瞧不起。

爹常年吃不饱，身子是虚的。到医院去卖血，心是虚的。怕被熟人碰见，本不戴帽子的爹，戴了一顶草帽，做贼一样，把帽檐压得很低。当一管管血从爹的身体抽出时，爹的身体都像被抽空了，走起路来轻飘飘的，打闹穿①。

卖了几次血，抽血的医生也认识爹了。医生同情地说，你以后来医院卖血，多喝点盐水，盐水可以稀释血液，抽血时，就水多点血少点，也可以避免头晕。

爹按照医生说的，每次去医院都喝不少盐水，但喝得再多，去勤了，再多的血都不经抽。

见爹十天半月就来一次，医生说什么也不肯给爹抽血了。医生很严肃地告诉爹，你不能再抽血，再抽就冇得命了。

爹说，我不抽血，我的四婶娘就冇得命了。血抽了，还可以再生，我四婶娘冇钱治病就真冇得命了。

医生一定是第一次听说有人为自己的婶娘卖血治病，惊讶地问，为你婶娘卖血治病？

爹说，是。

医生说，我们只听说有为儿女和父母卖血的，没听说为婶娘卖血的，为什么要卖血给你婶娘治病？

爹一五一十地给医生讲了他和彭胜虎的故事。

医生听了，很是感动。

医生说，你回去吧，不要再卖血了，我过几天去你家给你婶娘看看。

爹说，我不卖血，冇得钱给我婶娘看病啊。

---

① 打闹穿：东倒西歪。

596

医生说，不要钱，我免费去看。

这回轮到爹惊讶了，说，不要钱？那哪门行？我不能让你白看。

医生说，你都可以为烈士父母卖血，我也可以为烈士父母看病。

爹说，我跟胜虎毕竟是一个家族的兄弟，不能见死不救。

医生说，我是医生，更不能见死不救。

爹不再多说，只是感动地握住医生的手连连道谢。

医生姓龚，名正顺，是县人民医院的主治医生。

爹就这样与医生龚正顺有了联系。人生就是这样，会在各个路口遇见不同的人。有的人相遇了，就相识相知、一路同行了，是一生的相遇。有的人相遇了，最多是相逢一笑、各走各的路，是一瞬的相遇。

爹和龚正顺是相识相知、一路同行的那种一生的相遇。

龚正顺是在一个雨天来到熬溪的。

雨洗的熬溪，沿路都是泥泞。龚正顺打着油纸伞，高一脚低一脚地来到熬溪时，解放鞋全湿了，挽起的裤腿也湿漉漉的，一腿的泥。

龚正顺收起油纸伞，准备跨进爹的家门时，一看鞋上全是泥，犹豫了下，把鞋脱在门口，赤脚跨进爹的家门。

爹见龚正顺赤脚进屋，感动得说不出话来。老半天才说出一句，龚医生，这么大的雨，你都来了。

龚正顺说，我今天休息，正好有空。

爹赶忙用衣袖抹了抹凳子，请龚正顺坐。

龚正顺放下药箱，问，病人在哪？

爹说，在她屋里。

龚正顺说，那走吧，先去看病人。

爹说，先喝口水呀。

龚正顺坐下，好，那先喝口水。

爹倒了一杯水，递给龚正顺。然后赶忙从房里拿出一双崭新的布鞋给龚正顺。

爹说，龚医生，这双鞋是我妹妹做的，我还未穿过，你穿。

龚正顺连连摆手说，不穿了，我等下还得回去，还得打湿一身。

爹强行塞给龚正顺说，龚医生，穿上吧，莫嫌弃我们乡里人。

龚正顺笑，你穿过我也可以穿啊，只是我等下要回去，米有必要穿。

爹把布鞋硬塞给龚正顺，说，你先穿上鞋子，龚医生，要不，我难受呢。

龚正顺推了推，推不过，就同意了。龚正顺说，那好，我把脚揩干净。

爹赶忙打了一盆水，拿了毛巾，让龚正顺洗脚。

穿上鞋，龚正顺站起来走了两步，说，还蛮合脚。

爹说，合脚就好，你穿进城。

龚正顺说，我们赶快去看你婶娘吧，天不早了。说完就站了起来。起来一看，整个板凳都被他坐湿了。

龚正顺不好意思地说，哎呀，这雨好大，全身湿得板凳都坐湿了。

到了四婆四爷家，龚正顺给四婆把脉、听诊、量血压地弄了一番后，开了一个药方。

龚正顺说，是冠心病，老了容易得这种病，注意休息，别激动，少熬夜。我晓得现在都喰不饱，还是要给你讲，每天只能喰个半饱。还要多喝水排便。千万不要抽烟。

爹说，我四婶娘就是喜欢抽烟。

龚正顺说，千万不能抽烟。

四婆说，抽了一辈子烟了，不抽那哪门了得？

龚正顺很严肃地说，孃孃，我不是吓唬你，想多活几年，就莫抽烟了，抽得越多死得越快。

四婆说，你莫吓我，我米见哪个抽烟抽死的。

龚正顺说，是米有抽烟抽死的，但抽烟死得快是真的，好比你不抽烟可以长命一百二十岁，抽烟了，就只能活七八十岁、五六十岁。

四婆说，要是能活七八十岁，也赚够了。

龚正顺无可奈何地摇了摇头，你要这样，我就米有必要跑这么远给你看病了。

四爷赶忙说，龚医生，我们听你的，莫听老太婆乱讲。

爹也赶忙说，是啊，婶娘，我们不能对不起龚医生的一番好意。不抽了。

四婆想了想，说，好，听龚医生的，不抽了。

龚正顺开怀一笑，这就对了，嬢嬢，你按我说的去做，保证你长命百岁。

爹和龚正顺，因为对烈士彭胜虎的敬仰，而有了交集。

说白了，是一个好心人跟另一个好心人的交集。

五十一

龚正顺医生回城时,连饭都顾不上吃一口。爹跟邻居借了两只鸡,硬要龚正顺带走。龚正顺死活不要。爹困难到卖血了,龚正顺怎么会要爹的鸡?龚正顺对爹说,你好好养着卖钱,或者杀了补补身子。

爹说,我再穷,两只鸡也富不了,你哪门也得收下。

龚正顺当然说什么都不会收下。龚正顺说,我日子再不好过,也比你好过,你有的是用钱的地方。

爹就这样欠着龚正顺天大的人情。

龚正顺一句不经意的话,让四婆四爷知道了爹在卖血挣钱给老人治病。

四婆哭着说,家云呀,你哪门那么哈啊?我们都是半截身子埋黄土的人了,早死晚死都是死,你还年轻,你身体垮了,哪个给你养米香和四龙?

爹安慰道,你看,我不是好好的嘛,米得事。

四婆拉过爹的手说,我看看,我看看,往哪抽的血?以后不能再去卖血了,你再去,我就一头撞死了。

爹说,不去了,不去了,碰到龚医生活菩萨了。

四婆说,是活菩萨呢,你要找时间好好去谢谢他。

爹就找了个时间,抱着那天没有送脱的两只鸡,进城找到龚正顺家,把鸡硬塞给了龚正顺。

龚正顺不由分说地从柜子里找出一包红糖给爹,让爹带给老人。红糖补血,对老人身体有好处。龚正顺说。

爹往回走时,在街上碰见了韭菜干娘和侯凤兰。

爹跟韭菜干娘和侯凤兰有一段时间没见了。韭菜干娘看着爹,惊讶地问,家云,你脸上白假白假的,是不是生病了?

爹说,米生病,好好的。

侯凤兰说,米生病,哪门这么瘦?瘦脱形了。喰不饱吧,家云哥?

爹点头说,这年头,米得几个喰得饱。

韭菜干娘心疼地说,对不住啊,家云,忙得忘记看你们了。米香和四龙好吧?

爹说,嗯,好。

韭菜干娘说,哪天把他们带进城来,跟我们住一段时间。

侯凤兰跟着说,是啊,带进城来,跟小定几个有伴。

韭菜干娘说,进城了,哪门不到屋里来?

爹说,家里家外,一个人像打烂仗一样,忙不过来。

韭菜干娘说,走,现在就跟我们回家。不想我们,得想老娘啊。说完就拉起爹的手要走。

爹说,我过几天再下城来看你们,什么都米带,空手空脚去看老人家,不像话。

侯凤兰也拉起爹的手说,哎呀,买什么东西。看到你,娘就快活了,娘天天念你呢!

爹问,娘现在住在哪个屋里?

侯凤兰说,在我屋里,娘放心不下我跟小定,基本上住我那。

爹说,那我们先去看娘。

韭菜干娘说,好,先去看娘,一起把娘接到我那去。说完拉起爹就走。路过肉铺时,韭菜干娘割了几斤肉。

韭菜干娘说,我们也好久米吃肉了,你来了,我们也跟着吃餐肉。

进了屋,大婆拉着爹的手久久没有放下。大婆说,你哪门这么久都不来看娘了?是不是娘住进城,把你一个人丢在乡里,还生娘的气?

爹说,不是的,娘,是我这两年过得不好,顾了这头,丢了那头,不好意思来看你们。

大婆说，娘也就是这么一讲，你不是前两个月才来的嘛，那么一大家子就靠你，哪能天天来？该忙你的就忙你的，不要听娘瞎啰唆。

韭菜干娘说，娘这是想家云想的。

大婆说，是想家云想的。你们几兄弟，顶天、光烈和武定都不在了，武豪到现在也不回来。身边转来转去的只有武生和家云两兄弟了，现在住城里，我看不到家云天天在身边转了，心里空。

爹蹲在大婆旁边说，都是我不好，再忙都该来看你和大铁叔。其实，我忙来忙去，也米忙出名堂。一天到头，饭都不够喰。

看爹跟大婆聊得那么开心，侯凤兰对韭菜干娘说，嫂子，就在这里做饭算了，让家云哥在这里喰饭。

韭菜干娘说，你这屋太小了，转不开身。你家云哥好不容易来一趟，把武生、雪梅他们都喊来一起喰餐饭，到我那边去。

侯凤兰说，也是，你那边宽些，还有大铁叔和婶婶也在你那呢，不能把他们甩在一边。

大婆说，那赶紧走吧，一起去韭菜那。

一行人来到了韭菜干娘家。

吴大铁和梁冬梅已经做好了饭菜，见一下子都来了，赶忙把饭打出来，再洗米煮饭。

韭菜干娘一边炒菜一边对彭玉树说，玉树，快去喊你叔叔和婶娘一起来吃饭，就说你家云叔叔来了。

彭玉树开心地飞跑出门，去叫彭武生和张雪梅一家人。彭多姿也开心地嚷着跟了过去。

大婆被彭武生和张雪梅接进城后，吴大铁和梁冬梅就带着吴点金和田杏的女儿双喜跟韭菜干娘住在一起。大婆放心不下侯凤兰和彭小定，更多的时候住在侯凤兰那。几位老人尽管年纪大了，但都可以帮晚辈收拾下房间，做点家务，孩子们回家，也有口热水热饭。家里有了老人，就有了热气和生气，孩子们的心也不会那么空。

在韭菜干娘家聚会，韭菜干娘当然是主厨，侯凤兰当下手。爹就跟大婆聊家常。

炒好了菜，彭武生和张雪梅也带着孩子来了。彭来喜、彭来福、彭来凤，齐崭崭地站在爹面前喊伯伯时，爹很是难为情地笑。那笑，尴尬得好像嘴唇和腮帮子都被什么夹住了，变了形状。一向重礼信的爹，没有糖果之类的见面礼给孩子，自然难为情和尴尬。

人在苦处走亲戚，见人矮三分，见一人，矮一截，的确难为情。

一眨眼，几个孩子都抽条、长高了。爹尴尬地摸了摸来喜、来福的头，说，又长高了，来喜都比伯伯高了。

来喜笑着说，我还要长高，长高了当解放军。

来福抢着说，我也要长高了当解放军。

彭玉树举起手，还有我呢！

爹被几个孩子的童真感染了，笑也自然了。爹说，好好，你们都当解放军！

彭武生来时，在酒铺里打了二斤苞谷烧。土家族人自己酿的苞谷烧，没有开坛，都透出一股股浓烈的酒香。

彭武生拉过凳子，坐在爹的旁边，给爹和自己各倒满了一碗，说，家云哥，难得你回来，我们干一碗。说完，端起大碗，一饮而尽。

爹说，你晓得，我喝不得酒，我只能表示下。

彭武生豪爽地说，那你倒给我，我喝。

爹就倒了一大半给彭武生，彭武生也不跟爹碰杯，端起来，笑盈盈的，又是一干二净。

爹只是轻轻地抿了一口。

彭武生笑，你就那么抿一下，嘴巴皮皮都米打湿。

爹不好意思地笑，不敢喝，下不了喉。

彭武生说，难得一起，喝一口试试。大男人不喝点酒，总少点什么。

爹就头皮一硬，牙齿一咬，喝了一小口。喝完，揩揩嘴角的酒。

彭武生问，味道怎么样？

爹说，烧喉！肠胃也像燃火一样。

彭武生笑，不烧的话，就不是苞谷烧了。

吃完饭，韭菜干娘把爹叫到一边，说，家云，跟你讲一件事。

爹说，什么事，你讲。

韭菜干娘说，你不能再这样一个人了，要再找一个暖被窝的。

爹说，一个人也好啊。

韭菜干娘说，好什么好！你不为你自己考虑，也得为你两个儿女考虑，他们得要人洗衣煮饭。

爹说，他们长大了，可以自己做了。

韭菜干娘说，你讲什么呢？他们是大了，可以自己做了，但家里有女人和米有女人完全不一样。有女人，家才是家。米女人，家不是家。天底下，有哪个男人收拾家里比女人收拾得好？男人知世界，女人知冷热。

爹说，这么多年，武豪哥米有消息，你不也一样一个人过吗？武定牺牲了，凤兰不也一个人过来了吗？

韭菜干娘说，我们跟你不一样，我们有娘帮着看家带孩子，我们还有工作、有工资，你什么都米有，你得找个帮手，搭个伴，少让两个孩子喰亏。

爹说，我不会亏着孩子。

韭菜干娘急了，怎么不会亏着？人家孩子都有爹有娘的，你家孩子有爹无娘，孩子心里是什么滋味？人家孩子都有爹疼有娘爱，你家孩子米有，喊声娘的地方都米有，孩子心里难受不难受？家不完整，孩子心就不健全，晓得不？

爹被戳中了。是啊，孩子连想喊声娘都米得地方喊，心里多难受。爹低下头来，一定想起了自己从小失去爹娘，无依无靠，羡慕别人父母双全的过往。

爹说，那万一命不好，找到一个对孩子不好的呢？

韭菜干娘说，什么命好命不好，你命好着呢，眼前就有一个好的呀！

爹迟疑地问，哪个？

韭菜干娘两眼放着光说，凤兰呀！多好的人！她对你两个孩子，会比亲娘还好！

爹一听，连连摆手，说，不行不行！她是武定的媳妇，哪门能娶兄弟的媳妇！我一直把凤兰当妹妹呢！哪有哥哥娶妹妹的！

韭菜干娘说，你猪脑壳还是牛脑壳？又硬又不开窍。武定又不是亲兄弟，凤兰也不是亲妹妹。

爹说，我跟武豪哥认了兄弟，就是亲兄弟，武定是你跟武豪哥的亲兄弟，当然也是我的亲兄弟。俗话讲，兄弟妻，不可欺。哪有为了结婚，不认兄弟的？不行。肯定不行。我要找也不能找凤兰。

韭菜干娘说，那就看着凤兰也一个人可怜巴巴的？

爹说，凤兰哪门是一个人？我们不都是她的亲人和家人吗？

在爹那碰了钉子的韭菜干娘不死心，又让大婆和张雪梅跟爹说，爹还是不愿意，爹迈不过彭武豪、彭武定这个坎，爹还是那句话，既然我跟武豪哥认了兄弟了，武定也就是兄弟，永远不能打兄弟的主意，打兄弟媳妇的主意，那还是人？

韭菜干娘和大婆、张雪梅又反过来跟侯凤兰说，让侯凤兰主动点。不想，侯凤兰也不肯嫁爹。侯凤兰说，不是家云哥人不好，家云哥人是实实在在的好，但我的心已经死在武定那里了，谁也喊不醒、救不活，我一辈子就守着武定，守着你们，你们莫想撵我。

韭菜干娘只能摇头叹息，说，米有缘分。

好人跟好人，不一定有缘分。大婆说。

爹回家时，韭菜干娘和张雪梅、侯凤兰，每人都硬塞给爹十几块钱。几妯娌商量好了，都给一样多。大婆也从包了几层的手绢里拿出几十块钱，全塞给了爹。

临走时，爹只拿了韭菜干娘给孩子的两斤肉，钱却悄悄留了下来。爹假装从水缸里舀水喝时，把钱放在水缸盖子上，用水瓢盖住。这样保险，只要煮饭炒菜用水，家人就会随时发现。

虽然韭菜干娘没有撮合成爹和侯凤兰，但侯凤兰对爹的关心却比以往加深了一层。

爹一个人要养大两个孩子，还要养两个跟自己并没有多少血缘关系的老人，太不容易了。侯凤兰打定主意，要力所能及地帮帮爹。

每天，学校食堂煮饭下米时，侯凤兰都悄悄地抓几把米塞进上衣口袋和裤子口袋。一天三餐，每餐三四两，一个月积少成多，也是二三十斤。每到一定时候，侯凤兰就跋涉几十里，送到爹的家里。

爹问，凤兰，你每次都来送，哪来这么多粮食？

侯凤兰说，我不是在后勤食堂吗？分的。我跟小定喰不完，就分你和孩子一点。

爹说，你留着，给韭菜嫂子和老人家。

侯凤兰说，他们都有粮票，够喰了。

爹也就放心了，不再拒绝。

孩子在长身体。老人需要治病。侯凤兰的雪中送炭，爹想拒绝也拒绝不了，只好想着有机会再报答。

但是，有一天爹突然得到消息，说侯凤兰被学校处分了，原因是偷学校食堂的粮食卖。韭菜干娘和彭武生找到校领导求情，并补偿了损失，校领导念及侯凤兰是革命烈士遗属，就没有开除，只是让学校私下里给了个通报处分。

爹一听，头都炸了，原来侯凤兰每个月给他和老人孩子送的粮食，都是从学校偷的！

爹找到侯凤兰说，凤兰呀凤兰，你哪门这么糊涂？你哪门能为了我去偷粮食？早晓得这样，我们饿死也不能要呀！

侯凤兰说，家云哥，你千万莫这样想，我这是偷，但我不是为自己偷，我是为了革命烈士的家属偷。你不是养着彭胜虎的爹娘吗？彭胜虎也是抗美援朝牺牲的，也是革命烈士，他的爹娘现在日子难过，我帮帮他们也是应该的。我一点都不觉得可耻。我反倒觉得能为革命烈士家属做点事很自豪。

爹说，我晓得你是为了我，我这辈子要是能够爬起来，我一定要好好报答你，我报答不了，让孩子报答。

侯凤兰说，你快莫这样讲，家云哥。一家人讲两家话，太见外了。你看，我不是好好的吗？只是以后，我不能再给你送粮食，帮不了你了。

侯凤兰偷食堂粮食，是她偷了半年多后才东窗事发的。那天，侯凤兰照例蹲在地上洗菜，结果裤子口袋里的米装多了点，漏了出来，事情就败露了。

当事情举报到校长那里时，校长问怎么回事，侯凤兰说，就是家里断粮几天了，孩子长身体，喰不饱，她就偷了，没想到第一次就被抓了。

校长说，你是第一次吗？

侯凤兰说，当然是第一次，要是偷多了，有经验了，那米还会漏出来被人发现吗？

校长说，也是，我信。但你别忘了还有一句话，夜路走多了，总会碰到鬼，你这是夜路走多了吧？

侯凤兰说，校长，我在食堂两三年了，我是什么人，你还不清楚吗？我是那种走夜路的人吗？

校长说，我相信你不是，但别人不信啊！你哪门这么蠢，不够喰，你跟我说一声，从学校带一碗饭回去给孩子不就得了吗？小定是革命烈士的后代，他喰不饱，我不会不管。现在东窗事发了，我想包庇你也包庇不了。你这是给我出难题。

侯凤兰说，校长，我一直感激你的大恩大德，是你给我安排了工作，我还给你丢脸。现在我也米得脸再待在学校了，我卷铺盖回去，不让你为难。

校长一听，严厉起来，你以为你走就一了百了啦？不是那么简单的事！你真屁股一拍走了，丢了饭碗，丢了工作，那你跟小定的日子不更不好过吗？那我们哪门对得住死去的烈士？

侯凤兰不安地说，那哪门搞呢？

校长说，你先等着，照常上班。我们先开校长会商量下。

学校出了这样的事，校长们的意见肯定是不统一的。有的说，侯凤兰一贯表现良好，这是初犯，口头批评一下就是。有的说，这样的事不能姑息，要严肃处理，杀一儆百，不然以后会层出不穷。

等大家说完了，作为副校长的韭菜干娘首先站起来检讨说，侯凤兰是我弟媳妇，不管她是不是革命烈属，不管她偷了几次，这都是给革命烈士丢脸，给我弟弟彭武定丢脸。我作为她的嫂子，疏于管教，是严重失职，在此检讨。我愿意帮着侯凤兰赔偿损失，并引咎辞职。我想向各位请求，此事不要公开，也不要开除侯凤兰，给她一个机会。要是不给她机会，她一个女人，丢不起这个脸，活不起这个人，那我也对不住我那牺牲的弟弟彭武定。

见韭菜干娘如此坦诚，那些本来要求处理侯凤兰的人也不好意思了，表示可以理解并原谅侯凤兰。校长最后表态说，大家讲得都有道理。侯凤兰的确一贯表现很好，是初犯，我跟教导主任一起找侯凤兰谈了几次，侯凤兰偷粮食，是因为她家断粮几天了，她儿子饭量很大，每天都喰不饱。侯凤兰偷粮食肯定不对，肯定要严肃批评，此风绝对不可以长。但是，侯凤兰丈夫是革命烈士，是为我们打江山牺牲的，我们现在之所以能够在这里安心地教书，能有这样的好工作、好日子，全是革命先烈们用鲜血和生命换来的，现在先烈的后代和家属连饭都喰不饱，要沦落到偷的地步，我们是不是也要反思一下？我们是不是该关心一下革命烈士的家属和后代，也为他们做点什么？

校长的话，说得入情入理。人心都是肉长的，校长说到这个地步，那些觉得要严肃处理、杀一儆百的人，也觉得是不该跟革命烈士的遗属较真，要宽容和理解，并帮助他们才是。

这样，校长会议就形成了一致决定，小范围内告诫一下侯凤兰。

侯凤兰也很感动校长和同事们的宽大和仁厚，把自己偷粮给爹和彭胜虎父母的事，老老实实地给校长一个人坦白了出来，并跟韭菜干娘和彭武生一道按价补清了损失。

校长收下了，但转手送给了爹。

校长说，这不是给你的，是给两个老人的，是我们学校对彭胜虎烈士的一点心意。

爹见学校把几袋粮食送了过来，知道学校并没有把侯凤兰偷粮食的事当作一种罪行和错误，心里也踏实了不少。不然，爹就会像害死侯凤兰的罪犯，一辈子都有罪恶感。

这个校长，叫陈平平。

五十二

爹抓住土匪朱疤子，我倒是没感到特别惊讶。因为朱疤子在湘西并不出名。我也不知道朱疤子枪杀过我同父异母的哥哥杨见好。但田平却是我从小就听说的湘西巨匪。前面所说的民谣"天见田平日月不明，地见田平草木不生，人见田平九死一生"，是我们湘西现在都还人人知道的。只要提到湘西土匪，人们就会说到田平。爹居然把田平抓住了，我对爹开始有了一种自豪感。我想，抓住了田平，又抓住了朱疤子，不能光是运气，而是一种骨子里奔涌的气血和气节。

田平和朱疤子夺走了爹两个至亲的生命，爹的气血里，一定灌注着一种对田平和朱疤子的恨，充溢着对田平和朱疤子的仇，这种恨和仇，在爹的气血里激荡成不服输、不放弃、不畏难、不怕死的气节，让爹随时都保持着警惕、准备着战斗。

这种气血和气节，终于成全了爹，让爹亲手抓住了两个双手沾满无辜者鲜血的恶魔。

抓住两个恶魔的喜悦，爹最想分享的人是武豪干爹。

田平一直像一条巨蟒，纠缠武豪干爹，进攻武豪干爹，残害武豪干爹。朱疤子也是一条毒蛇，为虎作伥，亲手杀害了武豪干爹的儿子。可是，武豪干爹跟爹一样，当时未能亲手灭了田平和朱疤子，让田平和朱疤子逃之夭夭了。武豪干爹该多么遗憾？

现在田平和朱疤子都抓住了，都毙命了，武豪干爹也可以放心了。

所以，爹像抓到田平时一样，第一时间就把抓到朱疤子的喜讯告诉了武豪干爹。爹给武豪干爹的信虽然很短，但却满纸都是对武豪干爹的思念，以及抓住恶魔的快乐。

爹在信的末尾说，他跟大婆和韭菜干娘一样，每天都盼望着武豪干爹回来。

爹说，再不回来看看，娘也老了，看不见了。

爹之所以只说娘也老了、看不见了，是因为大爷已经病逝。

在轮椅上坐了几年的大爷，终于没有熬过日月，随日月而去了。他没有熬到武豪干爹回来的那一天，带着遗憾，回归尘土。他，是呼唤着武豪干爹的乳名去世的。

爹和韭菜干娘，还有大婆和孩子们的声声呼唤，终于唤来了大雁南飞、风雨春归。武豪干爹终于踏上了朝思暮想的故土。

武豪干爹是在同时接到韭菜干娘和爹的信后回来的。本来，武豪干爹中途有几次可以回来的机会，但他都放弃了。想探亲的多，批假的少，作为一团之长，他得发扬风格，先人后己。

接到武豪干爹的来信，爹跟韭菜干娘一家都沉浸在焦急而喜悦的等待中。这有希望的焦急的等待，原来并不比无望的无奈的等待轻松。每一个对武豪干爹牵动心肠的人，都觉得一天比一年长。

彭玉树和彭多姿几乎每天都问，我爹怎么还不到啊？怎么还不来啊？我爹到底能不能到啊？到底能不能来啊？

越问就觉得日子越长。

很久没有烧香问神的大婆，又开始每天到神龛上烧香作揖，祈求祖先保佑武豪干爹平安。

大婆告诉大爷，广大啊，我们的武豪终于回来了，武豪活得好好的，你在那边也可以闭眼了。

大爷临死时，一再嘱咐大婆，要大婆好好活着，等着武豪干爹。要替他活着，替他等着，不要让武豪干爹回来时爹娘一个都看不见了。大爷说，要是武豪干爹在那一头，他要把武豪干爹带回来，送给大婆和韭菜，送给玉树和多姿。

韭菜干娘带着彭玉树、彭多姿，把整个房屋布置得张灯结彩、喜气洋洋。武豪干爹发来电报报告即将抵达的第二天，彭家寨一个寨子的人都随韭菜干娘一家赶到王村码头，迎接武豪干爹。

爹也一大早就带着五叔和学兵哥从保靖赶到王村码头，一起迎接。

爹带着学兵哥，是想让学兵哥早点见到这个恩重如山的大伯。

当轮船长啸一声出现在人们视线里时，喜庆的锣鼓把一个码头都敲得欢天喜地、热闹非凡。从码头一直延伸到桥头的十几路鞭炮，更是一路跳跃着燃烧、跳跃着炸响、跳跃着欢舞，告诉世人彭家的喜悦。

武豪干爹，脚未踏上故土，泪已潸潸滚落。

看到白发苍苍的大婆，武豪干爹一下船就跪下来，肝肠寸断地喊了一声——

娘！

大婆抚摸着武豪干爹的头，哭道，儿啊，你这么多年都冇得音信，你躲到哪里去了啊？你爹娘老子、婆娘儿女都不要了啊！

武豪干爹哭着说，娘，儿子不孝，儿子对不起你啊！

大婆说，你是不孝啊，儿子，你爹等你，死都冇有闭眼睛啊。

武豪干爹说，娘，我该死啊！

韭菜干娘扶起武豪干爹说，你快起来吧，武豪哥，县里领导都等着你呢。

武豪干爹这才注意到穿着和气质都不一样的一群人也站在迎接他的队伍里。那是县委书记带着整个班子成员在码头迎接。

县委书记握住武豪干爹的手说，欢迎我们的英雄凯旋。

武豪干爹说，搞这么大的阵仗呀，给你们添麻烦了。

县委书记说，英雄凯旋，我们光荣。

大婆说，我才不管什么英雄不英雄，你这一去就是十多年啊！

武豪干爹说，娘，我的工作特殊，我到屋里给你一五一十地摆。

韭菜干娘说，娘，等武豪哥到屋了再讲。

屋里一番热闹后，客人们都散去了。

大婆、韭菜干娘、爹和彭武生都围着武豪干爹，急切地想知道为什么他那么多年不回家。

这个疑问憋在韭菜干娘的心头最痛，但韭菜干娘不想让武豪干爹太为难，没有开口。韭菜干娘想，武豪干爹肯定有武豪干爹的难处。

大婆不管那么多，她心疼武豪干爹，更心疼韭菜干娘和孩子，她要替韭菜干娘和孩子们问个明白。

大婆说，儿，你现在跟娘和大家讲，你为什么一直不回来？跟娘和大家讲，你开始那些年哪门连个音信都不带？

武豪干爹说，娘，不是我不带音信，更不是我不回来。我带不了音信，更不能回来。我的工作非常特殊，不能与任何人联系。

大婆说，什么工作，连家人都不让联系？

武豪干爹说，就是不能讲什么工作，能讲我早就讲了。

大婆纳闷地问，跟娘也不能讲？跟老婆孩子也不能讲？

武豪干爹说，不能讲。国家有规定，对谁都不能讲。这是国家秘密。

大婆笑，你这是什么工作，还国家秘密，搞得那么神乎其神的。

武豪干爹笑，就是神乎其神的，娘。神得很！

韭菜干娘说，娘，武豪哥讲不能讲，那肯定是不能讲，娘莫为难他。

大婆说，好好好，我不为难你屋男人。国家交代他保守秘密，我们就都听国家的，不问他。反正不是干坏事。

韭菜干娘说，国家交代的事，肯定是天大的好事。

不过，爹还是想解开这些年一直缠绕在他心头的疑团。

爹说，哥，你讲你工作是国家机密，我不问你的工作。我就想晓得，我们从朝鲜回国后，你明明先一天晚上还跟我讲要一起回湘西，还一起想象见到爹娘和孩子的样子，哪门出发时就不见了？急得我跟老五满兵营找都找不到，一个大男人，站在那里哭。

武豪干爹说，其实，我早就想在信里跟你讲的，一是不能讲，二是一句两句讲不清楚，就未在信里讲了。那天，我俩分手后，部队首长就找到我，要我立马收拾行装，到一个地方集合，说是有神圣而光荣的任务需要我去完成。我问，什么神圣而光荣的任务？首长讲，这是秘密，说了就光荣而不神圣了。我想也是，就不再问。我又讲，那我跟我兄弟交代一声，我回去不成了。首长讲，不用交代，也不能交代，这是秘密任务，你一交代，等于你兄弟知道了。你都不知道你执行什么秘密任务，见了你兄弟怎么交代？交代不清。你就说你不回去了，去执行任务吗？那你兄弟肯定也要跟着去执行任务。我讲，那让我兄弟一起去执行任务呗。首长讲，刚才讲了这是神圣而光荣的任务，不是谁想去就能去的。你和那些一起去的战友，都是我们千挑万挑选出来的。首长这样一讲，我就无话了，就立刻打上背包，跟首长走了。

爹说，怪不得，我跑到你营房找你时，一个人都米有。你是连夜开拔了吗？

武豪干爹说，不是，我们是到一个地方秘密集训了很久才开拔的。我接到通知的当晚开始，就好多天睡不着。一是焦急，我想，你跟老四老五见我突然失踪，肯定急得发疯。二是兴奋，我被部队选中执行神圣而光荣的秘密任务，尽管我不晓得那秘密是什么，那任务是什么，只要光荣，我就光荣。听首长讲我是千挑万挑选上的，我更光荣和自豪。

爹说，首长讲得对，要是我们晓得要去执行神圣而光荣的任务，我们肯定都要求去。

五叔笑，想去也不让你去。你没听武豪哥讲，这是千挑万挑的人，没挑上我们，就是看不上我们。

爹说，不让去，就写血书啊。战场上，不是经常写血书就让上了吗？

彭武生说，家云哥，你就米有哥这样的命。

爹说，是我米有哥这样的本事，不然也挑上我了。

彭武生说，那都是往事了。哥，那你哪门那么久都不写封信呢？你不想想，从你去朝鲜打仗，我跟爹娘和嫂子就米见你。打完仗都回家了你米回家，我们嘴上虽然什么都不讲，心里都以为你死了。

大婆眼睛一瞪，说，讲什么呢？不是好好地回来了吗？

彭武生说，我是讲大实话呢，娘。

武豪干爹说，讲来讲去，还是为了保守秘密。

彭武生说，你不晓得嫂子和爹娘是哪门熬过来的。

韭菜干娘说，你哥心里肯定更苦。他明明晓得有家却不能回，明明晓得家里有爹娘有儿女却连一封信都不能写，心里比我们更苦，更难熬。

爹说，那是肯定的。我为圆那个谎，硬是脑壳都想偏了。

武豪干爹说，大家都跟着我受苦了，对不住啊。我这辈子欠大家的，还不清了，等下辈子还吧。

爹说，要奋斗就会有牺牲，这是哥在为国家牺牲呢。

武豪干爹说，你们都在为国家牺牲。这一大家子都跟着我，为国家牺牲。

大婆说，你是在为国家贡献，为国家保守秘密，我们全家光荣，我们全家一起为国家做点牺牲，应该的。

武豪干爹说，还是我娘风格高。

大婆说，风格高什么？为国家做贡献和牺牲的又不是只有我们一家人，那么大的国家，好多家、好多人呢。

爹也笑着夸大婆，哎呀，我们都赶不上娘思想好呢。

大婆说，我们老老少少，思想都好，思想都好。

回到家乡的武豪干爹马不停蹄地由爹和彭武生带着，一起去了龙光烈、向顶天、向立地、彭武定、吴玉音、吴点金、田杏他们的坟墓祭奠。

肃立在这些亲人和战友面前，爹和武豪干爹唏嘘不已，为了新中国，这一家子就牺牲了这么多亲人，全中国该有多少个家庭牺牲了多少个亲人？

武豪干爹的千里归乡，带来的不仅仅是一个山城的威武、一个村庄的喜悦。武豪干爹千里迢迢的再出发，留下的依然是一个时代传奇而神秘的风云。

爹和韭菜干娘他们知道的，依然只是武豪干爹在青海的一个工厂工作，是一个工厂的工人。按武豪干爹说的，他们厂就是做鞋子的。

武豪干爹满怀建设激情和离愁别绪，带着他的使命回到了他的大西北。

　　武豪干爹是湘西人，但他的汗水、他的血液、他的情感、他的生命已经与那片土地融为一体，无法分割了。他的工作和事业在那片土地，他的信念和信仰在那片土地，他要一辈子献身那片土地。他的那些亲人一样的战友，已经有很多长眠在那片土地上。

　　武豪干爹在家待了半个月，爹丢下一切，陪了武豪干爹半个月。在某种程度上，武豪干爹和爹的感情比武豪干爹和彭武生的感情更深。爹从小受苦，没人疼爱，武豪干爹对爹有一种本能的疼爱，而彭武生从小有父母疼有哥哥疼，不缺武豪干爹的那份爱。武豪干爹对爹自然牵挂和关爱更多些。没人疼爱的爹，也就自然对武豪干爹有了一种依赖。有人疼爱的彭武生自然不像爹那样依赖武豪干爹。彭武生也从来不吃这两位哥哥的醋，因为他也对爹怀有一种深深的同情和关切。

　　临行前，爹跟韭菜干娘一道，给武豪干爹准备了很多腊肉、香肠、苞谷酸和霉豆腐，满满的一大口袋。这些都是保存很久都不会坏的，想什么时候吃就什么时候吃。

　　韭菜干娘不知道这一分别又是多久，眼泪一直默默地流。武豪干爹要上船时，也是千般愁绪、万般柔肠。武豪干爹紧紧抱着韭菜干娘说，韭菜，你要好好的，等着我。韭菜干娘热泪盈眶地点头说，嗯，你也要好好的。

　　酉水的风起了，早上的太阳从山尖上升起来了。一声高昂的汽笛，客船就剪开一条绿色的绸缎和两岸如画的风光，向风景深处缓缓出发。

　　望着站在船头依依不舍挥手的武豪干爹，韭菜干娘送武豪干爹抗日远征时的那首歌谣又在心底升起。韭菜干娘抹掉眼泪大声唱：

　　　　马桑树儿搭灯台
　　　　写封书信与郎带
　　　　你一年不来我两年等
　　　　你两年不来我五年挨

钥匙不到锁不开

伴着如诉如泣的歌声，一河的酉水，都成了武豪干爹远行的乡愁漂泊的泪，成了韭菜干娘无尽的期待永恒的爱。

韭菜干娘和爹、彭武生，还有县里来送行的领导，都久久地站在码头，直到客船越走越远，完全消失在人们的视线里。

见上武豪干爹一面，每个人的心里都踏实了。虽然武豪干爹带走了韭菜干娘的思念，但韭菜干娘的心踏实了。作为生死相依的兄弟，爹的心也安然了。

这些年来，爹一直活在他心急如焚地寻找武豪干爹的那个梦里，他梦见武豪干爹被一列呼啸的列车撞倒了，他吓得魂飞魄散，等火车开过，却见武豪干爹安然站着朝他挥手，虚惊一场。

现在，武豪干爹活着，并且由营长变成了团长，爹悬着的心也落地了。那个挥之不去的梦，也彻底苏醒，不再来了。武豪干爹在遥远的大西北，尽管爹和韭菜干娘都不知道大西北是什么样，但因为武豪干爹在大西北，大西北变得格外清晰，武豪干爹是什么样，大西北就是什么样。

武豪干爹失去音信的这些年，尽管这一个大家天各一方，但也近在咫尺。爹操心这个操心那个，担心这家担心那家，几头看几头跑，生怕哪一头疏漏了。现在，武豪干爹不但有音信了，还真真切切地站在大家面前了。爹一下子感到千斤重担轻了下来，尽管这担子还在肩上，但却轻了、松了，不那么沉重了。因为他遇到什么事，都可以跟武豪干爹报告，让武豪干爹拿主意了。爹有武豪干爹这个主心骨了，不管主心骨多么遥远，都像在身边。从年少到现在，爹习惯了武豪干爹做主，习惯了对武豪干爹的依靠。所以，当武豪干爹来信时，爹的担子一下子轻了不少，武豪干爹回来时，爹觉得再重的担子都不算担子了。

武豪干爹有了下落，爹开始想着找刘清平的亲戚。刘清平这个从安徽来的老师牺牲后，爹和彭武生及后辈年年都给刘清平上坟。

刘清平牺牲时说他在老家没有至亲了，但爹觉得没有至亲，不等于没有亲戚，不等于他的亲戚不想他不找他。爹得让刘清平的亲人和乡亲知道刘清平是革命烈士，刘清平埋在湘西。刘清平的亲人和乡亲或许会千里迢迢来祭奠刘清平。

要是这样，刘清平该多么欣慰，多么安然？

爹记得刘清平说过，有个哥哥被抓丁下落不明，也许哥哥还活着呢。即便哥哥找不到，爹也得把刘清平的头发送到刘清平父母身边，跟父母埋在一起。刘清平牺牲前跟爹说，要是有机会去安庆，就把他的头发留一绺，埋在父母坟边，这是刘清平的心愿。爹得完成这个心愿。

爹从箱底翻出那土家织锦包着的刘清平的头发。那是刘清平牺牲时，从刘清平头上剪下来的。一放就是这么多年，爹难受而惭愧。

爹想，虽然大家年年都在祭奠刘清平，可刘清平毕竟是埋骨他乡，他乡再好都是孤苦伶仃、孤独寂寞的，陌生人的无数次祭奠，不如故乡人的一次跪拜。爹不能再让刘清平孤零零地躺在这里了，爹必须克服一切困难，去刘清平家乡，为刘清平寻找故乡的血脉与气息。

爹对五叔说，老五，你跟我一起去安徽安庆吧，刘清平老师是你的老师，一日为师终身为父，你得跟我去。

五叔便向单位请了十来天假，跟爹一道跋山涉水去安庆。

刘清平的那一绺头发，就是刘清平的一缕英魂，跟着爹和五叔上了路。

这一路，注定是没有任何确定因素的一路。韭菜干娘知道刘清平是安庆人，却并不知道刘清平是安庆哪里人。国立八中早就撤销了。韭菜干娘也不知道上哪去找国立八中的档案。去偌大的安庆找刘清平的血脉信息，简直是痴人说梦。幸好，韭菜干娘记得刘清平说过他的老家是《孔雀东南飞》的故事发源地。这为爹和五叔寻找刘清平的故乡提供了很好的路径。

《孔雀东南飞》的故事发源地是很好找的。那句"孔雀东南飞，五里一徘徊"的诗句是一只不死的孔雀代代相传、流芳百世，刘兰芝和焦仲卿为了婚姻自由双双殉情是一种爱情传奇，感动着世代国人。

  无疑，这《孔雀东南飞》的诞生地怀宁是很好找的。怀宁的山水也无疑是奇崛奇美的。爹和五叔要找到刘清平的出生地却是很难很难的。毕竟，刘清平不是那只家喻户晓的孔雀，刘清平是从怀宁悄然飞出的鹰。爹和五叔只好先到政府有关部门，后到有关学校去问。爹和五叔在政府没有问出所以然，但在学校居然问到了一个原来在国立八中读过书的学生。这个学生当时也是刘清平的学生，刘清平老师被捕和被害时，他都参加过示威游行。他虽然不知道刘清平老家具体的村庄，但在他的努力和帮助下，爹和五叔终于找到了刘清平的出生地。

  听说刘清平成了一代英烈，听说有人带着刘清平的一绺头发来寻找刘清平的家乡，刘清平故乡的人都纷纷赶来，想送刘清平一程。

  当细雨和阳光同时在刘清平的故乡飘荡时，刘清平就像一抹细雨和阳光从他乡飘回故乡、洒向故土。

  故乡的怀抱肯定与湘西的怀抱一样温暖。

  故乡的气息肯定与湘西的气息不同寒凉。

  安息吧，刘老师，湘西有你的兄弟，故乡有你的亲人。

五十三

又了却了一桩心愿的爹，前所未有地轻松和快乐。爹回到熬溪后，靠在墙壁上，吹起了土家族的咚咚喹。

咚咚喹既是湘西土家族的一种乐器，也是湘西土家族的一种曲牌。乐器由一节细小的竹子或稻秆、麦秆制成，半尺长的竹子或稻秆、麦秆挖出三四个小孔，各种美妙的音乐就可以从里面飞出了。好多年不吹咚咚喹的爹，依然吹得悠扬动听，一如雨燕穿云破雾，亦如山泉潺潺流淌。各种鸟叫虫鸣、风声雨声马啸声也能从爹的笛音里流出来，在夜空划落一颗颗流星、点亮一盏盏星火。

自然，我从没有听到过爹的咚咚喹多么美妙，从没有看到过爹开心时一脸的花朵和阳光。但从武豪干爹和五叔他们的叙述里，我能感到爹的前半生一直是义无反顾地为国家和民族流血、牺牲，后半生则一直在还债，还亲情债，还兄弟债，还战友债，最后还要还婚姻债、爱情债。

用他的善还。

用他的爱还。

用他的担当还。

用他的使命还。

爹跟侯凤兰注定只是兄妹，爹跟侯凤兰的感情也注定只是兄妹情。当爹和侯凤兰在人生的路上只是交集，不能融合时，另一个女人却跟爹的人生不但交集，而且融合了。

这个女人就是我娘，一个叫作吴桂英的苗族女人。

爹和娘是在一个歌会上认识的。爹的歌声，带着情钩子，一出口，就把娘的心钩跑了。爹的眼神满含蜜意，一放电，就把娘的心甜迷了电倒了。那时的娘已经离婚，带着三个孩子。娘是为了养活三个孩子而选择的离婚。娘的前夫，也就是我同母异父的哥哥姐姐的父亲，饭量极大，一个人总是要吃全家人的饭。在那粮食比金子还贵，粮食就是命的年代，娘觉得我哥哥姐姐的父亲不顾家和孩子，便选择了离婚，选择了讨米也要带着三个孩子。

娘离开我哥哥姐姐的父亲后，带着我的哥哥姐姐到了舅舅舅娘家。舅舅舅娘家离爹的熬溪不远，十来里地，每次赶场下街，都要经过熬溪。熬溪，是娘每次赶场下街的必经之路。

在这条必经之路上，娘遇见了必见的人，爹遇见了必等的人。

自从那次在保靖县的清明歌会上认识后，爹和娘又相邀着在保靖的县城参加了几次歌会，在附近的古丈县、花垣县和永顺县，参加了几次歌会。

在湘西，只要有盛大的节日，几个县交界的青年男女，就会相邀着去踏花追歌。湘西一年有太多的民间爱情节日，土家族的正月调年、三月踏花、四月开秧门、六月晒龙谷、十月踩瓦泥，每一个劳动和庆祝的节日，都是寻爱和恋爱的节日。苗族的正月十五钢火烧龙、清明山野挑葱、四月八椎牛、五月五接龙、七月半赶秋、九月九跳香，也是民间寻爱和恋爱的好时机。土家族和苗族五天一场的集市，更是青年男女寻爱恋爱的最好幌子和借口。湘西，是人间爱情的世外桃源和最后净土。

爹和娘，就是这世外桃源的两株桃红，最后净土的两粒尘沙。

在爹这块净土上，娘被连枝带叶地移栽到了家里。散开的枝叶，是我同母异父的三个哥哥姐姐。

没有唢呐喜气洋洋的诉说，没有鞭炮惊天动地的告白，更没有川流不息的流水宴，娘带着三个哥哥姐姐，在舅舅舅娘的陪伴下，背着几床被子和几个柜子，嫁给了爹。

爹占的便宜也太大了，不花一分钱，不费一点力，只用几句甜言蜜语的歌，就把娘骗到了家里。

娘还自己搭上了虽然不多但却是全部的家当。

五叔说，你爹本事大啊。

五叔这个时候还在县砖瓦厂上班。见我爹给他讨了一个嫂子，还带着三个孩子，五叔和五婶都是有看法的。五叔对我说，我和你五婶娘不是对你娘有看法，而是觉得你爹过于轻率了，本来就有两个孩子两个老人，这一下子又多了三个孩子，两个人养七张嘴，还不算他们自己两张嘴，哪门养？

爹的四叔四婶，也就是我的四爷四婆，更不看好。不看好的理由都一样，都是觉得儿多母苦，日子难过。

但正值青壮年的爹和娘，完全被爱情冲昏了头脑，谁的好心劝说和提醒，都无济于事。

有了新的家庭，小小的木屋就变得特别拥挤。五叔和五婶为了爹和娘方便，把自己的房子彻底腾了出来，长期住进了县砖瓦厂宿舍。

四婆四爷见爹和娘一家太挤，就跟爹商量，让爹的两个孩子，也就是四龙和米香继续住到四婆四爷家里。爹跟娘商量时，娘说，那哪门行？别人还以为我这个后娘不养四龙和米香呢！我不能无缘无故地背这么一个骂名。

爹想，娘讲的极是。如果四龙和米香住到四婆四爷家，肯定会有人以为是我娘不要四龙和米香，是我娘嫌弃、虐待四龙和米香。再说，一家人分两家住，也不像一家人，再找一个女人，不就是为了给孩子一个温暖的家，让孩子多一份爱吗？

于是，爹没有满足四婆四爷的意愿。

两老见爹不领情，心里不太高兴，但爹毕竟不是他们的亲儿子，他们也不好多说什么。

两老还担心，爹很可能会因为娘和娘的三个孩子而放弃他们。

娘和爹想到了两位老人的担心。娘和爹每天都轮流去看两位老人。娘去那里给他们打扫卫生、整理家务、洗洗补补。爹去那里给他们挑水劈柴、洗脚捶背、聊聊家常。

对两边的孩子，两人都是做到给对方的孩子爱多一点，更好一点。

娘对我同母异父的三个哥哥姐姐说，我们是外来的，住进四龙和米香家里，无形中抢了他们的东西、占了他们的地盘，我们要懂事，遇事要让到他们，不要和他们争和他们抢，更不要和他们吵架打架。玉莲和水玉比四龙和米香大，你们要像对金友一样对四龙和米香，要多带他们，要像亲姐姐的样子。

玉莲是我同母异父的大姐，水玉是我同母异父的二姐，金友是我同母异父的哥哥。

从小就乖巧懂事的哥哥姐姐，自然是更乖巧更懂事。姐姐和哥哥无论吃什么，都让四龙和米香先吃，无论做什么，都拉着四龙和米香的手，蹦蹦跳跳的，无拘无束的，很让人感叹和羡慕。

爹呢，也是背后悄悄地教我同父异母的四龙哥和米香姐。

爹说，米香、四龙，吴孃孃进了我们家门，就是你们的娘了，你们要像对亲娘一样对她，她也会像亲娘一样对你们好。她要是不像亲娘一样对你们好，你们跟我讲，我骂她，要她好。可能有人会教你们不好的话，讲什么后娘不是娘，后娘都心狠，你们不要信。这些都是鬼话。人跟人不一样，哪里人都有好人坏人。你们要想，我也是后爹，人家也会跟他们讲米有一个后爹是好爹。所以，你们不要信外人讲。人心跟人心不一样。有的人巴不得我们过得好，有的人巴不得我们过得不好。对姐姐和弟弟，你们也一样要好，他们是外来的，本来就有人看不起他们，你们要主动点、热情点、客气点，莫让他们感到你们也看不起他们，要让他们感到他们不是外人，这就是他们的家，我们跟他们就是一家人，晓得不？

四龙哥和米香姐都很懂事地点头。

米香姐说，爹，你放心，我和弟弟一定会对他们好。

四龙哥说，我一定不会听那些挑拨的话。

爹一听，满意地笑了，你们晓得人家讲不好的话是挑拨，我就放心了。

打了这样的家教底子，两家没有血缘的人，自然是心无芥蒂、其乐融融。

本很孤独落寞、灰心丧气的爹，重新拥有了男人的自信、激情和威武、雄壮。

爱，的确是一种甘露，能够滋润人，能够浇灌心，能够救活命。

娘跟爹不一样，娘是永远对生活和未来抱有信心、充满力量的人，是任何艰难和曲折都打不垮、击不倒、碾不碎的人。

其实，四婆四爷一直对娘抱有成见。在他们眼里，一个女人就不该离婚、不该改嫁，离婚、改嫁，都是不守妇道，是祸害孩子。后娘再好也是后娘，后娘再好也好不到哪里去。因此，他们对娘和娘的孩子一直不冷不热、不亲不疏。

四婆四爷还常常暗中观察娘到底对我米香姐和四龙哥好不好，一旦发现娘对米香姐和四龙哥说一句重话，他们都会指桑骂槐地骂几句，或者直接上来敲打。

一次，金友哥和四龙哥两人玩砸泥泡的游戏，两人都砸成了花脸不算，衣服裤子都是泥。娘看见了，说，你看看，你看看，你们什么游戏不好玩，玩砸泥泡，砸得身上脸上都是泥，花野猫一样。

四婆听了，立马接过来说，屋里穷得像风洞，他们不玩砸泥泡玩什么？你给他们买玩具、买乖乖啊，你买玩具、买乖乖了，他们就不玩砸泥巴，就不会是花野猫了。你不就是嫌他们邋遢，怕给他们洗脸洗衣服吗？你怕洗，我来洗。说完，就拉过四龙哥，给四龙哥洗脸。然后，翻出四龙哥的衣服喊，来，换上，我给你洗。

四婆的连珠炮，炸得娘一愣一愣的，站在那里，都不晓得用什么来回答。

娘本来是最能说会道的，在强势而凌厉的老人面前，娘却只能甘拜下风。

娘本来是要给两个哥哥洗脸洗衣的，四婆抢先给四龙哥洗，不给金友哥洗，就是做给娘看，敲打娘的。

四婆的意思非常明白，你不要想虐待我家两个孙辈，有我两个老家伙在呢！

爹知道了，给娘道歉，让娘莫生气。娘说，我生什么气？四叔四婶娘能够这样疼米香和四龙是好事，多一个人疼米香和四龙，米香和四龙就多一份爱、多一点好日子。

这对我也是一种监督，使我时时刻刻都不会忘了要对米香和四龙好，不然他两老都放不过我。娘不等爹回答，又接住补充。

爹很是感动，抱着娘一个劲地亲。

四婆四爷对娘的敌意，应该说是在金友哥和四龙哥同时食物中毒后才开始扭转。

那个夏天，一片炎热。爹出去给集体做木工活、找副业了，只有娘跟哥哥姐姐们在家。三个姐姐都在家帮娘做家务，金友哥和四龙哥在山上砍柴。砍柴时，两人都吃了湘西一种常见的蛇泡，中了毒，躺在地上口吐白沫。

娘赶到后，没有先救金友哥，而是先把手指往四龙哥嘴里猛伸猛抠，让四龙哥难受得哇哇大吐，然后又嘴对嘴吸气，想把四龙哥的毒气吸出来。

等四龙哥好受些后，才开始同样处理金友哥肚里的毒物和毒气。

娘不放心，又找到县医院的龚正顺医生，给两个哥哥洗了肠胃。

见四龙哥和金友哥食物中毒，四婆四爷本想大骂娘一顿，问娘是怎么照顾孩子的，看娘这么放弃金友哥先救四龙哥，所有的火气都消了，破例给娘也打了两个荷包蛋，非要娘跟孩子们一起吃。

娘端起碗，就流出了眼泪。一滴一滴，融进蛋汤，加了一点被认同和理解的幸福盐。

还让两位老人认同的是，娘再苦再穷，都没有放弃让几个孩子读书。爹本来是不想让米香姐读书的，一是米香姐不爱读书，读不得书，二是米香姐是个女孩，爹觉得女孩终究是别人家的，会写自己名字，会数一二三四五就够了。娘坚决不同意，娘的理由很充分，你不让米香读书，是不是也不想让玉莲和水玉读书？她们也是女孩。爹一听，连忙否认，不是不是，玉莲和水玉成绩那么好，哪门不读书？不读太可惜了。

娘说，米香也不笨啊，米香不是前几名，但也不是倒数呀。你不让米香读书，我就不能让玉莲和水玉读书，我们做爹娘的，要一碗水端平。都新社会了，还什么女儿家是人家的人？就算女儿家是人家的人，更要让女儿家读书，女儿家有文化有知识，长大嫁人时，才能在人家面前抬得起头挺得直腰，不然就会被看不起被欺负，你想你这几个女儿将来都被人看不起受欺负呀？

几句话，呛得爹哑口无言。

这样，米香姐和四龙哥都对娘很感激，四龙哥更是记了娘一辈子的恩。

哥哥姐姐都很感恩，也很争气，成绩都在学校里名列前茅，我的玉莲大姐更是次次考试全班第一。

为了减轻爹娘的负担，玉莲姐会带着弟弟妹妹上山勤工俭学。漫山遍野的金银花开时，哥哥姐姐就会去摘金银花。漫山遍野的五倍子结果时，哥哥姐姐就会去摘五倍子。漫山遍野的板栗子成熟时，哥哥姐姐就会去捡板栗子。还有漫山遍野的枞菌、漫山遍野的竹笋和漫山遍野的野果生长时，哥哥姐姐就会去采漫山遍野的枞菌、竹笋和野果。

这漫山遍野的馈赠，都会变成钱，变成哥哥姐姐的学费和哥哥姐姐的作业本、墨水瓶、圆珠笔、新衣服、新鞋子。

哥哥姐姐吃的、穿的、用的，都不比别人差。跟那些富裕人家比，吃的用的固然赶不上，穿的却没有哪一件不比富裕人家干净，即便是补疤重补疤，也是干干净净、清清爽爽、利利落落的。

人们都说爹娶了一个好女人，也都说娘找了一个好男人。

可就是这样一个好女人和好男人，最终却还是分道扬镳，成为路人了。

一切都因为我。

我是爹和娘爱情的炸弹，或者说是爱情的毒药，把一个好端端的家炸碎了、毒散了。

  1964年的早春二月，南方的枝条吐出最早最新的绿时，爹和娘孕育了最鲜最嫩的我。我藏在娘温暖的子宫里一点点长大，一天天成形，慢慢地变成了生命的模样，变成了爹娘的模样。我听得到娘的心跳和呼吸，听得到爹的耳语和亲吻，也听得到哥哥姐姐满地奔跑的笑声和歌谣。甚至，屋门口田里的蛙声、屋坎上竹林的鸟鸣、雄鸡报晓的声音、家犬报警的声音和爹娘喊哥哥姐姐回家吃饭的声音，我都听得见。我渴望早点从娘的子宫里破壳，早点见到亲爱的爹娘和哥哥姐姐、见到阳光洒满和鲜花开遍的世界。

  娘的子宫，就像一个香囊，每时每刻都散发着奇异的芳香。我就是一个无比贪婪的孩子，无比贪婪地吸吮着娘的体香。可是，娘的体香忽然间就不香了，变成一股浓烈的、极端难闻的味道。我不知道那是什么味道，但却让我恶心、窒息，不断地挣扎着，想冲出来，逃过这种浓烈的、极端难闻的味道。

  多年后，我才知道那是刺鼻的中药味，娘在吃中药打胎，要把我打死在胎中。

  我天底下最伟大的母亲为什么要吃药打胎，把我打死呢？

  娘说，娘是一时糊涂，也是迫不得已。

  得知娘怀上孩子后，娘和爹当然跟天底下的父母一样，是最幸福、最高兴、最期待的。这是他们爱情的结晶，是他们爱修成的正果，哪能不高兴呢？

  爹的四叔四婶却高兴不起来。

  他们担心我的到来，让这个本就很贫穷的家庭雪上加霜。

  他们担心以后不但养不活我，还养不好我的几个哥哥姐姐。这不仅仅是多一个人、多一张嘴，而是多了一个生命，多了一个要从两尺长养成七尺男儿的生命，这得花费多少钱、耗费多少精力、消耗多少时间？

  老两口轮番给爹和娘做工作，劝说爹和娘不要这个孩子。爹的四婶说，二妹呀，你好好想想，这么一大家，这么多要吃饭的嘴巴，你们养得活吗？不但是要吃饭，还要读书，还要看病，长大了，还要盖房子、娶媳妇，花钱的地方多得很呢！

娘说，我要！讨米都要！我晓得这是个儿子，酸儿辣女，我晓得。这是我身上的肉，你们让我不要了，是割我身上的肉，你们不痛，我痛。

四爷说，二妹呀，我们也想要啊，这是我们彭家的骨血，哪能不想要啊？要也要看实际啊！你看看，哪一家像我们家一样这么多老的老小的小？哪一家的日子不比我们好过？儿多母苦不要紧，你再生一个，苦的是你这些儿女，苦的是整个家庭。为了一个不晓得是男是女的孩子，拖累这些孩子，实在是不值当。

娘说，我不怕苦，我讨米都要养大他，我养得活他。

四婆说，话是这么讲，现在是新社会，哪个还准你讨米？你讲你养得活他，家里穷得一根多的纱线都没有，你用什么养活他？我跟你算算账，你生了这个孩子，吃的、穿的、用的，不晓得要花好多钱，你这几个小孩肯定不能再读书了，起码有两三个读不成书了。几个小孩，手心手背都是肉，你喊哪个读喊哪个莫读？他们个个都读得书，要是因为你生了这个小孩让他们都读不成书，你们这当娘当爹的心里过得去吗？过不去！

四爷也跟着劝说，我们养儿养女，是为了让儿女跟我们过好日子来的，不是为了让儿女跟我们受苦受难受罪来的，你再生一个，小的跟你受穷，大的跟你受苦，老的跟你受罪，你生一个有什么好处？

四婆说着说着，鼻涕流了出来。老人捏住鼻子，擤了把鼻涕，说，二妹呀，听我们一句劝，莫要了，把这些孩子好好养大。

两个老人苦口婆心的劝说，终于让爹动摇了。爹也成了劝说娘的积极分子。躺在床上，爹跟娘一直吹枕头风。爹说，听四叔四婶的，不要了，他们也是为我们好。这个孩子跟我们无缘，是命。

娘说，你讲得轻巧，也是一条命呢！说不要就不要了？

爹说，要了就得负责，我们现在这么多子女，这些子女我们都负不起责，都对不住，再多一个，哪门负责？哪门对得起子女？与其日后对不起所有孩子，还不如现在对不起这一个，长痛不如短痛。

娘本来是无论如何也要生下我的，听四爷四婆讲生下我后，几个哥哥姐姐肯定读不起书了，娘就有点犹豫了。听爹三番五次地说，娘更犹豫了。的确，这不仅仅是多一张嘴、多一个碗的问题，是事关全家未来、全家命运的问题。如果为了生下我而让所有的孩子吃苦受穷，还都读不成书，都将来跟爹娘一样打牛屁股，那的确不值当。

娘于是屈从了两位老人和爹，决定吃药打胎把我打掉。

那药，是四婆四爷亲自从县里抓来的。

娘每天都熬一罐中药，大碗大碗地喝。喝完的药渣就倒在门前的稻田里，一个村子，都飘着浓烈的中药味。

这浓烈的中药味，刺激的不是父老乡亲的鼻子，而是父老乡亲的神经。这个吴二妹真是吃错药了，怎么能吃药打胎打死各人的孩子，天底下哪有这样的娘？

吴二妹是我娘的小名。一个寨子的人，都喊着娘的小名，来劝娘、骂娘。

吴二妹，你有病是不是？人家怀孕养胎，你倒好，吃药打胎，你是我们鳌溪第一个呢，你想在我们鳌溪留下万古骂名是不是？

吴二妹，虎毒不食子，你心肠哪门那么狠？好端端的一个儿子你要打掉，你这跟女皇帝武则天有一比呢。

吴二妹，你这是谋杀犯罪，晓不晓得？

当人们得知是四婆四爷逼着娘吃药打胎时，更是对爹娘的行为感到不可思议。人们愤愤不平地、七嘴八舌地半劝半骂。

你们孩子的生死，凭什么要听他们两个的？

他们不是你们亲叔叔亲婶娘，当然巴不得你们莫生，生多了，你们就米得时间照顾他们养他们了，他们是在打各人的小算盘、攒各人的小心眼呢，你们看不出？

又不是他们的骨肉，他们当然不晓得痛。

听人家这么议论两位老人，爹不乐意了。爹说，我晓得你们是好心好意，但我四叔四婶不是你们想的那样坏，他们也是为我们好。

人们说，就算为你们好，也不是这么个好法，这真是杀人犯罪呢。

爹说，你们莫吓我，吃药打胎就算杀人犯罪？他都还米生出来，还米成人呢。你们讲得太难听了！

娘却听进去了乡亲们的话，乡亲们的每一个字都像锥子，锥得娘的心一阵阵痛、一串串血。

是啊，虎毒不食子，哪有做娘的儿子都还没出生，就要把儿子杀死？我哪像个娘啊？娘想着就想出两串泪水，放声哭了起来。

一个远房嬷嬷的话更是触动了娘的心。那个远房嬷嬷说，二妹呀，打不死就莫打了，生下来。你看，你喰的药渣都堆成山了，还米打死，说明你们有缘，分不开。你硬要打死的话，孩子可能会在阴间取你们全家人命的。你喰这么多药都米打死，说明你这个孩子不是凡胎，长大了肯定会成大人物的。你是生是死，都要把他生下来。

这个远房嬷嬷的话，一方面给了娘死亡的威胁，唬住了娘；一方面给了娘希望，点亮了娘；一方面给了娘情感，打动了娘。娘的母爱，就这样被一个寨子的父老乡亲唤醒、激活，变得勇敢、变得强大，敢毅然决然地对我的四婆四爷和爹说"不"了。

这个时候，娘已经吃了整整七服草药了。七服草药都没把我打死，七服草药我还活着，真是娘跟儿修来的缘分！

一听娘不肯吃药打胎了，四婆气得跳起脚来骂街，你们这个劝那个劝，一个个站着讲话不腰疼，生下来你们帮着养吗？到时候，你们还不是一个个看笑话！

四婆对娘说，二妹，你莫听他们的，那些人鸡屁股一翘，拉的是屎，不是好心。你要继续熬药喰啦，你不喰，会后悔的啦。

娘不说话，只是看着两位老人倔强地摇头。娘不知道说什么，生怕多说一句，就跟两位老人吵起来。

四爷说，二妹呀，你要是不听劝，硬要生，到时莫讲我们不理你不管你。

娘还是倔强地摇头，意思是不听他们的，要生。

两位老人劝不动娘，只好又去劝爹。四婆说，家云啊，你晓得的，我们从小就疼你，就把你当我们的儿子，你四叔教你做木匠，一分钱米要你的，还帮衬你不少。你胜虎弟弟也把你一直当亲哥哥。我们劝你，都是为你好。你莫辜负了我们一片好心。吴二妹糊涂，你莫糊涂，你要好好劝吴二妹。

四爷附和，我们都是半截身子埋进黄土了，还有什么坏心眼？我们的房子和家产以后还不都是你的，不给你给哪个？那些多嘴多舌的，哪个会把他的房子给你、把他的家产给你？他们除了心眼多心眼坏，什么都不会给你。

爹说，四叔四婶，你们放心，我晓得你们是真心为我们好，我会好好劝二妹。

可是，无论爹怎么劝，娘就是不肯再吃药打胎了。娘说，我晓得四叔四婶是为我们好，那好也有个哪门好才是真好和最好。那些乡里乡亲也不是为我们坏，乡亲们讲的也是理。我们当爹当娘的，不能为了自己活得好就不让这个孩子活，为了我们活得好，就这么狠心让孩子未出世就杀了，那真是杀人犯罪，一辈子良心都不得安宁。我不想一辈子都活在杀死亲生儿子的后悔里。

四婆四爷还是不死心，还是逼着爹一个劲地劝娘。他们还把药熬好了，放在娘的面前，逼着娘吃。

两个老人在以行动向娘宣战。

本就孕期性情烦躁的娘，终于忍不住爆发了，一言不发地把药罐药汤，全部扔进了门口的田里。

娘用无声的形式，对两位老人进行了反击。

见娘这样对待两位老人，爹忍不住了，对娘一声大吼，吴二妹，你这是做给哪个看呢？

娘不甘示弱，哪个逼我做给哪个！

爹说，再逼你，都是为你好，你哪门这样不识好歹？

631

娘说，你识你的好歹，我生我的儿子，我们井水不犯河水。

爹说，说一千道一万，你不能这样对两位老人。

娘说，我奴隶一样伺候了他们大半年，我还要哪门对他们？天天喊他们万岁？我生我的儿子，他们过他们的日子，为什么要那么逼我？跟他们有什么关系？他们是我的皇帝老子皇后娘娘，还是我的亲娘亲爹亲爷爷？

说完，猛地转身走进房里，把门愤怒地关上。

砰！那声剧烈的门响，就像一声剧烈的炸雷，开始让这个家庭电闪雷鸣。

电闪雷鸣后，注定是雨雪风霜，风雨飘摇。

爹三步并作两步地跑上前来，把门一推，吼，吴二妹，你得脸了是不是？你给我出来！给四叔四婶道歉！

娘也瞪圆了眼睛，吼，我米有错，我道什么歉？你鼓起两个眼睛牛卵子大，你还想喰人是不是？

爹举起手来，想抽娘一耳光，举起来，却放下了。爹可能看娘是孕妇，就放下了。

娘却被这举起来的手激怒了。娘挺起身子，把大肚子抵到爹的身上，喊，彭家云，你想替你四叔四婶打我一餐是不是？有本事你打我试试看？你不是想你儿子死吗？你往这儿打，往你儿子这儿打，你不打，你不是娘养的！

两个老人见闹大了，赶忙冲进来拉住我爹说，走走走，跟我们上去，莫跟她一般见识。

爹就被两位老人拽着往外走。

娘一把拽住爹，喊，你家在哪里？你往哪里走？坎上是你家，还是这里是你家？

娘说的坎上，就是爹的四叔四婶家。

爹赌着气，气呼呼地说，坎上是我家！

爹居然说坎上是他家。娘听了，气不打一处来，娘的眼泪一下子就出来了，哭着说，那好，彭家云，你到坎上去，再也不要回来！

爹说，你放心，我不会回来！

为了我，娘与爹和两位老人的战争，就这样猝不及防地爆发了。不是惊天动地的可怕，也是惊涛骇浪的汹涌。

夫妻生活就是这样，有了第一次吵架，就必定会有第二次吵架；有了第一次动手，就必定会有第二次动手。夫妻生活一旦走了下坡路，就像安有四个车辘轳，会顺着惯性，一直向下滚。

此后，爹与娘的战争、娘与两位老人的战争，就像梅雨季节的雷电，三天两头就是一阵雷鸣一道闪电。

爹与娘的感情，就像滚滚雷声，越滚越远，越远越淡。

那本就很脆弱的婚姻，在耀眼的闪电和震耳的雷声中，天崩地裂地撕开一道口子，破了，离了。

见娘怀着身孕就被逼迫离婚、被爹抛弃了，舅舅舅娘闻讯赶来，给娘助威。做贼心虚的爹，躲在四婆四爷家里不敢出来。

舅娘叉腰站在四婆四爷家的门口，指着四婆四爷骂，你们两个老不死的，米有一点老人的样子，人家都是宁拆一座庙不拆一桩婚，你们倒好，为了各人过得好、不喰苦，硬是把好好的一个家拆了！

舅娘骂，让全世界人评理听听，哪有一个外来人不让别人生孩子的？对彭家云和吴二妹，你是哪根葱，哪头猪？他们能够赡养你，就是你天大的福气了，我家二姐能够伺候你们，就是天大的恩惠了。你们还挑三挑四挑他们离婚！你们还是人吗？你们是鬼！鬼才这样害人！

舅娘又指着我爹骂，彭家云，你算什么男人？老婆不要，儿子不要，要一个跟你不相干的人？两个老鬼一座破庙就把你收买了，你就这么贱？各人的亲儿子，生都不让生出来，你跟畜生有什么区别？

哎哟，我的天，我那矮小的舅娘，硬是霸气地骂得一向强势的四婆四爷不敢开门。说舅娘指着我爹骂，实际上是舅娘在对着空气骂。我那懦弱的爹，躲在房里，大气都不敢出。

舅娘临走丢下狠话，彭家云，你不要仗着你人多欺负我姐姐，我姐姐要是在你这少一根毫毛，我一把火把你和你四叔四婶的房子都点了！

天哪，这吴二妹的娘家真是厉害！一个熬溪湾湾里的人都拍手称快，夸奖舅娘。

骂完爹和四婆四爷，舅舅舅娘把玉莲姐和金友哥带回舅舅家了，留下水玉姐陪着娘，照顾娘。

舅娘对娘说，二姐，不要怕，有我和你弟弟呢！你哪里也不要去，就坐在这屋里，在这里把儿子生下来。那是彭家云的种，你得在彭家云屋里生，出了彭家云屋再生，不是野种也成野种了。

娘说，我跟他离婚了，没脸赖在这屋里。

舅娘生气地说，二姐呀，你搞清楚，这不是你的屋，但是你肚子里儿子的屋。你是在儿子屋里，不是在彭家云屋里。你不在这里，去哪里？你想儿子一出生，就让人喊野种？你在这屋里不动，就是他彭家云的种，他不认也得认！只要你不走，他也不敢赶你走，他要敢赶你走，我一刀劈了他不说，我要到法院告他遗弃儿子罪。

娘就这样在熬溪生下了我。

生下我时的凄凉，这里不再重温。重温凄凉，就是自找悲伤。我想说的是，那个生我的小木屋，不管多凄凉，都是容纳了我生命的木屋，都是给了我世界的木屋，都是闪着光亮、有着母爱体温的木屋。

| 五十四 |

娘生下我时，是 1964 年的 11 月。深秋，湘西依然满眼葱绿、枝繁叶茂。秋日的暖阳，懒洋洋地躺在山间，没有了夏日的火气和锐气，尽是温情和温和。这是湘西一年最舒服的季节和最舒服的时候。我知道这是最好的季节和最好的时候，便一骨碌从娘胎里钻了出来，落到人间。

睁开的眼，看到的一定是娘喜悦而委屈的泪。

当乡亲们把这个喜讯告诉爹时，爹没来给娘烧一把火、炖一只鸡、热一口汤，只是做贼似的，匆匆跑来，给娘扔了一床被子。

这还是我的那个嬷嬷彭灵芝从家里抱来的被子。灵芝嬷嬷让爹送，是想让娘感受到爹的心里还是有我们母子的。

亏心的爹，蹑手蹑脚地走到床边时，不知心里是喜得慌还是怕得慌，居然一脚踩空，绊倒了，趺了一跤。也许爹是心里亏得慌。

见爹来，娘的眼泪一下子就出来了。

娘含着泪说，你来干什么？

爹说，我来看看。

娘说，有什么好看的？又不是你的儿子。

爹说，不是我的儿子是哪个的儿子？

娘说，你的儿子你这个态度？你的儿子你盼着他死？

爹就低下头来不敢接话，抱着被子愣在那里。

娘说，你抱床棉絮搞什么？

爹说，天凉了，给你和儿子。

娘说，冷死了也不要你管，莫到我面前假二麻嘎①的。

爹说，夜头冷，米有铺盖不行。

娘说，你一床铺盖我就热火了？

爹说，你要不要我都放这了。

说完，爹把被子放在床边就走。

娘瞪了爹一眼，生气地喊，你儿子不看一眼就走？

爹站下，怯生生地问，你让我看吗？

娘喊，我为什么不让你看？

爹说，我亏欠你们，怕你不让。

娘说，你那么老实听话，你还是不要儿子，要你的四叔四婶？那你莫看了，滚吧。

爹就来到娘的身边，俯下身子，笑盈盈地仔细端详。

慢慢地，爹自然地伸出手来，从娘的手里接过我，紧贴在自己的胸口。

娘说，像不像你？

爹说，像！嘴巴、鼻子、眼睛和脸盘子，都像。

娘说，像你，你就取个名字。

爹说，我米得资格取，还是你取。

娘说，我早想好了，就叫学民，四龙叫学兵，他就叫学民。一个学解放军，一个学人民。

爹的眼泪就出来了，说，你取名字都想着我彭家，按着我彭家云的血脉取，我真是对不起你。我还以为你不让我儿跟我姓彭，要跟你姓吴呢。

娘说，你米有对不起我，你对不起你儿子。

正说着，四婆站在坎上喊了，家云，你到哪里？快转来，饭熟了。

爹惊慌地放下我，慌慌张张地、轻手轻脚地跑了出去。跑了几步，

---

① 假二麻嘎：假惺惺。

又慌慌张张地、轻手轻脚地跑了回来，俯下身子，亲了一下我的脸。

娘知道爹怕他的四叔四婶，催爹道，快走吧，不然又要挨骂了。

爹就退后一步，给娘鞠了一躬，走了出去。

娘痴痴地望着爹的背影，好久没有回过神来。

爹活得老鼠一样胆怯，娘也许是可怜他。

事后多年，娘说起爹时，从没说爹一个不是，只是说爹没有主见，怕他的四叔四婶，也许就是那份可怜里多出的理解。

而当娘的口里说出爹的那份好时，也许是理解里多出了宽容——不，应该是爱里洋溢出的爱意。

记得娘说过，娘抱着我晒太阳时，爹常常远远地站着偷看。有时候，还躲着从门缝里看。

那时候，农村还不知道有奶粉，有也买不起。爹把苞谷磨成粉粉，让四龙哥或米香姐偷偷送来，让娘熬成糊糊喂我。四龙哥或米香姐送来时，爹也总是站在四爷四婆家的竹林里焦急地张望。一是看四龙哥和米香姐顺利送到没有，二是看四爷四婆回来了没有。爹怕四爷四婆碰见四龙哥和米香姐从娘的房间里出来，一旦碰见，爹就会抢先跑出来，故意骂，喊你们不要去她那里，不要去她那里，你们还要去她那里！再去，我打断你们脚杆！有时候，还假装在四龙哥的屁股上抽几下。四龙哥和米香姐一个会说找二姐姐玩，一个会说看小弟弟。

二姐姐有什么好玩的？小弟弟有什么好看的？以后再也不要找二姐姐玩，不要看小弟弟了。

几父子，就像演双簧。

爹抛弃了我和娘，让舅舅舅娘一辈子记恨。舅舅舅娘提起爹时，还是咬牙切齿，那个彭木匠，真是人干了木匠驴进了磨坊，一条道路走到黑。

说到娘，舅娘也大有恨铁不成钢的味道，你那个娘也是讨贱。我有时候去找你爹算账，你娘总是拉着不让，还讲你爹好。法院判的抚养费，我们本来可以找你爹要来的，你娘讲你爹可怜，好说歹说都不让要。把我跟你舅舅气得要死，不要了就不要了！你爱喰亏就喰亏！是死是活，以后莫往我们这里跑！

我说，我娘跟爹要过抚养费，我在《娘》那本书里，一开头就写的娘讨要抚养费的过程。

舅娘说，是要过一次，也就那一次，一调羹的伙食都米要得！你那个爹是孙悟空变的，被他四叔四婶上了紧箍咒，他四叔四婶紧箍咒一念，他就要头痛得翻跟头。

有一次，娘高烧好多天不退烧，没有钱，不敢去看病，躺在床上硬抻①。二姐小小的一个人又要伺候娘又要伺候我，累得站着都能打瞌睡。舅娘听说了，捉了一只鸡来看我几娘母子，正好碰到娘和二姐断了柴火，连饭都煮不熟。看到娘病哀哀躺在床上的样子，再看二姐弄来一捆苞谷卡子烧火时可怜兮兮的样子，舅娘的无名火一下子就烧起来了。舅娘拿了把铆头，咚咚地敲了几下地上的石板就往爹的住处跑。寨子的人以为舅娘要砍他们，纷纷在后面喊舅娘，砍不得！砍不得！

舅娘假装没听见，低着头跑。舅娘不是砍爹他们几个人去的，是劈爹他们家柴去的。勤劳的爹和四婆四爷在屋后面码了好大一堆柴，舅娘要搬他几捆，劈他几块下来。爹若敢拦，气头上的舅娘可能真的会拿铆头劈他们。

舅娘上次去堵爹，没堵到，四婆四爷把大门关得死死的，舅娘推不开。这次舅娘看他们同样吓得魂飞魄散地关了门，拿起铆头就往门上劈，舅娘边劈边大声骂，彭家云你这个没良心的！你不出来，我把你大门劈个稀巴烂！

沉闷的劈门声和嘹亮的喊骂声，在熬溪上空回响。四婆四爷怕看热闹的人越多越丢脸，就打开门迎了出来。

四婆把头一伸，喊，你有本事劈啊！

舅娘看都不看一眼，冷笑一声，依然边骂边劈门。半扇门，很快就

---

① 抻：撑。

被劈得稀巴烂。劈完，舅娘扬着铆头对爹骂，彭家云，你良心被狗喰了还是被猪拱了？你婆娘生病这么多天了你不去看，你儿子都要冷死饿死了你不去问，你是人还是牛马养牲？养牲都晓得疼各人的崽子、护各人的崽子，你一个大活人不晓得疼各人的崽子、护各人的崽子，你心比蛇还毒啊！我跟你讲，我二姐和你儿子要是有个三长两短，你们这一屋也莫想好活！记到，不是莫想好过，是莫想好活！

舅娘说着，扬了扬铆头。

爹和四婆四爷都本能地偏了偏身子或者缩了缩身子。

四婆说，我家云都跟你二姐离婚了，你二姐生病关他什么事？

舅娘说，我二姐和家云离婚了，彭家云和他儿子脱离父子关系了吗？法院要是讲不是他儿子，我不找他废话一句。你口口声声讲是你家云，哪个是你家云？家云是你生的还是你养的？你是家云娘还是家云爹？你把家云灌了迷魂汤就算了，你还不让家云管他儿子，你是什么四婆？妖婆！

四婆说，我家云没这个儿子，我们不认。

舅娘说，你不认？你算个屁！法院是你家开的？就算法院是你家开的，也是你家法院判的彭学民就是彭家云儿子！不是，你就叫你家法院再改判回来！

说完，舅娘走到一堆柴垛边，抱起一大捆柴就走。

没想到的是，舅娘搬了一大捆柴，又跑上来搬了两三捆。

四婆冲上去要拦，被四爷拉住了。四爷悄声说，狗癫了，没乱惹，会咬人。

舅娘给我讲述这些时，说，我那天做好了跟他们打一架的准备。他们要是敢拦，我就跟他们拼了，要让他们晓得，你娘后面有靠背山，不要随便欺负。铁锅不用铁锤，他们永远不晓得铁锤硬。

舅娘在家给娘抓药、熬药、炖鸡，给我洗澡、换尿片、喂糊糊，伺候了十来天才回去。

舅娘是隔壁胡家坪村的人。舅舅是小姓小户人家，大舅很早就去世了，一家人，就舅舅一个男丁。舅娘是大姓大户人家，兄弟姐妹有七八个，叔伯的兄弟姐妹就更多了，典型的大根大族。舅娘天性风风火火、敢作敢为，做什么都雷厉风行，说什么都快人快语，谁要是敢抠她一点肉，她肯定要剥他一层皮。舅舅人虽高大，却因从小在别人家长大，脾性慢、性格懦、人老实，跟舅娘的个性形成了鲜明的反差。舅舅被人欺负时，舅娘总是会把那个欺负舅舅的人收拾得先鸡飞狗跳，后服服帖帖。

舅娘的风风火火、敢作敢为，不但表现在平时的说话做事上，也表现在关键时刻的挺身而出、主持公道上。舅娘不但敢为了保护舅舅主持公道、去讨公道，村子里有什么不公道的事找到舅娘时，舅娘照样二话不说去讲公道。舅娘有句口头禅：这天底下没有王法了？他是天王老子了？天王老子我也要掀了他。

所以，舅娘在村民中享有崇高的威望，从三十岁到六十五岁，都是村里的妇女主任。舅舅在舅娘的辅助下，则当了几十年的生产队长。个子矮小的舅娘，内心蕴藏着强大的能量。

有了舅娘和舅舅的帮衬和撑腰，娘在熬溪的日子好过点。但毕竟是相隔十来里的两个寨子，娘的遭遇、娘的困苦，并不是天气变化一样，变了就会知道。熬溪人不给舅舅舅娘带信，舅舅舅娘就永远不知道娘在熬溪有多苦。

舅舅舅娘跟寨子上商量后，就把娘和二姐还有我，接到了舅舅的寨子梁家寨。这也是娘长大娘出嫁的寨子。一个寨子的人都尊敬舅舅舅娘，一个寨子的人都不愿看到我们孤儿寡母在熬溪吃亏。

之后多年中，娘的几次婚姻失败后，都会被舅舅舅娘接回娘家，直到我们最后落户梁家寨。

娘带着我和二姐离开熬溪那天，爹去外地给生产队做木工活找副业去了。娘跟舅娘说，等学民他爹回来再搬好不好？舅娘说，不好，为什么要等学民他爹？娘说，毕竟是他儿子，让他看看。舅娘说，天天在他眼皮底下都不看，要走了，还看什么？娘说，他也不是一点都不管，他也叫米香和四龙送过几次东西，他只是各人做不了各人的主。舅娘说，二姐哎，都这个样子了，你还替他讲话，我不晓得你到底舍不得他什么。娘说，我没有舍不得他什么，我只是想，我们这一走就不得回了，他就冇有机会看学民了。舅娘说，你是真蠢还是假蠢？他真想看，他看不到？我们又不在天上，就在梁家寨，一泡尿远呢！他真想看，真记挂你们，还不是一杆烟一餐饭的工夫？娘说，我还是想等等学民他爹，让他看看。舅娘又是一声叹息，一股恨铁不成钢的心痛。舅娘说，二姐哎，我看你是真蠢，比猪还蠢！你还对那个没良心的不死心啊？他良心早被狗喰了，你以为他还有良心啊？有良心，就不这样了！有良心，我和你弟弟就不用这样替你操心了！你今天不走也得走，要不，以后莫怪我和你弟不管你！

娘只好带着我和二姐，跟着舅舅舅娘走了。梁家寨的人一家来了一个，抢着接我们，浩浩荡荡的一大群。舅舅舅娘是在以无声的行动做给爹和四爷四婆看，吴二妹的娘家是有人的。

这个时候，我同母异父的玉莲姐和金友哥已经被他们的父亲从舅舅舅娘家接走了，只有我和二姐跟娘一起在舅舅舅娘家生活。

舅舅舅娘家也不宽敞。为了让我们母子有个家，舅舅舅娘事先用竹子在屋子左边空地上，连着舅舅舅娘家的屋檐和板壁，围出了一大间屋子。竹子都是楠竹，粗壮高大。淡淡的竹香弥漫房间。两架竹床，也是舅舅亲自做的。一架是娘和我的，一架是二姐的。二姐还从未见过竹床，高兴地在竹床上又是打滚又是蹦跳。屋顶是有坡度的斜顶，用杉树皮盖着，密不透风，风雨、蚊子、虫子都钻不进来。

有这样护娘爱娘的弟弟和弟媳，真是娘前世修来的福气。

找副业回来的爹，听说娘带着我和二姐离开了，第一次违背四爷四婆的意愿，连夜赶到梁家寨。

对爹深恶痛绝的舅娘自然不会让爹进屋。

舅娘说，你来干什么？你害我二姐不够，还想跑到梁家寨来害？

爹说，我接他们几娘母子回去。

舅娘说，回去？回哪去？回去让你继续虐待？回去让你四叔四婶继续欺负？回去让人家继续看笑话？

爹说，我错了，我对不起你们。

舅娘说，你有什么错？错的是我二姐瞎了狗眼看上你。

爹说，你就让我进去跟她讲几句话。

舅娘说，米有什么好讲的！

舅舅也说，你转去，米有什么好讲的。有讲的早就讲了。

爹说，你们就让我进去讲几句。

舅舅讲，喊你转去就转去，莫啰唆！我二姐不是你喊来就来喊走就走的。

舅娘说，你还是好好孝敬你的四叔四婶去吧，那是你亲娘老子。

爹情急之下，跪了下来，拉着舅舅的手说，求你们了，舅舅舅娘。

舅舅赶忙拉起爹，你这是搞什么，是要折我们寿？快起来！不起来，更不让你见。

爹说，你们不同意，我就不起来。

舅娘说，让他跪吧，跪一辈子都不让他进。

舅舅见爹不肯起来，一使劲，就把爹拽了起来。

娘听到舅舅家的动静，知道是爹来了。娘端着油灯，打开竹门，喊，让他进来吧，我看他有什么屁放。

舅娘顺水推舟，丢下一句"爱进不进"，扭头走了。

爹看着舅舅不敢贸然行动。舅舅把头一扬说，看我干什么？你去你的，关我什么事。

爹就赶忙往娘的方向奔去。

竹门旁，娘用手挡住吹往油灯的风，给爹照亮。灯影里，娘的眼神不知是期待还是感动。

进得屋，爹先把我看了又看，摸了又摸，红红的光照在我红红的脸上时，我薄薄嫩嫩的肌肤，看得到灯的火苗在脸上摇曳。

看完我，爹突然间就给娘跪了下来。

娘慌忙放下油灯，拉爹起来。

爹不起来，娘也就随爹跪下，听爹诉说。

爹跪着挪了两步，拉住娘的手，说，二妹，我这辈子不欠天不欠地，不欠鬼不欠神，就欠你和儿子的。我先是不该听四叔四婶的，不准你生儿子，后又不该听四叔四婶的，不管你和儿子。

娘说，我晓得你怕你四叔四婶，我就是想不通你为什么那么怕你四叔四婶。

爹说，我不是怕我四叔四婶，我是答应了胜虎要照顾好他爹娘，我不能对一个死去的人不讲信用，不能对不起一个死去的人。

为了没有血缘关系的四叔四婶，可以不要自己的婆娘儿女，天底下你是第一个。娘不无愤懑地说。

爹说，四叔在我小时候最苦的时候，教会我做木匠，有了讨饭喰的手艺。师傅师父，师傅就等于父。四叔也的确对我好。现在，他们老了，我不能不管。关键是胜虎。我跟胜虎是伢儿朋友，是光屁股一起长大的，虽然不是兄弟，却比亲兄弟还亲。他家里有什么好喰的，都会偷出来送给我和我几兄妹。四婶不像四叔那样大方，米有四叔那样好，胜虎还常常因此挨四婶打。四婶不准四叔教我木匠时，是胜虎跟四婶大闹，我才继续学的。抓壮丁时，胜虎也是事先给我们几兄弟报信，才都躲过了。抗美援朝战场上，他是在我怀里断气的。你晓得他断气时讲的什么吗？讲的是求我好好照顾他爹娘。我答应了胜虎的。我不照顾他爹娘，还是人吗？所以，不管我受再大的委屈，不管我的亲人受多大的罪，我都要先顺了四叔四婶的意。四叔四婶老了，身体又不好，得一天坐一天，假如他们老死了病死了，我都不在身边，我都不闻不问，我就一辈子都对不起胜虎。我今天亏欠你和儿子，明天还能弥补，我如果亏欠四叔四婶和胜虎，就没办法弥补了。我只能先放下你们，赡养他们。我现在来接你们，一是想请你明白，我是宁负最亲的人，也不愿负有恩的旁人；二是想跟你讲，我当时选择四叔四婶，就是觉得他们老了米有机会了，我们还年轻，还有机会弥补。我现在来接你，就是想弥补。

娘说,你讲这么多,我都听得懂。我想不通的是,我从来米有反对你养四叔四婶,相反还帮着你养四叔四婶。我对你四叔四婶的好,你也看到的。四叔四婶为什么就那么容不下一个米有出生的孩子呢?一个米有出生的孩子,前世无冤今生无仇,他们就容不下,非要我喰药打死,我不喰药打死,就跟我是仇人。我养我的儿子,你养你的四叔四婶,我过我的日子,他们过他们的日子,碍着他们什么了呢?为什么要搞得你死我活呢?

爹说,我也多次给他们讲,他们就是听不进去,只能讲老了糊涂了。还有一件事我一直不敢跟你讲,那就是他们一直疑神疑鬼,怀疑学民不是我的孩子,所以坚决反对。

娘吃惊地问,啊?为什么?他们真是老不死的!

娘气愤地骂了一句。

爹说,他们讲一结婚就怀上了,不相信。

娘气愤地说,信不信,你各人不晓得啊?

爹说,我当然晓得,学民出生后,长得跟我一个壳壳,都晓得啊。

那他们还不信?存心害人啊!娘越听越来气。

爹说,他们后来当然信了。

娘说,信了还那样?

爹说,不是撕破脸了嘛,他们也不好意思。

娘说,那你呢?你还不是一样!

爹说,我以为你们都会慢慢理解慢慢和解,哪晓得会越来越僵。

娘说,不要什么都你以为你以为,你以为的事多着呢!从头至尾,你就米起过好作用。

爹说,你讲的是,我的确米起好作用。我当时也是鬼摸脑壳,只想自己,米想你们。我只想你为什么不理解我、不听劝,只想你为了生下儿子脾气越来越丑。我就米想过你作为女人的苦楚,米想过你一个人的孤立无援,更米想过怀孕的女人本身脾气就会变丑,何况我们那么逼你。看你脾气丑得完全变了个人似的,我对后来的日子米得想头，就离了。

娘说，都这个样子了，说什么都米有用了，不可能再跟你回去了，好马都不喰回头草，何况人！

爹说，从现在起，我一定会好好待你们。不好好待你们，天打雷劈。

娘长叹一声，说，唉，你现在发誓米有用了，水流走了就回不来了。你安安心心给四叔四婶养老送终吧，有什么我能帮上的，还可以找我。

爹也长叹一声，都是我不好，把好端端的一个家毁了，我米有福啊。

娘说，命！

爹说，命！

娘说，莫紧讲了，我腿都跪麻了，起来吧。

娘想站起来，真的腿麻得站不起来了。爹就把娘抱起来，放到椅子上，给娘揉腿。

揉着揉着，娘眼泪就出来了。

娘哭泣着说，家云，你这是何苦啊，一个家弄成这样！

爹一只手给娘揉着腿，一只手给娘擦着泪说，二妹，我再也不会了，相信我。

娘的腿不再麻后，爹说，那我走了，到时我再来接你们。

娘说，这么夜了，就陪你儿子睡一夜吧，我跟水玉睡。

爹惊喜地问，我可以陪孩子睡吗？

娘说，当然啊，你的儿子，你不陪，哪个陪？

爹说，舅舅舅娘不会骂吧？

娘说，你一辈子就是怕这个怕那个的，你跟儿子睡一夜，哪个会骂你？

爹于是抱着我睡了一整夜，那是爹跟他这个儿子睡的唯一一夜。

可惜，那时的儿子还在襁褓之中，不知道爹的胸膛有多宽广，不知道爹的怀抱有多温暖，不知道爹的气息有多甜蜜，不知道爹的脊背有多厚实。甚至，他还不知道自己有个爹。

爹回去后，以为四爷四婆会说他一顿，四爷四婆居然没有。也许，人一走，什么恩怨都带走了。就像船儿离开港口要到大海上漂泊时，才会感到港口的安全、可靠和宝贵，才会念念不忘，依依不舍。

听舅舅舅娘说，爹在后来的几年里，忙于在外给生产队找副业，也没来看过我几次，倒是米香姐和四龙哥经常过来。

米香姐和四龙哥都喜欢二姐。在熬溪时，二姐经常带他们。娘对他们也挺好，去了，总是打鸡蛋做好吃的给他们，没有鸡蛋，也会找寨子上的人借几个鸡蛋打给他们吃。

当然，舅舅舅娘也不会把米香姐和四龙哥当成爹一样对待。大人是大人，孩子是孩子，大人再错，也错不到孩子。舅舅舅娘自然也是有什么好吃的，都做给米香姐和四龙哥吃。

两年后，爹请人带信，让娘去取抚养费。法院把我判给娘时，是要爹给十八年的抚养费的。我三岁多了，爹一分没给过。娘晓得爹要养两个老人两个孩子，艰难，也没找爹要过抚养费。

爹叫娘去取，娘自然很开心。娘想，爹终于攒到一笔抚养费了。

遗憾的是，娘并没有要得抚养费。是爹和四婆四爷设计要把我抢回去抚养，是要跟娘争夺抚养权。

四婆说，儿子三岁多了，喰米喰糠都养得活了，把学民要回来各人养。

爹说，要回来，米有人带。

四爷抢先说，我们带。我们还动得起。

爹说，吴二妹肯定不干呢。

四婆说，不干也得干，不干就不送她抚养费。

爹说，专门带信喊她来取抚养费的呢。

四婆说，喊了不会改口？你把抚养费送她了，不晓得她拿抚养费做什么呢！法院判那么多抚养费，哪用得完。

爹说，一年才一百块钱，不多啊。

四婆说，你真是钱多，一年一百还不多，一年好多才算多？一千？十千？

爹说，我开不了这个口啊，人家好不容易养这么大。

四婆说，你就舍得这么乖一个儿子让她带到人家屋里，跟人家姓，喊人家爹？那是我们彭家人的种、彭家人的根呢。

爹一想，好端端的我彭家云的种，要跟别人姓，喊别人爹，是越想越来气。

于是，就有了爹跟娘抢我，把我吓得哇哇大哭的场景，有了娘背着我仓皇逃跑的场景。

娘跟爹，以他们甜蜜的歌声美好开场，以我的哇哇哭声惶恐收场。

娘跟爹就此再也没有见过。

再见时，爹已摆放在一个潦草的"棺材"板上，阴阳相隔。

娘自此对爹彻底死心，找了一个人家，把自己草草嫁了。

娘知道爹再也靠不住，与其抱着幻想等待一个执迷不悟的男人，不如抱着希望靠近一个真实可靠的身躯。

爹是肠梗阻死的。

湘西人把肠梗阻叫绞肠痛。肠子绞起来痛，更为形象。

爹是在外面做木工活给生产队找副业时发病的。爹带着两个徒弟在一个乡村小学做课桌。肠胃刚刚不适时，爹只是气鼓气胀地屙不出大便，一整天都微微胀痛。慢慢地，疼痛加剧。爹一边忍着一边干活，心想，多喝点水就排出气了。不想到第二天，翻江倒海地疼。爹说休息一会，就回到了宿舍。两个徒弟继续干活，爹捧着肚子一个劲地在床上打滚。开始，爹咬着筷子，不让自己叫出来。后来，筷子咬断了，爹咬着木板，不让自己叫出来。最后还是扛不住了，放开木板，张口嗷嗷大叫。肚子里的大便出不来、气出不来，爹涨得血红的脸，越来越青，汗水雨似的从脸到脖地流，全身浇得透湿。

两个徒弟不放心，跑回宿舍看爹，见爹在床上翻来覆去打着滚叫，赶忙把爹往医院送。

爹喘着粗气对两个徒弟说,我不行了,别往医院送,往屋里送,我要看看我四龙和米香,我还要看看我学民。

徒弟说,你病得这么严重,得赶紧到医院抢救,师傅。

爹哭着说,我不能就这么了了呀!我不能就这么了了!我了了,我的四龙、米香哪门办?我的学民哪门办?我的儿女呀,天啦!我的吴二妹呀,我不该和你脱离呀!我万一死了,我的儿女都成孤儿,米有人管了呀!

我可怜的爹,活活痛死了。

由于爹是死在外面,四婆四爷没有让人把爹抬进屋,而是摆在了大门外的坪场上。

湘西人认为死在外面的人是猹死鬼,不能进屋,只能在外。四婆四爷担心爹被抬进屋里折他们的阳寿,让他们早死。在外死的人,都是凶死的人,把凶死的人抬回家就是把凶气带回来,会害死其他人。

爹就这样孤零零地躺在一块门板上,在露天里停放着,那个临时搭起的简易棚子,怎么都遮挡不住爹的可怜和凄凉。

爹辛苦了一生,最后落得个尸骨都不能进家门。

得知爹去世的噩耗,对爹念念不忘的娘,跋山涉水赶来为爹送行。

见爹的尸骨不但进不了家门,还孤魂野鬼一样放在一块门板上,娘心疼得眼里心里都在流血,泪和火同时像岩浆一样喷了上来,冲上去,就跟爹的四叔四婶大吵了一架。

娘哭诉着吵,家云苦死苦活地养你们这么久,你们就这样把他放在外面日晒雨淋,你们的良心呢?

不讲他做儿做孙伺候你们,就是看门狗一样给你们看门也看了十几年,你们就这样无情无义地把他曝尸野外,你们的良心被狗喰了吗?

你们这样做,会不得好死!不得好死!

这场惊天动地的争吵,不知道爹能不能够听到。不知道爹的灵魂是不是没走远。没走远的话,爹一定能够听到。爹一定能够听到他曾经抛弃的这个女人为了给他争一个棺材、争一个葬礼、争一个灵魂能够回家的名分，豁出了所有的泼辣与蛮横、所有的痛惜与爱恋，跟他赡养了十多年的四叔四婶吵得天昏地暗。

也许爹的灵魂会因为这场争吵而惊悸，把娘大骂一顿，认为娘不该这样对待他的四叔四婶。也许爹的灵魂因为这场争吵而不安，觉得当年抛弃我娘和我委实不该。也许爹会因为这场争吵而安宁，他至死都还有一个对他念念不忘的女人，而且是被他抛弃过的女人，他可以含笑九泉了。

在这场争吵中，娘当然占不了上风。娘跟爹，已经是两个没有关系的人，尽管有我这个共同的儿子把这种关系连着。但都是我跟娘的关系，我跟爹的关系，而不是娘跟爹的关系。我跟娘、跟爹，再怎么扯，都扯不断。而娘跟爹，既然离婚了，那关系，再扯也无关了。

那是一场惊天动地的吵。熬溪整个周边的人说到这场争吵时，都还为娘喝彩，说娘有情有义，是女中豪杰。

得知爹去世后，那远在东北的四叔也带着一家四口赶回了熬溪。

四叔一直像木偶一样呆坐在爹的身边。四叔木然的表情里，不知道是悲是悔，也许悲、悔都一齐涌上心头，凝结成了一种木讷的痛。自从四叔抗美援朝后留在东北，就没回来过，与家里唯一的联系就是一年的两三封信。五叔和嬷嬷都说四叔把家忘了。五叔和嬷嬷说，四叔哪个都可以忘，就是不能忘记我爹。爹说，四叔不是忘了家和亲人，是天太长路太远，难得回来。现在四叔终于回来了，看到的却是爹安放在外的尸骨，不知四叔作何感想。

不满四叔多年不回来的五叔，嘟哝着发泄不满，被嬷嬷听见了。嬷嬷说，不要多嘴，你四哥现在是个客人，他能那么远赶回来已经不错了，哥讲得对，你四哥不回来一定有他的难处，不管他有没有难处，我们都体谅他原谅他算了。

五叔也就嘴上原谅了四叔，不再嘟哝。

韭菜干娘、彭武生和侯凤兰、张雪梅，也都从城里赶到了熬溪，给爹守了几天几夜的灵。已经八十多岁的大婆也在彭玉树、彭多姿几个孙子辈的轮流背扶下，颤颤巍巍地来给爹送行。

见爹停在一块门板上，连口棺材也没有，大婆蹲在爹的跟前，摸着爹的脸哭，儿呀，你怎么这么命苦，苦了一辈子，连个遮风挡雨的老屋都没有。那是你下辈子的窝啊，儿！

湘西人说的老屋就是棺材。

四婆见来了一个老太婆哭灵，还喊儿，忙问，你是从哪个地孔里冒出来的娘？我屋家云哪门成了你的儿子？

五叔赶忙告诉四婆，这是干娘，爹的干娘。我们当年就是在干娘屋里长大的。

四婆见是对爹有大恩大德的干娘来了，也就不再多作声。但还是嘟哝了一句，你早到哪里去了，人死了，你来猫哭干鱼。

大婆没有理会这个老太婆，继续摸着爹的脸哭，儿呀，娘对不起你，娘也对不起你武豪哥，没有替你武豪哥照顾好你，让你受苦了。

哭完，大婆骂四叔五叔，老四老五，你们把哥哥放在门板上晾着，就是这么对哥的？你们忘了哥是哪门喰苦落难养你们的？老四更不像话，你到吉林工作后，就没转来看过你哥，你哥现在这个样子，你就不心痛？

被大婆一顿大骂的四叔委屈地辩解，天长路远，花费太大，我经常给哥哥写信的。

大婆说，花费大，哪门大？转来一次要花完你几辈子的钱？你就是忘恩负义，忘了你哥是哪门把你们拖大、哪门把你们带出去的了。你们上岸了，过好日子了，也不晓得拉你哥一把。现在你哥死了，连个老屋都米有，你们安心了？

五叔也委屈地说，婶，不是我们不管我哥，我们的钱都拿来给哥买衣服和办丧事了，的确拿不出更多的钱了。

大婆说，你哥连个老屋都米有，你们花的什么钱办的什么丧事？你们打算把你哥这么席子一卷就埋了？

四叔五叔说，那哪门会呢？我们在想办法。

明天都要上山了，你们还想什么办法？大婆毫不客气地问。

同村的彭文贵二叔说，大婶娘，你就莫骂他们了，他们也的确尽力了，该借的借了，该出的出了，能借的都借了，能出的都出了，不借不出的，再找他也米得用。现在都穷，都脚边手边米有钱，有的人有老屋，不肯借。

彭文贵二叔讲的是爹的四婆四爷。四婆四爷的老屋，还是爹为他们准备的。当四叔和五叔找他们借老屋时，他们说什么也不肯。

四婆对四叔五叔说，我跟你四叔也是得一天坐一天，讲不定今天埋了你哥哥，明天我跟你四叔就两腿一蹬闭眼睛了。到时，我们装到哪里去？

四叔说，你们身体还好得很，你们不在那天，我们把老屋也还给你们了。

四婆说，你们讲得好听，都穷得喝西北风，你们拿什么给我们还老屋？

四叔说，你不是认我哥做儿子了，要我哥给你养老吗？这是你儿子呢！

四婆说，是认儿子了，可是你哥给我们养老了吗？一天都米养。都是喰我们的用我们的，是我们帮他呢。

五叔气得牙齿咬得咯咯响。五叔说，四婶娘，你这样讲太米得良心了，为了你们两个老的，我哥把嫂子儿子都不要了，你现在讲米养你们一天，真是不讲良心啊。

四爷毕竟是男人，觉得爹可怜，说，老婆子，要不把我那个老屋给家云吧，家云不是我们儿子，但跟我们坐了这么多年，不亲也喊亲了。

四婆眼一横，对四爷吼，一边去，你充什么好人？家云是他俩亲哥，家云既当爹又当娘养他们那么大，他们要想办法给家云报恩才是！他们不但不想办法报恩，还打我们的主意，安的什么心！

四婆话说得很难听，但四叔五叔觉得说得也没错。他们是哥哥含辛茹苦带大的，是该好好报答哥哥，他们跟哥哥才是骨肉相连的一家人，找这远房的四叔四婶好像是有点没道理。

彭文贵二叔和一寨子的人却不这么认为。彭文贵二叔和一寨子的人认为，四叔五叔该报答，但爹赡养的四爷四婆也该出力。我爹对他们都是恩重如山。

得知实情的大婆不再责备四叔五叔。大婆对彭武生说，武生，把娘那口老屋运过来，给你家云哥。

彭武生迟疑地看了看韭菜干娘。韭菜干娘说，看什么，听娘的，快去。

彭武生说，娘，不急，我们这就去给家云哥买一个老屋。

大婆说，明天都上山了，到哪里去买？听娘的，把娘的拉来，娘一时半会死不了，以后你再给娘买。

彭武生就带着彭玉树、彭小定、彭来福几个晚辈进城拉来了大婆的老屋。

本很凄凉的爹，因为大婆的出现而得到了厚葬。

生前得到大婆无限庇护的爹，死后得到的，还是大婆倾尽全力的庇护。

爹和大婆，是命中注定的没有血缘关系的骨肉母子。

娘跟大婆和韭菜干娘他们是认识的。娘跟爹结婚时，虽然没有摆酒席，但大婆和韭菜干娘一行都是送了礼信的。大婆送给娘的一对手镯，娘一直戴在手上。

娘在远处虽然听不见大婆在跟大家说什么，但当娘看到彭武生拉来一口棺材时，娘就知道是大婆给爹拉来的，大婆要爹的来生风调雨顺，而不要爹的来生风吹雨淋。

娘在爹的坟前睡了一个晚上后，专门赶到县城求见了大婆，感谢大婆对爹的恩典。

娘跪在大婆面前谢恩说，大婆，要是你不嫌弃多一个女儿，我做你的女儿，我今生今世和来生来世，都替家云给你当牛做马。

大婆叫韭菜干娘扶起娘说，二妹，我听熬溪寨上人讲了他四叔四婶不让你给家云送行的事，他们不是人，你莫理他们就是。你跟家云都离婚好几年了，还这么有情有义来看他最后一眼，你是个好女儿，我认下了。今后有什么委屈，你来找娘就是，有时间来看娘时，也尽管来看。娘这儿有你的喰，有你的住，有你的家。

韭菜干娘插话说，要是方便，把学民带来，让我们看看。你跟家云离婚，带着学民离开，我们都不晓得。学民应该长好大了，我们都米见过，有时间带来看看，认认家门。

大婆说，是的，把学民带来认认大婆和这一家人。

娘说，我记下了，我一定带学民来认家门，看你们。

自此，娘多次给我说到大婆和韭菜干娘这一家人的好，要带我去看看。我却自始至终坚决不去。我想的是，他们对爹好跟我有什么关系？因为我不认这个爹，我不是那个叫彭家云的人的儿子，那个叫彭家云的一切人和事，当然跟我没有关系。

在跟娘的对抗中，实际上，在对待爹的态度上，已经初现端倪。

我以我的倔强，我以我的自尊，我以我的怨恨，抗拒着一个跟我血脉相连的人走进我的人生，牵扯我的藤葛。

但是娘对爹的絮叨，还是让大婆大爷和武豪干爹一家在我心中有了些许印象，知道爹的人生和世界曾经有过大婆大爷和武豪干爹一家人。

五十五

爹死了。以这样一种猝不及防的方式死了。

匪患盛行时,田平的几次征战掠夺,没有让爹倒在土匪的刀枪下。抗日战争中,那么多场生死存亡的战斗,爹都从死人堆里杀出了活路。湘西剿匪时,喋血刀尖的数次交锋,没有让爹饮血九泉。抗美援朝里,无数飞机大炮的轰炸,没有炸毁爹挺拔而倔强的身影。一场突如其来的肠梗阻,却把爹的生命阻击在1971年的秋天。

爹在与他的父老乡亲并肩战斗的过程中,打赢了抗日战争、解放战争,打赢了湘西剿匪、抗美援朝,却在孤军奋战的时候,没有打赢一场突如其来的疾病。

爹临死前一声声哭喊我的米香、四龙和学民时,他是多么不舍、牵挂和无助?

爹临死前一声声哭喊吴二妹我好悔时,他的悔恨到底有多深、多沉和多痛?

还在古丈县读小学的我,根本不屑于听爹的呐喊和呼唤,更不在乎爹的疼痛和死活。我没有原谅过这个抛弃我和娘的爹,没有承认过这个让我饱受屈辱的爹。当然,更不会理会这个使我充满仇恨的爹。我不会跟随娘去给爹送别,不会披麻戴孝给爹吊孝。我就是我,他就是他。他不管我的生,我不管他的死。

我沉醉在我刚刚上学读书的快乐中,我感受到的只是课本的书香,而不是爹去世的悲伤。

我陶醉在我第一次拿三好学生的荣耀里,爹的死活,似乎跟我没有任何关系。

我更是活在我娘改嫁的那个村庄所赐予我的白眼和屈辱里，我怎么会去为一个抛弃我而使我遭受这么多白眼和屈辱的人流泪？

我青葱年少的心，比铁还硬、比冰还冷。

多年后，当我听韭菜干娘和彭武生讲爹临死时万箭穿心的哭喊和呼唤时，我的心才被万箭一点一点射中、一点一点滴血、一点一点疼痛。

我开始尝试站在爹的角度理解爹。

我开始认真想爹为什么宁愿离婚也要扶养跟他没有血缘关系的四叔四婶，为什么宁愿不要我这个儿子也要我的四婆四爷。

我问武豪干爹，武豪干爹说，他那段时间不在湘西，在大西北，他也不知道爹跟娘离婚的事，更不知道爹得病死了。五十多岁，正是年富力强的时候，却说死就死了，实在是老天不公。

五叔说，你爹不是不要你，实在是被逼无奈。你爹选择离婚不要你和你娘，是欠考虑。但离婚不是一方的事，是双方的，你爹不肯离，但你娘铁了心要离。

我问，为什么我爹不肯离，我娘要离，还铁了心要离？是我娘不对、我娘的错吗？

五叔连忙否认，不不不，不是讲你娘不对和错误。你娘也是不得不离。症结首先还是在于你四婆四爷。你四婆四爷担心生了你负担更大，坚决不让生。你娘觉得你是娘身上的肉，必须生。而你爹左右为难并且力劝你娘喰药打胎时，你娘觉得你爹跟她不是一条心，而是跟外人一条心，觉得你爹靠不住。你娘天生好强，觉得天底下不是除了彭木匠就装不了犁，所以，毅然决然地要离。

我有些不满地说，你的意思还是我娘不对，是我娘不该生我，我娘应该顺应四婆四爷，这样就不会离了。爹这个时候宁愿选择跟他米有血缘关系的四婆四爷，也不要他的亲骨肉，就是跟外人一条心，靠不住。

五叔又连连否认，不是讲你娘不对，你听我讲完。

韭菜干娘看出了我的情绪，接过五叔的话说，我来讲吧，学民，你五叔表达不清。

韭菜干娘说，你爹选择放弃你和你娘，肯定是不对的，他完全可以反过来做你四婆四爷的工作，不能光做你娘的工作。但是，你四婆那时候老糊涂了，神志不清，经常颠三倒四、丢东落西的，是米有办法做他们两老工作的。你四婆一个人在山上或者街上时，常常找不到回家的路。有一次，你四婆走失了一个星期，你爹才找到。你四婆本来身体就不好，又老年痴呆，你四爷一个老头子根本守不住。要是你爹不管，就米有人管了。

我说，彭胜虎不是追认为烈士了吗？政府管啊。

韭菜干娘说，政府是管，但政府只管得了大的，比如这样补贴那样补贴。生活起居之类的，政府就管不了那么细了，还得靠各人。

我说，米有养老院吗？

韭菜干娘说，农村里，米有几个人愿意去养老院的。农村人，死都要死在自己屋里、埋到自己山上。这就是根的意义。关键是，你爹是个特别感恩的人，你四爷教会了他做木匠，是师父，你爹感恩。彭胜虎跟你爹是隔房兄弟，从小感情就深，对困难中的你爹照顾有加，你爹感恩。所以你爹米有办法丢下你四婆四爷。你爹除了牺牲自己的婚姻和家庭，米得选择。更重要的是，你爹不仅仅是对他四叔四婶和彭胜虎感恩，不仅仅是与彭胜虎的兄弟情、与四爷的师徒情，更是与彭胜虎的战友情、与烈士家属的感恩情，是对革命烈士承诺的信守、对革命烈士责任的担当。

我说，照你这么说，我爹很高大、很高尚？

韭菜干娘说，当然很高大、很高尚。你不要小看你爹，你爹牺牲自己的家庭，成全战友的父母，完成烈士的遗愿，就是高大和高尚。

我说，就不能又要我，又要四婆四爷吗？

韭菜干娘说，就是无法两全其美，你爹才这样无奈地选择。他这无奈选择的代价，就是让你埋怨和怨恨了他一辈子，无法原谅他。我也完全理解你对你爹的埋怨、怨恨和不原谅。但你好好想一下，你爹为了信守对战友和烈士的承诺，牺牲了自己的婚姻与家庭，背负儿子对自己的怨恨，你不觉得他高尚和高大吗？你就仅仅认为他是简单地抛弃你和你娘，认为他窝囊无用吗？

五叔说，你不晓得，你爹跟你娘闹离婚的那段时间，急得整天整夜困不着，头发一把把地掉，心窝子也时不时地痛。有时候还当着我面难过地流泪。他跟我讲，他也想生下你，但的确好大一屋人了，生下来，日子会更难过。你爹还担心生下你后，会冷落了你那几个同娘不同佬的哥哥姐姐，他们本来就很喰亏了，再多一张嗷嗷待哺的嘴，就更喰亏。你娘跟你爹和四婆四爷意见不统一，坚决要生下你后，你爹左右为难中选择了跟你四婆四爷在一起。就像你韭菜干娘讲的，你四婆四爷又老又病，离不开你爹，你爹对你胜虎叔叔有生死承诺，他必须信守这个承诺，他既要对兄弟负责，更要对战友负责、对烈士负责。

武豪干爹说，学民，你们现在生活在好时代好世道，你们米打过仗、米在战场上出生入死过，不晓得战场上那种战友情是一种多么纯洁、高尚和神圣的情义，米有在战场上一起经历过生死的人，是永远无法理解战友情里的生死与共、祸福共担。你不理解你爹的行为，我完全理解你。但你要学会理解，他是你爹，你是他儿子，你都不理解，哪个去理解？做儿子的都不理解，别人再理解，父亲都是失败的。我想，你爹一定多次给你五叔他们讲过他对你的失败。

五叔说，是的。不晓得你爹好多次讲他失去你们的悔恨了，特别是晓得你一直恨他后，他更是悔恨和难过。不然，他不会到死都还喊着你和你娘。

那他为什么要把娘骗去给抚养费却又不给？我问。

五叔说，其实没有骗，就是你四婆老年痴呆，不认账了，你爹要是给抚养费，她就闹腾。你爹觉得老人是得一天坐一天的人，就先依了你四婆，等你四婆清醒后，再给。但你娘被你爹吓怕了，头也不回地跑了。

韭菜干娘说，放下怨恨，学民，他毕竟是你爹。你爹都死了这么多年了，你还活在对爹的仇恨里，你过得不开心，你爹泉下有知也会难受。我们都理解你爹，喜欢你爹，敬重你爹，你也好好理解下你爹。相信你理解你爹后，会为你爹骄傲、自豪。

武豪干爹说，你是得放下仇恨，学会理解你爹。你想，我跟你爹还有你几个叔叔，死都死过好多次了，你这点委屈算得了什么？想宽点，想宽了就什么都宽了。看远点，看远了就什么都远了。米有过不去的坎和解不开的仇，何况是跟你爹？

几位长辈的话，让我翻来覆去想了好多遍。我一次次过滤他们的话，又一次次沉淀他们的话，爹的形象越来越清晰、越来越高大。实际上，在长辈们一次次的讲述里，爹的良善、爹的英勇，特别是爹面对日本鬼子的那种大无畏，使我对爹不知不觉地产生了一种敬仰。只是我还迈不过爹抛弃我和娘的这道坎，我不承认这种敬仰，所以也就没有那种自豪、缺了那种情感。

是的，我为什么不放下仇恨，站在爹的角度去想想呢？为什么只站在自己的角度沉迷在对爹的抵抗里？既然我想走近爹，为什么不彻底放下自己真正走近和走进呢？我对爹这种发自骨子里的抵抗，难道不是一开始就把爹放在他有原罪的一个定论里了吗？如果一个儿子认定父亲对自己犯有原罪，那这个儿子怎么能够走近和走进父亲，怎么能够认同和接纳父亲并爱上父亲呢？

我突然找到了我一方面想靠近爹一方面却抵抗爹的症结所在。

我开始放下自己。放下自己曾经遭遇的不幸。放下自己曾经拥有的屈辱。特别是放下对爹的怨恨甚至是仇恨，不把自己的不幸和屈辱全归咎于爹，而是理解为自己人生中所必然经受的历练。

慢慢地，我居然释然了。我有什么理由如此执着地埋怨甚至憎恨爹呢？对一个早已死去的爹还那么埋怨和憎恨，这个儿子还人道吗？一辈子活在对一个未曾谋面的人的仇恨里，这也是自己给自己找不痛快。

我突然想说，爹，我也是一个有感情的人，只是我一时还没有意识和理解这种骨肉、这种亲情和这种人生。

爹的一生是为国征战的一生，是为家劳碌的一生，既辉煌荣耀，又落寞凄凉。他一手拿枪打仗,一手提锄种地,怀抱的大刀削掉了无数敌人的头颅,身背的柴火升起了无边晚霞的炊烟。他是汪洋中的一条小船,在波峰浪谷中起伏、飘摇、扬帆、向前。他是野地里的一根小草,在风雨中破土、倒伏、向上、昂扬。他虽然有过人生至暗的时刻,却没有在至暗时刻跌倒、坠落和沉沦,而是迎着风、带着爱、发着光。他也有过风光无限的时候,却没有心安理得地占尽无限风光、贪恋风光,而是在风光无限时选择褪尽繁华,回归本色和自己。

在爹短暂的人生里,无疑是充满戏剧和传奇的,但的确是本色、本质和朴素的。在湘西,爹和父辈们的人生,都是这样的人生。我们充满敬意,但却不以为奇。

遗憾的是,爹尽管跟湘西和全中国的父辈们打出了崭新的天下、开启了崭新的生活、迎来了崭新的时代,却依然没有等到他最向往的时刻,没有看到他最期待的时候。但是,当他的战友和亲人把这最向往的时刻、最期待的时候告诉他时,他一定会在九泉下含笑、九泉下起舞。

那是一个天大的喜讯。

爹去世后的第八年,也就是1979年,湘西自治州下发了一份文件,对原国民党起义投诚人员进行平反、落实政策。这是湘西自治州根据中共中央精神,执行中央六部委(院)6号文件而开展的一次大规模的行动。

那时,党的十一届三中全会刚刚胜利召开,实事求是地对思想路线、政治路线、组织路线和重大历史事件都进行拨乱反正,其中,对那些在抗日战争、解放战争和抗美援朝等民族伟业中真正有功却错误划为反革命坏分子的原国民党起义、投诚人员重新进行甄别和平反。之后,又根据中办40号文件,对原国民党地方游杂武装起义投诚人员进行甄别和平反。

湘西,几乎所有的地方自卫武装和土匪武装,都是被国民党收编的地方游杂武装,都是官方认定的土匪。在解放战争和湘西剿匪中,不少地方土匪武装和国民党地方游杂武装都举手投诚。湘西州委根据湖南省委指示精神，本着"宜宽不宜严、宜粗不宜细"的原则，对只要没有新的犯罪而被错误处理的人员都撤销原判进行平反，对那些没有进行认定和处理的人员也重新进行认定和处理。

武豪干爹的地方武装，被认定为党领导下的、为湘西和国家屡建奇功的地下武装。彭春荣的地方武装被认定为保境安民的民族自卫武装。对那些在抗日战争、解放战争和抗美援朝中有功的国民党将士和湘西地方自卫武装及国民党地方游杂武装的投诚人员，也给予公正对待，给予应有待遇。永顺的汪援华、龙山的瞿波平、辰溪的石玉湘、古丈的田仲达等，都被认为是率部起义有功的投诚人员，享受着副军级待遇，安度晚年。成千上万的戴罪立功的土匪和本就无罪的土匪及国民党地方武装、游杂武装的投诚人员，都得到了平反。

罪大恶极的田平，当然是咎由自取，不会平反。他的两任妻子王春花、刘小小和后人，却都得到了善待。王春花和刘小小本是穷苦人，她们作为田平的妻子，没有为虎作伥，而是尽己所能阻止了田平的很多恶行、保护了不少百姓乡亲。她们天性善良，得到了政府和乡亲的认可。她们的两个孩子更是无辜，政府和乡亲不会把田平的血债算到两个孩子身上。所以，历次运动，王春花、刘小小和两个孩子，都没有受到冲击，一直平安无事。

在韭菜干娘和彭武生的努力奔走下，吴玉音被追认为革命烈士，革命烈士墓志铭里，终于有了吴玉音的一笔一画、一段一节。爹被认定为党的地下武装的有功人员，组织还撤销了爹敌特分子的决定，恢复了爹的公职。

在湘西档案馆里，我看到了湘西州委批复给县委的《关于恢复彭文科同志公职的批复调查报告》，其中几句写道：

> 经复查，彭文科在抗日战争、解放战争、湘西剿匪和抗美援朝中都冲锋陷阵、立下战功，原怀疑彭文科勾结苏联特务出卖国家情报、谋取个人私利而开除彭文科公职的行为，没有事

实依据，实属错判，现公开平反，并恢复公职。工资定于行政21级，按现行干部死亡待遇处理。其中共党员身份问题，需认真查证再做决定。

特此通知，希照执行。

1982年11月29日

虽然只是短短的几句话，但却是对人的一生的漫长总结，是对人的一世的终极肯定。爹的身份和名誉虽然没有得到全部的认同和恢复，但爹被认定为是对国家和民族有功的人员，已经是阳光照进了爹的现实、春风吹拂了爹的大地。吴玉音的荣誉，虽然姗姗来迟，但毕竟姗姗而来。尽管爹和吴玉音的现实与大地都在生命的另一头了，但这却是爹和吴玉音真实的现实与大地，是必不可少的现实与大地。

有的人、有的事和有的历史，毕竟需要拿起放大镜一再辨别才能看清和确认。只要春天存在，春风就会吹来。很多个活着的湘西的爹和吴玉音们，最终可以挺起脊梁做人、昂着脑袋走路。很多个死去的湘西的爹和吴玉音们，最终可以含笑九泉。

用尽后半生都在为吴玉音奔走呼号的爹，是不是在世界的那头，也跟吴玉音一起含笑、一起相聚、一起举杯呢？

相信会的。

湘西这一历史性的决定，改变了成千上万人的命运，迎来了成千上万人的新生。很多人敲锣打鼓、摆了酒席进行庆祝。韭菜干娘和彭武生、侯凤兰、张雪梅，特地从古丈赶到保靖熬溪，跟我哥哥彭学兵在熬溪摆了几桌酒席，庆祝爹的平反和新生。我那漂亮的米香姐早已去世了，她没有看到爹平反的那一天。沉默寡言的学兵哥刚刚娶了媳妇，看到爹平反、恢复公职，说不出的高兴和幸福。从不喝酒的他，破天荒喝了一瓶啤酒，抱着彭武生和五叔又哭又笑又唱。新嫂子流着泪说，四龙癫了，四龙癫了。

二十多年了，没有人知道和理解学兵哥的悲伤与孤独。特别是米香姐和爹去世后，学兵哥更像一只寒号鸟，有翅膀，却不会飞。孤独而贫困的生活，把学兵哥逼成了一个从小就吃苦耐劳、自强自立的人。一只不会飞的寒号鸟，硬生生地被生活逼成了一只搏击风雨、展翅高飞的苍鹰。邻村的肖姑娘一家，就是看到学兵哥的勤劳善良，而选择与学兵哥结为一家人的。

这个时候，中国正以前所未有的胸怀和姿态革故鼎新、拥抱世界。改革开放的巨轮正升起风帆、劈波斩浪，迎着朝阳、向着希望。

一切都是新的。

一切都是美的。

一切都正顺我们所想、如我们所愿、合我们之心。

我生活的农村，也已实行家庭联产承包责任制，把田土、森林和荒山都承包到户，解放农村生产力。已经回到保靖舅舅家居住的我们，也分到了不少田土、森林和荒山。

我人离爹更近，心却与爹更远。

因为我越长大，越觉得自己受的屈辱多，对爹的怨恨就越深越沉越强。尽管我这时住的地方与我出生的地方只有几座山的距离，但我与爹的心灵依然是几重洋、几重天的距离。

我从没想过要去爹的坟前磕几个头、烧几炷香，我依然顽强地把爹抵挡在我的人生之外、心灵之外和生命之外。

娘说，你就这样一辈子都不去看你爹？

我说，一辈子都不去，你莫提他。

娘说，你爹平反了，你都不去？

我说，他平反不平反跟我有什么关系？

娘说，他是你爹。

我说，他是我爹吗？他把他各人当我爹了吗？他有过这个儿子、要过这个儿子吗？

娘哑口无言，叹息一声，再也不说。直到第二年清明节，娘又忍不住劝我，忍不住再说。

我之所以这样固执，是因为我发自内心感到爹对我们母子伤害太深，我把我们母子遭受的所有坎坷、曲折、不公和屈辱，全都毫无保留地归咎于爹对我们的抛弃。我在我奋斗的郁郁葱葱的青春里，在我青春的奋发图强的努力里，我正在追逐的是我看得见目标的大学梦，而不是虚无缥缈的父子情。

多年来，我像一只流浪的麻雀，随着母亲飞过湘西很多地方，飞得最多的地方是古丈、保靖和永顺。我曾经在不少文章里写到过我在古丈和保靖的岁月，却从没有写过在永顺的岁月。因为，我太过细碎的人生流年里，不知道该怎么接永顺这个章节和碎片。

娘的人生，是被命运和生活打得稀巴烂的碎片人生，碎片太多、太细，我记不住，也接不着。也许是永顺生活的那些碎片太平凡了，没有颜色，没有起伏，没有美好，没有残酷，所以容易被忽略。也许是那些碎片细碎得有如几粒细细的灰尘，捧不起来，穿不起来，只能让风带走、带远、随之消失。

我能想起来的是，我正读初中二年级时，娘讨米一样流落到永顺县高坪乡一个叫那丘的小山村。我跟着去了那个小山村，然后转学到了高坪。我不习惯那个学校，也不习惯那个山村，自作主张转回了我原来的学校——古丈县第二中学。也许，这是一种本能的逃离，但最大的因素是古丈二中的师生们，从校长到老师，都对我恩宠有加，关爱有加。我成绩好、表现好，校长和老师自然对我好。哪个校长和老师不喜欢成绩和表现都好的学生呢？

娘那个时候是瘫痪后站起来不久，腿脚还依然一拐一拐的，带着残疾，不能出集体工，不能拿集体工分。不能靠集体工分分到口粮的娘，只好靠四处流浪来讨生活。我们经常在某个碾坊或某个油坊安家。也经常在某个山谷搭一个棚子，在某个山洞铺几捆稻草。尽管是临时的，但是可以停靠。世人可以有理由瞧不起娘，看不起我们，但我想告诉世人的是，无论娘怎样带着我们流浪着讨生活、讨活路，娘都没有放弃让我们兄妹读书。每流浪到一地，娘要做的第一件事，就是帮我们兄妹去找学校。哪怕是半个月、几个月，娘都要去求学校校长收留我们兄妹读书。所以，我人生虽然在流浪，知识却一直没有流浪，书本和知识一直跟着我，学校和老师一直跟着我。我流浪到哪里，哪里都有书本、学校和老师，都有素昧平生的爱和善接纳我、教育我、关怀我。

娘就是这样带着我们流落到永顺那丘那个小山村的。

娘和妹妹在那个小山村生活了好几年，而我只是一个过客，偶尔去那里看看。我也不知道为什么不愿回到那个小山村。也许是小时候在另一个山村的屈辱，让我对山村产生了恐惧。的确，我恐惧娘与继父无休止的争吵，我恐惧山村里那一双双鄙视我们的眼睛，恐惧山村里那一根根指向我们脊梁的手指。山村的背后，学校的教室，是我最后的庇护所和尊严地。

娘见我如此执着不肯去那个小山村，就只好带着妹妹先回到了舅舅舅娘的村庄——保靖县梁家寨。

流浪了整个童年、少年时代的我，在青春刚刚开始的几年里，终于回到了生养我的故土——保靖。

在有的人眼里，我娘是一辈子流浪一辈子被人瞧不起的娘，是世界上最贫穷最没本事的娘，但就是这样一个很不起眼、被人小看的娘，硬是用顽强的母爱把我们兄妹一步步送出了大山。

我之所以要再回忆一下这段经历，是想告诉大家，为什么我离爹的家更近了，与爹的心灵却更加遥远。那几座山的距离并不远，的确一阵风就可以带来爹的家乡的信息，几步路就可以看到爹的家乡的影子，所以，当爹平反时，娘和我也是第一时间就知道了的。可我真的觉得跟我一点关系都没有，因为我骨子里觉得那是跟我毫无关系的人。即便有关系，也是给我带来不幸和痛苦的人，我恨他，不会靠近他，更不会接纳他。

所以，当娘要我在爹平反后去看看爹，我不去。去干什么呢？去看那冰冷的、孤零零的坟墓吗？

所以，当我如愿以偿考上大学时，娘要我去给爹报报喜，我也坚决不去。

为什么要去？我考上大学跟他有关吗？他给我打了一份气还是出了一份力？

我以一声冷笑，回答了娘的提议和要求。

当我接到吉首大学录取通知书时，我就知道，我由大山里的一只鸟，变成了大山里的一只鹰，我越过了我人生最高的山，冲向天空，飞向一望无际的广阔了。我的命运，在娘艰苦卓绝的供养里，在我夜以继日的拼搏里改写了。我终于有一个可以看得见的安乐窝、可以停靠住的港湾了。

无疑，那是我崭新的开始，是我崭新的时代，是我崭新时代个人命运的诗与远方、星辰大海。

而个人的时代和命运，个人的诗与远方、星辰大海，完全是由一个国家的时代和命运，国家的诗与远方、星辰大海所决定的。

这时的国家，田土包产到户的农村到处欣欣向荣，一派丰收景象，改革开放的城市正蓬勃发展、日新月异，所有的一切都在激活、苏醒、复兴。

这时的湘西，也正与伟大的国家一样，焕发着崭新的活力，迸发着勃勃生机。随时随地，湘西都会展开一张如诗的画卷，绽开一张明媚的笑脸。

五十六

我还在读大三的时候,爹的坟前来了一个人。

这个人不是别人,是爹和韭菜干娘还有彭武生经常念叨的人——吴赛银。

站在爹的坟前,吴赛银奠了三杯酒,鞠了三个躬。一杯酒是吴赛银自己敬爹。一杯酒是吴赛银代侯小山敬爹。一杯酒是感谢上苍还能让两人在他有生之年以这种方式相见。

吴赛银是从台湾回来的。吴赛银去台湾,吴赛银回大陆,都是由国家和时代的命运决定和改写的。

在韭菜干娘家的熊熊炭火前,吴赛银给大家讲述着他坎坷而传奇的三十年。

那是一场吴赛银永远忘不了的战斗。

吴赛银和侯小山随四十七军一三九师开赴朝鲜战场时,一三九师师长是严德明,政委是晏福生。晏福生是湖南常德醴陵人,是典型的大湘西人。吴赛银和侯小山都在一三九师四一六团三营五连。

一路都是鏖战,一路也是恶战。

吴赛银说,当他跟侯小山在朝鲜作战时,一直牵挂爹和武豪干爹他们的命运。他们在战后小憩时,会经常想着爹和武豪干爹他们仗打得怎么样,是不是还活着,希望子弹和枪炮都能绕过他们,让他们平安回家。但是吴赛银和侯小山却被俘了,回不了家了。

吴赛银和侯小山是在残酷的驿谷川战役中被俘的。

驿谷川是朝鲜半岛上一条河流的名字。

吴赛银和侯小山刚开进驿谷川、守卫驿谷川时,驿谷川是美丽的。

四面的山色青翠欲滴，河心的水流碧绿清澈，随处可见的洗衣的阿妈妮、游泳的小伙子和放牛的小牧童，跟吴赛银和侯小山看到的中国山水一样美好和宁静。

吴赛银和侯小山，就是来守卫这美好和宁静的。

小河的对面，五个一字排开的山头，像一手张开的五指，错落有序。山都不高，但却一山比一山秀，一山比一山奇，也一山比一山险。一条铁路和一条公路，有如大山的一条动脉和一条静脉，连接着朝鲜南北。无疑，这是一个极为重要的战略要地，是一道守卫和平的天堑。

驿谷川虽然扼守天险，但驿谷川并不牢固，强大的美军武器，不费吹灰之力就能撕破。令美军不得志的是，据守驿谷川的不是那五座小山，而是我威武的四十七军。美军自然知道四十七军的威武，以号称百战百胜、王牌中的王牌的美骑兵一师、三师等组成作战兵团，向驿谷川和四十七军发起了猛烈的进攻。

美骑兵一师跟吴赛银和侯小山所在的四一六团拉锯似的残酷战斗，让无数人的血肉与生命，都被锯碎、锯断、锯残。近一个月的鏖战里，上午阵地还在敌方手里，下午阵地又在我方手里了。前几个小时阵地还插着我方的旗帜，后几个小时阵地又有敌人的旗帜在挥舞。打到最后，四一六团的每一个连都打得只剩下几人。三营五连里，最后也只剩下吴赛银跟侯小山。

吴赛银和侯小山都已血染战袍，但都不是致命伤。吴赛银伤了左腿和左胳膊，侯小山居然只是擦破了几处皮肉。但是经过无数次的交锋，整个阵地都已经弹尽粮绝，两人只能趁着战斗间歇到敌军的尸体堆里去搜寻武器。靠着从敌军尸体堆里扒出的十来支卡宾枪和一挺机枪，两人坚守了一整天阵地，打退了敌人好几次进攻。

每次都是美军临近时，吴赛银和侯小山一起喊冲喊杀，一起机枪扫射，美军以为还有千军万马，赶忙逃窜。跟志愿军交锋这么久，美军最怕志愿军吹军号，喊冲杀，只要志愿军军号一响，或者冲杀声一起，美军就知道志愿军会跃出战壕，那往往是志愿军绝地反击最不要命的时候,要命的美军就会丢盔弃甲,慌忙逃跑。

然而,毕竟只有两人,当美军新一轮轰炸进攻开始时,坚固的战壕被炸飞,两人都被炸伤震晕,倒在血泊中。

醒来,已经被美军团团包围,成了俘虏。

成了俘虏的吴赛银和侯小山,被美军捆着双手,蒙着双眼,押往了美军巨济岛战俘营。

巨济岛是韩国第二大岛。碧水蓝天,风光旖旎,仿佛世界上最蓝最干净的水、最蓝最干净的天就在巨济岛。这样一个如今的世界旅游胜地,居然曾经存在过世界上最肮脏的战俘营。这是美国专门为关押志愿军和人民军战俘而建立的战俘营。

巨济岛战俘营有四个大的集中营,每一个大的集中营又隔离为八个小的集中营。无论大小集中营,都用带刺的铁丝网严密地围起来,前后五层网,老鼠也休想钻出去。每个集中营区四角的岗楼,都架着几挺机枪,只要逃跑就会被打成筛子。一到夜晚,探照灯摇来摇去,白光如昼。

吴赛银和侯小山一进战俘营,就被叫到了审讯室。国民党和美军都已经得知吴赛银和侯小山是早年在延安革命的共产党员,便想先以糖衣炮弹的手段拉拢他们。如果吴赛银和侯小山投降屈服了,其他的人就好办了。

负责审讯的米歇尔说,我们知道你们是从延安来的正规军,是共产党,你们的同志早已出卖了你们。

吴赛银知道被俘的人里,不光有他和侯小山,还有其他不少人,战场上共处那么久了,总有认识他的,总有叛徒。

吴赛银直直地看着米歇尔,我就是共产党,是解放军,要杀要剐,随便!

米歇尔把头摇得拨浪鼓一样,说,不不不!我们最人道的!不杀俘虏,优待俘虏!

米歇尔说,我们还知道你是云南陆军讲武堂的高材生,那是国民党的学校,你是国民党培养出来的高级人才,我们需要你这样的人才。你和侯小山只要写一个退出中国共产党的声明,你们就自由了,就可以遣返回国。说着拿出了纸笔。

吴赛银和侯小山对视了一下,心领神会,都接过了纸笔。

米歇尔心里一阵狂喜。

侯小山当场撕了纸,折了笔。

吴赛银则一字一句地写下:我是永远的中国共产党员!

米歇尔看了吴赛银的声明,一边很有风度地微笑着,一边把吴赛银的声明撕得粉碎。

米歇尔假装大度地劝吴赛银,吴赛银先生,你们实在不想写,在拒绝遣返的声明上按手印,也可以!

米歇尔拿出印泥和纸,要吴赛银和侯小山按手印。

吴赛银攥紧拳头放在桌上说,你把我们的手砍了!

侯小山说,对,除非你们把我们的手砍了!

米歇尔见两人敬酒不吃吃罚酒,便用各种凶残的手段变本加厉折磨吴赛银和侯小山。

为了打消吴赛银、侯小山和其他战俘回国的念头,给世界造成战俘不愿回国的假象,美军和国民党特务强行在战俘身体上刺青文身,刺上各种反动的反共标语和政治口号,以表战俘不愿再回国的决心。什么反动刺什么,什么恶毒文什么。

吴赛银和侯小山当然是誓死不从,被特务打昏死后五花大绑地捆在凳子上刺青文身。

被文身的吴赛银和侯小山感到无比耻辱,每天都拼命地又擦又磨,只想把这奇耻大辱擦掉磨掉,甚至用刀连皮带肉地刮。吴赛银和侯小山的文身都刺得太深,要刮掉得割掉一层肉。两人只好悄悄地相互用针给对方文身刺青。吴赛银和侯小山都刺上了一面五星红旗和"心向祖国"几个大字。

最终,吴赛银和侯小山跟一些志愿军战俘被裹挟到了台湾。

在战俘营中，吴赛银和侯小山几次大难不死，是因为有一个叫秦都的人暗中相助。秦都是湘西张家界人，跟吴赛银算是地地道道的老乡。关键时刻，他总是找理由为吴赛银和侯小山说话。最重要的理由就是，战俘里基本上都是文盲和半文盲，只有吴赛银和侯小山文化水平高一点，特别是云南陆军讲武堂的高才生吴赛银如果感化好了，可成为党国栋梁之材。明眼人都看得出有乡党之情，但也的确冠冕堂皇、无懈可击。

到了台湾的吴赛银和侯小山，也一样得到了秦都的关照。

到台湾后，迎接吴赛银和侯小山的依然是反复的政治甄别和审查。后来，他们被放逐到了日月潭边一个偏远的蛮荒之地。这个蛮荒之地，在台湾南投县，一个鸟不拉屎的地方，连个村名都没有。没有人住，自然没有村名。

为了照顾台湾老兵眷属，眷村都是挨着兵营的。陆军的叫陆光村，陆光一村、陆光二村之类的排下去。海军的叫海光村，海光一村、海光二村之类的排下去。空军的叫大鹏村，大鹏一村、大鹏二村之类的排下去。联勤的叫飞驼村。宪兵的叫忠诚村。志愿军战俘的，就叫荣民村。

吴赛银把他们的荣民村，取名望乡村。

来到望乡村，吴赛银和侯小山跟所有来到台湾的志愿军战俘一样，一无所有。空空的皮箱里，除了两件衣服，就是无尽的离愁。

归途无望，只能白手起家。吴赛银和侯小山有当年在延安开垦南泥湾的丰富经验，无形中成了这二百来号人的主心骨。吴赛银对大家说，我们不能在这里等死，我们要自力更生、艰苦奋斗，才能丰衣足食。吴赛银还把大家分成几个大组，大组里再分小组，有序分工，通力合作，开展了轰轰烈烈的大生产运动。他们搭茅棚做房，铺地板当床，开荒，播种。

劳动中，组与组之间还开展劳动竞赛。劳动间歇，组与组之间还拉歌。

侯小山私下里对吴赛银说，没想到，咱们延安那套，居然在这里派上了用场。

吴赛银说，我们得咬住牙熬，想办法活。熬着活下去，是唯一能够回家的希望。

很快就是秋天，吴赛银和侯小山的望乡村到处是丰收的喜人景象。稻谷一片金黄。苞谷一片金黄。小米一片金黄。向日葵一片金黄。而高粱则火红火红的，像一把把火炬，点燃秋天。香蕉、菠萝、芒果、槟榔等热带果木虽然还没挂果，但也长势良好，给人绿油油的希望。

吴赛银和侯小山因此被一致推举为望乡村的正副当家人。

一年后，那个叫秦都的湘西老乡亲自来到望乡村，找到吴赛银，要把吴赛银带到台北，到台北新竹教书。

新竹要新建一所学校，急需有文化的老师。秦都推荐了吴赛银。

吴赛银就这样到了台湾新竹教书。吴赛银提出的唯一要求，是将侯小山也带去。什么时候，他都想着生死兄弟。

台湾学校求贤若渴，同意了吴赛银的请求。吴赛银在学校教物理，侯小山在学校做大厨。

两人的命运因为秦都得到了改变。

秦都之所以对吴赛银一直照顾有加，主要是秦都跟吴赛银有着几乎相同的家庭背景和命运。秦都的父亲是国民党少将。秦都的哥哥在共产党队伍里当兵，牺牲在渡江战役中。秦都跟父亲随部队退守到台湾时，张家界留下了他的母亲、妹妹和爷爷奶奶。秦都和父亲，无时无刻不想念着远在大陆的亲人。

秦都和吴赛银因此成了朋友。除了政治，两人无话不谈。

相比吴赛银，侯小山相对安稳。侯小山在学校食堂爱上了一个土生土长的台湾姑娘。她是厨房里的勤杂工。她见到侯小山的第一眼，就被侯小山的帅气迷住了。她以一个台湾姑娘的炙热软化了侯小山坚硬的心。侯小山与之恋爱结婚，生了两儿两女，儿子陕北、榆林，女儿米脂、清涧，都是老家的地名，都是乡愁的寄托。

吴赛银却一直坚持着，不肯结婚。他不想在台湾有任何藤葛和拖累，他一心要回到大陆，回到父母身边。

吴赛银对侯小山说，我不晓得为什么，我只要跟女孩接触，我就会想起凤兰，想起我一路护送凤兰回湘西的日子，想起凤兰的影子。

侯小山惊喜地说，哥，你是不是爱上我妹妹了？肯定是！

吴赛银说，我不晓得是不是，反正只要跟女孩一接触，我就想起凤兰和那段日子。也想起我爹我娘、哥哥妹妹，不晓得他们现在好不好？也不晓得武豪、家云还有武生他们，是不是活着回到了湘西？

侯小山也说，我那个背时的爹，也不知道还活着没。在家时恨他，离家了，恨也没有了，只有挂牵了。看样子，我也回不去孝敬他了。要是能回头，我不会再恨我爹喝酒，还要倒满酒，跟他碰几杯。

侯小山不无忧伤地说，哥，现在这个样子，肯定是回不去了，你还是先找一个人给你做伴，要个一儿半女的养老送终。

吴赛银说，回得去的，这台北的风，是往北吹的。

侯小山说，把陕北过继给你吧，哥，以后就让陕北给你养老送终。

吴赛银听了高兴地说，好啊，那就叫吴陕北。

侯小山说，好，那就这样定了，明天就叫陕北给你磕头认爹。

侯陕北就跪地认了吴赛银做爹，跟吴赛银住在了一起，侯陕北成了吴陕北。

吴赛银跟侯小山既有了前世过命的交情，也有了来生不断的亲情。

那时的台湾，依靠美资、日资和华侨资本的输入，依靠外资企业的加工、代工，经济正飞速发展，人民生活正发生翻天覆地的变化，被誉为"台湾奇迹"和亚洲经济"四小龙"中的一条龙。

但生活再好，物质再富有，都滋养和弥补不了志愿军战俘和国民党老兵对大陆亲人的强烈思念，都抚慰不了一天比一天深的无尽乡愁。他们共同的愿望都是回家，都盼望着伴随经济奇迹，能出现另一种奇迹，那就是回家，回到大陆那个生养他们的家，回到父母望穿欲眼等待他们的家。

每天都偷听大陆电台的吴赛银在1979年的元旦听到了一个鼓舞人心的消息,那就是全国人大常委会发表的《告台湾同胞书》。吴赛银听到第一句"亲爱的台湾同胞"时,泪水就像断线的珠子潸然落下。听到"在这欢度新年的时刻,我们更加想念自己的亲骨肉——台湾的父老兄弟姐妹"时,吴赛银就像委屈的孩子,掩面而泣。漂泊这么多年,祖国一直没有忘记我们呀!而当听到"双方尽快实现通邮、通航""发展贸易,互通有无,进行经济交流"时,吴赛银的眼前和心底一下子照进来万丈阳光,光亮和光明,家乡的山水和亲人,也立刻齐刷刷地站在眼前。

吴赛银忍不住把这个消息告诉给了侯小山。

当然,再好的兄弟和交情,吴赛银也不敢说收听大陆电台。万一说漏嘴,那将是牢狱之灾,甚至是性命堪忧。

然而,当台湾当局宣布台湾居民可以回大陆探亲时,已是1987年10月15日。

侯小山没有等到这个日子。

无尽的等待中,侯小山不知道什么缘故,竟身染沉疴,整天心头像压着一块巨石,胸闷,胸痛,不断咳嗽。有时咳嗽半个小时也停不下来,常常咳出一口一口的血。开始以为是支气管炎和哮喘,直到最后才查出是肺部肿瘤。

病入膏肓时,侯小山最牵挂的居然不是他的几个孩子和夫人,而是他的妹妹侯凤兰和父亲。孩子和夫人在台湾都有好大一屋亲戚,好大一个家庭,不缺伴,不缺亲,侯凤兰一个人在湘西,一定很孤独。跟四十七军一同离开湘西时,侯小山说要去湘西陪妹妹的,现在连面都见不上了。侯小山觉得对不起妹妹,就像是他把妹妹一个人孤零零抛下似的。

妹妹还年富力强,肯定人间尚好,可父亲呢?那个酗酒如命、让人烦躁的父亲,不知道还在不在人世,也不知道妹妹和父亲和解没有、见面没有。侯小山都无尽地牵挂。侯小山从没像现在这样想妹妹、想父亲。

侯小山想，真是老了。越老越想家。越老越恋旧。也许是真要死了，人要死时，往往最先想的是故人，最寄情的是故土，情感和灵魂会提前回家。

侯小山握着吴赛银的手，艰难地说，哥，我等不到那一天了，你一个人好好把陕北养大，陕北他娘和榆林、米脂、清涧，你也多照看些。你要是等得到回去那一天，一定要把我的骨灰背回去，让我的魂跟着你回家。你把我带到延安去，让我看看我爹，再把我埋在我娘旁边，陪着娘。

吴赛银说，小山，你会好的。我们一起来的，肯定要一起回去。等你病好了，我们就可以一起回去了。

侯小山不无绝望地说，大陆呼吁"三通"这么多年了，一样也没通。你回家时，一定要记得带我回家呀，哥。

吴赛银说，小山，你好好养病，我到时一定带你回家。

侯小山眼泪汪汪地说，难为哥了，弟弟来世再报答。

侯小山说，哥，我还有一事相求：回到那边，要是凤兰也是一个人，你就跟凤兰搭伙吧，你们都有个照应，我在地下也放心了。

吴赛银定定望着侯小山，郑重地点头说好。

见吴赛银什么都答应了，侯小山那滴忍了又忍的泪落了下来。

侯小山说，哥，再念念余光中的《乡愁》吧。

吴赛银强忍着眼泪，笑着念：

小时候

乡愁是一枚小小的邮票

我在这头

母亲在那头

长大后

乡愁是一张窄窄的船票

我在这头

新娘在那头

后来啊

乡愁是一方矮矮的坟墓

我在外头

母亲在里头

而现在

乡愁是一湾浅浅的海峡

我在这头

大陆在那头

更多的泪从侯小山的眼里流了出来，疲惫不堪的灵魂，虚弱地飘着、飘着，从海峡的这头，飘到了那头。

台湾当局宣布可以探亲后，吴赛银第一时间就打报告，写申请要求探亲。望眼欲穿地获得批准后，吴赛银就带着吴陕北一起回乡了。

吴赛银点了一炷香，把侯小山的骨灰盒从神龛上取下来，扎上红绸，小心翼翼地捧着，一起回乡。

吴赛银对吴陕北说，这是喜事，给你爹戴上红花，一起回家。

这样，吴赛银抱着侯小山，先回到了陕西，安放了侯小山，然后再带着吴陕北回到了湘西。

一路上，吴赛银买机票时给侯小山也买一张，买车票时给侯小山也买一张，吃饭时给侯小山也放一双碗筷，睡觉时给侯小山也铺一张床铺。他这样做，不仅是让侯小山的灵魂回家，更是让侯小山的生命回家，让一个活生生的侯小山回家。

吴赛银对吴陕北说，你爹的灵魂是活着的，他是活着回家的，一路上的事他都看得到，一路上的话他都听得见，一路上的风景他也看得一清二楚。

到了湘西，吴赛银才知道哥哥吴点金在朝鲜战场牺牲了，妹夫彭武豪一直在西北，幸好父母都还健在，要不，吴赛银一辈子都难心安。

回到湘西的吴赛银，每天第一件事，就是陪父母。

吴赛银太长时间没见父母了，他要把对父母几十年的亏欠都在这短暂的时间里弥补。

他拉着父母上街，给父母买新衣。

他帮着父母下厨，给父母做好吃的饭菜。

给父亲捶背，给母亲洗脚，陪父母聊天。

他还给父母买了一把按摩椅和一台大尺寸的彩色电视机。

那个年代，按摩椅是新鲜玩意，大尺寸的彩色电视机更是凤毛麟角。

吴大铁和梁冬梅二老，第一次享受到小儿子在身边跑前跑后的天伦之乐。

吴赛银和父母都要好好享受这难得的三个月探亲假。

吴赛银除了陪父母，就是陪侯凤兰。

吴赛银知道侯凤兰对彭武定的感情，不管侯凤兰对吴赛银有没有感情，吴赛银都觉得自己应该尽心尽力照顾好侯凤兰母子。从个人感情出发也好，从与彭武定和侯小山的感情出发也好，他都有义务照顾好侯凤兰母子。他跟彭武定和侯小山在生死场上结交的情义，是那些酒肉桌上结交的关系无法企及的。

吴赛银到来，侯凤兰自然也很高兴。这些年来，她记挂着哥哥侯小山，她也跟韭菜干娘和爹一样时刻记挂着吴赛银。自从吴赛银和侯小山跟随四十七军路过湘西时见过一面，就再也没有见过。特别是从爹的口中得知侯小山、吴赛银不知生死，她更是非常揪心，常常梦见他们被人追杀，被子弹击中倒下，醒来，一身冷汗。这个梦跟着她好多年，她不敢跟任何人说。她想，侯小山、吴赛银是不是真被乱枪打死了来托梦？不然怎么老做同一个梦。老一辈人都说梦是反的，她又安慰自己。现在吴赛银真真切切地回到了身边，告诉了他们在台湾的经历。得知哥哥虽已去世，但已在台湾成家、有后，又看到侄子吴陕北，她在悲伤之余，也得到了安慰。

每次见吴赛银上家里来,侯凤兰都会欢天喜地地炒很多菜,并让小定叫吴赛银舅舅。

吴赛银说,跟着武定哥喊,叫叔叔。叫舅舅,侯凤兰就是妹子,他就不好跟侯凤兰结婚成家了。叫叔叔,侯凤兰是弟媳,他还能接替武定,当侯凤兰的丈夫。

但侯凤兰还是坚持让小定叫舅舅。侯凤兰说,你跟武定兄弟一样亲,你跟我也是兄妹一样亲。各叫各的。

吴赛银不再坚持,怎么叫都一样。

两人在一起时,侯凤兰也会自己倒一杯酒,跟吴赛银碰杯。喝了点小酒的侯凤兰脸红红的,微醺着讲着在陕北的事和两人一路翻山越岭到湘西的事。说到伤心处,侯凤兰就会落泪;说到开心处,侯凤兰就会唱起信天游。

来到湘西几十年,侯凤兰白雪染青丝,那陕北的风一次都没吹来过。即便陕北的风吹来了,那风也会惊讶侯凤兰成了一个地地道道的湘西人了。穿湘西衣,做湘西菜,讲湘西话。不知道侯凤兰底细的人,根本猜不到她是一个陕北女子。吴赛银的到来,一下子让侯凤兰仿佛重新回到了陕北。尽管几十年不见吴赛银,尽管吴赛银是湘西人,但在陕北待了多年的吴赛银,一下子给侯凤兰带来了陕北的气息和滋味。吴赛银跟侯凤兰的交集都是在陕北,吴赛银给侯凤兰带来的自然也是陕北,何况吴赛银给侯凤兰带来的亲侄子的名字就叫陕北。

曾经跟随彭武定远走了的信天游,一下子又回到了侯凤兰的心里。侯凤兰情不自禁地唱起最勾魂的陕北信天游:

想亲亲想得我手腕腕那个软
拿起个筷子我端不起个碗
想亲亲想得我心花花花乱
煮饺子下了一锅山药那个蛋

这信天游自然也是吴赛银会唱的。

小酌了几口的吴赛银也接口唱了起来：

> 头一回猫妹妹你不那个在
> 你妈妈劈头打我两锅那个盖
> 想你呀想你呀实格在在想你
> 三天我没吃了一颗颗颗米
> 茴子白卷心心十八那个层
> 妹妹你爱不爱受苦那个人
> 灯锅锅点灯半炕炕明
> 桃青李青那个就数哥哥亲
> 雪花花落地结成了那个冰
> 小妹妹我是秤砣铁了定盘的星
> 至死了那个也把哥哥你随
> 切草刀铡头都是你的人

在外静静听二人唱歌的韭菜干娘对张雪梅说，你凤兰嫂子从没这么开心过，今天总算把心开了。

张雪梅说，嫂子，你看赛银哥跟凤兰嫂子配不配？

韭菜干娘说，天仙配。我俩想到一起了，我也正想讲呢。

张雪梅说，凤兰嫂子活过来了。

韭菜干娘说，是呀，活过来了。久旱遇到雨，枯木自然春。

张雪梅说，看样子有戏。我们撮合撮合？

韭菜干娘心花怒放，说，不撮合他们，他们也会合。

张雪梅笑嘻嘻地说，我看也是。

韭菜干娘和张雪梅说做就做。韭菜干娘负责给哥哥吴赛银说。张雪梅负责给嫂子侯凤兰说。一说，两人居然都同意了。韭菜干娘对吴赛银说，还是我哥哥厉害呀，一块冷了几十年的石头，被你焐热了。

最高兴的当然是吴大铁和梁冬梅两位老人。

两位老人把吴赛银和侯凤兰叫到自己的房间里，从箱底翻出了一个层层包着的包裹。

梁冬梅笑笑地对吴赛银和侯凤兰说，你俩把包裹打开。

吴赛银疑惑地问，娘，什么宝贝，包这么多层？

梁冬梅笑，你打开就晓得了。

吴赛银说，什么宝贝，这么神秘，还要我打开？

梁冬梅说，不对，你跟凤兰一起打开。

梁冬梅说着牵起侯凤兰的手，放到包裹上。

侯凤兰既惊讶又疑惑地问，婶，什么好东西呀，我不好打开吧？

吴大铁说，你都是我们儿媳妇了，就你有资格打开。

梁冬梅说，是，你都是我们儿媳妇了，不能叫婶和叔，得叫娘和爹了。你跟赛银一起打开。

吴赛银用眼神鼓励了一下侯凤兰，说，好，听爹和娘的，我们一起打开。

侯凤兰和吴赛银就慢慢地把包裹一层层揭开。

包裹深处，居然是八根金光闪闪的金条！

侯凤兰惊讶得抽了一口冷气，"啊"了一声。

吴赛银也惊讶地问，爹、娘，你们哪来这么多金条？

吴大铁说，这是我跟你娘几十年省吃俭用攒下的。

梁冬梅说，那一年要不是救你妹妹妹夫花了很多钱，我们会攒得更多。为了救你妹妹妹夫，我们把船全卖了，一辈子的积蓄也几乎花光了。剩下这八根金条，我们一直舍不得动，就是留给你和双喜的。

吴大铁说，你现在要跟凤兰成亲了，你拿一半，这就是我跟你娘送你们的结婚礼物。

侯凤兰连连摆手说，不不不，婶，这要不得，要不得，要不得。

梁冬梅说，哪门要不得？这本来就是给你们攒的，娘跟爹说要得就要得。

679

侯凤兰说，那是你们一辈子吃苦换来的，你们留着养老，我们不能要。

梁冬梅说，我们养什么老？我们有你们了，你们给我们养老，金条给我们养不了老。

吴大铁说，就是嘛，金条哪有儿女贴心呢。

梁冬梅说，凤兰，娘今天把这金条交给你了，你好好保管，想哪门用就哪门用。

侯凤兰还是连连拒绝，万万不能！万万不能！

吴赛银说，娘、爹，我在台湾经济条件好，攒了不少钱，我跟凤兰喰不完用不完，不需要你们破费。

梁冬梅说，儿啊，你跟你哥年轻时就离开了我们，我们当爹做娘的米有好好疼你们。你哥哥和妹妹都牺牲了，我们再也疼不上了，只能疼你们了。这是爹娘的一片心，你跟凤兰收下。爹娘一辈子不就为儿为女吗，我们留着有什么用？

侯凤兰说，都留给双喜，双喜今后要用的地方太多了。

梁冬梅说，双喜那里，我们还留得有。大铁，你把存折拿来给赛银和凤兰看看。

吴大铁就从箱子里又翻出了一个存折。

吴赛银接过存折一看，总共三万两千六百元。

侯凤兰又是一阵惊讶，天，三万两千六百元！你两老哪门攒的？

梁冬梅说，我们不是在做小本生意卖醋萝卜嘛，一点点从牙缝里攒的。用双喜的名字给双喜存的。

原来，勤劳惯了的梁冬梅和吴大铁老两口跟韭菜干娘住进城后，一是闲不住，二是想给女儿减轻负担，就在小区的十字路口摆了一个小摊，风雨无阻地卖醋萝卜。

梁冬梅做得一手好醋萝卜，颜色好看，味道好吃，很受欢迎。"唱戏的腔，厨师的汤，梁老婆婆的醋萝卜赛过皇帝的浆"，是县城的食客自发给梁冬梅做的广告。

醋萝卜本小利不小。一个半斤重的萝卜买来只要一毛钱，做成一片片脆甜香辣的醋萝卜后，可卖两三元。一天卖个十来斤，可以赚五六十元。五六年下来，除了贴补一大家子的开销，还存上了三万多元。

侯凤兰惊讶地说，卖个醋萝卜都这么赚大钱啊，比我们上班强一百倍。

那个时候，万元户都了不得，有三万元就是大富翁了。侯凤兰不得不惊讶。

梁冬梅说，大生意靠走，小生意靠守，你未看到我每天一个人在那里起早贪黑守摊呀？

侯凤兰连连说，看到的，看到的，婶娘这是辛苦钱，我未想到，一个醋萝卜可赚这么多。我老了，也跟你学卖醋萝卜去。

吴大铁说，家财万贯，不如开店，这就是开店的好处，不管店大店小，只要开得好，只要肯喰苦，天天都会细水长流。

梁冬梅说，这下，你们可以放心收下了吧。

侯凤兰说，这金条都给双喜，双喜没爹没娘的，给她我们才会心安。我跟赛银真的不能要，坚决不能要。我有工作，赛银有积蓄，我们该给你们两老钱才是。

说着，侯凤兰把金条包了起来，递给梁冬梅。

侯凤兰说，我跟赛银真的不需要，给双喜或者给韭菜嫂子，韭菜嫂子一个人拖着两个孩子和一个老人，很辛苦。

吴赛银也说，是啊，娘，给双喜和韭菜，她们更需要。

梁冬梅依然生气地说，你就莫管双喜和韭菜了，双喜有四根金条，还有这笔钱，足够她用的了。韭菜家境也很好，不需要我们关顾。

侯凤兰说，韭菜嫂子家境现在一般般了。武豪哥一个人在西北，以前的家产全捐给了国家，韭菜嫂子现在的日子跟大家一样，普普通通。

吴大铁说，凤兰，你放心，我们不会亏待你韭菜嫂子。我们之前有十二根，你韭菜嫂子最困难的时候，我们给了她四根，这些就是留给赛银和双喜的，双喜四根，你跟赛银四根。

吴赛银说，娘，我晓得，这是你们的心意，我们不拿你们不高兴。你看这样行不行，我跟凤兰拿一根表示一下，其余七根都留给双喜。

侯凤兰急了，说，不能要，赛银。

吴赛银对侯凤兰使了眼色，说，听娘和爹的。

吴赛银又说，如果这样不行，那我跟凤兰真的一根都不要了。

吴大铁和梁冬梅都知道儿子的脾气，吴大铁对梁冬梅说，你各人养的儿子，你各人晓得，他就这样嘎脾气，由了他吧。

梁冬梅叹了一声气，好吧，由了你。

吴大铁事后跟梁冬梅赞叹，侯凤兰这个儿媳妇好，不爱财。

梁冬梅说，是，老想着双喜和韭菜一家，赛银跟我们有福气。

吴赛银和侯凤兰亲事定下来后，吴赛银领着侯凤兰在街上做了几身新衣服，侯凤兰则在灯下给吴赛银绣了几双鞋垫，做了两双布鞋。两人都盼着一纸婚约，能够结婚。

但那时大陆跟台湾都还没有政策允许通婚，吴赛银跟侯凤兰盼不来那一纸结婚证明。

吴赛银急得像热锅上的蚂蚁。从台湾来的时候，吴赛银就没打算再回去。在台湾三十来年，台湾始终像一朵浮萍在他的心里定不了根，或者说，他就是一朵浮萍，在台湾定不下根。台湾作为中国的一部分，在茫茫大海里稳如磐石地耸立着，吴赛银跟万千老兵一样，却在无尽的等待里漂泊。吴赛银的心一直在茫茫的台湾海峡里，向着家山孤独地泅渡。泅渡中几乎被淹死的吴赛银，好不容易上了岸、回了家，却因假期快到了要被遣回，真是一万个不甘心。

吴赛银想，他必须留下来。

吴赛银找到彭武生，说出了他的心思。彭武生当然盼着吴赛银留下来。彭武生不熟悉对台的政策，带着吴赛银找到了县民政局的同志。

在县民政局，吴赛银言辞恳切地表达了自己的愿望。他说自己曾经是一名出生入死的中共党员，是一名为新中国打江山的战士，在抗美援朝中，他不是举手投降的，而是被流弹炸伤炸晕被俘的。被俘后，他也一直没有叛过党，没有卖过国，没有做对不起组织和人民的事，希望党和政府让他留下来。他在外漂泊几十年了，不想再漂泊了。

县民政局的同志当然很热情，但却表示爱莫能助。县民政局的同志说，我们对台湾释放了全心的善意，但那边政策才刚刚松动，两岸的坚冰刚开始融化，所以，您想留下来不走，肯定是不行的。关键是谁能证明您不是举手投降的，谁能证明您在战俘营和台湾没有叛党卖国呢？这话有点不好听，但这是事实，您说是不？

县民政局的工作人员的这句话，把吴赛银问得哑口无言。是呀，谁能给他证明呢？侯小山可以给他证明，可侯小山去世了；即便侯小山没去世，谁又会相信侯小山的话，谁又会给侯小山证明？大陆的亲人和战友可以给他证明前半生的青春时光，后半生台湾的生活，没人能给他证明。在世人的眼里，被俘就是一种耻辱，这种耻辱，注定要跟吴赛银纠缠一生。

吴赛银只得伤心而委屈地回到侯凤兰身边，整天愁眉苦脸，长吁短叹，茶饭不思。

侯凤兰劝，人是铁饭是钢，你不能不喰饭，不喰饭，身体垮了，就更没希望了。现在允许探亲了，将来一定允许结婚、允许定居。

吴赛银说，那要等到什么时候？

侯凤兰说，不等也得等。有心等就有希望，无心等就是绝望。

吴赛银说，我实在不想一个人再回到台湾了。

侯凤兰说，不是还有陕北吗？

吴赛银说，小山说了，我在哪，陕北在哪。我现在只想陪着你和爹娘。

侯凤兰也着急地说，那哪门办呢？现在两岸刚刚开始来往，你不想回台湾也得回啊。

唉——吴赛银和侯凤兰同时长叹了一声。

本来感到空前幸福和开心的吴赛银，眼看归期近了，心急如焚。侯凤兰和大家上班去后，吴赛银整天魂不守舍地抽烟，一支接着一支。他本来不是一个烟民，但在台湾的日子里，由于苦闷和思乡，抽烟成了他最好的寄托。那吐出的一个个烟圈就像故乡的炊烟，在心头萦绕。他本来也不喝酒，但在台湾的日子里，喝酒也成了他消愁的最好方式，那穿肠而过的酒水，一如故乡的江河，在他醉倒的梦里潺潺流过。吴陕北从小就看到这个叫吴赛银的干爹和父亲侯小山一起喝酒回忆故乡、诉说衷肠。

吴陕北心疼地劝，爸，抽烟喝酒伤身体。

吴赛银说，没事，爸身体好着呢。

吴陕北说，爸的身体大不如从前了，不能再抽烟喝酒了。你看你现在，一抽烟就咳嗽，一喝酒就呛喉，人都瘦了好多了。

吴陕北话音一落，那烟就配合着呛进吴赛银的咽喉，把吴赛银刺激得咳嗽不止。

吴陕北赶忙小心翼翼地给吴赛银拍着胸和背。

吴陕北说，你看你看，我说抽不得抽不得，你就是要抽，呛得气都出不来了吧。

吴赛银喘了口气说，我抽烟胸口难受一阵子，不抽烟心里难受一辈子。抽烟解愁呢。

吴陕北说，你不要难受了，爸，这日子不是一天天好起来了吗？以前你想爷爷奶奶都是白想，现在你想了，就可以请探亲假来看爷爷奶奶，多好啊。

吴赛银又干咳了几声说，儿子，实不相瞒，我其实也得了肺癌，跟你爸爸一样的病，一直不敢告诉你。

吴陕北惊得张着嘴老半天吐不出一个字，什么？肺癌？

吴赛银淡定地说，肺癌。

吴陕北眼泪一下子出来了，爸，原来你也得了肺癌，我说你怎么越来越瘦了。

吴陕北之所以一下子泪水滚滚，是因为他无数次亲眼看到亲生父亲侯小山得肺癌时的痛苦不堪和生不如死。

那是让亲人也心疼得痛苦不堪、生不如死的感觉。

吴赛银安慰道，别哭，儿子，人都有生老病死，都会走这一遭。

吴陕北哭着说，那老天爷也不能这么不公平，让我两个爸都得肺癌。

吴赛银笑，这就是我跟你爸生死同心，连病都要病得一样。

吴陕北说，你还有心思笑，我都急死了，你要有三长两短，我怎么办？

吴赛银说，傻儿子，你长成大小伙子了，没有爸，照样可以飞了。

吴陕北说，爸，你这是不管儿子了吗？我不想飞，我要跟着你。

吴赛银用衣袖擦着吴陕北的眼泪，说，儿子说傻话呢，哪有父母陪儿女一辈子的，陪不了，儿女最后都得自己飞。

吴陕北不放心地问，爸，你是什么时候查出肺癌的？

吴赛银说，两年多前，比你爸晚几年。我那次咳得厉害，吐了血，去医院检查时，发现是肺癌。

吴陕北说，你没拿药吗？没见你吃药。

吴赛银说，吃呢。犯病的时候，悄悄地吃。

吴陕北责怪道，吃个药都要悄悄吃，怪不得我们都不知道。

吴赛银说，你爸本来就是肺癌，你们要照顾你爸，要是晓得我也得了肺癌，你们还要照顾我，哪里忙得赢。我还不严重，忍一忍就好了。

但是这次，吴赛银的病说来就来了。

也许是害怕再回台湾的焦虑加重了肺癌，也许因为要回台湾异常焦虑而大量吸烟加重了肺癌，也许是刚回到父母亲人身边时高兴天天喝酒加重了肺癌，吴赛银的病说严重就严重起来。

吴赛银一咳嗽就喘不过气，一咳嗽就胸口疼得翻江倒海，痰里夹血。喉部、头部都刀割一样的疼。

侯凤兰和彭武生把吴赛银强行拉到县人民医院检查治疗。侯凤兰白天上班，晚上就来守候。吴陕北无论如何都不肯换班，日夜守候。吴大铁和梁冬梅则放弃了自己的小摊，每天都做了好吃的，给儿子送到医院。

当然，没人告诉吴赛银他得的是肺癌，他们不知道吴赛银在台湾就知道自己得了肺癌。

也没人告诉吴大铁和梁冬梅两位老人吴赛银得的是肺癌，他们怕二老经受不住。

吴赛银笑着说，我一个小病小痛，你们都守着干什么？你们这样兴师动众的，好像我得了什么大病。打两天针，吃两天药就好了。

吴赛银挥了挥胳膊，你们看，我能喰能睡能动的，没什么大不了的。

吴赛银走下病床跳了几跳，你们看，哪里都好好的。你们都转去，陕北一个人在这里就好了，过几天不咳了，我就出院了。爹娘那么大年纪了，更不要每天都来送饭送菜的。我是军人，这点小病小痛不是病。

吴赛银是看着侯小山去世的，侯小山肺癌严重时的症状，他现在都有，他清楚地知道，自己最多还能活上一年半载。他不想这一年半载再回到台湾，让自己留骨他乡。

好不容易回到日思夜想的大陆和家乡，回到魂牵梦绕的父母身边了，他不想再回去饱受思乡之苦、思亲之痛了。一片随波逐流的叶子既然漂了回来，就再也没有力气漂走了。

吴赛银在病床上想好了他的来路和去路。

出院后，吴赛银开始为他的来路和去路做准备。

他先带着吴陕北坐飞机去了云南，到他读书的云南陆军讲武堂感怀他意气风发的学生时代。从云南昆明，他又带着吴陕北去了江西瑞金，从瑞金转到于都。瑞金是他革命的起点，于都是中央红军长征集结地。他最初的理想、最真的信仰和最纯的信念，都在那里。在延安和榆林，他带着吴陕北走遍了宝塔山、杨家岭、南泥湾，还到清涧专门去彭武定牺牲的地方和榆林安葬侯小山的地方，凭吊两位亲密的战友。吴赛银在心里说，我的战友和兄弟，这是我最后一次给你们烧香了，来生我们再做战友和兄弟。

延安和榆林，吴赛银和吴陕北刚从台湾回来时，就转过几天，吴赛银还有许多地方没有转到，有的地方转了还想转，那里留下了他太多的激情燃烧的岁月、太多的青春灿烂的记忆，他人生最美好的十年都转战在延安和榆林，那里的一草一木都留有他和战友们的气息与体温，那是最让他怀念和难忘的气息与体温。

离开延安和榆林，吴赛银又马不停蹄地到了吉林延边的鸭绿江边。在鸭绿江边的那座铁桥上，吴赛银迎着江风，给吴陕北讲述他跟侯小山是怎样雄赳赳、气昂昂跨过鸭绿江的，讲述江对岸那残酷而又辉煌的战争。语气里全是骄傲、自豪和怀念。

吴赛银对吴陕北说，儿子，你两个爸都是英雄，都没给你丢脸。俗话说，老子英雄儿好汉，你以后也要争气，不给两个老爸丢脸。

吴陕北点头，嗯，儿记住了。

吴赛银说，你那个爸已经走了，我也迟早会走。现在两岸才开始走动，还不能想住多久就住多久，更不能住了就不走，我们还都得回台湾。可台湾不是爸的家，也不是你那个爸的家。你不一样，你在台湾生，母亲也是台湾人，台湾就是你的家，大陆也是你的家，你可以两个家两头跑。以后爸走了，不管在台湾还是在大陆，你都要记得给两个爸烧香。

吴陕北含泪点头，嗯，儿记住了。

吴赛银说，我是等不到两岸统一的那一天了，你还年轻，你肯定等得到、看得到。两岸统一时，你想在台湾扎根安家就在台湾扎根安家，想在大陆扎根安家就在大陆扎根安家，陕西和湘西，你都可以。

吴陕北说，我爸说了，不管你在哪里，都让我守着你，我现在是你的儿子。

吴赛银开心地捏了捏吴陕北的耳朵，傻儿子，爸没有白疼你。两岸统一了，你要是把家安在湘西，要记得把你娘接过来，记得把你爸的坟也迁过来。要是我死在湘西，我跟你爸也九泉下有伴。

吴陕北说，你说什么呢，爸？你现在好好的，别吓唬儿子。

吴赛银说，傻儿子，爸不是吓唬你，爸的病爸晓得。人都有这一天，怕不得，躲不远，坦然面对。爸走后，你要学会独立和自理，更要学会坚强和担当，要好好孝敬你在台湾的娘和大陆的爷爷奶奶。

吴陕北憋了很久的泪，终于流了出来。吴陕北带着哭腔说，爸，你这是不要我了吗？你不要我了，我一个人在这里怎么办？

吴赛银又习惯性地用袖子抹了抹吴陕北的眼泪，说，爸怎么会不要你呢？爸在哪里都会保佑你。

吴赛银从行李箱里拿出一个存折，递给吴陕北，说，儿子，爸给你留了一笔钱，够你和未来的媳妇孩子花的。密码是我们回大陆的日子。

吴陕北一听，眼泪唰唰地流了出来，给我存折做什么，爸？你是真不要我，要丢下我吗？爸，我不要钱，要你，你不要丢下我。

吴赛银说，万一我有什么三长两短回不了台湾，你自己回去。

吴陕北说，我不回去，我守着你。

吴赛银说，傻儿子，树会长高，人会长大，你终究要过自己的日子，哪能一辈子守着爸呢？

吴陕北说，我不管，我就守着你，你要是回不了台湾，我也不回。

吴赛银说，不回不行呀，儿子。

吴陕北说，你都可以不回，我怎么不可以？

吴赛银说，我也不能不回呀。

吴陕北说，就是嘛，你回我就回，你不回我不回。反正你到哪里我就跟到哪里。

吴赛银笑，你这小崽子，跟你爸一样倔。

吴陕北破涕为笑，说，有其父必有其子，你也是我爸，你说我倔就是说你自己倔。

吴赛银笑，好好好，我们倔到一起了，不然我们怎么是父子呢？

父子俩就这样一路走，一路断断续续地聊。

吴赛银的话，吴陕北左听右听，都像是在为什么事做铺垫。

听得出，吴赛银所说的这一切，都是放心不下他这个继子。

回到湘西后，吴赛银在街上买了一块黄绿色的布料，然后到裁缝铺给自己做了一身服装。又买了一顶平顶栽绒鸭舌冬帽。这般装束，是吴赛银入朝作战时的军装。

吴赛银对父母说，爹、娘，我们回吕洞山吧，在吕洞山住一段时间。

见吴赛银要回吕洞山，吴大铁和梁冬梅当然高兴。吕洞山的那座深宅大院本就是给吴点金和吴赛银修的，吴点金牺牲了，吴赛银杳无音信，老两口为了方便照顾女儿韭菜一家，搬进了城里。那高大富丽的吕洞山吴府就没人住了。

如今，吴赛银提出要回去住，吴大铁和梁冬梅说不出的高兴。

吴赛银就带着吴陕北、侯凤兰、彭小定，跟着父母回到了吕洞山。冷冷清清的吴府重新有了烟火和生气。

在吕洞山乡下度过了一段平静而安详的日子后，吴赛银跟吴陕北三个月的探亲假结束了。

在不得不回台湾的前一天晚上，吴赛银对吴陕北说，儿子，给爸搓搓澡吧。

吴陕北就烧了一大锅开水。

吴陕北在一个大木桶里兑好水，试了试水温，就开始给吴赛银搓澡。

吴赛银的身子依然是古铜色的，但却瘦骨嶙峋，不再结实，倒是战争留下的几个伤疤，极为显眼。

吴陕北一边轻轻地搓着，一边问吴赛银伤疤的来历。

吴赛银一个个伤疤的故事就裹挟着烟云，在温热的水里一同沐浴、一同升腾。

洗完澡，吴赛银换上了刚做的那身军装。

崭新而笔挺的军装，让他再次变得英武和年轻。他的戎马生涯和军旅岁月，再一次电影一样，一一播映。

侯凤兰说，你爸这军装一穿，就是抻敨（tǒu）！

吴陕北问，抻敨是什么？

侯凤兰笑，这是湘西话，意思是标致、体面。

吴陕北赶忙附和，对对对，我爸人抻敨，哪个都没有我爸人抻敨！

吴赛银开心地说，穿上军装，我的魂就回来了。

吴赛银跟侯凤兰，一个是传统的军人，一个是传统的女人，虽然相约要成为夫妻厮守一生，但却只牵过手、接过吻，即便同处一个屋檐下，也没有实质的夫妻行为。

吴赛银睡在吴赛银的房间，侯凤兰睡在侯凤兰的房间。当然，吴陕北跟两位老人也各自睡在各自的房间。

这就让吴赛银接下来的行动，成了一个无法挽救的行动。

吴赛银那晚在父母的房间里待了很久，跟父母说了很久很久的话。

说得最多的就是这辈子没有给父母尽孝，让父母白养了，对不起父母，希望来生再做父母的儿子，再报父母的养育之恩。

回到房间，吴赛银长时间睡不着，心里翻江倒海。他像一片浮萍漂泊了一生，如今终于回到了家里，他不想再离开这个被温暖包围的家，不想再去漂泊了。他漂泊累了，想在家里永远地停靠和休息了。他的身心、他的灵魂，都要留在这个家里，守着一片乡土，陪着父母亲人。留下来的唯一方式，就是把身躯和生命都留在这里。他已经病入膏肓了，他不想再做一个他乡的孤魂野鬼，他要做一个死了都有人疼、有人想、有人年年给他烧香的魂灵，做一个死了都要埋在祖坟边，与死去的亲人在一起的归乡者。

吴赛银从床铺下面拿出他藏着的安眠药，决绝地、一把一把地，把整瓶安眠药吞了下去。他以这样一种悲壮和惨烈，绝望而满足地与这个世界告别。绝望的是，他等不到两岸统一的那天；满足的是，他最终还是千里跋涉，叶落归根。

他是军人，他要穿着这身军装体面地、有尊严地死去。不管人们承不承认，他至死都认为自己是中国人民解放军。

吃了大量安眠药的吴赛银，被送往县医院紧急洗胃抢救，但没有抢救过来。

漂泊一生的吴赛银，最终以这样一种方式永远地回到了朝思暮想的家园。那湾浅浅的海峡，从此再也不用承载他的梦幻和乡愁、爱恋和思念。他的梦幻、他的乡愁、他的爱恋和思念，都随着他生命的定格而留在了海峡的这边。

床头上，摆着一封吴赛银誓死要留在大陆的明志书。

明志书上写着：我吴赛银一生跟着共产党闹革命、打江山，流血牺牲，出生入死，却阴差阳错做了俘虏，成了无法回归的浪子。好不容易回家，却还是要被迫再次离家，还要像孤魂野鬼一样在外漂泊流浪，我心不甘，情不愿，只能以死明志。只有死了，我的身子和灵魂才能留在家乡，永不漂泊。也只有死了，才能证明我对祖国的忠诚和忠心一直没变。本来，我就是一个要死的人，我知道，我已经是肺癌晚期，我活不了多少日子，所以死而无憾。叶落归根，是每一个身在台湾的大陆老兵一生的心愿，今天，我终于可以满足这个心愿。只是对不起父母，对不起陕北，对不起凤兰，对不起妹妹，也对不起那么多关心我的人。我最放心不下的是我的儿子吴陕北，还请党和政府给条出路，我回不去了，他也就难以回去了，他回去了也不会有好日子过。如果陕北可以留在大陆，请妹妹他们照顾好陕北。

吴赛银突然间来这么一下，让所有人大感意外。吴陕北这个大小伙子号啕大哭。吴赛银是他的天，这个天塌了，吴陕北自然六神无主、无依无靠。吴赛银的死，更是要了吴大铁和梁冬梅的命，两老的魂立刻像被抽掉了，双双昏死过去。

侯凤兰抱着吴赛银大喊大哭大骂，吴赛银！你这个米良心的！你骗我！你刚跟我好，就不要我了！你丢下我不算，你怎么狠得下心丢下爹娘和吴陕北！你的良心呢？你的良心呢？

看着吴赛银安详睡去的模样，韭菜干娘倒是非常平静。韭菜干娘没有呼天抢地地哭喊，而是俯下身子贴在吴赛银的胸前无声地流泪。韭菜干娘跟这个哥哥一起长大，她也许最懂这个哥哥。

韭菜干娘说，哥，你现在不用漂泊了，永远回家了，爹娘和我们再也不用担心你、牵挂你，可以天天陪着你了。放心吧，哥，妹妹会替你好好孝敬爹娘、照顾陕北，也会让你那些侄儿侄女给你年年挂亲、烧香。

吴大铁和梁冬梅在昏迷中醒来后，对吴陕北说，陕北，帮我们把你爸扶起来，让你爸靠着我们坐一会儿。

吴陕北就帮着吴大铁扶起吴赛银，让吴赛银靠在吴大铁的怀里。

梁冬梅用脸贴着吴赛银的脸说，儿啊，你冷不？让爹和娘热和热和你。

梁冬梅就这样一直贴着吴赛银的脸，一直流着泪跟吴赛银说话，儿啊，你哪门就想不开呢？你一个当兵的，哪门还不如爹和娘两个老家伙想得宽呢？你盼了我们好多年，我们也等了你好多年，我们两个老的都等得起，你哪门就盼不起了呢？

双手紧紧抱着儿子的吴大铁，似乎感受到了儿子的心跳和体温，似乎一下子回到了儿子的孩提时代，回到了儿子小时候亲热地躺在自己怀里的光景。吴大铁也把头轻轻地靠在儿子的头上，说，老婆子，儿子是累了，睡着了，你莫怪儿子了。

梁冬梅说，我米怪儿子，我是心痛儿子，当兵后就米有跟我们住上两天，我们就米有好好心疼过他、关顾过他。好不容易回来了，却又阴阳两隔了，我这当娘的心里流血啊。

吴大铁说，儿子一生都在打仗，现在回来了，不用再打仗，能天天守着我们了，你该高兴才是。你莫再背泪了，再背泪，赛银就难过了。你说的、你做的，他都听得见、看得到呢。你看，现在我们老两口都可以这样抱着儿子不松手，多好！

梁冬梅揩掉眼泪说，嗯，我不讲了，我们就这样一辈子抱着儿子不松手，不松手。

吴大铁跟韭菜干娘说，韭菜，慢点让你哥入殓，我和你娘好好陪你哥一个晚上。

韭菜干娘明白爹娘的意思，流着泪说，好，女儿陪着你们。

这样，吴大铁和梁冬梅把吴赛银放在床铺中间，贴着儿子睡了一个晚上。韭菜干娘坐在床尾，捧着吴赛银的脚坐了一个晚上。

身躯冰冷的吴赛银，是否感受到了父母的体温、伤痛和祈愿？是否感受到了妹妹的牵挂、疼爱和伤感？

五十七

吴赛银以死明志，造成了亲人们的巨大悲痛，也引起了县里的震惊和重视。

县领导专门派了统战部和对台办的领导赶到吕洞山来慰问家属，给吴赛银送行。

当县委统战部和对台办领导得知吴赛银想跟侯凤兰领取一纸婚约而没有领到时，更是气愤。

县对台办的领导问彭武生，你们找哪个部门问的政策？

彭武生说，找的县民政局。

对台办的领导问，民政局怎么说的？

民政局讲，我们县里还没有大陆人跟台湾人结婚的先例，没有政策。讲文件规定来大陆探亲的台胞如果要在大陆结婚，必须劝阻。

县委统战部的领导问对台办的领导，是这样的吗？

对台办的领导说，民政局的领导只说对了一点点。来大陆探亲的台胞如果要跟大陆公民结婚，是要尽量劝阻，但劝阻后依然坚持结婚的，可以由省政府指定的婚姻登记机关受理，不是不能结婚。两岸不但允许通邮、通航、通行，也可以通婚，民政局的同志太不熟悉政策了！

县委统战部的领导给对台办的人说，查查是谁接待彭武生的，严肃处理！

县委统战部的领导转过来又批评彭武生，武生，你是国家干部，你怎么不问问对台办呢？台胞政策，对台办肯定比其他部门熟悉啊！

彭武生说，婚姻登记嘛，我想当然去问民政局了。

对台办领导说，两岸才开始交往，大家不熟悉政策，也难怪。

彭武生问，那意思是如果吴赛银和侯凤兰坚持结婚，是可以的？

对台办领导说，是可以的，不过，要在台湾和大陆两头跑各种证明，非常麻烦和琐碎，来来去去，腿都要跑断。

彭武生扇了自己一记耳光说，都怪我不懂政策，害得赛银临死都没有跟凤兰领上结婚证。

吴陕北在对台办领导的话里看到了希望。吴陕北问，那就是说，要是我在大陆找个女朋友，只要我把大陆和台湾两边的手续和关系跑下来，就可以结婚？

对台办的领导说，是的。

吴陕北说，那可以永久留在大陆？

对台办的领导说，目前还没有政策说可以永久留在大陆，但探亲的次数和时间肯定比一般的探亲时间长、次数多，会比普通的探亲自由。

吴陕北欣喜地说，我明白了，谢谢。

彭武生说，陕北，叔给你在大陆找一个？

吴陕北说，好，我就是这样想的。

韭菜干娘给吴陕北介绍了一个女朋友——县一中的英语老师陈艳萍。

据说，陈艳萍的爷爷也跟着国民党部队去了台湾。寻找爷爷，也是陈艳萍一家人的心病。台湾和大陆，就成了吴陕北和陈艳萍共同的语言和牵挂。两人十指紧扣，选择结婚。

吴陕北经过几年候鸟似的生活，完全定居在了大陆，成为地地道道的湘西人。

此时的湘西，也在一天天脱胎换骨、沧桑巨变。

最热门的，就是招商引资，吸引外资搞建设。

保靖县统战部和对台办的领导找到吴陕北，希望他利用台湾的人脉，帮助家乡引来台资，建设家乡。

吴陕北早有此意。他从小就崇拜他的两个父亲。他也知道两个父亲想要什么、想做什么。在家乡投资，为家乡做点事，一定是两个父亲都期待的。

吴陕北马不停蹄地赶往台湾，动员舅舅投资。吴陕北的舅舅也看到了大陆的商机，也正想像其他台商一样在大陆投资办厂。舅甥俩一拍即合。

保靖县第一个台资企业——祥龙预制板有限公司就这样诞生了。

这是由县砖瓦厂改制而成的股份制公司。县里的国有资产占51%股份，吴陕北的台资投入占49%股份。龙是吉祥的象征，也是腾飞的象征，取名祥龙，自然寄托着大家最美的祝福与意愿。

祥龙预制板有限公司，不但是保靖县第一家台资企业，也是湘西边远山区的第一家台资企业。这第一家台资企业的建立自然是边远山区的头号新闻，湘西的领导亲自前来剪彩、讲话和祝贺，预制板有限公司起步就是高光时刻。

保靖县砖瓦厂由于经营不善，本已濒临倒闭，很多工人都被买断工龄，另谋职业。我的五叔，也被买断工龄，回到了熬溪。

当时，市场经济的大门已经打开了一些年头，一些经营不善的国企，生存危艰。改革、下岗、重组，成了国企常有的现象。

保靖县砖瓦厂就是在这样的大背景下绝地求生，找到了吴陕北。砖瓦厂转制成了预制板有限公司。

砖瓦厂之所以成了预制板有限公司，是因为吴陕北的舅舅是台湾一家预制板厂的老板。他精通预制板厂所有业务，他有五湖四海的销售渠道。

年轻的吴陕北走马上任当了副董事长兼总经理。

吴陕北的舅舅叫罗清远。罗清远祖籍是广东清远，是生活在台湾的第三代了。

罗清远带着一干人来保靖县把机器安装好后，留下几个技术员，就回台湾了。他是地地道道的台湾人。他得去守台湾的家业，陪台湾的老小。

那个时候，全国都在发展基建，到处都需要预制板。祥龙预制板质地好、质量佳、供货快，很快就占领了湘鄂川黔四省边区的绝大部分市场。

祥龙预制板有限公司成了明星企业。

武豪干爹的儿子彭玉树此刻已经人到中年。他毕业于湖南大学土木工程专业，是土木工程建筑设计的硕士。

吴陕北把彭玉树请到公司做科研组长，专为公司做研发和设计。

吴陕北说，公司正缺表哥这样的人才，表哥来得正是时候。

彭玉树正如他的名字，玉树临风。

在湘西这样的大山里，一米八的个子都凤毛麟角，彭玉树居然长到了一米八五。用大婆的话讲，彭玉树往那一站，就像一根竹浪篙，又直又长。眉目清秀，却很结实，站在那里，就像一根树桩，稳稳的，摇都摇不动。眼眸晶亮，时刻波光流转。嘴角微微上扬，一丝笑意永远定格。

彭玉树在学校读书时，还是运动健将。篮球、游泳，是他的最爱。衣服一脱，雪白的身子就像一道雪白的闪电，亮瞎女孩子的眼睛。那身肌肉像拉开的一架手风琴，八块腹肌，可以弹出八种音乐。

如此阳光而精神的大男孩，自然是人人喜欢，那些女孩子，有事没事，就去找他。都以为他会找一个非富即贵的女孩，不想他却找了一个得了红斑狼疮的女孩。这个女孩自初中起就跟他同桌，一直像尾巴一样跟着他。到了大学，两人不在一个系，却在同一所学校，只是一个学的土木工程，一个学的新闻传媒。

女孩没得红斑狼疮时，十分美丽。两人在校园里牵手甜蜜时，羡煞了好多男生女生。一对神仙眷侣，哪能不羡煞？大三时，女孩得了红斑狼疮，脸上、脖子经常莫名其妙地出现一些蝶形红斑，大朵大朵的，小块小块的，像被狼撕咬过一样。严重时，整个面部都是。一个女孩的美丽、青春、自信、尊严就全被摧毁了。

女孩名叫万家月，这么诗意的名字，却有了这样残酷的人生，任谁都受不了。彭玉树带着万家月跑了省城多家医院，都说这是不治之症，人生有多长，疾病就跟多长。万家月听后如五雷轰顶，痛不欲生。她不愿意拖累她心爱的白马王子，坚决要求分手。

彭玉树不分手，她就在房间里歇斯底里地砸东西；再不分手，她就以死相逼。她曾经发疯似的撞墙，撞得头破血流；也曾发疯似的冲向轿车，把人家司机吓得魂飞魄散，开着轿车吱吱哇哇地冲出老远。

彭玉树见怎么都劝不住，拿了一柄水果刀，对万家月一字一句地说，万家月，你不是想死吗？好啊！我们一起死！既然你天天想死，我们今生无法相守一辈子，那我们来世相守一辈子吧。

说完，彭玉树抓起水果刀，准备刺向胸口。

万家月疯了似的扑上去，夺着刀子说，我不死了，我不死了！我跟你好好活着！

彭玉树说，你真不死了？

万家月说，我真不死了。

彭玉树反问，真不死了？

万家月重复，真不死了。

彭玉树缓缓放下刀子，一字一句，像吐钉子一样说，万家月，你记住，如果你今后再闹着死，我一定比你先死！如果你真死了，我一定跟着你死。你要做人，我就跟着你做人；你要做鬼，我就跟着你做鬼！你要这么自私丢下我，我比你更自私！我彭玉树说的话，每一个字都是带着毒誓、带着咒语的，我要说话不算数，出门就被车撞死！

万家月久久地抱着彭玉树，放声长哭。

为了这么一个有情有义的男子，她再也不敢寻死寻活，她不能因为她的死而让最心爱的人跟着去死。疾病再折磨，尊严再没有，她都得坚强地活着。不为她自己，也要为她心爱的人。

这样，两人毕业后双双回到了老家。

在老家，有能够与他们同甘共苦的人，有他们可以疗伤的地方。

在老家，万家月到了县电视台工作，彭玉树进了县建委。两人结婚生子，幸福而平淡地过日子。改革开放后，彭玉树做了一个惊人的决定，辞职到了一家房地产公司。

那个时候，房地产正像朝阳冉冉升起，是最赚钱的产业。房地产老板月薪上万高价聘请，简直就是天上掉钱，地上捡钱。要知道，那时刚刚毕业的大学生，月工资不到百元。而彭玉树一个月上万元，那简直就是天方夜谭。

当彭玉树要砸掉自己小小的金饭碗，去捧这个大大的泥饭碗时，韭菜干娘是坚决反对的。一个金饭碗砸掉了，去端一个泥饭碗，随便一个磕碰不就碎了？再说，一个是国家干部，一个是打工仔，身份也不一样。但年轻人心比天高，年轻人有年轻人的梦想和理想，韭菜干娘也说服不了彭玉树这个年轻人，只好由了他。

吴陕北投资预制板厂后，把彭玉树请了过来，彭玉树一年十五万的年薪，羡煞众多年轻人。要知道，那时的国家干部，基本工资才一个月几百元。

彭玉树当然不是纯粹为了钱跳槽，他也想有个平台把自己的专业用起来。他不为钱，却必须为钱。他心爱的万家月的病等着他的钱。他要用钱擦亮月亮的清辉，用钱让他的月亮每天升起。

在公司，他跟表弟吴陕北形影不离，很快成了无话不谈的朋友。亲戚加朋友，那就是可以不穿底裤坦然相对的那种铁哥们。

谈人生，谈理想，谈工作，谈男女私情。

与他俩走得最多、走得最近的，还有彭小定。

彭小定已成长为县里的副县长，管招商引资和工业企业。在企业里干活的彭玉树和吴陕北，自然与彭小定走得亲和勤。

彭小定小时候就听母亲侯凤兰讲父亲彭武定和吴赛银的战斗故事和战斗情谊，知道母亲怀着他一路跋涉回到湘西，是吴赛银一路护送的。彭小定见到吴赛银的第一眼，就像见到了父亲，对他有一种天然的亲近，甚至觉得吴赛银以后就是自己的父亲。不想，吴赛银却突然身故，没能成为自己的父亲。

父亲这个词，对彭小定来说，是一种骄傲与光环，让他处处受人敬重，也是一块巨大的伤疤，怎么都愈合不了。吴赛银出现后，彭小定居然莫名地兴奋，莫名地幸福。当母亲跟吴赛银成双成对地出入时，他也想靠上去，感受一下男人胸怀的宽阔、慈祥和温暖。他渴望有一个父亲的肩膀可以依靠，渴望有一个父亲的胸膛可以依偎，渴望有一个完整的家。吴赛银，就是他想象中的父亲。

尽管这个愿望没有实现，彭小定还是把吴赛银从心底当成了自己的父亲，把吴陕北从心底当成了自己的弟弟。吴陕北本来就是舅舅侯小山的儿子，本来就是自己的亲表弟。所以，无论工作还是生活，他都对这个弟弟关爱有加、照顾有加。

彭小定一有时间就约吴陕北到家里喝酒、聊天，一起陪陪母亲侯凤兰。或者带着母亲一起去他韭菜伯娘那里喝酒、聊天，跟吴陕北一起陪韭菜伯娘和大婆。吃完饭，一大家子人会相约着到公园里散步，到酉水河边吹吹风。

彭小定和吴陕北无论到哪里出差，都会给老人孩子带回礼物。

彭小定知道，他跟吴陕北再怎么抽时间陪母亲，他们的时间都是有限的。母亲的内心注定是孤独的，是他们这些晚辈不能陪伴的。他曾劝母亲找一个老伴，还给母亲介绍了大家都认识的龚正顺医生。龚正顺老伴去世了，彭小定就跟龚正顺说了这种想法。龚正顺很乐意，还夸彭小定孝顺，是好孩子，冲这一点，他就必须对彭小定和侯凤兰好。侯凤兰却不领彭小定的情，侯凤兰见彭小定给她张罗找伴，气不打一处来。侯凤兰骂，你吃多了没事干？咸吃萝卜淡操心！你干什么正经事不好，给娘找伴？

彭小定赶忙赔着不是说，娘，我是看你孤独了大半辈子，心疼你。

侯凤兰说，你说得好听，我看你是怕娘老了动不了，不想伺候娘。

彭小定连忙否认，不是不是。

侯凤兰说，不是？不是，你劝我找什么老伴，还自作主张给我找了龚医生？

彭小定说，我工作特别忙，不能天天陪你，陕北也没时间陪你，我就想让龚医生给你做个伴。老伴老伴，老来有伴。

侯凤兰说，你陪不了，有小妮和韶云陪啊。小妮和韶云都对我好着呢。

侯凤兰说的小妮是彭小定的爱人，韶云是彭小定的儿子。小妮在县文化局工作，儿子在读初中。

彭小定说，儿媳妇和孙子再好，都不能天天陪你，儿媳妇也要上班，孙子要上学。

侯凤兰说，那我也不找，都七老八十了，儿孙满堂了，还找什么老伴，你也不怕人笑话。

彭小定说，娘才六十多呢！

侯凤兰说，六十多跟七老八十有什么区别？不要再给娘动这些歪心思了，你再动这些歪心思，娘就敹你两雷子！

彭小定说，龚医生人很好，不会亏待你，有他在你身边照顾你，我们去哪都放心。

侯凤兰说，喊你不要讲了，你还讲！再讲，我真的敹你两雷子！说完把右手的五根手指上端往里一弯，扬起来，就要往彭小定额头上敲。

把五根手指的上端弯起来敲打人的额头或头部，湘西叫敹雷子。

侯凤兰叹了口气说，娘这辈子跟你赛银叔叔无缘，跟其他人就更米有缘分，娘只跟你爹有缘，娘一辈子就守着你爹！

跟彭小定一起长大的彭玉树，知道彭小定为什么一再劝他母亲侯凤兰再找一个老伴。一方面是彭小定心疼母亲，一方面是彭小定希望有一个男人顶替父亲的位置，弥补缺失的父爱。

彭玉树从小就看到彭小定的孤寂。作为叔伯弟兄，没有人比他更了解彭小定从小没有父亲的心情。尽管父亲彭武豪、叔叔彭武生，还有叔叔彭家云，都对彭小定好，但叔叔伯伯再好，都没有父亲好。

小时候，以为是彭小定不合群，长大了知道彭小定的心思和痛楚后，才知道不是彭小定不合群，而是彭小定比他们心里苦，才知道了彭小定的脆弱和敏感。因此，当彭小定在时，他们尽量不谈父亲，不碰彭小定那根敏感、脆弱的神经。特别是自己的父亲也一夜失踪、杳无音信

701

后，他更加理解彭小定。对彭小定，他能关照到的尽量关照，能保护到的尽量保护，比一般的叔伯兄弟更亲。比如，有同伴不懂事，欺负彭小定没有爹，说彭小定是野孩子时，他会跑上去对那些孩子一顿暴揍，不管那些孩子多大多小。他们的嘴没大没小，他的拳就没轻没重。

自然而然，彭小定对大他几岁的堂哥，有一种格外的亲近和依赖。彭玉树将他这个堂弟的心思看得一清二楚。彭玉树也鼓起勇气，劝侯凤兰婶婶嫁给龚医生。

侯凤兰听了，不高兴地说，你们这些孩子都喰错药了，尽给老人出这些馊主意，让老人老了还在世上出一次丑？警告你啊，以后不准再提这些，再提，先问问你娘，你娘不也一直等着你爹嘛。

侯凤兰又对彭小定说，不要一天到晚想鬼想神的，好好干你们的工作。

彭玉树和彭小定就再也不敢吱声了。

彭玉树学土木工程时，没想到舅舅的继子吴陕北会回家乡投资建厂。彭小定也没想到，自己会当副县长，管招商引资，管工业企业，管来管去，还管到表弟投资参股的企业。

所以，他每次都跟彭玉树和吴陕北千叮咛万嘱咐，千万别违法经营，千万要讲诚信，别偷工减料，别欺诈客户，更别偷税漏税，不然，他得第一个引咎辞职，企业很可能也会垮台、倒闭，给县里造成不可估量的损失。

彭玉树和吴陕北自然明白这个企业对家族的重要性。尽管这是国家的，但交给他们经营，他们一不能愧对了国家，二不能害了彭小定。这是他们做企业的良心，也是做人的良心。

彭玉树一心研发新产品，市场需要什么他就研发什么。吴陕北一心拓展市场，彭玉树研发出什么，他就推销什么。

彭玉树知道预制板迟早会被淘汰。因为预制板一是防水性能不太好，容易渗透；二是太笨重，不便安装。他提醒吴陕北，要舍得科技研发，不能安于现状，要有风险意识，要走一步看三步，防患于未然。

吴陕北总是全盘接受，放手让他研发。

为了防止预制板渗水，彭玉树研制出二次压模预制板的方法，先是压制出一层较厚的预制板，然后在预制板上盖上两层防水透气膜，再浇筑一层混凝土。这样预制板的渗水问题就完全解决了。但是工人在盖房施工时，在预制板与预制板的对接中，常常处理不好预制板的缝隙，在缝隙中抹的水泥和石灰往往不严密，还是会出现漏水和裂缝现象，彭玉树又废寝忘食地研发出了预制板的无缝对接。他利用木工的榫头原理，把预制板的一边留出榫头的凹槽，叫卯；一边留出凸出部分的榫片，叫榫。这样，当两块预制板对接时，榫和卯插进去，就严丝合缝了，再辅以水泥、石灰和胶，再大的雨和水，都滴水不渗了。

这看似非常简单的两个研发，却解决了预制板容易渗水的大问题，祥龙预制板由此畅销，公司也成为在湘鄂川黔地区一直遥遥领先的明星企业。

与彭玉树一起长大的彭来喜、彭来福和彭来凤几兄妹，在县城合伙开了一家电脑店，卖电脑、电话机和BP机。那个年代的电脑、电话机、BP机还是新生事物和奢侈品，网络也刚开始兴起。家家户户虽然经济条件向好，但买得起电脑和BP机，装得起电话和网络的，还不多。

但年轻人再艰苦，都要想办法攒钱买台电脑或电话机、BP机。然而，买了电话机，装电话和网络还要事先交昂贵的安装费，并且要排上好几个月的队。

彭来喜几兄妹看中了这个商机，在父亲彭武生和母亲张雪梅的支持下，一起出资开了这个县城唯一的电子产品店。一开业，就生意兴隆。买电脑、电话和BP机的，络绎不绝。用韭菜干娘的话说，几兄妹数钱都数断手指头。

彭来喜几兄妹中，彭来喜是脑瓜子最灵的。来福没有主见，来喜说什么都行。来凤最小，两个哥哥都疼她，她从小就什么事都不用想，嫁人好多年了，她还是有两个哥哥罩着，什么都不用想。就连她的丈夫，都跟着什么都不用想。缺了什么，两个哥哥就会让两个嫂子送过来，她连路都不用走。

因为几兄妹开着这样一个电子产品店，在县城，几兄妹连同彭玉树、吴陕北，都是引领县里时尚潮流的人。

第一批用上电脑。第一批装上电话。第一批用上BP机。第一批用上大哥大。

彭玉树和吴陕北的BP机、大哥大，当然是来喜几兄妹送的。彭玉树和吴陕北想掏钱买，来喜几兄妹怎么都不会收，他们是一棵树发出来的枝丫，枝丫还没散开，还枝叶紧紧地连着呢，怎么能让他们买？来喜说，哥，这是试用品，你和陕北是给我们做广告呢！

来喜还专门去了熬溪，想给我同父异母的哥哥彭学兵也装一台电话，送一台BP机，但熬溪没有通信线路，电话和BP机都用不上，只好作罢。

我那同父异母的哥哥此时是孤零零的一个人，我那个叫米香的姐姐早就去世了，这个世界上只剩下他孤苦伶仃的一个人。当然，他知道还有我这个弟弟，但我这个弟弟在那个时候连父亲都不认，怎么会认他这个哥哥和这个家族？

他那个时候尽管结婚生子了，但本质上还是个孤儿。所有的苦难，所有的酸楚，乃至所有的屈辱，都得他一个人默默承受，默默吞咽。

他是孤独的，也是自卑的，如果彭玉树和彭来喜不去看看他，他是从来不与他们联系的。何况，他与他们又不生活在一处。在他的心里，彭玉树、彭来喜他们对他再好，他们都不是一个世界的人。自己活在自己的世界里，互不挨边，反倒自在。

我这学兵哥跟彭玉树、彭小定他们唯一的联系和见面，就是每年清明节时，他们来给我爹烧香。

烧完香，在学兵哥那里吃一顿午餐。

这天，彭小定在预制板厂检查完工作后，把彭玉树和吴陕北叫到一边说，跟你们商量件事。

彭玉树和吴陕北都说，你发话就是，还说什么商量。

彭小定说，来喜来福他们那天去给学兵送BP机，我就想，你们能不能让学兵在你们厂里做点事，帮他解决点困难？我们不能把学兵落下不管。

彭玉树说，你说得对，我们是该给学兵做点事。要是我爹他们晓得学兵过得不好，也不会安心。

吴陕北虽然没见过我爹，但从彭玉树和彭小定他们口里多次听说过我爹，听彭小定和彭玉树这么一说，他就知道彭学兵生活很困难。

吴陕北一秒都没停顿，说，没问题，哥，我安排。

彭小定说，学兵性格孤僻，不爱说话，不愿见人，不晓得他愿不愿来厂里打工。

彭玉树说，试试吧，这是好事，他应该愿意。

彭小定说，那好，你俩尽快找他。

彭玉树和吴陕北就驱车来到了学兵哥家里。给学兵哥说明来意后，学兵哥说，我一点文化都米得，在你厂里能做什么？什么都做不了。

吴陕北说，我厂里有的是你干的活，打砖、搬砖、和水泥，什么都可以干。

学兵哥说，我还是在屋里种田好，莫给你们添麻烦。

彭玉树说，去吧，学兵，在厂里随便干都比种田轻松，比种田赚钱。屋里种田一年就种得出个口粮、糊得饱肚子，在厂里，一个月轻轻松松五六百块钱，比国家干部工资高呢。你看我国家工资都不拿了，国家干部都不当了，去厂里，就是厂里待遇比机关好，工资比机关高。

学兵哥惊讶地问，我听说你到了陕北的厂里，我还以为是国家派你去的，是你辞职的啊！工厂工资就那么高，钱就那么好赚吗？

彭玉树说，是的。我现在一年十几万呢，县委书记和县长的工资都差我好大好大一截呢。

学兵哥说，真的？

彭玉树说，当然是真的，我还敢骗你这个弟弟呀？

吴陕北说，我也不敢骗学兵哥啊。你看你，拖着几个孩子好辛苦的，到我们厂里，你就不用那么苦了，儿女就好过了。

就这样,我那三天不放一个屁的哥哥学兵,跟着彭玉树和吴陕北去预制板公司做了一个搬砖工人。

当时的预制板公司,既做预制板,也做空心砖。

韭菜干娘对彭玉树和吴陕北说,你们兄弟这么仁义,我就放心了。我一直心疼学兵,却一直不晓得哪门帮他,只能给他送点这样送点那样的,帮不了什么大忙。你们把他弄到厂里,他一家人就喰穿不愁了,以后两个小孩上学也有着落了。你家云叔九泉下得知,也会感激你们、夸奖你们。

吴陕北说,这是举手之劳,厂里出力气的活,请谁不是请?用自己人,还放心些。

学兵哥上班前,韭菜干娘在家里请一大家子一起吃了一顿饭。饭桌上,彭来喜还是把BP机给了学兵哥。

彭来喜说,学兵,你现在进城上班了,我们见面日子多了,带个BP机,找你方便。

最贫穷的学兵哥,也就挂了一个最阔气的BP机。BP机一响,学兵哥就浑身不自在。学兵哥说,那BP机好像在讽刺他"你又装阔","你又装阔"!

进了城,学兵哥不常见的表哥向希望也经常见到了。向希望在彭来喜几兄妹的店子里当店长。彭来喜几兄妹都在单位上班,这个店子就靠向希望管着。

向希望不像学兵哥那样孤僻,他一切看得开,一切看得来,这个世界给不给他阳光,他都是阳光的,给不给他灿烂,他都是灿烂的。再苦,再累,一觉醒来他都觉得是新的。正像他的名字,向着希望。

来喜几兄妹对这个从小一起长大的乡下年轻人,是无条件地信任,连店名都是用向希望的名字取的——向希望数码电脑店。

爹和武豪干爹他们留下的这一脉亲人,都在希望里向阳生长。

学兵哥到了吴陕北的预制板厂,自然是得到了吴陕北很多的关照。学兵哥天生吃苦耐劳、勤劳肯干,很快赢得了所有人的敬重。有了固定收入，学兵哥的生活不再那么沉重，心情也不再那么苦闷，性格也慢慢开朗起来。虽然他依然沉默寡言，但如果见到投缘的人，他也能够打开话匣子，也能露出灿烂的笑容。生活的光亮，让学兵哥的心里有光有亮。

在学兵哥的生活光亮里，彭小定又给他带来了一束光亮。这是从遥远的西伯利亚跑来的光亮。

一个凉爽的秋天，学兵哥还未下班，彭小定兴冲冲地给他打来电话，学兵，快点下班，有贵客要见你！

这个贵客不是别人，正是弗拉基米尔的儿子——小弗拉基米尔。

这时的苏联刚刚解体，小弗拉基米尔是属于来自俄罗斯的贵客了。

学兵哥匆匆下班冲了一个澡，就在彭玉树和吴陕北的陪同下，往县政府宾馆赶。

宾馆里，已经有不少人在陪着小弗拉基米尔了，小弗拉基米尔最想见的彭武生自然也在。

彭小定说，学兵，这是家云伯伯和武生叔叔救的那个苏联飞行员的儿子，也叫弗拉基米尔，是专程来看家云伯伯、武生叔叔，还有我们这一大家子的。

见恩人的儿子来了，小弗拉基米尔赶忙上前抱住了彭学兵，激动地说着标准的中文，终于见到你们了！

原来，弗拉基米尔一直没有忘记我爹和彭武生救他的一幕，没有忘记龙光烈和武豪干爹及一大家子对他全心全意的救治和照顾。他给全家人讲得最多的就是他在湘西三个月的短暂生活。湘西的三个月，让他一生爱上了湘西、爱上了中国。他的四个孩子，全都上了苏联的汉语学校。小弗拉基米尔的中文这么标准，就是在汉语学校学的。

现在弗拉基米尔年事已高，身体不好，很多事情都忘记了，却一直记得湘西和我爹。他说他快不行了，要小弗拉基米尔去一次湘西见见恩人。

小弗拉基米尔说，他自有记忆起，就知道湘西的风景有多么好，人情有多么好，他就想来父亲生活过的地方看看。今天，他父亲要他替自己来看看恩人，不但是父亲的心愿，也是全家人的心愿。

小弗拉基米尔说，中苏关系破裂后，他父亲试着给我爹和彭武生写过几封信，但都是泥牛入海。他不知道我爹和彭武生过得好不好，也不知道我爹和彭武生等恩人是不是还活着，所以，中俄关系一重归于好，他父亲就要他前来看看，不然他死都不放心。

彭武生说，一封信都未收到，中苏关系破裂了，信肯定寄不出，寄出了也收不到。我们知道弗拉基米尔先生有情有义，未想到这么有情有义。大半辈子了，他还念念不忘，我们受之有愧啊。

小弗拉基米尔说，我爸爸就是这样的人。我也要代表我们全家感谢你们，没有你们救我爸爸一命，就没有我们这个大家庭。请让我鞠一躬！

彭武生赶忙拱手作揖，然后扶起了小弗拉基米尔。

小弗拉基米尔得知我爹患病去世、龙光烈牺牲、武豪干爹远在西北、三叔失踪时，不停地长吁短叹、伤心惋惜。小弗拉基米尔说，我听到了都这么难过，我父亲听到了还不知道怎么难过呢。

带着弗拉基米尔的思念和感激，也带着弗拉基米尔的沉痛和惋惜，小弗拉基米尔在彭武生和彭学兵等人的带领下，去了我爹的墓地祭奠了我爹，也去了大爷和龙光烈的墓地祭奠了大爷和龙光烈。那些对弗拉基米尔有恩的人，小弗拉基米尔一个都没落下。

在小弗拉基米尔带来的信里，弗拉基米尔还提了一个心愿，那就是希望他的子子孙孙能够跟爹和彭武生这个大家族的子子孙孙永远像亲人一样来往，他也想像爹和武豪干爹那样让孩子们结拜为兄弟。他和他的孩子都羡慕中国有这样的风俗习惯，没有血缘关系的人可以烧香、饮酒，结拜为兄弟。如果可以，他期待他的儿子这次来中国，能够按中国习俗跟爹和彭武生这个大家族的儿子结拜为兄弟，以了却他今生的心愿。

彭武生看了信后，问彭小定，你是县领导，可以结拜吗？

彭小定说，这有什么不可以的？这不是简单的结拜，这是我们跟俄罗斯国际友谊的加深和延续。

这样，彭玉树、彭小定、彭来喜、彭来福、彭学兵、向希望等一脉男丁，与小弗拉基米尔面对苍天，跪拜为兄弟。

当时隔几十年，还有一个异国他乡的人千里迢迢来跪拜和祭奠，他们的儿子还结拜为兄弟，九泉之下的爹知道了，会不会稍有一丝安慰？

一个异国他乡人的感激和感恩、思念和牵挂，爹会不会收到，会不会感动，会不会觉得这辈子没有枉做一个善良的人？

五十八

一晃就是二十世纪九十年代了。

九十年代的中国，就像一只万花筒，每天都变幻莫测、光怪陆离、多姿多彩，每天都有新的事物、新的喜悦、新的变化。一夜间，这个地方长出了一片楼群，那个地方冒出了一个科技园，另一个地方又生出了经济开发区，每一个腰里别着的大哥大、BP机又变成了一个个小巧玲珑的手机。

时代的发展，比翻书还快。

彭来喜几兄妹的数码电脑店，也顺势扩大门面，变成了数码电子产品城。一层楼都是各式各样的电脑、各式各样的手机。

每家每户的生活，都在跟着时代溢光流彩，发生变化。

韭菜干娘和彭武生、张雪梅退休在家多年了，侯凤兰也很早就辞掉了学校的后勤工作，帮彭小定带小孩。

韭菜干娘退休后，带着彭玉树和彭多姿去过遥远的大西北。当火车气喘吁吁、摇摇晃晃地把母子三人带到武豪干爹身边时，母子三人都被火车晃荡出了苦胆水。那路真远，那日子真长啊！武豪干爹原来在这么远、这么苦的地方！

看不见湘西那样翠绿的群山，摸不着湘西那样碧绿的河水，也吹不着湘西那样凉爽的山风。看惯了青山绿水的母子三人，根本不敢相信武豪干爹就在这么偏僻遥远的地方工作了几十年。他们本想去武豪干爹工作的地方看看，武豪干爹告诉他们，工作地离住宿区还有二百多公里！在二百多公里以外的地方上班，在二百多公里以外的地方生活，那是一种什么样的工作，又是一种什么样的生活？母子三人不由自主地心疼。

彭玉树和彭多姿都问，爹，这么艰苦的地方，你为什么不要求调回去？

武豪干爹说，都不来这艰苦的地方，都要求调回去，这个工作哪个来干？

彭玉树说，那就一辈子在这里了？

武豪干爹说，嗯，一辈子都在这里了。

彭多姿说，你不苦吗，爹？

武豪干爹说，工作不苦，就是想你们苦。一想到我的工作，我浑身是劲呢！

彭多姿说，你真在这里一辈子，不要娘和我们，不要婆婆了吗？婆婆都九十多了，爹。

武豪干爹说，组织上让我回去时，我就回去了。

彭玉树说，那组织上什么时候让你回去呢？

武豪干爹说，不晓得。

韭菜干娘打断两个孩子说，不要再烦你爹了，你爹做的是革命工作，革命工作没有价钱可讲。

那次之后，韭菜干娘他们就再也没有去过大西北了。

大西北就成了韭菜干娘他们魂牵梦萦的一把茱萸、一轮明月和一处乡关。

不想，韭菜干娘他们居然在这九十年代的第一年等来了武豪干爹的凯旋。

这时的武豪干爹已经是一名副师长了。

陪同武豪干爹回乡的湘西州委领导对大婆说，您养了个了不起的好儿子啊，您晓得原子弹、氢弹吗？那就是我们彭师长造的。

大婆笑着说，你就帮他扯谎吧，他哪门造得出原子弹、氢弹？

武豪干爹笑，娘，莫小看你儿子，那原子弹和氢弹还真有我的功劳。

韭菜干娘一听，眼睛都直了，又惊又喜地问，你原来在造原子弹啊！怪不得这么保密！

武豪干爹自豪地笑，是的，大大的军功章里有我一点角角，也有你们一点角角。

韭菜干娘说，哪门会有我们一点角角呢？

武豪干爹说，我们为国家做出了牺牲，你们作为家属也为国家做出了牺牲，当然有你们一点角角。那歌不是唱军功章有你的一半也有我的一半嘛。

大婆更是惊讶地喊，天哪！我的娘啊！我儿子是造原子弹的！怪不得娘生你的时候会雷神下凡！

大婆的一句雷神下凡，让乡亲们都想起了大婆生武豪干爹时，一阵炸雷伴随着一个火球滚向那棵古树的情景。

乡亲们说，武豪造氢弹，就像造炸雷，真是雷神下凡呢。我们得好好敬敬那棵古树。

千里归乡的武豪干爹，这时候才给韭菜干娘和乡亲们揭开那一身的传奇和秘密。

国家已经解密了，武豪干爹也就可以揭秘了。

武豪干爹从抗美援朝战场下来后，部队要选拔一些有文化且战功显赫的战士到大学深造，武豪干爹有幸被选中。

通过几年的学习和培训，武豪干爹随部队秘密开拔到大西北，进驻青海。

当一辆辆卡车浩浩荡荡地开进大西北时，武豪干爹第一次见识了与湘西完全不同的地理与山河。

那寸草不生的戈壁滩，是那么遥遥无边、一望无际，那么一个模样、一个姿势，大卡车摇摇晃晃跑了十天半月，都还像在原地。

这是一个鸟不拉屎的地方。茫茫几百里，看山，山是秃的；看壑，壑是光的；看一片片遥远的开阔地，开阔地是寸草不生、滴水不见的。鸟没办法在这里生存，当然不会在这里拉屎。

百无聊赖的卡车，在百无聊赖中跑啊跑，终于看到了一大片水草肥美的草原。

首长说，这就是我们的家。我们就在这里安营扎寨，开发大西北，建设新中国。

这片草原叫金银滩，是青海最好的地方。

说是最好，也只是相对荒无人烟的千里戈壁来说的。

一望无际的草原，正新鲜而旺盛地青着、绿着，一丘连着一丘，一畦连着一畦，一垄连着一垄，一坝连着一坝，浩浩荡荡地铺排，诗意绵绵地起伏。疾风骤起时，那草绿浪一样一波波翻滚，一波波涌动，似要卷出一群牛羊，升起一首牧歌。

其实，牛羊是没有的，牧歌是没有的，因为金银滩的牧民，带着他们心爱的帐篷和牛羊，唱着一首比一首忧伤的牧歌，携老扶幼远徙了。

为了国家的建设，纯朴的牧民让出了他们最好的家园、世代的故乡。

这让出的家园与故乡，自然成了武豪干爹和他的战友们的家园和第二故乡。

虽然这是青海牧民最好的家园与故乡，可除了草原、大地跟河流，金银滩依然只是一张染绿的宣纸，除了草，什么都没有，更不要说什么金银了。

这个时候的武豪干爹，已经是抗美援朝战场上成长起来的一名营长。武豪干爹和他的战友们怀着饱满的建设激情，充满革命信心和豪情壮志，在这里战天斗地。

武豪干爹对战友们说，我们现在的敌人不是日本鬼子和美国佬，是贫穷、寒冷、饥饿和荒凉，我们的第一仗就是要先在这里建出房屋、开出土地、种出粮食。

这浩浩荡荡、陆陆续续开拔进来的各路军人和科研人员，成了金银滩最早的建设者。

来金银滩的人，都是经过组织千挑万选选出来的，都有铁的纪律、铁的忠诚，都向党和毛主席宣誓过，誓死对党忠诚，誓死为人民服务，誓死保守秘密。

尽管所有的人都不知道这个秘密是什么,但只要是党布置的任务,是为人民为国家做贡献,就无条件地信任,就自然而然地光荣,就义无反顾、无怨无悔。

武豪干爹和他的战友们是第一批到达金银滩的,是金银滩的开拓者。

武豪干爹和他的战友们当然不知道国家要在这里建核武基地,研制核武,只知道要建一个大型工厂。他们的任务,就是开荒、建房,之后就是站岗放哨,保卫工厂和武装押运各种物资。

作为初创者,条件是意想不到的艰苦。

按常规,肯定是先修宿舍,解决十多万人的安身立命之所。

但是,要在这荒无人烟的地方先建宿舍,让十多万人安身立命,好多年也建不满。

在上要争分夺秒造出原子弹和氢弹的决策者们和在下要争分夺秒建厂的军人们,决定先建实验室和车间厂房,后建宿舍。所有建设者,都住帐篷。

在广袤的金银滩,当成千上万的帐篷搭建起来时,那是一种什么样的景象?

问题是,随着建设者越来越多,帐篷根本不够用。武豪干爹和战友们又跟大家一道挖出一个个地窖,然后,在地窖四周插入厚实的木板,在木板中间填入黏土,夯实,打紧,筑起一面面泥墙,再架几根横梁,盖上厚实的草,一栋栋漂亮而结实的泥草房就建成了。这就是有名的干打垒。

与武豪干爹这些建设者为伴的,除了野兔,就是野狼,当然,更多的是冰冷的西北风。

这里的风是真冷,冷得水永远都烧不开,饭永远都煮不熟。加之又是高原,很多战士高原反应严重,有的战士因高原反应心搏骤停,献出了生命。水肿病,风湿病,冻疮,人人都没有逃掉。

这么冷的地方，这些人到底想干什么呢？飕飕的西北风中，野狼常常蹲伏在远处，奇怪地望着这一夜间从天而降的人群，不敢上前。

在野狼的世界里，这是它们的世袭领地，居然被一群"天外来客"侵占了。它们也想知道这些人要干什么。

建好车间、实验室，还有试验场，武豪干爹的任务就是带兵守卫这些车间和实验室。除了科研人员，任何人都不让进出。

守卫当然是前所未有地严。三步一岗，五步一哨，连只蜜蜂也别想飞进去。

守卫如此严格，武豪干爹虽然不知道是在干什么，但却知道这个厂子的重要性、这项事业的重要性，知道这个厂子和这项事业，必定事关国家安危，是国家大事，神圣而光荣。

武豪干爹告诉战友们，站好岗，放好哨，保卫好国家重大工程安全，是军人们的天职。

其实，武豪干爹很早就明白了他们在这里从事的是什么工作。一开始，武豪干爹被派到一个地方守卫爆轰试验场时，他还以为是研究什么新的炸药。

这个用混凝土和钢板浇筑而成的试验场，是极为隐秘和不起眼的。上面是成片的草场，下面却是一个巨大的试验场。那是武豪干爹他们一锄锄、一铲铲、一筐筐挖出来的，空旷而幽深。

1964年的一个深夜，武豪干爹和他的战友们接到秘密任务，要押运一辆专列，专列装运的是什么，专列要运往哪里，武豪干爹和他的战友们都不知道。专列的窗户全部封死，专列的窗帘也全部拉得严严实实，不准打开。所有的人都荷枪实弹，不准往外看。

老掉牙的蒸汽火车，一路摇摇晃晃，一路哐哐当当，一路气喘吁吁，不知道跑了多远，才到达目的地。下车警卫时，居然还是茫茫戈壁与沙漠，谁也不知道这是哪里。直到遥远的天边升腾起一朵蘑菇云，武豪干爹才知道，他们保卫的是祖国的原子弹！

就这样，在这离天很近、离人很远的地方，武豪干爹和他的战友们以半辈子的人生，以一辈子的忠诚，保卫着祖国的原子弹和氢弹顺利试爆。

令武豪干爹遗憾的是，他们都没有留下一张照片。

任何人都不允许留下照片。

武豪干爹流着泪说，他虽然遗憾没有留下任何照片，但他却平安地回到了家中。不少战友没有留下照片，反倒留下了生命。

相比那些牺牲的战友，他是幸运和幸福的。

他泣不成声地对大婆说，娘，我对不起你和爹，对不起韭菜和儿女。相比那些牺牲了的战友，我只是少了几十年陪你们的时光，他们却付出了生命。

大婆一边给武豪干爹揩泪一边说，儿子莫哭，都是娘不好，娘不该怪你。

武豪干爹说，娘，你骂得对，是儿不好，是儿对不起你。

韭菜干娘说，武豪哥，自古忠孝两难全，你没有什么对不起我们的。

武豪干爹说，韭菜啊，你是不知道，比起那些研制出原子弹和氢弹的科学家，还有那些牺牲了的战友，我们真的什么都不是。我现在当上了师长，是捡了个大便宜，我愧对这身军装和荣誉。

作为国家核心机密的保卫者，武豪干爹是最后一批撤出金银滩的。那个艰苦而辉煌的国营221工厂，在彻底完成历史使命后，整体移交给地方，武豪干爹才得以走出那片刻入骨髓的草原，告老还乡。

真是少小离家老大回，乡音未改鬓毛衰。

大婆听完武豪干爹的讲述后，安然离世了。脸上的微笑，写满了放心、踏实、知足和满意。大婆是一颗熟透了的仙桃，早就要落地了，却一直没有落地。她一直在以最后一口气坚持着，就是要等她的儿子回来。现在，儿子回来了，儿子还好好地活着，她就放心了。她不用再那么顽强地替她的儿子活着，不用再那么坚持地帮儿子照看子孙了，她可以放心地去找她心爱的老伴，告诉老伴结果，陪伴老伴来世了。

轻如叶片的仙桃，从儿孙们的枝叶里，悄然飘落。

大婆这一辈人，一个个都先她而去，最后只剩她一个人。她看到了新社会，看到了新时代，也看到了好日子和好世道，更重要的是她看到了最牵挂的儿子回归，她没有一丁点遗憾。

她给了这个世界一辈子的善，这个世界也还给了她最后的善——来时无病，去时无痛，在睡梦中来到人间，在睡梦中告别世界。

武豪干爹怎么都不会想到，大婆会在他回来的当晚就去世。武豪干爹说，要是知道大婆会在他回来的当晚就去世，他还不如不回来。不回来，大婆就不会死，就会多活些年头。

韭菜干娘说，你这是讲哈话呢，娘就是用一口气等你回来，等你回来接气。你回来了，娘这口气就接上了。娘是要你替她好好活着。

彭武生也说，是的，娘是用一口气活着。娘这辈子活得太苦太累了，也太痛了，你想，一个儿子几十年不在身边，那不等于一把刀几十年都搁在娘的心里吗？都说儿是娘的心头肉，一块肉被割了几十年，你说不苦不累不痛吗？你回来了，那把搁在娘心头的刀采有了，娘不再需要忍着那口气和那种痛了，娘就放心地走了。

韭菜干娘说，武生说的是，娘想你想了一辈子痛了一辈子，现在不痛了，安心了。你要想开点。

不管韭菜干娘和彭武生怎么安慰，武豪干爹的心都是滴血的，他刚回来跟娘说了半夜的话，娘就走了，无论怎样，那道伤口是愈合不了的。

跪在大婆和大爷的坟前，武豪干爹苍老的泪水里，不晓得藏着怎样一个深广而沧桑的海洋。

在吊祭大婆的日子里，那些多年未见的亲戚、邻居和当年跟着他出生入死的父老乡亲，都来吊祭大婆，也都来看他了。每个人都有说不出的亲，每个人都有说不完的话，几十年的亲和几十年的话，都在这见面的紧紧一抱里、重重一拳里：你终于回来了。

是的，武豪干爹终于回来了。他再也不用在无穷无尽的思念中度日了。都说思念是一种痛，那无穷无尽的思念，就是无穷无尽的痛。几十年了，明明知道家在哪里，却不能回家一步，还要江山南望，家在何方；明明知道妻儿老小在家里等着，可不能告诉妻儿老小自己在哪里，在干什么，要让妻儿老小生活在无尽的期盼和失望中。明明在世上活着，却不能相见，那是怎样的一种折磨和煎熬？

可是，无论怎样的折磨与煎熬，武豪干爹都没有半点怨言。他想起那些牺牲的战友，想起最亲的弟弟彭武定和爹、龙光烈、向顶天几个兄弟，当然，还想起了吴点金、向立地和田杏。这些跟他一起出生入死的人，一个个都远去了，只剩下他和彭武生，他还挂着一身的军功章回来，他有什么可怨的呢？他有的只是庆幸、感激和感恩。

带着彭武生一行，他们来到这些亲人和战友的坟前，一一祭奠。一杯酒、一炷香和一声喊，居然喊出苍天一阵阵泪来。本来大好的晴天，居然在武豪干爹一声声亲切的呼唤里，唤出一阵清风和细雨。那是不是苍天也在落泪？

在爹的坟前，武豪干爹说，家云，你的事武生和韭菜都跟我讲了。我米想到，所有人的身份都被认定和承认了，就你一个人的身份米被认定和承认。你放心，哥拼了老命也要还你公道。

武豪干爹说的公道，就是要为爹恢复党籍，证明爹是为革命做出过贡献的、货真价实的地下党员。

武豪干爹听韭菜干娘和彭武生说爹因为救了苏联飞行员而被诬陷为特务，也不被承认是地下党员而遗憾终身时，武豪干爹气得拍起桌子就骂。武豪干爹说，要是我的手下这么干，我一枪崩了他！

武豪干爹说干就干。他连续多天奋笔疾书，讲述了爹跟他一道给贺龙部队和红军买盐送盐、给抗日前线送桐油造汽油、嘉善抗日、长沙抗日、常德抗日、雪峰山抗日和湘西剿匪、抗美援朝等一系列出生入死的英雄故事。彭武生又补充了爹抓住匪首田平和朱疤子的英雄故事。

武豪干爹是载誉归来的人民英雄和功臣，武豪干爹的证词证言不能不引起上级的重视。

上级组织很快启动了调查程序。

彭武生对武豪干爹说，还是你说话有分量，我们当年就是苦于找不到你这么重要的证人而不能还家云哥清白，现在好了，家云哥有希望了。

武豪干爹说，事情不复杂，但过程太麻烦，有时要认定一件事和推翻一件事，都是很困难的。好在我们还活着，还能做证，如果我们也死了，证据就跟着死了，你家云哥就一辈子翻不了身。

彭武生叹，战争年代，不晓得有多少这样的人和事。

武豪干爹说，战争年代，有太多这样的人和事，太多这样的无名英雄了。

五十九

我是这样见到武豪干爹的。

那天,我从外面采访回来,手机响了,古丈县委书记打来的。他说一个革命老英雄要见我,问我能不能请两天假回趟老家。

我问是谁。县委书记说是彭武豪,是你爹的拜把子兄弟,他本来说想亲自来看看你的,我想他年事已高,又是革命英雄,就联系你回来。

我一惊,连忙说,肯定应该是我见他,从哪个角度,我都应该去见他。

虽然娘跟我提到爹的一切,我强烈抗拒不愿去听,但在娘断断续续的讲述里,我还是几次听到过彭武豪这个名字。彭武豪光荣回乡的经历,也在当地大大小小媒体上报道过。只是我没有想到,这个当年跟爹拜把子的彭武豪居然跟原子弹和氢弹有关。

原子弹和氢弹的威力,让我对武豪干爹有一种天然的向往和崇敬。

于是,我带着娘去见了武豪干爹。

那时,娘也已年迈,跟我在张家界一起生活。

听说要见武豪干爹,娘比我兴奋和激动,先几天就把行李都整理好了,还一个劲地催我快点请假。

在娘急切想见武豪干爹的表情里,我看到了娘对爹藏在骨子里的爱。那是一生都没改变过的爱。娘在有生之年,还能见到爹生命中最重要的恩人,是不是等于又见了一次爹?

我对爹一直是抗拒的,只要娘提到爹,我就会极不耐烦地打断,那个男人跟我有什么关系?为什么要给我讲他?可自从在媒体上看到武豪干爹是造原子弹和氢弹的功臣和英雄后,我居然对跟爹有关的人和事不怎么抗拒了，反倒想了解点什么。也许这是对英雄的崇拜，对功臣的敬仰。爱屋及乌，恨屋也会及乌。

到了古丈县，我们就跟随县委书记直奔武豪干爹家。武豪干爹没有跟儿女住在城里，而是自己跟乡亲们住在彭家寨。

这是我第一次见到传说中的彭家寨。

彭家寨以它古老宁静、大气磅礴、饶具丰韵的美震撼了我。

在湘西那么多年，我几乎走遍了湘西的山山水水、村村寨寨，湘西一山有一山的景，一水有一水的美，一寨有一寨的奇，但像彭家寨这样处处丰韵、处处奇美、处处都让人心神一亮的，还是不多。

山峦是彭家寨的肉身。木屋是彭家寨的心脏。河是彭家寨的眼睛。一层层重峦叠嶂的山，全青翠葱茏地挺立开来，任一栋栋矮小的木屋恣意生长。菜园在前。竹林在后。果木在边。从山谷里奔流出来的小河，在彭家寨平坦的腹部躺下来，安详歇息。宽厚的彭家寨在这里让出一大片河湾来，让河流安放。一路小跑而来的河流，读懂了彭家寨的宽厚，也赐予了彭家寨温情。那水绿得不能再绿了，你稍微盯久一点，眼眸就会带着绿色，看哪哪绿。那水也清得不能再清了，你一眼望去，就能看清水底鹅卵石的颜色，看清水草里的鱼虾浮游，小鱼摆尾时那摆动的波纹，你都能看见。水上的廊桥，以柔和的曲线和韵致，把两岸的田园庄稼、木屋瓦房和鸡鸣狗叫都连起来，连成一个寨，连成一幅画，连成一首诗。几百栋木屋，几百缕炊烟，还有几百座连绵叠翠的山峦和山色，都从这迤逦而去，隐没深处。

武豪干爹没有我想象中的魁梧，却是我想象中的英武。

夏天，穿着短袖的武豪干爹，最亮眼的是手臂上一道道发亮的伤疤。

看我盯着他的伤疤，武豪干爹把手掌手臂都翻了几翻，摇了几摇，说，好多呢，全是跟日本人拼刺刀拼的。

说这些时，武豪干爹的眼神是发光的。

虽然年事已高，但武豪干爹的眼睛还葡萄一样黑亮，不知是高原的风赐予的，还是与生俱来的。

武豪干爹看我时，明显是带着感情的，那感情在眼神里看得见，在语气里也听得出。

武豪干爹说，这么年轻就当市政协委员了，有出息，你爹九泉之下会高兴的。

不知道为什么，武豪干爹一提到我爹，我心里就咯噔一下，隐隐不快。在武豪干爹还没讲爹的故事前，爹对我还是个敏感词。

我本想说一句，我所有的事都跟我爹无关，但还是忍了。我面对的是一个德高望重的长者和战功赫赫的英雄，不能造次。

武豪干爹说，我晓得你对你爹有误会，恨你爹，要是我，我也恨。但是，你爹是好人，也是英雄，不然，我不会跟他结拜兄弟，不会让他带着几兄弟住进我屋里。

我瞪大了眼睛，问，什么？我爹也是英雄？

武豪干爹坚定地点头，英雄！名副其实的大英雄！

不过，我对爹的排斥立刻本能地占了上风。我不想了解爹的星星点点，我只想听听武豪干爹怎么打日本，怎么造原子弹和氢弹的故事。我的兴趣点完全不在爹的身上，而在武豪干爹的身上。

于是，我虔诚地岔开话题，说，彭师长，我还是想听听你的故事。

第一次见面，我肯定是不习惯叫干爹的。干爹是跟爹连在一起的，对爹有感情了，对干爹才会有感情。

武豪干爹说，我请你过来，就是想给你讲你爹的。你是大记者和大作家，你可以好好写写你爹的故事，你爹现在受着委屈，你可以把他的故事写出来，让大家都晓得你爹。你爹真是个好人和英雄，你不要记恨他。

其实，我很想知道爹受的什么委屈，但一想到我自己和娘受的委屈，我就不想知道爹受的委屈。他的委屈再大，有娘的委屈大吗？有我的委屈大吗？

我说，干爹，我相信你讲的话，相信我爹是好人、英雄和功臣。但我三十年的成长里，我没见过这个好人，这个好人没给我娘和我一点好，哪怕是一颗米那么大点好。现在要我对他好起来，我好不起来。

武豪干爹说，我晓得，要你立刻接受你爹，不是一件容易的事，毕竟，你和你娘受的苦太多，受的伤害太大。可是，你作为一个有知识、有涵养、有作为的年轻人，应该先放下对你爹的恨，不然你永远心里有恨，永远会让那团恨的火焰蒙住你的双眼和情感，从而让你永远走不出你爹的阴影。所以，你先放下对你爹的情绪，耐心听我讲讲你爹的事、我们的事，相信你会重新认识你爹的。

娘说，你讲吧，干爹，莫惯着他小孩子。

娘叫武豪干爹为干爹时，是随着我这个小辈叫。在湘西，常常这样称呼别人。

武豪干爹笑着问我，愿意听吗？

我非常矛盾地说，愿意。我的确是非常矛盾。一方面想尽早了解爹的更多事情，一方面又本能地抵抗。我怕对爹了解越多越证实我的无知和无良。

尽管娘这些年一再说爹的好，尽管五叔也讲了爹的一些故事，我还是本能地抵抗。那时的我，还是对爹放不下，他对我的伤害，我依然没有释然，不管娘、五叔，还有韭菜干娘和彭武生、侯凤兰他们怎么说爹好，我都本能地逃避。也许我的心本是铁打的。铁打的心，弯弯的肠。

武豪干爹就满怀深情地走进了爹和他，以及其他父辈们的人生过往和历史烟云，一幕幕，一场场，一桩桩，一件件。嘉善、常德、湘西、朝鲜，那些熟悉的地方，抗日、内战、剿匪、抗美援朝，那些熟悉的历史事件，都在武豪干爹的讲述里复活、再现。

我完全沉浸在武豪干爹的讲述里了，以至于我自觉不自觉地要求武豪干爹继续讲下去。

我从没想过爹的一生会与国家和民族的命运紧密相连，从没想过爹为了国家和民族的命运面临过那么多磨难、经历过那么多生死，也从没想过我想象中懦弱的、连一个家庭都搞不定的爹是那样勇敢、那样顽强、那样不惧生死。

我开始怀疑自己，怀疑我对爹那么多年恨的坚持，怀疑我对爹那么多年的刚愎自用、顽固不化。

我说，干爹，我好好想想，得好好消化和回味。

武豪干爹说，好，我就是希望在我有生之年，看到你能原谅你爹，跟你爹和解。我这次专门要求见你，就是想让你给你爹写一篇文章和写一个提案。

我说，写什么？

武豪干爹说，你爹的共产党员身份一直没有得到组织认可。我想请你写一篇文章，给大家讲讲你爹这些英勇感人的故事，让人们看看你爹是不是优秀的共产党员。你爹就是一个敢为党和人民献出生命的共产党员。另外想让你发挥政协委员的作用，给你爹写一个提案，为你爹恢复共产党员身份和名誉。所有的人都恢复名誉了，你爹还没恢复，我这个当哥的于心不安。

我说，这对我爹重要吗？

武豪干爹说，当然重要，这牵扯到你爹一生的清白。这么一个英雄和功臣，怎么能是假党员呢？你爹怎么会冒充党员呢？不说你爹死不瞑目，我都死不瞑目。

武豪干爹说，我这里会给组织反映，你也从你的渠道和角度反映反映，双管齐下，多腿走路，肯定能成。

我想了想，说，干爹，我会尽力。

武豪干爹看我心的铁窗打开了一条缝，看见了光，很是高兴。

武豪干爹对我招招手，说，过来，学民，让干爹抱抱。

我迟疑地望着武豪干爹，意思是抱我干什么？

武豪干爹依然招着手，说，来，让干爹抱抱。

我放下笔记本，走到干爹身旁。

武豪干爹一把揽住我说，孩子啊，我晓得你这些年受苦了、委屈了，我替你爹赔个不是，替你爹抱抱你。干爹求你莫再记恨你爹，你要是一辈子都记恨你爹，我这当干爹的也会难过一辈子。我不想看到我弟弟的儿子恨他一辈子。

武豪干爹这几句普通得不能再普通的话，却在我的心底掀起了滔天波澜。

那波澜从心底深处一层层翻一层层滚，带着酸、带着甜、带着苦、带着辣，直逼肺腑，直冲眼睑，从我三十岁的眼眶里夺路而出。

三十年了，还没有一个父辈如此亲而紧地抱过我，没有一个男人说过我受苦了、委屈了，更没有哪个男人说代表我爹给我赔个不是、替爹抱抱我。

我的委屈一下子变成了泪水奔涌。我的酸苦一下子变成了甜蜜。

也许我一直倔强地在人生里打拼时，等的就是这一句理解和安慰。

也许我一直执拗地抗拒着爹的存在，等的就是这样一个父亲般的拥抱。

一个儿子，再大，都需要父亲的气息、父亲的体温和父亲的抚摸。

今天，武豪干爹给了我，我哪能不五味杂陈地哭泣？

武豪干爹的胸膛是宽厚的，宽厚得好像一片浩瀚的草原，任何时候躺进去，都是柔软和厚实的。武豪干爹的胸膛又是结实的，结实得像一座大山一堵高墙，任何时候靠上去，都是稳重和牢靠的。

武豪干爹的气息是温暖的，带着男人特有的体温。当武豪干爹的手轻轻地摩挲着我的双肩时，我想，那就是父亲的慈爱吧。

我想，父亲和父爱，一定就是这样的。我不能放弃，我要珍惜。我放下拘谨，第一次拥抱了一个父辈，一个跟我父亲有着千丝万缕联系的、我敬重的父辈。

生活有时候就这么奇怪，自这一抱之后，我对父亲的怨恨居然慢慢消失。我居然不再反感父亲这两个字，不再反感别人给我讲爹的事情，甚至我慢慢开始对爹感兴趣。一个崭新的爹，就这样慢慢地从我的精神废墟里站起，脱胎换骨。

那么冰冷的北极，都可以被这个世界一点点融化，何况我是一个有血有肉的人？

我虽然没有为爹写文章，但却为爹写了提案，开始跟武豪干爹一道找有关部门和人。

我在心里呼喊，爹，这是儿子第一次向你低头，第一次为你做一件事。

在为爹奔走呼号的时候，张家界桑植县发生的一件事，更加快了我为爹奔走呼号的步伐。

贺龙元帅的家乡桑植县，正如火如荼地搞旅游开发。作为一直跑文化旅游口的记者，我负责跟踪报道和采访。

桑植县是澧水的源头。澧水是湖南的四大水系之一。我曾在澧水源头的八大公山、天平山看星星，那八大公山和天平山的星星，个个都电灯一样明亮。我也曾在溇水河里漂流，那两岸夹山的溇水河，开阔处，如同一匹舒缓的绸缎，狭窄处，如同一条细细的丝线，天雨从山缝里飘落时，像是一串串雪白的珍珠，在空中摇曳。我也曾去白石的南滩草场，看雨天的雷声是怎样在草滩上打着旋儿隆隆滚动。

当然，我也在洪家关无数次地拜谒贺龙元帅的故居，看那栋小木屋里，是怎样的满门忠烈在为中华民族牺牲。芭茅溪边，当满山的芭茅在绿莹莹的溪边迎风摇曳时，我想起贺龙元帅是怎样从芭茅丛里一跃而出，刀劈盐局。

桑植有个洞，叫九天洞。

第一次听说九天洞时，我无端地想起了李白"飞流直下三千尺，疑是银河落九天"的壮丽，也自然想起了毛主席"可上九天揽月，可下五洋捉鳖"的豪迈。

我曾多次去过九天洞，每去一次，都有新的发现、新的风景和新的惊喜。这个洞太大、太神奇了。洞中有洞，洞中有河；河中有洞，河中有河；洞中有田，田里有园；园里有湖，湖里有岛；岛里有桥，桥上有檐。流泉与飞瀑琴瑟和鸣。阴河与湖泊暗通款曲。田园与庄稼阡陌纵横。那自然形成的桥，有的像廊桥，有的像高架桥，有的又像立交桥。而亿万年凝就的钟乳石，更是千奇百怪、千姿百态、千娇百媚，让人叹为观止。

这九天洞,一层比一层大,一层比一层深,一层比一层奇,曲径通幽,柳暗花明,犹如九天银河,浩瀚无垠。不知道这九层洞天里蕴藏有多少神奇和多少秘密。

最让我惊叹的秘密,居然是我那在神堂湾一战失踪的三叔。

在对九天洞的第二次开发中,几个探险的当地乡亲,在一个干爽的石洞里看到了一具风干的尸体,尸体旁边的石壁上歪歪斜斜地刻画着一排字:彭文乾。保靖熬溪人。护送苏联抗日飞行员,落入此洞。哥,救我!

探险的乡亲,心里一阵阵激动,他们知道事情非同小可,立即报告给了县委县政府,县委县政府派人查看后立即联系了有关部门和我。与我很熟悉的县委领导跟我说,你不是熬溪的吗?这个彭文乾会不会是你的亲人?

当我看到照片里那熟悉的三个字"彭文乾"时,心中电闪雷鸣。彭文乾,是我各种档案里其他亲属一栏都要填的名字,尽管我从未见过这个人,甚至我连他长什么样都不知道,但我在各种档案里都规规矩矩、工工整整地在父亲一栏写下彭文科时,也得在其他亲属一栏填上彭文乾。

我不知道三叔在护送苏联飞行员弗拉基米尔的途中,引开田平和麻杆子一群土匪时,是怎样掉进山洞的。掉进山洞后,三叔又遭遇了怎样的黑暗,经历了怎样的自救?他的孤独、他的恐惧和他的绝望,又是怎样把他摧残和摧毁的?他在绝望地等死的那一刻,想的又是什么?他留给人间的绝笔"哥,救我",是一种多么强烈的求生欲望,多么孤助无援的绝望!

于是,我赶忙拿起电话通知了我的五叔和武豪干爹,请他们一同前来认领三叔,接三叔回家。

从1943年到1994年,三叔在山洞里躺了五十多年还尸骨完好,全得益于山洞的气温和气候,得益于大自然的善良和敦厚。要是山洞的气温稍高一点、气候稍稍变化无常一点，三叔的尸骨肯定不会这么完好。要是有任何一种动物在这奇寒的洞里生存，三叔也许尸骨全无。

这九天洞，这大自然，这家乡的土地，太博大和仁爱了，所有迎接三叔的亲人，都对着九天洞深深叩拜。

叩拜九天洞和大自然几十年如一日地收留了三叔、保护了三叔，也归还了三叔。

叩拜这一方土地让三叔的灵魂得以安放，人生得以重来。

要是没有这九天洞和大自然的恩惠，没有这方土地的恩典，三叔的故事无论如何不会重见天日，三叔永远会是一个人们猜不透的谜，是爹今生和来世都扯动心肠的痛。

现在好了，我那个一直到死都牵挂着三叔的爹，也可安息了。

三叔是洞藏了五十年的英雄。三叔的回归和安放，自然是最隆重的。当五六个武警战士抬着三叔的灵柩庄严地走过桑植时，几十里的公路上，站满了自发送行的人。

五叔本想把三叔安葬在爹的旁边，好让爹和三叔并排躺着一起说话。可三叔是迟到的英雄，是追认的烈士，三叔不能跟爹躺在一起。三叔的墓地在县烈士陵园。烈士陵园里有他很多的战友。

我虽然从没见过三叔，虽然顽强抗拒我爹，但当我第一个知道三叔在冰冷的山洞里孤零零地洞藏了半个世纪时，作为血脉相连的人，我的心是一阵阵地揪、一阵阵地痛。亲爱的三叔，你在洞里冷吗？你在那边，也会像我爹想你一样想我爹吗？

三叔是聪明的，聪明的三叔要是不在石壁上刻上那些字，那就是一具无名尸，而不是什么英雄和烈士。

三叔也是幸运的，幸运的三叔要不是掉进四季恒温且冰冷的山洞里被冷藏了，要不是山洞的石壁没有被风雨侵蚀而把文字保住了，三叔就是一堆无人认领、随手丢弃的白骨。

还有，要不是时代在进步、文明在发展，三叔就会永远孤零零地躺在冰冷的山洞里，无人问津。

那么三叔，我就代表您和整个家族，向我们的父老乡亲，向我们的故土大地，向我们的幸福时代，感恩！致敬！祝福！

三叔的谜底，没想到会以这样一种悲喜交集的形式峰回路转。

当三叔的下落有了答案时，我第一个想告诉的人，居然是爹。我知道爹至死都挂念他的三弟，也知道爹至死都觉得对不起他三弟。所以，当三叔被找到时，我第一个想告诉的人是爹，这是喜讯，我要让爹高兴，让爹放心。我心里咯噔一下，这是不是代表我已经完全接受爹了？

应该是。不然，我不会马上想到爹。

尘封多年的三叔都在阳光下开花了，我多灾多难的爹也该在阳光下开花。

我又写了一篇八千字的文章，客观地讲述了爹的峥嵘岁月，从侧面证明了爹的光明磊落和铁骨铮铮。文章在省报整版发出后，反响强烈，收到了很多的读者来信。

想不到的是，爹的清白，在我年复一年的另一个提案中柳暗花明。

这是保靖县碗米坡移民搬迁。

碗米坡，碗米坡，顾名思义，就是一碗米的坡。

碗米坡坐落在保靖。说的是山很高，从河底到山顶，要把水烧开，再把一碗米饭煮熟，才能爬到山顶。与碗米坡相对的，有一个更高的坡叫杀鸡坡。说的是从河底爬坡时，把鸡杀好修好，再炒好炖熟了，才爬得到坡顶。

碗米坡是酉水河上的一个重要码头。陡峭的碗米坡码头，沿路石板，都是爬坡的拐杖拄出的深深石窝；沿路石壁，都是双手攀岩时抠出的深深指印。那是千年码头留下的岁月遗痕和岁月遗恨。

国家水电大开发，要在碗米坡筑坝，修一个大型水电站，碗米坡以上的人家都得陆续移民搬迁。但是，移民搬迁费太少且不到位，本就故土难离的老百姓都不愿搬迁。搬迁难度一大，就影响工程进度。我便受托年年提案，希望国家加大移民搬迁费用，资金早日到位，以免影响国家建设。

搬迁的难度，是大而又大的。沿岸的老百姓，祖祖辈辈就居住在这里，要让他们丢下房屋和良田，丢下家园和祖先，像一片落叶一样飘出去，实在是一种残忍。很多老人就对着祖坟一边烧纸一边哭。

彭来喜的弟弟彭来福就在碗米坡乡当乡长。他管辖的碗米坡乡，有二十多个村子需要搬迁。

彭来福经常半夜里给我打来电话，诉说移民搬迁的各种辛劳，讲述移民搬迁的各种故事。

来福说，为了移民搬迁，他经常半夜里提着马灯或者打着手电赶路，有一次还踩上了一条恶蛇，被蛇咬了一口。幸好同行的村支书会治蛇伤，立马扯药救治，要不然他就没命了。那蛇是五步蛇，传说是如果没有及时救治，走五步就会没命。

来福说，通过移民搬迁，他才知道根的观念和家的观念在中国人心里有多重。他说碗米坡还有一种说法，就是这个地方地不养人，种一片庄稼也只收得了一碗米。但人们就愿意守着这一碗米，就不愿意动。他们不是习惯了这一碗米，而是习惯了这里的山、水、土、风，这里的山、水、土、风和一草一木都融进了他们的骨肉，成了他们生命的一部分。要他们搬迁，就等于是割他们的骨肉、挖他们的命。对远方和他乡，他们有着天然的不信任。

来福说，他每天做的一件事，就是上门给人家说好话、求人家，有时候都只差下跪了。

来福说，他不但把这辈子的好话都讲完了，把下辈子的好话也都讲完了。

来福还真的给人下过几次跪。

第一次下跪，是给隆恩村的百姓下跪。

隆恩村本是一个小码头。三百多户人家，参差不齐地坐落在码头两岸。

隆恩村的祖先曾经随土司王抗倭，立下了赫赫战功。明王朝给土司王御赐了"万世永享"的牌匾和封号，准许土司万世享用土司世袭制度，不交皇粮国税。土司王也效仿朝廷，给有功之臣赏田封地，各种隆恩。隆恩村的祖先就是头一个享受土司王隆恩的。那一坝连着一坝的良田，就是土司王封赏给隆恩村祖先的。所以，这个村取名隆恩。

为了铭记祖先的辉煌和荣耀，隆恩村为抗倭的祖先专门修了祠堂。后山的山脊上，全是抗倭英雄的祖坟和祖山。

在隆恩村人的眼里，隆恩自然是水草丰美、牛羊肥壮、庄稼丰硕的风水宝地，是祖上积德给他们积下的。无论如何他们得对得起祖先，不能败了祖先的家产，辱了祖先的名望。哪怕大水一天天上涨，淹死他们，他们也不离开这里。

无论彭来福怎么求爷爷拜奶奶，隆恩村人就是不搬。

隆恩村人说，我们不是跟你和政府过不去，我们就是不能卖了祖先，就是不能一拍屁股走了，把祖先扔在这里、泡在水里，坐水牢一样。要泡，要坐，也是我们先泡先坐。要不，会遭雷劈的。

彭来福明白，他们的心结不仅仅是舍不得那一坝坝良田，而是放不下祖先的辉煌与荣耀。尊重他们的祖先，是打开心结的关键。彭来福说，乡亲们，我也是土家族的后人，你们的祖先也是我的祖先，我们是不能就这么一拍屁股自己过好日子去了，把祖先泡在水里让祖先坐水牢。我有个好主意，你们看行不行：我们把祖坟都往最高处迁，不但淹不着，还能让祖先在最高处看着我们。你们说呢？

彭来福没等乡亲们回答，接着说，我们隆恩的祖先是最明国家大义的，不明国家大义，就不会有那么多祖先前赴后继地去到浙江那么远的地方抗倭抗日，也不会立下赫赫战功，给我们留下这么一块风水宝地。现在国家搞建设，需要我们后人像先人一样做出牺牲，这种牺牲只是牺牲田土，不是牺牲生命，比起牺牲生命保家卫国的祖先，付出的代价就很小很小了。但再小，都是牺牲，都是为国家做贡献，给祖先争脸面，都是发扬风格。在这里，先感谢你们。你们要是同意，我们今天就杀猪宰羊，喝血酒。我亲自给祖先披麻戴孝，为祖先迁坟。

彭来福的话，句句在理入心，人人无话可说。

彭来福就这样给隆恩村人当了孝子贤孙，为隆恩祖先披麻戴孝，迁坟。

相比隆恩村，清水岗的移民搬迁就非常顺利。

清水岗是龙光烈的家乡，是酉水岸边一个土家族和苗族杂居的寨子。一个村庄，两个寨子，两姓人家。上寨姓龙，是苗族。下寨姓张，是土家族。两个寨子的鸡和狗，天天泡在一起吃生打熟，腻歪得很。两个寨子的人，也是我家女嫁过来，你家儿送上门，一个村庄都是连根带筋的亲戚。所以，哪家杀了一头猪，一个寨子吃一顿就没了。哪家要建一栋房，喊一声，三两天就建成了。即便有什么矛盾，中间人一边骂几句就没事了。

前面讲过，龙光烈和吴玉音牺牲时，爹和吴点金、向立地把龙光烈和吴玉音送回了清水岗。他的父母在清水岗长眠着，他必须陪着父母同眠。一个村庄都是他的亲戚，一个村庄都会年年给他烧香。叶落归根，魂归故里，这是人之常情。

清水岗坐落在群山错落的一个小山岗里，一条叫清水的小河，绕过千山、看遍风景，在这个小山岗的岗口停了，汇入宽广的酉水，成为酉水的一脉。

没想到，爹的清白居然在清水岗的移民搬迁里出现最大转机。

清水岗移民搬迁前，爹的地下党员身份本有结论了，县里的组织部门已经完全认同武豪干爹和彭武生、韭菜干娘等人的证词证言，报批上级的报告，就等上级正式批文。

清水岗的移民搬迁，牵扯到龙光烈烈士墓的搬迁。龙光烈是烈士，烈士的坟墓肯定不能任其自然地被水淹了。彭来福问武豪干爹怎么办时，武豪干爹说，找县里，把龙光烈的坟墓迁到烈士陵园。一个革命烈士，让他在荒山野岭里待了那么多年，实在不该。他早就应该安放到烈士陵园里去。

这个要求，自然毫无疑义。县委领导还为此做了一番深刻的自我批评和反思。他的确没有想到还有一位革命烈士一直寂寞地躺在清水岗。

让一个为解放新中国打天下的革命烈士如此受冷落，的确是严重失职。县委领导放下一切工作，亲自组织了龙光烈士墓的搬迁。

在开掘龙光烈士墓时，那本铁盒子装着的古丈县地下党花名册自然成了震惊上下的最大新闻。

一个极不起眼的乡野和一座极为普通的坟墓，居然隐藏着如此巨大的秘密，居然深埋着如此宝贵的财富！

那些之前批斗过我爹、认为我爹是假党员的人才恍然大悟，羞愧难当：原来，彭文科真是地下党员，真是革命同志和革命功臣！

历史，总会在关键时刻挺身而出，为真的人做证，扇假的人耳光。

后 记

转眼就是二十一世纪初。

吴大铁、梁冬梅两位老人早已作古。韭菜干娘和彭武生、侯凤兰、张雪梅，还有我的嬷嬷和四叔，都变成了一堆泥土和一块石碑。我娘，在二十一世纪的最初几天里，停摆了生命的指针。活得最长的武豪干爹和最年轻的五叔，也在前几年无病无灾地仙逝了。他们都在各自的家族里散开了很多的枝叶，结出了很多的硕果，我们这些儿孙就是他们最为欣慰的枝叶和硕果。

他们给我们打下了一个好时代，又与我们一起创造了一个好时代。他们在见证和享受了一个好时代后都含笑而去了。

他们看到了无数趟的飞机像小鸟一样飞进了湘西，看到了无数趟的火车像巨龙一样开进了家园，当然，他们也看到了宇宙飞船是怎样飞上了天。最高兴的是，他们的儿孙都赶上了好时代，过上了好日子。

武豪干爹和韭菜干娘的儿子彭玉树后来读博，成了全国知名的土木专家；女儿彭多姿也成了民俗学专家，在省城一所大学教书。吴赛银的继子吴陕北跟媳妇陈艳萍则在办厂之余，致力于帮助台湾老兵回家和两岸文化交流。他还请彭玉树的媳妇万家月录制了很多台湾老兵回家的专题片，在海峡两岸反响巨大。彭武定和侯凤兰的儿子彭小定一步一个脚印，当上了百姓欢迎的好市长。彭武生和张雪梅的大儿子彭来喜转行开了一个旅行社，把旅游线路开辟到了全国各地；二儿子彭来福辞职后在网上开了个手机店，天天在网上直播带货；女儿则因身体原因，不幸早逝。嫄嫄和向立地的儿子向希望看准乡村旅游的大好机会，在一个温泉山庄开了一家民宿。吴点金和田杏的女儿吴双喜留学美国，成了生物学方面的博士。最不起眼的学兵哥，也因为熬溪成了乡村旅游热点而在自己家里开了一个农家乐，那些知道我爹我娘故事的人，都会慕名而去，听听爹娘的故事，品品农家美食。我同母异父的哥哥姐姐和妹妹，也都幸福美满，不输他人。我呢，从湘西那个大山沟里，一步一步地走到了北京。

　　身为这一大家族老大的彭玉树对大家说，现在时兴乡村旅游和红色文化教育，我们彭家寨既山清水秀，又有深厚的民族文化底蕴和丰富的红色文化资源，我们有钱的出钱，有力的出力，建一个乡愁记忆博物馆，把我们父辈的故事整理出来，把父辈的精神弘扬下去。你们说怎么样？

　　大家当然一致赞成。

　　彭小定说，乡愁记忆博物馆，全国可能有不少，我们要做就做独一无二的，就叫"我们的父辈"展览馆。

　　彭小定的建议，立刻得到了搞文化传播的彭多姿和搞旅游的彭来喜的高度赞同，都说"我们的父辈"展览馆，既有能够唤取所有人共鸣的情感力量，又有天下无双的独特魅力，肯定会很快红火，即便不会红火，他们这些做儿女的也是给父辈做了一件无愧于心的事，给后辈留下了一份独一无二的财富。

　　于是，武豪干爹古色古香、气势恢宏的彭府和爹建起的民族特色浓郁的吊脚楼四合院，经过彭多姿的精心设计和扩建，经过兄弟姐妹们的几年搜集和整理，终于正式落地开放，成了全国独一无二的"我们的父辈"展览馆。

展览馆里的十个篇章和单元，把父辈们多姿多彩的人生轨迹、壮阔美丽的山川大地、浪漫多情的民风民俗、斑斓丰沛的风物遗物，以及整个村庄、整个湘西、整个民族的人文历史和时代气象——呈现。

　　在这个展览馆里，父亲除了没有照片外，遗物也有不少，他用过的斧头、锯子、墨斗和刨子等木工家什，他做的滴水床、梳妆台、衣柜、碗柜和椅子板凳，都在展览馆里安放着。虽然，整个家族都找不出一张爹的照片，但这些遗物会变幻出爹的各种模样让我去想象，或英俊、魁梧，或矮小、清秀，或结实、硬朗，或文弱、飘逸，只要是男人美好的一面，我都会往爹的身上想。那个无声证明了爹的清白的铁盒子和花名册，则更是牵动我心。尽管我看到的只是从政府的博物馆里复制而来的铁盒子和花名册，但我还是充满了无尽的情感和敬意。我想伸手去摸摸，却无法摸到。我想贴着脸庞去亲亲，也无法亲到。一层薄薄的玻璃隔着我与那段厚重的历史。我的心，顽强地穿过玻璃和历史，融进爹的心。看着这个铁盒子和花名册，我就像看到了爹。我久久地盯着"彭文科"三个字，一秒也不愿离开。那曾经让我极为反感的三个字，现在带着体温与笑容，带着慈祥与和蔼，带着尊严与荣光，让我如此仰慕和着迷、如此骄傲和自豪。爹好像就在那页纸上坐着，把我端详，向我凝望，听我诉说。

　　爹一辈子没跟我说过话，我也一辈子没跟爹说过话，但是我现在心里一遍遍呼唤爹时，爹一定能够听到。儿跟爹要说的话，爹也一定能够听到。

　　我说，爹，我是你最小的儿子，你好好看看。像你不？哪里像？鼻子，眼睛，还是嘴巴？几十年了，我都恨你、怨你，没有理解过你。我总是试图把你踢出我的生活，撵出我的人生，可我又总是发自心底地想得到你。于我，你是残缺的、虚无的，可你却在我的心里从未缺席，只要有什么委屈和痛楚，我都会不由自主地想起你，我都会不由自主地呼唤你出现、希望你存在。要是有你多好？要是你在多好？你像影子一样影响着我的生活和人生，让我变得自卑而敏感，变得坚强而独立，变得善良而自强。娘在明处塑造了我,你在暗处塑造了我。如果我在一个父母双全、不缺钱、不缺爱、养尊处优的环境里长大,我会长成什么样呢?是一棵挺拔的劲松胡杨,还是一枚丑陋的歪瓜裂枣?

其实,每一个人的人生,最终都是离开父母的人生,都要在独自远行中长大,在自我奋斗中成长。没有孤独过的人生,不会是雄强饱满的人生。没有单飞过的小鸟,永远冲不上万里云霄。

作为你的儿子,我有什么理由埋怨你呢?你给我生命就够了,没有你给我生命,我怎么会知道这个世界?没有你给我生命,我怎么会赢得这个世界?没有你给我生命,我怎么会爱上这个世界?当一个人的生命能跟一个世界画等号时,我有什么资格苛求你呢?苛求你给我一切?苛求你围着我转?苛求你抛弃自己的幸福来满足我的意愿?于父于母,我们哪个儿女能这样苛求?

是的,我觉得我是赢得了这个世界,爱上了这个世界的。我在那么一个山高路远的穷山沟里出生,又在那么一个屈辱贫穷的环境里长大,但却走出了山重水复,来到了铺满鲜花的地方。我考上了大学,参加了工作,成了一名作家。既然这个世界不仅没有堵死我人生的来路,还留出了我人生的去路,我为什么不爱这个世界呢?不知道是哪个诗人说过,既然这个世界先爱了我,我为什么不爱这个世界呢?

所以,没有理由再怨恨你,没有理由再逃避你,更没有理由不承认你,我就是你的儿子,血脉改不了,基因改不了,生命改不了。

原谅我吧,爹。原谅我的年少无知。原谅我的任性妄为。原谅我几十年的不忠不孝。

从今起,我会面向全世界宣告,有你,我多么幸运!有你,我多么幸福!有你,我多么自豪!

世界上那个名叫彭文科,又名彭家云的人,就是我的父亲!彭学民的父亲!

破天荒地,我第一次主动找到了我同父异母的哥哥彭学兵,让他带我去了爹的坟前。

一个小得不能再小的土堆，一片凌乱茂密的荒草，还有一种说不出的落寞凄凉，就是爹给我的第一印象和模样。

与周围高大的坟墓相比，爹的坟墓真是低如尘埃、小如蚁堆，甚是可怜。

看到爹的坟墓如此破败，我的心一下子痛了起来，悔恨和自责同时涌上心头。我对彭学兵说，哥，给爹打块碑吧，打块最大的九厢碑。打碑和立碑的钱我出，你找人打碑立碑就是了。爹在世时，没有享到儿孙的福，给他打块九厢碑，让他来世住好一点，莫再像现在这样风吹雨淋。

这个小名叫四龙的哥哥眼泪一下子出来了，说，我一直想给爹打碑立碑，一直没有能力，现在你给爹打碑立碑，我这当哥的，替爹感谢你。

我说，哥，我也是爹的儿子，这是我应该做的，以前是我任性，没有管爹和你，是我不好呢。

我这一说，四龙哥更像一个委屈的孩子，蹲在地上哭了起来。

我没有去安慰他，只是静静地站在旁边，任他哭泣。

大半辈子了，他该放肆地哭一回了。

看到眼前这个孩子一样哭泣的男人，我的心，再一次被深深刺痛。我曾经以为我是这个世界上最苦的人，实际上最苦的人是眼前这个哥哥。作为从小失去父母双亲的孤儿，他真是没人疼、没人爱、没人管、没人问，孤苦伶仃。我虽然没有父亲，却有世界上最疼爱我的母亲，有骨肉相连的哥哥姐姐和妹妹，我比他幸福一百倍一千倍，甚至一万倍。

而今，终于有一个人来到他身边了，终于有人替他分担点什么、为他做点什么了，他怎么会不委屈地哭？

给爹立碑那天，已经调往北京工作的我，特地请假回乡。看着崭新的碑和碑文，我总算心里踏实一点、安慰一点。我虔诚地跪在爹的墓前，给爹添土，为爹上坟。

当我把一撮撮黄土垒在爹的坟头时，我顿时感到爹就是土，我就是泥，我这把爹身上掉下的泥，在远走了几十个年头、绕过了无尽的山水后，终于回到了爹的土中。泥和土相融，儿和爹相亲，爱和爱相成。

第一次，我发自内心地为爹写下了一首诗：

五十年才给您点燃这支香
父亲
您说这香有多长

为点这支香
我走了五十年
父亲
您说这路有多长

五十年
我都硬熬着没来见您
父亲
您说这日子有多长

五十年的恨
最终变成了五十年的爱
父亲
您说这血脉有多长

我还没出生
您就抛弃了我跟母亲
我就发誓不给您磕一个响头
可我最终还是磕了
父亲
您说这膝盖有多长

到现在为止
我都不知道您是什么模样
可我觉得您是那么熟悉
您就是土
我就是泥
父亲
您说这骨肉有多长

您留给我的
除了您赐予的生命
就是这一张白纸上的三个字：
彭文科
可我得用一辈子的笔墨去写
一辈子的儿心去吻
父亲
您说这亲情有多长
……

寻找爹的过程，是情感回归的过程，是爱回归的过程，是对爹重新认识的过程。对爹的寻找，是对情感的呼唤，是对爱的呼唤，是对爹的呼唤。在寻找和呼唤的过程里，我重新认识、了解了爹，重新接纳、理解了爹，重新尊重、敬爱了爹，我对爹有了发自心底的、缠绵悱恻的爱。当发现对爹有爱时，爱的光亮晴空万里，爱的世界无限美丽。爱照亮了我、打开了我，让我变得有光、有亮、有情、有爱。在爱的光照和光影里，我发现我爹是那么神采奕奕、光彩照人。他仁善、纯良，他博大、慈祥，他坚韧、顽强，他勇敢、正直，他朴素、伟大，他拥有一个男人最优秀的品质和最美好的形象。我一直以为他在我的生活之外、人生之外和世界之外，其实不是，他一直在我的生活中、人生间和世界里。他爱的光芒，一直穿过日月经年注视我、沐浴我，柔情似水。他爱的力量，一直转战千山万水保卫我、捍卫我，浑身是胆。他为国家和民族的每次战斗，都是在为包括我这个儿子在内的世人的和平、幸福、安宁而战斗。我不能置身事外，更不能熟视无睹。也许他满身沧桑和荆棘，却满身雄壮和倔强。也许他满身血泪和疲惫，却满身英武和阳刚。生活没有压垮他，敌人没有战胜他，命运没有击倒他。爹就像一株死不了的还魂草，只要一滴水，就能死而复活，绝处逢生。我第一次发自内心地为爹骄傲和自豪。我开始放下自己，与爹和解，与自己和解，与世界和解。我第一次发现，放下自己的时候，才是装得下世界的时候，装得下世界的时候，才是赢得了自己的时候。一个连自己都赢不了的人，无论如何，都赢不了世界。可以说，我找回了爹，也找回了自己，找回了世界。

在寻找和呼唤爹的过程里，我不但认识了自己的爹、个体的爹，更认识了更多共性的爹、集体的爹、湘西的爹、中国的爹。武豪干爹、龙光烈、向顶天、向立地、彭武定、彭武生、彭胜虎、刘清平、吴点金、吴赛银、杨高山这些在我笔下聚焦的爹，顾家齐、侯小山、龚正顺、陈平平、彭司兴、三叔、四叔、五叔这些在我笔下闪现的爹，都是中国爹的代表，中国爹的形象。他们是爹的战友、兄弟和亲人，他们跟爹有着一样的品格、精神和境界。他们人生的行囊里，装满了家国。他们生命的骨头里，灌满了正气。他们血脉的秉性里，充满了善良。他们代表着勇敢、奉献和牺牲。他们是野火烧不尽的青草，青草的绿色是他们生命的底色。他们是乌云遮不住的天空，天空的广阔是他们的胸怀。我们的每一个爹，都是一条江河，江河的波涛，是爹们激荡的热血，成就中华民族的血脉源远流长。我们的每一个爹，都是一座高山，高山挺立的脊梁，是爹们刚硬的骨头，支撑中华民族的大厦巍然屹立。爹们用鲜血和生命打出了江山，又化成了江山。爹们用汗水和智慧建设了江山，又守住了江山。祖国每一处壮丽的山河，都有爹们的身影，都是爹们的化身。正所谓爹是天娘是地，娘是家爹是国，父爱如山，母爱似水。有了爹娘，我们才有了天地。有了爹娘，我们才有了家国。有了爹娘，我们才有了山河。

感谢我非同寻常的寻找，没有这次寻找，我就找不到自己的爹，更找不到湘西的爹、中国的爹，乃至世界的爹。

感谢爹，没有爹，我就认识不了这么多湘西的爹、中国的爹，乃至世界的爹，更认识不了爹的含义和意义、父爱的含义和意义。

爹，请允许我以儿子的虔诚跪拜您、仰视您、崇敬您，请允许我以儿子的名义面向全世界，向全天下的父辈们，喊一声——

爹！

2023年6月28日晚9点19分完稿